Rafael Chirbes • Der Fall von Madrid

Rafael Chirbes

Der Fall von Madrid

Roman

Aus dem Spanischen
von Dagmar Ploetz

Verlag Antje Kunstmann

Der Morgen

I

Don José Ricart war schlecht gelaunt aufgestanden. Um sechs Uhr morgens hatte er mit dem Gefühl, daß die Nacht schon zu lange dauerte, die Nachttischlampe angeknipst. Als er sah, daß es noch zu früh zum Ankleiden war, hatte er sich im Bett aufgesetzt und das umgeknickte Kopfkissen als Stütze in den Rücken geschoben. In dieser Stellung überkam ihn wieder einmal eine unwiderstehliche Lust zu rauchen, was ihn merklich in Unruhe versetzte, da er keine Zigaretten im Schlafzimmer hatte. Auf Anordnung des Arztes rauchte er seit fast zwanzig Jahren nicht mehr, aber hin und wieder erinnerte er sich daran, als hätte er die letzte Zigarette erst vor zehn Minuten ausgedrückt. Manchmal genehmigte er sich nach dem Essen eine Zigarre, an besonderen Tagen wie dem heutigen, dem 19. November, an dem er zur Feier seines Geburtstags mit seinem Freund Maxi im Jockey Club eine gute Cohiba rauchen würde. Fünfundsiebzig Jahre: ein Essen mit Vega Sicilia, Kaffee (auch ein fast aufgegebener Genuß), Cognac und Cohibas in Gesellschaft von Maxi. So feierten sie seit einer Ewigkeit diesen Tag. Er lud Maxi ins Jockey ein, und wenn Maxi Geburtstag hatte, lud der ihn zu einem ordentlichen Eisbein mit Sauerkraut ins Edelweiß ein. Es war die einzige Geburtstagsfeier, die für ihn wirklich einen Sinn hatte. Alle anderen Feierlichkeiten waren lediglich das, was er »gesellschaftliche Verpflichtungen« nannte, angefangen bei der Versammlung der Belegschaft im großen Saal der Geschäftsstelle und der Überreichung des Geschenks durch den ältesten Arbeiter. Nicht einmal die Feiern im Familienkreis machten ihn glücklich. Tatsächlich hatte er in den letzten fünf Jahren – seitdem Amelia geistig verwirrt war – nicht geduldet, daß daheim gefeiert würde, aber in diesem Jahr neunzehnhundertfünfundsiebzig konnte er dem Fest nicht entkommen, das sein Sohn Tomás und seine prätentiöse Schwiegertochter unbedingt für ihn hatten ausrichten wollen. Während er immer noch bei Licht im Bett saß, auf die gegenüberliegende Wand schaute und gegen das Gelüst zu rauchen ankämpfte, dachte er mit Unwillen an die Abendgesellschaft. Fünfundsiebzig Jahre, hatte das etwas zu sagen? Nein. Nur, daß er ein Jahr länger gelebt hatte; daß das Schicksal ihm etwas länger Zeit gegeben hatte als seinem vor drei Jahren verstorbenen Bruder Tomás; als seinem ersten Sohn, dem er den eigenen Namen gegeben hatte, Pepito (seine Frau nannte ihn Josín), und der vor dem dritten Geburtstag an Keuchhusten gestorben war. Das Schicksal hatte ihm Zeit geschenkt, etwas mehr Zeit; und auch die Möglichkeit, über die Zeit nachzudenken, was Amelia, seine Frau, nicht mehr konnte. Das Schicksal schenkte Amelia jetzt unbewußte Zeit. Ihm dagegen die Zeit und das Bewußtsein. Das war alles. Weder gut noch schlecht. Er schloß die Augen und sah die blauen Tage und die Sonne seiner Kindheit in Valencia. Er sah das Meer, die alten, ockerfarbenen Häuser, die Palme, die über die Dächer jenseits der rückwärtigen Galerie der Wohnung, in der er mit seinen Eltern lebte, ragte, die blaue Kuppel einer Kirche, an deren Namen er sich nicht mehr erinnerte. Was war das für eine Kirche? Er erinnerte sich an alles genau; es war mehr als ein Erinnern, er sah es, und es roch nach Geranien, Basilienkraut, nach Moder, nach Abwasser, aber er konnte sich nicht an den Namen dieser Kirche erinnern, deren Kuppel den Horizont seiner Kinderspiele mit Bruder Tomás begrenzt hatte, und diese Leere – die Leere eines Namens – machte ihn wieder übellaunig, so daß er, um sich frei zu machen von diesem quälenden Gedanken, von der plötzlichen Manie, sich unbedingt an den Namen jener Kirche erinnern zu müssen, aber auch um das Schweigen zu brechen, von dem das Zimmer erfüllt war, das Radio anstellte. Er wollte Nachrichten hören, doch die waren schon vorüber (er sah auf die Uhr, es war acht Minuten nach sechs), und bei seinem Spaziergang über die Radioskala traf er nur auf Unterhaltungsmusik und einen Sprecher, der über Fußball redete. Die Musik und die Stimme des Sprechers sagten ihm jedenfalls das Nötige; sie sagten ihm, daß Franco noch lebte, denn, wäre dem nicht so gewesen, hätten sich, wie von den Staatsministerien und der Behörde für Information und Tourismus für den gegebenen Augenblick vorgesehen, alle Sender Radio Nacional zugeschaltet, und man hätte überall dieselbe klassische Musik gehört. Am Vortag hatte er mit Maxi gesprochen, der immer aus erster Hand über die Vorgänge im Pardo-Palast und im Hospital de la Paz informiert war. Sein Freund hatte ihm versichert, daß man Franco keine weiteren achtundvierzig Stunden würde am Leben erhalten können; er war anscheinend weiterhin intubiert und an eine Maschine angeschlossen, Maßnahmen, die den spitzfindigen Ärzten erlaubten, nicht ganz und gar zu lügen, wenn sie den Journalisten Bulletins vorlasen, die bestätigten, daß der Caudillo noch am Leben war. Im letzten Kommuniqué, vom Ärzteteam am Vortag herausgegeben, hatte man kaum noch gewagt, dieses Lebendigsein anzudeuten, und dafür den zerbrechlichen Begriff »Lebensanzeichen« verwendet. Die Ahnung dieses bevorstehenden Todes bedrängte ihn erneut und verschärfte das Bedürfnis zu rauchen. José Ricart stellte das Radio lauter, die Musik sollte die pessimistischen Gedanken und das Rauchgelüst austreiben, und er versuchte, die Zeitung zu lesen, die er vorm Einschlafen aufgeschlagen neben dem Bett hatte liegen lassen; aber auch auf der Titelseite war von Franco und seiner Krankheit die Rede: Sie nannten es nicht Agonie, aber das war es. Agonie. Er dachte an die eigenen fünfundsiebzig Jahre, an seine Frau, die ohne Bewußtsein durch die Gänge des Hauses tappte, an das Fest am Abend. Er schloß wieder die Augen und sah erneut die Kirchenkuppel vor sich, diesmal aber betrachtete er sie mit unschuldigen Augen, vergangen die Unruhe wegen des vergessenen Namens: die Kuppel, nichts als das, blau leuchtend und von Blau umgeben; er sah die Lebensmittelgeschäfte, die Krämerläden, die Eisenwarenhandlungen, die ihre Gerätschaften vor der Ladentür ausstellten, hörte das Geräusch der Wagenreifen auf dem Kopfsteinpflaster. Alles kam von weit her, bot sich ihm aber lebendig, farbig und lärmend dar. Würde Franco in diesem Valencia, das er gekannt hatte und das ihn nun heimsuchte, sterben, dachte er, hätte man den Türklopfer mit einem Lappen umwickelt und auf die Straße vor der Haustür frisches Gras und Stroh gestreut: So machten es die Familien, die sich das leisten konnten, um den Lärm der vorbeifahrenden Wagen abzudämpfen und zu verhindern, daß lautes Klopfen von Besuchern und Lieferanten den Sterbenden aufstörte. Er sah die Räder eines Wagens in den grünen Teppich sinken, und mit diesem Bild verschmolz der Blick auf das ausgetrocknete Flußbett des Turia an einem staubigen Sommernachmittag und die Tiere, die am Ufer grasten, er sah Bilder von einem Regentag, ein kleiner schäbiger Platz, er hörte Kinderstimmen und Tonglöckchen in den Händen der Kinder erklingen. Das hieß, es war der Tag der Schutzlosen. Heute mußte er nicht zur Schule gehen und durfte etwas länger im Bett bleiben. Getröstet von dem beruhigenden Klang der Tonglöckchen schlief er noch einmal ein. Dann mischte sich das Geräusch des Weckers unter das der Glöckchen.

Er verließ früh das Haus, ein paar Minuten vor acht, wie er es seit dreißig Jahren jeden Tag zu tun pflegte, und erschien kurz nach halb neun im Büro, das in einem Gebäude am Rubén Darío Platz untergebracht war. Das Büro lag nicht weit von seinem Haus entfernt, und er liebte es, diese Strecke zu Fuß zu gehen, recht langsam, und dabei in der Zeitung zu blättern, er kaufte ABC am Kiosk in der Juan Bravo und las es manchmal auch bei einer Tasse Tee in der Cafetería Bruselas. Seit geraumer Zeit trank er kaum noch Kaffee und hatte, wenn er doch mal eine Tasse trank, das Gefühl zu sündigen: Der Kaffee bekam ihm nicht, er beschleunigte seinen Puls und ließ den Blutdruck steigen, der Arzt hatte es ihm verboten (heute aber, mit seinem Freund Maxi, würde er einen ordentlich starken Kaffee trinken). Für Ende November in Madrid war der Morgen ungewöhnlich grau und drückend (selbst das Wetter schien verrückt zu spielen), und Don José empfand, als er das Haus verließ, ein unangenehmes Gefühl der Schwere. Kurz nach der Geburt seines Sohnes Tomás hatte der Arzt bei ihm ein Lungenemphysem diagnostiziert, womöglich fiel ihm deshalb an schwülen und stickigen Tagen das Atmen schwer, und er wurde schneller müde. Er schätzte das Madrider Klima im Winter ja gerade deshalb, weil die Tage überwiegend kalt und trocken waren, und diese Luft ihm, wie er meinte, die Lungen reinigte. So hatte er auch immer vorgezogen, den Sommer in den Bergen zu verbringen – sie besaßen ein Haus in El Escorial –, das war besser als am Meer, und er hatte sich lange gegen die Wünsche seines Sohnes durchsetzen müssen, der in seiner schon fernen Pubertät mit Unterstützung der Mutter (Amelia liebte das Meer) darauf drang, die Familie solle die Ferien in Jávea im Haus seines Bruders Tomás verbringen. Sein Bruder Tomás, wo war er wohl jetzt? Bei den Wagen, die vor den Türen der Sterbenden vorbeifuhren, den Tieren, die am Ufer des Flusses grasten, beim Klang der Tonglöckchen. Er wischte diese Erinnerung weg und nahm den vorherigen Gedankengang wieder auf. Am Ende hatten seine Frau und sein Sohn Tomás – auch der Sohn hieß Tomás, weil der Bruder sein Pate war – sich damit zufriedengegeben, selbst ans Meer zu fahren und ihn in El Escorial zurückzulassen, zusammen mit Roberto, dem Chauffeur, und Elisa, Robertos Frau, die, bis sie irgendwann in den sechziger Jahren in Rente ging, Köchin im Haus gewesen war. Roberto, Elisa, wo waren sie? Roberto war vor ein paar Jahren gestorben. Er war zu der Beerdigung gegangen: endlose Reihen identischer Grabnischen auf dem Friedhof von San Isidro. Selbst wenn er wollte, könnte er das Grab heute nicht wiederfinden. Elisa zog mit ihrer Tochter nach Galicien. Auch sie wäre nicht mehr zu finden. Elisa war nicht häßlich: Die weißen Brüste lugten aus dem Ausschnitt, wenn sie sich bückte, um etwas aufzuheben; von hinten wirkten ihre Waden fest, kompakt, wie aus Butter, die gerade aus dem Eisschrank kam. Das Motorengeräusch des Hispano, wo war es? Das Geklapper der Teller aus der Küche, der ewige Tabakgeruch von Roberto – »Gib mir eine von deinen, Roberto, ich hab meine Zigaretten zu Hause liegengelassen« – wo? Don José blieb den ganzen Sommer über in El Escorial und führte in dem Chalet sein, wie er es nannte, »gesundes Mönchsleben«, das er mehrmals wöchentlich unterbrach, um nach Madrid hinunterzufahren und, nicht nur, im Büro vorbeizuschauen. Er verließ El Escorial auch an den verlängerten Wochenenden um Santiago und Maria Himmelfahrt, fuhr nach Jávea und ging dort mit der Familie spazieren. Er wohnte dann im Haus seines kinderlosen Bruders, der, allein mit seiner Frau und einem Dienstmädchen, überreichlich Platz hatte, weil das, was »das Häuschen in Jávea« genannt wurde, in Wahrheit eine alte Villa war, in der seine Frau und sein Sohn und dann auch die Enkel über zwanzig Jahre lang die Ferien verbrachten. Dort lernte sein Sohn Tomasín auch Olguita, seine spätere Frau, kennen – Olga Albizu, deren Eltern, in Madrid lebende Basken, die Sommermonate in einem nahe gelegenen Haus verlebten. Don José konnte sich an Tomás und Olguita erinnern, wie sie – zwei Kinder, die gerade erst laufen gelernt hatten – an dem damals noch leeren Strand von Arenal spielten: Metalleimerchen in schrillen Farben, Sandschaufeln aus Holz und Blech, passend zur Farbe des Eimers, Korkschwimmer um die Brust. Amelia, Don Josés Frau, hatte viele Fotos aus jener Zeit ins Album geklebt. Sie hatten ihm, wenn er sie ansah, immer das Gefühl einer gemächlichen Kontinuität gegeben: zwei Kinder, die im Sommer Nachbarn waren, sich später in Madrid trafen, gleichzeitig zur Universität gingen – Tomás studierte Jura und Olga immatrikulierte sich an der Philosophischen Fakultät, brach das Studium aber nach zwei Jahren ab – und schließlich heirateten. Diese Fotos waren der unwiderlegbare Beweis dafür, daß es eine Zeit gegeben hatte, in der man dem Leben eine Ordnung geben konnte. Es verlief ruhig und gestattete der Zeit, ihre Zyklen zu vollenden. Was seitdem nicht alles geschehen war. Zunächst – jahrelang – waren es angenehme Dinge gewesen: Er hatte gesehen, wie dieser Junge sich an seinem zwölften Geburtstag die ersten langen Hosen anzog, wie er von der Abschlußfeier des Jesuitenkollegs zurückkam, eine blaue Binde über der Brust, und dann, Ordnung, Sinn für Ordnung, kam Tomás auf die Universität, leistete im Feldlager den Fahneneid (er war dort gewesen, in Monte Jaque, und hatte die Parade gesehen, es war ein sehr heißer Tag und Wespen surrten in der Luft) und trat nach Beendigung des Studiums sogleich als Kaufmann in das Familienunternehmen ein, das, dem gleichen ordentlichen Rhythmus folgend, in all den Jahren nicht zu wachsen aufgehört hatte. Ordnung. Tomás heiratete Olga, und aus der Ehe gingen bald zwei Enkel hervor. Es schien, als würde immer alles in diesem ruhigen und gleichmäßigen Rhythmus verlaufen, doch dann hatte sich der Horizont allmählich und auf kaum merkliche Weise eingetrübt. Der Tod seines Sohns Josín war keineswegs ein Omen gewesen, das war ein bedauerlicher, schmerzlicher und sehr trauriger Unglücksfall, nicht mehr: Kleine Kinder starben damals leider häufig. Erst aus der Perspektive, die ihm das Vergehen der Jahre verlieh, war er darauf gekommen, daß es sich um ein Zeichen gehandelt hatte, das erste. Doch das war sehr viel später gewesen, als ein langsamer Ascheregen auf seine Pläne zu fallen schien, sie einschwärzte, und die Ahnung vom Bankrott sich seiner bemächtigte: Er dachte an ein Wagenrad, das eine Weile lang knarrt und sich schließlich, nach mehreren Etappen des Wegs, von der Achse löst, eine kurze Strecke ziellos weiterrollt, sich unvorhersehbar im Zick-zack neigt und dann über eine Böschung kippt und tief in die Schlucht stürzt. Josíns Tod – das erste Knarren des Rads. Aber er meinte eigentlich etwas anderes. Denn das, was geschehen war, hatte nicht unbedingt etwas mit dem Schicksal der Familie zu tun, auch nicht mit der Firma und den Geschäften, sondern ganz allgemein mit dem Leben. Als sei zuerst – damit meinte er die Kriegsjahre – alles unruhig durcheinandergewirbelt worden und habe sich dabei doch im gleichen Rhythmus bewegt, das Innere und das Äußere, draußen auf der Straße und drinnen im Haus; als hätten sich nach Ende des Kriegs allmählich das Innere und das Äußere voneinander entfernt; und das Innere war zur Hand gewesen, geschmeidig, formbar, autonom, vom Äußeren geschützt. Etwa in die Richtung gingen Don Josés Grübeleien. Er hatte das Gefühl, daß eine Zeit zu Ende ging, in der man die Welt beherrschte, wenn man das beherrschte, was zwischen den eigenen vier Wänden geschah oder in der Firma, die schließlich Teil des eigenen Hauses war. Plötzlich aber war es so, als sei es unmöglich, irgend etwas im Griff zu haben, als werde vielmehr jeder zu einem Spielzeug in maßlos kräftigen Händen. Paradoxerweise hatten in den letzten Jahren der wirtschaftliche Erfolg und die Unsicherheit gleichermaßen zugenommen, erst kaum merklich, dann deutlich spürbar: siebenundsechzig der erste Streik in der Verpackungszentrale, der versuchte Brandanschlag auf das Kunstgewerbelager im Jahr siebzig, die immer herberen Auseinandersetzungen mit den Betriebsräten, die abweisende Haltung der jüngeren Arbeiter, die, statt wie die Alten zu grüßen, starr auf die Maschine schauten, wenn er vorbeiging; die mit Silikon verklebten Türschlösser der Möbelfabrik am Morgen des ersten Streiktags, und die Angestellten standen auf dem Vorplatz, rührten sich nicht vom Fleck und weigerten sich hineinzugehen, nachdem es der Feuerwehr gelungen war, mit Bolzenschneidern die Türen zu öffnen. Parallel dazu entwickelte sich Olgas Dünkel, sie wurde immer snobbistischer, launischer und anspruchsvoller; sein Sohn Tomás zog sich zunehmend in eine Art von Autismus zurück, kümmerte sich ausschließlich um die Leitung des Unternehmens, war aber nicht bereit, Pläne zu entwickeln, die über den dahinschwindenden Gegenwartsalltag hinausgingen; dazu die Diskussionen seiner Enkel am Eßtisch – Quini, gewandt und hochmütig, Josemari servil und heftig; und, vor allem, als sei sie Ausdruck alles anderen, die Krankheit seiner Frau. Zuerst ihr allmählicher Rückzug von allem, was außerhalb des Hauses geschah später von der eigenen Familie am Ende der Rückzug vom eigenen Ich. Amelia. Was hörte Amelia? Wohin war sie gegangen? Als Tomás und Olga darauf bestanden hatten, seinen fünfundsiebzigsten Geburtstag zu feiern (»Fünfundsiebzig Jahre, Vater, die Platinhochzeit mit dem Leben«, so drückte sich seine prätenziöse Schwiegertochter aus), hatte er sich wiederholt geweigert, irgend etwas zu feiern. Feiern? Was denn? Daß Amelia seit Monaten durchs Haus irrte, mal wie ein Geist, mal wie ein Kind und meistens wie eine Galionsfigur am Bug des Totenschiffs? Daß die Firma zum ersten Mal seit ihrer Gründung in Schwierigkeiten steckte, weil jedermann ängstlich war, weil Franco im Sterben lag und Unsicherheit das Geschäftsleben bestimmte, die Leute ihr Kapital in Sicherheit brachten, wie er selbst auch, der es, seinen Beratern vertrauend, im Ausland deponiert hatte? Eines Abends hatte er am Paseo de la Castellana gesehen, daß von der Überführung bei der Eduardo Dato Flugblätter hinuntergeworfen worden waren, die zur Errichtung einer spanischen Sowjetrepublik aufriefen, und an einem anderen Tag entdeckte er, daß im Schutz der Dunkelheit jemand gewagt hatte, am gleichen Ort ein infames rotes Transparent aufzuhängen, wo es noch flatterte, als er um acht Uhr morgens vorbeikam, da niemand sich darum kümmerte, es zu entfernen. Beim Essen sprach sein Enkel Quini über die Revolution, als handele es sich um einen Zirkus, der seine Zelte um die Ecke aufgeschlagen hatte und dessen Vorstellungen man jeden Nachmittag besuchen konnte. Die genau entgegengesetzte Position vertrat Josemari: Er meinte, die Argumente seien ausgereizt und die Stunde gekommen, zur Dialektik von Fäusten und Pistolen zurückzukehren. Die Stunde der ersten Falange schlage wieder. Und er schrie es heraus, die Halsadern geschwollen vor Wut, sicherlich aufgrund der Tatsache, daß er kein einziges der Argumente entkräften konnte, die sein brillanterer Bruder vorbrachte, und der war schließlich jünger als er, wenn auch nicht besser. Vielleicht war es das Alter, sein Alter. Ach, wären die Dinge doch so klar und einfach, wie es in den Nachkriegsjahren den Anschein hatte, als das Innere ein Dampfer war, der durch das Meer der Außenwelt kreuzte. Auf dem Schiff gab es bequeme Kabinen, bestens eingerichtet und klimatisiert, und der Dampfer bildete einen in sich geschlossenen Raum, es war also nicht erforderlich, die Fauna des Meereswassers, über das man fuhr, zu erkunden. Jetzt war das nicht mehr so, und nach Beendigung dieses Zyklus, als er die Sicherheit in den Kabinen durch ein sich vergrößerndes Leck bedroht sah, ertappte sich José Ricart dabei, wie er murmelte: »Ach, wüßte man nur, wo Hilfe zu finden ist, und hätte Gewißheit darüber, was einen danach erwartet. Wie gut zu sagen, ›Herr, vergib mir‹, und zu wissen, daß die ewige Ruhe naht!« Er vermißte Gott. Seine Frau war gläubig gewesen, und vielleicht hatte dieser Gott, den er vergeblich suchte und mit dem sie zu leben gewußt hatte, ihr das Geschenk der Unbewußtheit gewährt, dann wäre das ihr Glück, endlich ausruhen zu dürfen. Über Jahre war sie Nacht für Nacht vor dem Bett niedergekniet und hatte gebetet: »Herr, vergib uns unsere Sünden. Erbarme dich unser.« Und Gott hatte ihr womöglich Vergebung und die barmherzige Gedächtnislosigkeit gewährt. Aber wen sollte er um etwas bitten? Es gab Augenblicke, da schien ihm das Wort Ausruhen wunderbar, weil das Leben sich ihm als unermeßlich und unverständlich darbot und keine Antworten bereitstellte, wie seine Frau, vom Glauben bestärkt, gemeint hatte. Das Leben ließ nur kleinliche Strategien zu: Nägel einschlagen, Hölzer zuschneiden, Möbel verpacken, Formulare ausfüllen, Rechnungen bezahlen, Quittungen empfangen. Damit hatte sein Sohn nicht ganz unrecht. Er konnte es nicht verhindern, daß düstere Gedanken ihn einkreisten. Lag das am Alter? »Ich dachte, alles wäre sicher, für immer von einer bestimmten Ordnung geprägt, und nun, im Alter, muß ich entdecken, daß die Umstände sich plötzlich ändern und das Leben dich ans Ufer spült, noch bevor du das Unbill der Krankheit erfahren und die Grenze zum Tod überschritten hast«, hatte er zu Maxi gesagt. José Ricart war nämlich davon überzeugt, daß sein Unbehagen nicht auf natürliche Umstände, wie das

Vergehen der Zeit, das Alter, das Greisentum, zurückzuführen war, sondern von jenen anderen äußeren Umständen diktiert wurde, die erneut ihre Rechte einforderten. Das Leck, durch das die Kabine zu überschwemmen drohte. Oder bedingte nur das Alter eine solche Wahrnehmung der Außenwelt? An dem Tag, als er das Transparent über dem Paseo de la Castellana flattern sah, hatte er daran gedacht, seine alte Pistole aus der Schreibtischschublade zu holen und einen Augenblick lang seinem Enkel Josemari recht gegeben. Man wird sich wieder verteidigen müssen, dachte er. Tatsächlich hatte er sich gegen Abend in seinem Büro eingeschlossen und dieses kleine, glänzende, gefährliche Spielzeug gestreichelt, war sogar ans Fenster getreten und hatte im Schutz der Dunkelheit den Abzug der ungeladenen Waffe abgedrückt und dabei auf die wenigen Fußgänger gezielt, die zu dieser Zeit noch die Juan Bravo entlangliefen. »Pack, pack, pack«, hatte er das Geräusch der Schüsse nachgeahmt. Dabei war er sich jedoch lächerlich vorgekommen, und so hatte er den Revolver wieder in die Schublade gelegt, mit einem Tuch bedeckt und den Schreibtisch verschlossen. Er hatte gedacht: Das hier ist leichter und schäbiger, eine Frage der Strategie. Ich bin fünfundsiebzig Jahre alt, und es werden neue Verhältnisse herrschen und für die anderen zur Normalität werden, aber ich werde sie nicht mehr kennenlernen, mich wird es nicht mehr geben, also was soll's. Ein paar Tage später war er beim Mittagessen mit seinem Freund Maxi, der sich als Mitglied der politischen Polizei schon von Berufs wegen im Innersten des Landes auskannte. Das Gespräch hatte ihn in seinem Pessimismus bestätigt. »Du bist Unternehmer, du hast keine Probleme«, sagte Maxi, »aber ich, ich muß vielleicht nach Brasilien, Argentinien oder so. Ich will keinesfalls auf Fotos erscheinen, auf denen man sieht, wie ich wegrenne und geschlagen werde, wie die portugiesischen Pides.« Maxi war es gewesen, der ihm vor einiger Zeit geraten hatte, Geld aus dem Land zu schaffen, und ihm die entsprechenden Kontakte vermittelt hatte. Nach jenem Essen vor ein paar Monaten hatte José gedacht, er müsse die Seinen auf die neuen Verhältnisse vorbereiten, die er selbst sicherlich nicht mehr erleben würde. Einen ganzen Nachmittag lang hatte er mit seinem Sohn diskutiert, der nichts verstand, nichts begreifen wollte.

»Ich bin Unternehmer, wie du«, entgegnete Tomás, als er ihm vorschlug, Maßnahmen zu ergreifen, um für die herannahenden neuen Verhältnissen gerüstet zu sein.

»Was glaubst denn du? Daß nach Francos Tod alles so weitergeht wie bisher?«

»Die Entscheidungen, die ich treffe, werde ich zum Nutzen des Unternehmens treffen, Papa, und aus keinen anderen Gründen. Das einzige, was zählt, ist der Profit. Das hast du mich gelehrt. Gilt das nicht für jede Firma, für diese Firma? Dieses oder ein anderes Regime, mir ist das egal. Wenn andere kommen, arbeite ich mit ihnen, so wie ich mit diesen gearbeitet habe.«

Don José hatte seinen Vertrauensmann Julio Ramírez, den Geschäftsführer von Ricartmoble, dazubitten müssen, einen Menschen, dessen Schlankheit von ganz anderer Art war als die von Álvaro Céspedes, dem Direktor der Firmengruppe. Denn Álvaro war groß, und seine Adlernase und sein schmaler Schnurrbart verliehen seiner dünnen Gestalt eine stolze Noblesse, während sich bei Julio das geringe Gewicht mit einer mickrigen Statur verband, weshalb seine Erscheinung eher auf lang vererbte Unterernährung als auf irgendeinen anderen Umstand zu deuten schien. Julio war jedoch nicht nur seit jeher der Vertrauensmann der Firma, also José Ricarts Mann, er war, wenn auch nicht der brillanteste oder intelligenteste, so doch der wendigste Mitarbeiter. Er besaß diesen Spürsinn für Gefahr und für Fluchtwege, der oft jene auszeichnet, die aus den unteren Klassen aufgestiegen sind.

»Erklär es meinem Sohn, Julio«, hatte Don José gebeten. Und Tomás hatte eine zornige Gebärde nicht unterdrücken können.

»Ich glaube, Sie haben recht, nichts könnte in diesem Augenblick dem Unternehmen mehr nützen als eine Aufstockung des Betriebskapitals durch die Beteiligung der Arbeiter, wobei mehrere

Parameter zu berücksichtigen wären: ihr Fleiß, wie lange sie bereits in der Firma arbeiten, na ja, solche Dinge eben. Es wäre sogar nützlich, wenn Sie als Gesellschafter in ein paar Monaten scheinbar nur noch eine Minderheitsbeteiligung halten würden; natürlich, wie gesagt, nur scheinbar, denn man könnte eine Reihe von Strohmännern einbringen, die nur nominell die Beteiligungen halten und sie zurückgeben, sobald sich die Zeiten normalisiert haben. Ich habe mit Taboada gesprochen, und gegen eine gewisse finanzielle Entschädigung ist er bereit einzusteigen. Die brauchen das Geld dringend, um sich zu organisieren. Sie müssen viel einsetzen, wenn sie die Kommunisten aus den Gewerkschaften verdrängen wollen.

Don José kommentierte leise:

»Das ist ein Witz.«

Er hielt es für einen Witz, daß ausgerechnet er den Sohn von solchen Dingen überzeugen wollte.

»Papa, ich hab dir doch gesagt, mich interessiert nur die Firma. Hier scheinen alle verrückt geworden zu sein.«

»Was du sagst, mag für eine Fernsehshow taugen. Sag nur, du glaubst, die Firma sei eine Frucht am Baume der freien Marktwirtschaft. Nein, diese Firma ist keine Geburt der Freiheit. Später vielleicht; später waren wir auf dem Markt, ob frei oder nicht, weiß ich nicht, allerdings hatten wir mehr Unterstützung als manche und etwas weniger Unterstützung als andere. Aber das war später. Oder glaubst du etwa, daß der Exklusivvertrag für das Mobiliar aller Ministerien aufgrund einer Ausschreibung zustande kam oder gegen irgendeine Konkurrenz errungen wurde? Wurde der Vertrag mit der Direktion der Staatsgefängnisse über die Verwertung der Häftlingsarbeit im Anschluß an einen Wettbewerb unterzeichnet? Das angesengte Holz, haben wir das auf einer freien Versteigerung gekauft? Falangisten, Führer der Bewegung, Abgeordnete. Pahh. Öffne doch mal den Fächer deiner Beziehungen.«

»Politik interessiert mich nicht. Die Zeit wird schon zeigen, wie die Sache läuft.«

Julio starrte auf Don José, hielt dabei einen Block weißer Seiten in der Hand. Das Gesicht des Alten war gerötet von der Glut, mit der er sprach.

»Die Zeit soll es zeigen? Der Blick muß geschärft werden. Bequem mit Schrotkugeln zu schießen, das ist vorbei, es kommt jetzt auf die Zielsicherheit an. Wir werden alles fressen müssen. Sprich doch mit Quini, sprich mit seinen Freunden. Begreif, daß du sie mehr brauchst als sie dich. Der andere, Josemari, ist ein Trottel; von dem kannst du nichts erwarten.«

Er schien seinen Sohn anzugreifen, in Wirklichkeit aber wandte er sich mit einer gewissen Grausamkeit gegen sich selbst, als genieße er es, sein eigenes Schicksal vorauszusagen. Tomás hätte inzwischen wohl gegähnt, um anzuzeigen, wie sehr ihn diese Rede langweilte, hätte sein Vater nicht so harte Worte für Josemari gefunden, und das vor Julio, der schließlich nicht zur Familie gehörte. Außerdem galt Josemari allgemein als derjenige seiner Söhne, der ihm am ähnlichsten war. Er verzog wieder das Gesicht, versuchte sich aber in einer vernünftigen Haltung, als sei es nun, da die Autorität des Familienoberhaupts verloren war, an ihm, diese Rolle zu übernemen.

»Wir haben anders gearbeitet, Papa. Nach unserem Gutdünken. Wir haben nicht an diese komplizierten Angelegenheiten gedacht, die kaum von Bedeutung sind, wenn es darum geht, einen Tisch zu leimen oder Frachtgut nach London zu verschicken.«

»Wir haben anders gearbeitet, weil es andere Zeiten waren.«

»Aber was hat sich denn geändert? Franco stirbt seit zwanzig Jahren, und hier passiert nichts, wird nichts passieren. Was soll das, der alte Falangist stirbt uns weg, und der junge Republikaner ersteht wieder auf«, antwortete Tomás verbittert, bedauerte dann aber, daß ihm das Verb sterben im Zusammenhang mit seinem Vater über die Lippen gekommen war. Die Erfüllung dieses Verbs lag zu nahe: die verschwommenen Pupillen von unbestimmter Farbe, die Handrücken von einer fleckigen Landkarte bedeckt, die dunklen Poren auf der Nase und dazu das mühsame Atmen und die Stimme, die unsicher wurde, sobald sie sich ein wenig über den normalen Ton erhob.

Mit dem jungen Republikaner spielte er darauf an, daß sein Vater in Valencia gelebt hatte, als die Republik ausgerufen wurde, er war dabei, als man die Trikolore auf dem Rathaus gehißt hatte, und war bei Kriegsbeginn auf republikanischem Gebiet geblieben. Er hatte es viele Male erzählt: Daß er anfangs an die Republik geglaubt habe, und daß ihn erst – das waren seine Worte – nachdem er die Untaten der Republikaner gesehen habe, der Ekel gepackt habe, er auf die andere Seite gewechselt sei und sich das Hemd der Falange angezogen habe (»Ich bin Falangist und Republikaner«, erklärte er sich manchmal). Seitdem haßte er die politischen Parteien (»Die Falange ist keine Partei«, pflegte er zu sagen), haßte besonders die Anarchisten und die Kommunisten. Deshalb mutete es höchst seltsam an, daß er seit einigen Monaten so sprach. Wie Tomás mehrmals zu seiner Frau sagte, war die Argumentation seines Vaters zwar durchaus stimmig, doch etwas mußte in seinem Hirn aussetzen, daß ausgerechnet er sich so äußerte. »Ich mach mir Sorgen um ihn, er ist dabei, den Kopf zu verlieren«, hatte er zu ihr gesagt, »er versteift sich auf bestimmte Dinge, und dann werden sie ihm zur Obsession.« Don José zog ein Taschentuch aus der Hose und trocknete sich die Stirn. Das Sprechen hatte ihn erhitzt. Es empörte ihn, daß sein Sohn als einziger in der Firma an die Dummheiten glaubte, die Rundfunk und Fernsehen verbreiteten. Vereinigungen, ja, Parteien, nein. Die machen einem ein X für ein U vor. Daß alles so weitergehen würde. Das ging doch in keinen Kopf hinein. Die Falange, die Bewegung, die Abgeordneten. Diese ganze Maschinerie hatte dazu gedient, eine Ordnung durchzusetzen, jetzt aber war sie völlig nutzlos. Damit war eine Partitur geschrieben worden, nach der das Land jahrelang seine Musik gespielt hatte, jetzt aber begann ein neues Konzert. Der Dirigent forderte andere Musiker, um nach einer anderen Partitur zu spielen. Er haßte diese Typen mehr, als sein Sohn sie hätte hassen können. Aber er konnte sich nicht der Faszination der nahenden neuen Verhältnisse entziehen, an die er sich nicht mehr würde anpassen können. Er fühlte sich unwiderstehlich von Taboada angezogen, mit dem er sich in letzter Zeit mehrmals hatte zusammensetzen müssen, um über Arbeitskonflikte zu verhandeln, ein Mann, der, kaum hatte Julio ihm gegenüber eine diesbezügliche Andeutung gemacht, flugs die neuen Pläne in bezug auf die Besitzverhältnisse in der Firma aufgegriff. »Er ist gerissen. Ein gerissener Hund. Er wird es schlucken«, hatte Julio gesagt. Es war ihm aufgefallen, wie Taboada lief, als bewege sich sein schlacksiger Körper auf einer Unterlage aus Samt. Er hatte ihn beobachtet und manchmal nachts, wenn er an die Zukunft seiner Unternehmen dachte, war er sogar so weit gegangen, sich zu wünschen, daß er, Taboada, sein Sohn wäre und nicht Tomás; ein Luchs wie Taboada mit einem scharfen Gehör, das wahrnahm, wenn sich etwas zwischen ihn und den Wind stellte, und einer empfindlichen Nase, die witterte, ob sich ein neues Tier ins Dickicht des Waldes eingeschlichen hatte. »Taboada ist kein Fanatiker. Er benutzt den Fanatismus für seine eigenen Zwecke«, hatte Julio gesagt. Und ihm hatte der Kerl besser gefallen als sein eigener Sohn. Bei seinem Sohn beulte sich das Hemd über dem Bauch, und er hatte einen breiten, soliden Hintern. Er dachte: »Ein bereitwilliger Magen und ein gewichtiger Arsch, zu schwer zum Mitschleppen, und ihm waren die eingefallenen Wangen, die schmale Taille und die nicht vorhandenen Arschbacken dieses Kerls beneidenswert erschienen. Er hielt sie für das Resultat einer entscheidenden genetischen Mutation, Anpassung an die neue Umgebung, in der sich in Zukunft alle würden bewegen müssen: die Häute zwischen den Fingern der Schwimmvögel, der Tran, der ihr Gefieder vor Nässe und Kälte versiegelt. So erschien ihm die asketische Körperlichkeit dieses Mannes, den jemand, der das Neue nicht kommen sehen wollte, fälschlicherweise für einen Prinzipienreiter, einen Fanatiker, für körperlich schwach, schlaff und zerbrechlich halten konnte. Es machte ihm verdammt wenig Spaß, irgendeinen Geburtstag zu feiern. Er erinnerte sich an seine Frau. Amelia hatte ihn allein gelassen. Vielleicht war sie glücklich, wenn sie durch die Gänge des Hauses irrte. Er dachte, daß man sie während des Festes ins obere Stockwerk sperren müßte, damit sie nicht die Gäste behelligte, und er wünschte sich, daß alles so schnell wie möglich für sie vorbei wäre, und für ihn auch.

2

SIE HATTEN GESCHOSSEN. Das war ein Schuß gewesen. Er hatte das trockene und zugleich dröhnende Geräusch eines Schusses gehört. Dann hörte er Schritte, die sich in verschiedene Richtungen verloren sowie andere hinter sich, die wie ein Echo auf die seinen klangen. Auch ein dumpfer Schlag auf die Erde, der von einem fallenden Körper herrühren konnte. Aber nein, das konnte kein Körper sein, es mußte etwas anderes sein. Wäre jemand gefallen, hätte man einen Klagelaut hören müssen, wenigstens ein Stöhnen, irgend etwas, einen Schrei, oder mehrere Hilferufe, aber nein, nichts war zu hören gewesen. Seine eigenen Schritte – tap, tap – auf dem trockenen Gras und andere, in der Ferne, und einige Stimmen, schneidend herrisch, die am dunklen und leeren Himmel abprallten. Es hatte in diesem Herbst noch nicht geregnet, und alles war trocken und staubig. Den ganzen Sommer über war kein Tropfen gefallen, kein Gewitter, nichts. Die dürren, vom Frost starr gewordenen Gräser, die Quecke, deren Blütenständer in den Socken hängenblieben und bei jedem Schritt unangenehm kratzten, die stacheligen Blätter der Diesteln, die beim schnellen Laufen wie scharfe Messerchen die Unterbeine oberhalb der Socken einritzten. Nein, jetzt hörte er nichts als seine eigenen Schritte auf dem Unkraut, sein eigenes Keuchen und das reibende Geräusch der eigenen Kleider. Es roch nach Staub. Nicht einmal dem Morgengrauen gelang es, der Luft etwas Feuchtigkeit beizumischen. Bald würde es hell werden, und tatsächlich zeichnete sich hinter den Gebäuden, den in der Ferne hier und dort verstreuten Wohnblöcken und den flachen Massen der Industrieansiedlungen, schon eine Spur von

Helligkeit ab, kobaltblau, das war der Morgen, ein trockener, erdiger Morgen der, obwohl der Herbst schon weit fortgeschritten war, einen gleißenden Tag verhieß. Auf Bodenhöhe war aber noch alles schwarz, eine Schwärze, die seinen Blick nach unten zog, er dachte, er könne womöglich über einen Steinbrocken stolpern, gegen einen Zementpfosten stoßen, mit dem Fuß in einer der vielen Unebenheiten hängenbleiben. Auch davor hatte er Angst, allerdings weniger Angst als vor dem, was sich hinter seinem Rücken tat – war da noch jemand? Rannte noch jemand hinter ihm her? Er hatte nicht gewagt, sich umzudrehen. Obwohl nichts mehr zu hören war, befürchtete er, wenn er sich umwandte, eben jene Gestalten wiederzuerkennen, die er um die Ecke der Kaserne hatte kommen sehen. Plötzlich hatte er sie gesehen, hatte die Stimmen gehört, und die Stille der Nacht war durchbrochen, hatte sich in Unruhe, konfusen Lärm verwandelt: Schreie, das wütende Gebell eines Hundes, das Geräusch von Schritten, etwas Metallisches. Er war jedenfalls losgerannt, und er nahm an, die beiden anderen auch; einer von ihnen bestimmt, denn anfangs hatte er hinter sich ein Keuchen gehört (vom Alten? von Lucio?) und zwischen dem Keuchen ein paar flüsternd ausgestoßene Worte; später hatte er wohl immer noch Schritte hinter sich gehört, kaum ein paar Meter entfernt, Knacken im Buschwerk, und immer noch Keuchen, hatte dann aber gedacht, das Keuchen komme nicht mehr von einem seiner Kumpel, sondern von einem jener Schatten, weil er glaubte, ein metallisches Geräusch gehört zu haben und dann wieder eine Stimme und danach wiederum Keuchen und von weiter her mehrere Stimmen und dieses Geräusch, eine Explosion wie ein Feuerblitz (war die Nacht erleuchtet? Oder hatte es diesen Blitz nur in seinem Hirn gegeben?); zehntelsekundenlang war alles weiß gewesen, so weiß, daß die Nacht danach noch schwärzer war, dann hatte es dieses andere metallische Ächzen gegeben, wie von alten Sprungfedern, das noch ein paar Augenblicke in seinem Rücken fortklang, bis nur mehr seine Schritte da waren, das Knacken, das er auslöste, das Rascheln des trockenen Grases, sein Keuchen. Trotzdem war er weitergerannt, hatte sich nicht umgeschaut, auch nicht gewußt, wohin er die Füße setzte. Dort, unter seinen Füßen, lag ein Teil seiner Angst, die Angst, in der Nacht zu stürzen. Er fragte sich, wie die Nacht mit aufgeschlagenen, brennenden Knien wäre, mit einer schmerzenden Verrenkung, mit einem Knöchelbruch, einer Eisenspitze, die in seinen Fuß drang. Wie es wäre, das Viertel vom Boden aus zu sehen, von dieser Oberfläche aus, die die Nacht verbarg und die aus dem Schutt ferner Gebäudeabbrüche im Stadtzentrum bestand, Bruchstein, angefressene Träger, Eisenstangen, mit Lastern angekarrt, ganze Ladungen von Abfall, Reste alter Möbel und Elektrogeräte. Das war die kleinere Angst und doch eine maßlose Angst: mühsam vorwärts zu robben, mit Ellbogen und Füßen nachhelfen zu müssen auf dieser unebenen Fläche, die er durch die Schuhsohlen spürte und die das Vorankommen so behinderte. Von hier, von all diesem Müll aus, zu sehen, wie der Tag anbrach, während die Wunden erkalteten und der Schmerz zunahm. Nein, es durfte ihm nichts passieren, er durfte sich nichts verstauchen, nicht das Bein brechen. Es roch nach Verwesung, nach fauligen Orangen, nach Motorenöl, nach rostigem Metall. Die andere Angst, die große Angst galt dem, den er nicht mehr wahrnehmen konnte, der zurückzubleiben schien, aber doch noch hinter ihm her war. Wo? Metall. Spüren, daß eine neue Explosion dich auf den Boden zwingt, oder daß einer dieser schwarzen Schatten sich auf dich wirft und du den Schmerz des Metalls im Mund fühlst. Er nahm die Stille um sich herum wahr, eine Stille, die in das ferne Rauschen des Verkehrs eingehüllt war, und plötzlich verflüchtigte sich seine Angst, und er meinte, jetzt nicht mehr weiterrennen zu müssen. Er blieb bei einer Mauer stehen und schaute sich um. Alles wirkte ruhig. Nichts war zu hören, nur von einer fernen Landstraße her das Geräusch der Autos, deren Scheinwerfer schon blaß wirkten, weil es heller geworden war. Ja, es brach ein Tag wie aus flüssigem Metall an, ein Himmel zwischen Weiß und Gelb, dessen Spiegelung die weite Fläche des mit gelblich dürrem Gras bedeckten Geländes zu sein schien. Kein Lüftchen, alles war ruhig, und über der Landschaft schwebten unendlich viele Partikel Staub oder Licht. Es war drückend, wie an einem Sommermorgen. Als er sich auf die Steinmauer stützte, tief durchatmete und das Kinn von der Brust hob, um den Himmel zu betrachten, sah er über der Sierra eine dunkle Masse schweben, die sich fächerförmig über den Gipfeln öffnete, eine klebrige und entschlossene Hand; und gerade in dem Augenblick, als er die Wolkenformation, die sich über die Berge schob, betrachtete und das Dröhnen eines Donners zu hören meinte, spürte er, daß etwas auf ihn zukam, hörte Stimmen, während er unter einem enormen Gewicht zusammenbrach. Schmerzen im Kopf, in der Brust, im Schienbein, in den Knöcheln. Und Stimmen. Sie trampelten auf ihm herum. Sie gaben ihm Tritte, hoben ihn mit dem Fuß an, und wieder bekam er Tritte. Als sie ihn in den Wagen schoben, meinte er, in der Ferne wieder einen Donner zu hören, aber das fand in einem sehr abgelegenen Teil seines Hirns statt, und es kam ihm nicht in den Sinn, wieder nach den Wolken zu sehen, ob sie schon vorgerückt waren und bereits einen größeren Teil des Himmels bedeckten, er sah nichts, nicht einmal die Abschürfungen und Blutergüsse auf seiner Haut. Es war, als seien seine Empfindungen und Gedanken nun Teil eines komplizierten Rückzugssystems, denn sie waren nur noch mit seinem Innern beschäftigt. Doch etwas nahm Enrique Roda dann doch wahr, und zwar, daß der Himmel bereits völlig bedeckt war, als er den Ort erreichte, zu dem sie ihn gefahren hatten (Wo war das? Ein Hof, ein grüner Gang), und daß, als er den Hof überquerte, dicke Regentropfen auf seinen Kopf fielen. Und in diesem Augenblick, als er den Aufprall der Tropfen spürte, fand er, trotz der Müdigkeit und der Schmerzen, die Kraft zu denken. Er dachte unter anderem, wie schnell und wie unvorhersehbar sich die Umstände doch verändern können. Der Mensch denkt, Gott lenkt. Dieser Tag, der trocken zu werden versprach, endete mit einem Wolkenbruch, und er, der vorgehabt hatte, zum Sicherheitstreff mit Lucio und dem Alten bei Aluche in die Metro zu steigen, und dann im Laufe des Tages eine Menge erledigen wollte, würde über sich nicht verfügen können, würde mindestens ein halbes Dutzend Jahre lang nicht die Möglichkeit haben, solche Dinge zu tun oder zu lassen. Er dachte: ein halbes Dutzend Jahre, und tat sich selbst leid. Keine Sicherheitstreffs mehr, kein Bier in der Bar Avenida, keine Einkäufe in der Galeria Vacesa oder auf dem Mercado Maravillas, mit Rosa, seiner Frau, und seiner kleinen Tochter, die sich mit dem Einkaufswagen abmühte. Die Kleine nahm der Mutter immer den Wagen ab, sie wollte ihn selbst schieben. Das war der Alltag, der war draußen geblieben. Von der Zelle aus hörte Enrique Roda wie es regnete, eine schrecklich lange Zeit, deren Dauer er nicht überprüfen konnte, da einer der Typen ihm bei der Durchsuchung alles abgenommen hatte: Brieftasche, Papiere, Kleingeld, auch die Uhr, alles hatte er mitgenommen. Er dachte, zwei oder vielleicht drei, vier, sechs Jahre an einem Ort wie diesem, immer hinter Gittern, und er hörte von sehr weit oben das Geräusch des Regens, oberhalb seines Kopfes, denn die Fensterluke zur Straße war an der höchsten Stelle des Raums gleich unter der Decke angebracht, ein eigentümlicher Raum, am einen Ende konnte man kaum aufrecht stehen, und dann verlief die Decke steil zu einem spitzen Winkel in die Höhe. Vom Ende des Ganges her hörte man ein Radio die Nachrichten wiederholen, aber von seinem Platz aus konnte er nicht verstehen, was gesagt wurde. Wohin hatten sie ihn gebracht?

3

Sie musste die Lampen im Salon anschalten, es war stark bewölkt, und von draußen drang kaum Helligkeit durch das große Fenster herein, von dem aus man im Grau die Bremslichter der Autos aufleuchten sah. Wie üblich herrschte jetzt am Morgen in der Juan Bravo dichter Verkehr. Einen Augenblick zuvor hatte Olga zur Wanduhr hochgeschaut. Sie hätte gern gewußt, ob die Ärzte ein neues Bulletin herausgegeben hatten, doch die Rundfunknachrichten waren schon vorüber, denn es war nach viertel nach neun. Sie mußte bis zehn Uhr warten, um etwas zu erfahren. Sie fühlte sich entspannt. Sie stand morgens gern auf, wenn sie wußte, daß sie am Tag etwas zu tun hatte, und sei es nur – wie heute –, ein halbes Dutzend Freunde zu empfangen. Sie hatte dafür zu sorgen, daß alles reibungslos klappte, stimmig war, und diese Verantwortung gab ihr ein angenehmes Gefühl. Die Vorbereitungen: Möbel und Spiegel polieren, das Silber putzen, die Blumen arrangieren, den kleinen Buffettisch herrichten und die Dekoration der Platten überwachen: milder Schinken und Aspikhäppchen, umgeben von Eierscheiben und kandierten Kirschen, eine aus Zitronenscheiben gewirkte Bordüre als Rahmen für die Räucherfisch-Kanapees; hauchdünn, fast durchsichtig die durchwachsenen Scheibchen des Landschweinschinkens. Lurditas hatte ein Händchen für solche Dinge und war sehr aufgeweckt, Pepa aber war erst seit gut einem Monat im Haus und wirkte überdies etwas begriffsstutzig. Am Nachmittag zuvor war Sole Beleta aufgetaucht und hatte ihre Hilfe angeboten. Wahrscheinlich hatte sie geglaubt, es werde ein großes Fest, doch Olga mußte sie enttäuschen. Nein, das gäbe es nicht. Weder sei ihr

Schwiegervater besonders für Feste zu haben, noch seien die Umstände dazu angetan, groß zu feiern. Sie fand es störend, daß ihre Freundin sich in ihre Angelegenheiten mischte, es war, als ob ein Vampir ihr etwas von diesen besonderen Momenten wegsaugte und ihr damit das Exklusivrecht daran nahm. Außerdem hatten Soles Gegenwart und ihr fades Geplauder sie auch verunsichert; vielleicht war es ein Fehler gewesen, Ada Dutruel und ihren Mann einzuladen. Plötzlich war ihr klar geworden, daß die Kindheitsfreundinnen Sole und Elvira in ihrer Plumpheit und Unbildung absolut nicht zu diesem Ehepaar – einer Künstlerin und einem Intellektuellen – paßten. Schwarz und weiß. Und dann würden auch noch Maxi und seine Frau da sein, und man mußte beten, daß es nicht zu Reibereien kam (Adas Vorstellungen waren denen des Kommissars denkbar fern), aber sie vertraute da auf das diplomatische Geschick von Maxis Frau, die ganz Taktgefühl und Delikatesse war. Zunächst hatte sie gedacht, daß dem Großvater die Anwesenheit von Ada Dutruel schmeicheln würde, immerhin eine bedeutende Künstlerin, die das Bild gemalt hatte, das er geschenkt bekam und das dann zum Bestand der Stiftung Ricart gehören würde. Die Anwesenheit der Malerin war ihr, als sie sich dafür entschied, auch als weitere Möglichkeit erschienen, Sole und Elvira gegenüber den eigenen Stil zu betonen; gestern nachmittag aber, als sie Sole sah und ihr zuhörte, hatte sie die Szene von der anderen Seite aus betrachtet und sich darüber Gedanken gemacht, was für einen Eindruck Ada von ihr bekäme, wenn die Künstlerin sie im Kreis dieser kleinkarierten und zurückgbliebenen Hofschranzen erlebte. Sole, Elvira, Maxi, die Freunde von Tomás und deren Frauen. Der Gedanke war nur eine vorüberziehende dunkle Wolke gewesen, an die sie jedoch in der Nacht denken mußte und die jetzt, am Morgen, wieder aufzog. Sole hatte darauf bestanden: »Ich komme auf alle Fälle etwas früher, wer weiß«; und Olga hatte zu ihr gesagt, na gut, wie du meinst, und hatte sich schließlich eingestehen müssen, daß die Gegenwart der Freundin während der Vorbereitung des

Buffets in ihr keine entschieden negativen Gefühle auslöste, ganz im Gegenteil, denn Sole würde Zeugin der ursprünglichen Perfektion ihrer Arbeit sein: dieser flüchtige Augenblick, in dem der ganze Salon erstrahlen würde, bevor irgend etwas von seinem Platz bewegt würde, das Aufscheinen einer schönen Ordnung, die bedroht wäre, sobald dem ersten Gast ein Glas gereicht würde, die erste Zigarette in einem Aschenbecher ausgedrückt war oder jemand ein Kanapee in die Hand nahm und damit die Symmetrie auf der Platte zerstörte; erste Gebärden, die bei jedem Fest die Unordnung und die Trostlosigkeit, in der alles enden wird, ankündigen. Als sie sich der Vorstellung vom Ende hingab, erschauerte Olga: die schmutzigen Gläser, die Spülbecken in der Küche voller Teller, die Kippen in den Aschenbechern, der Geruch von Menschen, von Speisen im Zersetzungszustand, verbranntem Tabak und Parfums. Die kleine Gruppe der erwarteten Gästen verwandelte sich in ihrer Vorstellung geradezu in ein Heer, und es tat ihr leid, überhaupt jemanden eingeladen zu haben. Lust am Ärger, sagte sie sich. Und es war dieses panikartige Erschauern gewesen, das sie, in der Intimität ihrer verborgenen und wechselhaften Schwingungen, für Soles Nähe in den letzten Minuten dankbar sein ließ, da die Freundin gewährleisten würde, daß dann, wenn alles zu Ende war, die ursprüngliche Perfektion nicht nur eine eigene Erinnerung und nichts als das sein würde, sondern auch in das Gedächtnis einer anderen Person eingeschrieben wäre, die sich daran erinnern könnte, wenn sie im Verlauf irgendeiner Unterhaltung darauf zu sprechen käme.
»Ich habe ein paar Döschen Kaviar für morgen gekauft, wollen wir eine aufmachen und dazu einen Schluck Champagner trinken?« hatte sie Sole vorgeschlagen. Und dann hatten sie zwei Stunden lang geplaudert, während sie ab und zu das Löffelchen mit den Kaviarperlen aufnahmen, glänzend, grau, sie sahen wie echte Juwelen aus, wie etwas, das man sich um den Hals legen oder über einen Finger streifen konnte. Darüber hatten sie gesprochen, daß gute Produkte immer etwas von einem Schmuckstück hätten. Das Gold

in einem Tropfen Olivenöl; Perlmutt in einem Scheibchen gesalzenen Thunfischfilets, wenn man es gegen das Licht hielt, in der Muschel einer Tellina. Sole hatte sich sehr herzlich gezeigt, nachdem Olga ihre Anwesenheit ein paar Stunden vor dem Fest akzeptiert hatte, denn auch sie genoß diesen wunderbaren Augenblick, den die sorgfältige Vorbereitung eines gesellschaftlichen Ereignisses gewährt; das besondere Gefühl zu wissen, daß der eigene Wille hinter diesem kleinen Wunder an hergestellter Ordnung steht; vor allem aber die Befriedigung, auf der Höhe des Ereignisses zu sein, zu wissen, warum alles so und nicht anders ist. Bei Sole handelte es sich um eine Art von Gefühlen, die man der Polizei zuordnen könnte – oder den Detektiven, den Beamten –; sie ähnelten in etwa jenen, die einen Kommissar bewegen, der mit der Untersuchung einer Straftat befaßt ist und feststellt, daß das, was die Presse schreibt, durchaus nicht die ganze Wahrheit ist, und daß nicht einmal die Daten, die der offizielle Bericht bringt, ganz zutreffend sind – da er ziemlich viel verschweigt und so manches verbirgt, wenn er die Umstände eines Verbrechens darstellt –, schließlich kennen weder seine Vorgesetzten noch die Journalisten das ganze Geflecht von Beweisen, die er im Laufe der Untersuchungen angehäuft hat, und sie beschränken sich daher wie Papageien darauf, die verzerrte Version wiederzugeben, die der Kommissar selbst ihnen zu liefern für gut befunden hat. So wollte der privilegierte Kommissar Sole schnellstmöglich erfahren, wer die Blumen liefern würde, von wo die Austern kämen, die erst im allerletzten Augenblick zu öffnen waren, damit sie keinen Deut von ihrer Frische verlören und sich dann bei der Berührung mit dem Tropfen Zitrone sichtbar zusammenzögen. Sole kannte auf besondere Weise den Lieferanten des edlen Schinkens, der, bedeckt mit einem weißen Leinentuch, am Ende des Tisches auf einer Schinkenplatte liegen würde; der Schinken war nämlich, von dem Chauffeur geschultert, an diesem Nachmittag mit demselben Lift wie sie selbst hochgeschwebt und kam von ihrem eigenen Gut in Zafra; sie hatte sogar den Namen des

Lieferanten für schottischen Lachs herausbekommen, mit dem Olga verhandelte. Und die Adresse der Kolonialwarenhändler, die ihr getrockneten Thunfisch und Rogen verkauften. »Es ist nicht leicht, etwas Gutes in Madrid zu bekommen. Madrid ist ein Ödfeld mit Häusern«, hatte sich Olga bei ihrer Freundin beklagt. Olga klagte vor Sole gern über Madrid, und Sole ahnte durchaus, was hinter dieser Haltung ihrer Freundin steckte, tat aber lieber so, als bemerke sie nichts, weil sie genau wußte, das sie selbst winzig wurde, wenn Olga Madrid klein machte, klagte Sole doch ihrerseits, wenn sie längere Zeit nicht auf ihr Gut in Extremadura fahren konnte, daß Madrid sie ersticke, weil es so groß, so laut und unübersichtlich sei. Olga war davon überzeugt, daß Stil sich nicht nur, wie ihre Freundinnen meinten, in dem Viertel und dem Haus, in dem man wohnte, zeigte, in den Möbeln und dem Kleinkram, mit dem man sich einrichtete, in dem Wagen des Mannes oder der eigenen Kleidung; deshalb gehörte wohl auch das Verkleinern von Madrid zu dem, was sie »mein Stil« nannte, ein Bündel von Eigenschaften, das sie so definierte: »Der Stil ist deine Persönlichkeit, er geht über die Dinge, die du besitzt und gebrauchst, hinaus. Er ist, sagen wir mal, so etwas wie ein Pullover, ein Hemd, ein unsichtbarer Pyjama, in den du dich hüllst, den du dir selbst webst, mit Worten, Gesten, mit Dingen, die du hast oder die dir gefallen und die anderen nicht einmal in den Sinn kämen, die sie sogar links liegen lassen oder verachten.« Sie hatte diesen Gedanken vor vielen Jahren einmal in einem Erziehungsbuch für junge Damen gelesen. Die Autorin war eine Engländerin, Shelding, Sheldom oder so ähnlich. Olga hatte es sich in ihr privates Journal geschrieben, in das sie geistreiche oder tiefsinnige Sentenzen notierte, Gedanken, die sie für intelligent oder feinsinnig hielt; und sie war sehr glücklich gewesen, als sie eines Tages, das war schon ein paar Jahre her, entdeckt hatte, daß ihr Sohn Quini sich diesen Gedanken, den sie selbst vor vielen Jahren bei der Engländerin abgeschaut hatte, zu eigen gemacht hatte und damit einen gewissen Ehrgeiz ausdrückte, eine Tugend, die Olga bei ihrem jüngeren Sohn oft genug vermißte; Quini, der sich ständig mit sozialen Fragen beschäftigte, mit der Gleichheit und all diesen Themen, die en vogue waren. Ihr Quini besaß eine Art von Sensibilität, die ihrer eigenen in großem Maße ähnelte, dennoch beunruhigten sie einige seiner Äußerungen in ebensolchem Maße, weil diese scharfe künstlerische Wahrnehmung allzu oft dazu neigte, die Dinge zu übertreiben, sie aus dem Lot zu bringen. Als der fünfzehnjährige Quini einen Satz aussprach, der wie von der englischen Autorin abgepaust schien – »Mama, jeder hat seinen Stil, und der Stil ist das, was du magst, aber auch die Art und Weise, wie du etwas machst« –, begriff sie, daß jede Epoche ihre Stile erzeugt (ihre Freundinnen vom Opus Dei sammelten Eulen), und daß zum Stil der neuen Generation vielleicht die politische Leidenschaft gehörte; das war der Pyjama, mit dem Quini sich umhüllte, um sich von seinen Freunden abzusetzen. Von mir hat er den Geschmack am kleinen Unterschied geerbt, sagte sie sich an jenem Tag und spürte eine Welle warmer Zärtlichkeit für ihren jüngeren Sohn. Der ältere, Josemari, das war etwas anderes. Bei ihm setzte sich die Vitalität des Körpers gegen die Gehirnwindungen durch, was keineswegs bedeutete, daß es ihm an Intelligenz mangelte; er war ein Mensch der praktischen Vernunft, während Quini die dialektische Argumentation beherrschte; sogar vom Körperbau her glich Josemari mehr ihrem Mann, Quini dagegen war ihr lebendiges Ebenbild. Auch Tomás war vor allem ein praktischer Mensch. Der Satz der Engländerin (Shelding oder Sheldom) meinte, daß man seinen Stil ausbilden sollte, indem man sich mit Dingen umgab, die die eigene Persönlichkeit unterstrichen und sie von den anderen abrückte, fast wie ein Tick (die Eulen ihrer Freundinnen vom Opus Dei – wenn nicht alle das gleiche gesammelt hätten: Eulen), das bedeutete aber genau das Gegenteil von dem, was Quini predigte: Gleichheit (wobei es natürlich eine Sache ist, etwas zu predigen, und eine ganz andere zu teilen, dachte sie auf ihren jüngeren Sohn bezogen; egalitär, ja, ein bißchen kommunistisch, in Ordnung, dazu aber die Bach-Kantaten und die aus Amerika mitgebrachten Coltrane-Platten); für sie gehörte es beispielsweise zum persönlichen Stil, alte Schlüssel zu sammeln, die Wetterfahnen von Kirchen oder Storchennester zu fotografieren, so etwas in der Richtung: das Abc, die Grundlagen eines Stils; oder die Schuhe für ihren Mann nur bei Castellanos zu kaufen und zu sagen: »Ich mag sie von keinem anderen, selbst wenn der sie mir mit Goldfäden näht«, oder Dinge zu verschenken, die eine Geschichte hatten, über die in der *Gaceta Ilustrada* oder in *Destino* berichtet worden war. Hobbys, kleine Ticks, Geigen von Ingres, Exzentrisches. Das war die Grundlage. Die fortgeschrittenere Stufe bei der Ausbildung eines Stils, die sie inzwischen erreicht hatte, war entscheidend von einer intellektuellen Komponente bestimmt und wies verschiedene Facetten auf: etwa ihre Leidenschaft für französische Filme und Musik oder das, was sie am besten charakterisierte, und – zu ihrer großen Befriedigung – die Freundinnen aufbrachte: ihre Leidenschaft für avantgardistische Kunst, für radikal moderne Malerei. In die gleiche Richtung, wenn auch weit nicht so bedeutend wie ihre Liebe zur Kunst, also eher an der Basis der Stilpyramide angesiedelt, ging ihre fast mystische Wertschätzung des Gemüses – ein anderer Webfaden, ein dünner, aber dennoch notwendiger, für jenen unsichtbaren Pullover, der Olgas Stil ausmachte. Damals war Gemüse noch nicht Mode, und die verschiedenen Sorten wurden auch noch nicht, wie es ein paar Jahre später der Fall war, mit einem Hauch von Verehrung verspeist; auch der Beitrag des Gemüses zu einer gesunden Ernährung war noch kein Gesprächsthema in Gesellschaft. In den vornehmen Häusern wurde jenseits der Küchenwände nicht über Gemüse gesprochen. Olga jedoch glaubte daran und gab ihrem Glauben auch öffentlich Ausdruck. Sie wandte beim Gemüse die gleiche Strategie an wie bei ihren einzigartigen Geschenken. Sie umgab sie – die zweite Haut des Stils – mit Geschichten, die sie in gleißendem Licht präsentierten. Darin wie in einigen anderen Dingen – ihrer religiösen Skepsis, ihrer Leidenschaft für

Paris und für die kühnste Malerei – war sie eine Vorreiterin. Auf ihren Empfängen fehlten nie kleine Platten mit Brunnenkresse, mit krausen Endivienblättern, besprüht mit ein paar Tropfen Öl und besprenkelt mit einem Hagel Pinienkernen und Rosinen, Schalen mit Löwenzahnblättern, Stifte aus frischen Selleriestangen oder kleine Tortillas aus Spinat, zartem Knoblauch, Zwiebeln oder Erbsen. Olga war sehr stolz auf die Präsenz dieser Vegetabilien im Speiseplan ihres Hauses (viel mehr als auf die teureren und luxuriöseren Produkte – Schinken, getrocknete Thunfischfilets, Kaviar), denn sie waren Ausdruck ihrer femininen Identität; ja, so nannte sie es, ihre »feminine Identität«. Nach Olga war die Frau von Natur aus vegetarisch ausgerichtet, der Mann dagegen war ein Fleischfresser, ein Verzehrer von Fetten, und wenn er denn pflanzlichen Produkten eine Chance gab, so neigte er zu den Hülsenfrüchten, die ob ihrer Härte, Trockenheit und Farblosigkeit schon fast dem Reich der Mineralien angehörten. Männer, so lautete ihre Theorie, aßen Fette und Hülsenfrüchte, rauchten Zigarren und spielten Karten und Schach, gingen auf die Jagd, begeisterten sich für Fußball, Stierkampf, Boxen und Ringen und waren laut. Frauen dagegen steckten sich Ohrringe in die Ohrläppchen, trugen Röcke, merkten bis zum Ende ihres Lebens nicht, daß hochhackige Schuhe unbequem sind, verspürten bei der Berührung mit Schmuck einen sinnlichen Schauer, wußten, daß man die besten Worte halb flüsternd sagt, und aßen Gemüse und Süßigkeiten (Schokolade, Pudding, Cremes, Dotterkugeln, Mandelmehlplätzchen, Pinienkrokant: Süßigkeiten, die so weiblich sind, daß sie sogar in Nonnenklöstern hergestellt werden). Davon hatte Olga Sole Beleta erzählt, während sie in einem Sessel am Fenster saß und auf den Dauerstau in der Juan Bravo hinuntersah. Zwischen den beiden stand ein kleiner Tisch mit einem Leinendeckchen und darauf eine Silberschale, wo inmitten von zerstoßenem Eis die 50-Gramm-Dose Kaviar thronte, die sie gerade geöffnet hatte. Olga sprach von ihrem Sessel aus, vor allem aber von der hohen Warte einer verheirateten Frau, die aus

Erfahrung die Vorlieben der Männer kannte, denn, Glück oder Unglück, sie war – wie sie zu sagen pflegte – mit einem Mann verheiratet, »der hundertprozentig Mann war«, was bedeutete, daß er nicht nur Zigarren rauchte und Fett und Hülsenfrüchte verzehrte, sondern sich auch mit lauten Freunden umgab, mit denen er Cognac trank und im kleinen Salon Poker spielte, wobei sie alles mit ihren Zigarren verräucherten; ein paar dieser Freunde hatte sie wohl oder übel auch zum Fest des Großvaters einladen müssen. Aber das alles kannte Sole schon zur Genüge. Olga hatte es ihr bei anderen Gelegenheiten erzählt; was sie ihr an dem Nachmittag aber als Premiere auftischte, war die Theorie von der geschlechtsspezifischen Ernährung, und während Olga sie ausführte, bemerkte Sole, daß die Freundin so etwas wie Genugtuung dabei zu empfinden schien, als räche sie sich mit dieser Darstellung für etwas, und so hielt sie das Ganze für eine abgemilderte Version irgendeiner heimlichen Tragödie. Sole, obgleich unverheiratet und daher unberührt von dieser virilen Welt, die so fest und schwerfällig, fast dickhäuterhaft wirkte, hatte dennoch nichts von der Leichtigkeit des Weiblichen, da sie aus Extremadura kam. Obwohl sie schon ewig in Madrid lebte, Rom, London und Paris besucht hatte, blieb sie doch der Traditon von Fett und Hülsenfrüchten ihrer Heimat verhaftet, die Olga (geborene Albizu, Señora de Ricart seit über zwanzig Jahren) für obsolet betrachtete. Vielleicht klagte sie deshalb, während sie mit der Linken die Gardine wegschob, um besser den Stau auf der Straße zu sehen (in der Rechten hielt sie den Kelch mit ein wenig Champagner), auf feminine Weise:
»Ich habe mich aufgerieben, um das bißchen Gemüse zu bekommen, das wir morgen für das Buffet brauchen. Der Gemüsehändler in der Fernando VI hatte ausgerechnet diese Woche keine Brunnenkresse, auch keinen Löwenzahn, also mußte ich Lurditas zu einem kleinen Laden in der Princesa schicken, ich glaube, die beliefern auch den Pardo. Der einzige Ort, an dem ich diese Leckerei finden konnte. Stell dir vor, in ganz Madrid. Was für ein Unter-

schied zu Paris. Klar, Madrid ist keine Stadt für Gemüse, es fehlt die Tradition; in Madrid kannst du Salzfische vergessen und auch das Gemüse, hier gibt's nur das ewige Einerlei.«

Sie ließ die Gardine fallen, schaute auf die Uhr. Jetzt sprach sie von den Bauernhöfen in San Sebastián, von den Gemüsegärten im Norden. Diese Kartoffeln, die Disteln, die saftigen und geschmackvollen Salatblätter, Spitzpaprika, winzige Frühlingsböhnchen, die von den Basken sogar noch vor dem Kochen entkeimt werden; und dann die Artischocken, die Frühlingspilzchen.

»Der Frühling ist eine weibliche Jahreszeit«, erkühnte sich Olga, »und auch der Sommer ist eine Jahreszeit der Frauen ...«

Sie war nicht mehr zu bremsen:

»... die Sonne, hast du nicht bemerkt, Sole, daß Männer die Sonne nicht ertragen? Wir dagegen aalen uns am Strand, sechs, sieben Stunden lang, im glühenden Sand des Mittelmeers: ja dort, die Salzfische, die Sonne und die kleinen Fischchen. Wie sie sich in der Pfanne krümmen. Der Frühling, der steht für Gemüse, für Romantik, der Sommer für Sonne, Strand, körperliche Leidenschaft. Die beiden weiblichen Jahreszeiten, glaub's mir. Herbst und Winter dagegen, das sind die männlichen Jahreszeiten, Monate der Verhüllung: schwere Kleidung, die den ganzen Körper bedeckt und die Formen des Körpers verbirgt; Jagd, Fett, Eintöpfe und Suppen; geschlossene Räume, Kamine, Bars, Zimmer, die nach Rauch riechen, nach Kaffee und Cognac. Den Männern kommt diese Jahreszeit entgegen. Bekleidet sind sie attraktiver als nackt: um den Hals ein weißer Hemdkragen, Sakkos, die ihre Unförmigkeit überspielen, den Bauch bedecken, Hosen, die ihre Beine verbergen.«

Sole lächelte und schnitt eine Grimasse, als sie das Wort Beine hörte.

»Olga, du übertreibst, die Männer bedecken ihre Beine nicht aus ästhetischen Gründen. Das ist eine Frage der Sitten, das ist althergebracht, und nicht weil sie meinen, in Hosen besser, attraktiver

auszusehen. Das ist nun mal so. Seit Jahrhunderten. Eine Konvention.«
»Sitte? Konvention? Ja woher kommen denn die Sitten? Hast du jemals etwas Gräßlicheres als Männerbeine gesehen? Dünn und behaart sind sie grausam; dick und unbehaart noch schlimmer, dann sehen sie nach Schmalz aus; ganz zu schweigen von denen, die dick und behaart sind: Das sind die Extremitäten von Tieren, nicht von Menschen. Glaub's mir, der Winter kommt ihnen entgegen.«
Olga erinnerte sich an das Gespräch, das sie am Nachmittag zuvor geführt hatten, und trank dabei, im selben Sessel sitzend, ihren Milchkaffee. Jetzt war das Fensterglas von innen beschlagen und von außen mit Wasserspritzern bedeckt. Aus der Art und Weise, wie sich die Äste der Straßenbäume bewegten, schloß sie, daß der Wind gedreht hatte und nun von den Bergen kam. Es regnete und war wohl kalt geworden. Das wechselhafte Madrider Klima mit seinen Temperaturstürzen. Olga wandte sich vom Fenster ab und griff mit den Fingerkuppen in ihr Haar, ging ein paar Schritte auf die hintere Wand zu, wo ein großer Spiegel den erleuchteten Salon widergab, und stellte sich davor. Sie beugte sich ein wenig vor, näherte ihr Gesicht bis auf eine Handbreit dem Spiegelglas und betrachtete sich genau. Sie gefiel sich nicht. Sie hatte sich noch nicht zurechtgemacht, das Haar war durcheinander, das Gesicht ungeschminkt, deutlich sichtbar die Tränensäcke; die verliehen ihr, dachte sie, ein wenig menschliches Aussehen, eher das Aussehen eines grasfressenden Tieres, eines Rindes. Sie löste sich hastig vom Spiegel. Gestern nachmittag hatte Sole erzählt, sie habe ein riesiges Bündel Spargel von ihrem Gut bekommen.
»Ich hätte es dir mitbringen sollen, für morgen«, hatte sie gesagt. »Du könntest einige als Strauß arrangieren, wie auf einem Stillleben, und mit dem Rest ein Omelette zubereiten. Soll ich sie dir morgen nachmittag bringen?«
Sie hatte sich mit diesem Vorschlag offensichtlich gegen Olgas vegetarischen Angriff wehren wollen, zweifellos sollte aber damit

auch eine männliche Duftspur evoziert werden: Die Spargel waren durch die verschwitzten Hände der Tagelöhner gegangen, die sie in den Feldern von Extremadura ernteten, gegen ihren Unterleib preßten, um sie zusammenzubinden, und dann die Pflanzenfasern abbissen, die als Schnüre verwendet wurden. Es klebte Schweiß daran. Sole brachte damit eine Probe bescheidenen Grünzeugs in den Salon der Ricarts, serviert mit ein paar Tropfen mannhaften Schweißes, und Olga hatte ihr lustlos, ein leichtes Lächeln auf den Lippen, zugehört.

»Wilder Spargel ist bitter«, wollte sie schon sagen, aber nein, sie tat es nicht, sie schwieg. Hätte sie es gesagt, wäre die Spitze zu deutlich gewesen, also zog sie es vor, sich zerstreut zu geben, während sie Sole plappern hörte. Sie hätte ihr gern ins Gesicht gesagt: »Rede über Schinken, über Lendenstücke, darüber kannst du sprechen, wenn du von deinen Ländereien erzählst; das alles ist aber männlich, schwer, es mangelt ihm an Leichtigkeit. Wie dir selbst.«

Das hatte Olga gedacht, und noch mehr, denn sie hatte gedacht, daß Sole ganz sei, wie die ursprünglichen Wesen bei Plato, dessen Dialoge sie ziemlich gut kannte, sie hatte sich vor langer Zeit damit beschäftigen müssen, im zweiten Jahr Philosophie, als sie beschloß, das Studium aufzugeben, was sollte sie auch damit, Kunstgeschichte erlernte man in Museen, Galerien, bei befreundeten Malern, beim Kauf von Bildern und Skulpturen, man mußte reisen und schachern und sich eine Sammlung aufbauen, wie sie es dann getan hatte, und nicht indem man zehn Jahre lang einem Professor, der einen fauligen Atem hatte, um den Bart strich. So hatte sie es vor dreißig Jahren Sole erklärt. Und gestern nachmittag hatte sie beim Gespräch an jene fernen ursprünglichen Wesen gedacht, die Mann und Frau zugleich waren. Sole hatte einen schwerfälligen Gang, trug derbe khakifarbene Mäntel von zweifelhaftem mitteleuropäischen Geschmack, Loden, geradegeschnittene Röcke, ohne jeden Pfiff; und sie trug Pelze, zweifellos hochwertige, denen es jedoch an Geschmeidigkeit mangelte; es war alles so anders bei ihnen beiden: Olgas Röcke schmiegten sich an die Hüften, fielen leicht und paßten, wenn man sie zusammendrückte, in eine Hand; auch Olgas Bewegungen waren geschmeidig, bei jedem Schritt schwangen die Hüften von der einen zur anderen Seite; volle, runde Hüften, aber nicht dick, nichts von Speckfalten oder Orangenhaut an Schenkeln und Pobacken, durchaus noch vorzeigbar, besonders wenn man bedachte, daß sie bereits achtundvierzig und von robuster Konstitution war: ansehnliche Beine, volle Brüste, weiße Haut, die rot wurde, wenn man sie etwas rieb, wenn sie sich nach dem Bad zu stark abrubbelte; eine Haut, auf der morgens, wenn er nachts über sie hergefallen war, die Spuren von Tomás' Fingern, seinen Lippen, seinen Zähnen, zu sehen waren. Obwohl sie so unterschiedlich waren, gab es jedoch etwas an Sole, das sie mochte: Vielleicht waren es ihre Mängel, daß sie sich ihrer nicht mit Argumenten erwehren konnte, Soles Unfähigkeit, einen Schützengraben zwischen sie beide zu legen; vielleicht war es aber auch das: Sie konnte Sole ständig irgend etwas beibringen, und Sole lernte, doch sie lernte nichts, was sich nicht mit einer Handbewegung wieder wegwischen ließ, wie ein Insekt, eine Fliege, eine Mücke oder gar eine Spinnwebe; eine Handbewegung reichte und eine Geste des Widerwillens.

»... Spargelsuppe«, hatte Sole gesagt.

Nachdem der Vorschlag mit dem Spargelomelette nicht auf Gegenliebe stieß, wollte Sole eine Spargelsuppe zubereiten, und sie hatte das gesagt, als handele es sich um etwas Überirdisches, um ein klassisches Gericht der französischen Haute Cuisine, von Escoffier verfeinert, oder so etwas, und Sole war ihr, trotz all ihrer Millionen, wie ein armes kleines Mädchen vorgekommen, das mit einer Handvoll Lehm Kochen spielt; ein Kind, das Lehmbrötchen backt, und das nicht einmal in einer dieser Spielzeugküchen, die man kleinen Mädchen schenkt; nein, Speisen aus Lehm, die auf einem Holzbrett unter der knalligen Sonne von Extremadura trocknen. Surren von Insekten in der Luft, Staub, Dürre. Welche

Ferne in Zeit und Raum, welch große Distanz zwischen ihnen beiden. Als sie also wieder das Wort Spargel hörte, konnte sie der Versuchung, ein wenig gemein zu sein, nicht widerstehen und sagte:
»Komm schon, Sole, laß uns nicht so auf dem Spargel rumreiten, schließlich ist es grüner Spargel.«

4

Kommissar Arroyo wurde frühmorgens geweckt. Zwei seiner Männer hatten gegen die Tür seines Büros gehämmert, er hatte im Unterhemd öffnen müssen, und sie hatten ihm leise gesagt, daß sie gerade einen Schußwechsel mit einer subversiven Gruppe gehabt hätten, in dessen Folge ihnen die Festnahme eines Mitglieds von Vanguardia Revolucionaria gelungen sei; der Mann habe ein Transparent, das die Soldaten zum bewaffneten Aufstand aufrief, an der Mauer einer der Kasernen von Campamento angebracht und einen Böller gezündet (sie sprachen von einem »Explosivkörper«, aber später erfuhr er, daß es nichts als ein Böller gewesen war). Das war eine gute Nachricht, besonders, weil der Verhaftete an einen Ort, den sie La Finca nannten, gebracht worden war. Weniger erfreulich schien, daß ein anderer der auf frischer Tat ertappten Subversiven von einer Kugel getroffen worden war, die hinter seinem Ohr in den Schädel gedrungen war, und daß die Staatspolizei diesen Schuß abgegeben hatte, weshalb das nicht ebenso geheimgehalten werden konnte wie die Festnahme. Der Kommissar geriet außer sich und brüllte los, während er Telefonnummern wählte und das Telefonbuch einem der Beamten zuschob, damit auch er wählte. »Damit hätte die Meldung beginnen müssen, Scheiße«, sagte er und versuchte weiter, eine Verbindung zu bekommen. »Wie sollte ich damit ins Haus fallen, wo Sie doch noch ganz verschlafen waren?« rechtfertigte sich Guillermo Majón, der Beamte der politischen Polizei, der ihm die Doppelmeldung erstattet hatte. Kommissar Arroyo wiederholte drei- oder viermal: »Ausgerechnet heute, Scheiße, ausgerechnet heute«, und sagte auch: »Der Staatsminister, machen Sie mir den Staatsminister ausfindig.« Und unterstrich: »Gerade der richtige Zeitpunkt, um uns in Schwierigkeiten zu bringen.« Er war so wütend, daß der Beamte nicht einmal das zu sagen wagte, was in jedem anderen Augenblick ganz natürlich gewesen wäre (»Kommissar, ein Roter weniger«) und was er wirklich gern gesagt hätte. Als sie dann allein im Büro waren, sagte er auch nur, daß er auf einen Befehl warte, wie mit dem Festgenommenen in La Finca zu verfahren sei. Worauf der Kommissar sich erkundigte, ob außer ihm und Leonardo Carracedo, dem anderen Beamten aus der Brigade, noch jemand über Festnahme und Unterbringung Bescheid wüßte, was sein Gegenüber verneinte: Niemand wisse von der Festnahme. Kommissar Arroyo lächelte, als habe eine intravenöse Beruhigungsspritze einen starken Schmerz jäh gelindert. »Schon besser«, sagte er, »laß uns heute einen Anfang machen.«

Kommissar Arroyo war nicht zum Schlafen nach Hause gegangen. Fast den ganzen November über war er nachts auf der Dienststation geblieben; er hatte ein Feldbett in der Kammer neben dem Büro, die morgens aufgeräumt wurde, einen kleinen Tisch mit einer Leselampe, einen Sender, über den man ihn rufen konnte, wenn es etwas Dringendes gab, ein Telefon und einen Radioapparat, in dem er Sportberichte, Nachrichten und Musik hörte; außerdem hatten sie ihm vor ein paar Jahren sogar eine Dusche mit warmem Wasser, einen Spiegel und ein Waschbecken mit einem Bord eingebaut, auf das er die Zahnbürste, den Rasierapparat, die Klingen, das Gesichtswasser und ein Fläschchen Kölnisch Wasser stellen konnte. An den meisten Tagen ging er nur zum Essen nach Hause und blieb danach noch eine Weile bei seiner Frau; nachmittags ging er zurück ins Büro, das er nur dann und wann verließ, um in der Bar gegenüber einen Happen zu essen oder bis zum La Paz zu spazieren, wo er sich unter dem Vorwand, er wolle sich vergewissern, ob alles in Ordnung sei, über den Zustand des Kranken informierte und Neuigkeiten und Klatsch einsammelte. Manchmal verschwand Kommissar Arroyo aber auch, ohne daß jemand hätte sagen können, wo er war. Arroyo schlief wenig und noch weniger in diesen Tagen extremer Anspannung, in denen man von einem Augenblick auf den anderen die fatale Nachricht erwartete, deren Bekanntgabe eine Lawine von Ereignissen ins Rollen bringen würde, deren Folgen relativ unvorhersehbar waren, denn obwohl der Generalísimo selbst meinte, alles nicht nur geordnet, sondern gut geordnet zurückzulassen, wußte keiner, was geschehen würde, wenn er starb. Bis jetzt sorgte die bloße Tatsache, daß sein Körper weiterhin dort lag, für Ordnung im Lande. Seit einigen Tagen aber, davon hatte der Kommissar sich mit eigenen Augen überzeugen können (als er die Besuche bei seinen Leuten, die am Hospital de la Paz eingesetzt waren, dazu nutzte, einen Blick in das Zimmer zu werfen), sah und hörte der Generalísimo nicht mehr und bot, durchlöchert von subkutanen Nadeln und Sonden, einen trostlosen Anblick. Das erste Mal, daß Arroyo dieses stille Zimmer betreten hatte, das hundert Kilometer von der Stadt entfernt zu sein schien, trug er einen Arztkittel, den ihm sein Freund Doktor Pozuelo überlassen hatte, und es hatte ihm beim Anblick des Kranken die Kehle zugeschnürt. Ihm war, als ob da nicht nur ein von Alter und Krankheit ausgezehrter Mann starb, sondern als sterbe mit ihm auch eine Art und Weise, Spanien zu verstehen; das dachte Maxi: Seine eigene Wesensart starb. Er hatte es später seinem Freund Ricart erzählt. »José, das Spanien, von dem wir ein Teil sind, stirbt. Danach wird nichts so bleiben, wie es ist. Mehr noch, vielleicht bleibt nicht einmal mehr Spanien, und selbst wenn es so wäre, wenn der Name Spanien bliebe, wird es sich um etwas handeln, das zwar so heißt, aber etwas anderes ist, in dem es für mich keinen Platz mehr gibt. Du bist schließlich Unternehmer. Du wirst dich einrichten können, aber ich bin Francos Polizist.« Und er hatte von einem Puzzle gesprochen, dessen Teile sich zu einem Bild verbänden, und die Schachtel mit dem Puzzle würde vielleicht die selbe bleiben, das Bild aber, also auch die Teile, wäre ein anderes. »Spanien wird von anderen aufgezeichnet werden, und das Puzzle wird sich aus anderen Teilen zusammensetzen«, hatte er gesagt und wieder von einer möglichen Emigration gesprochen. »Ich habe gute Freunde in Chile, in Brasilien, in Argentinien. Ich mag diese Länder nicht, Nationen wie Schwemmland, sie haben weder die Geschichte noch die Rasse Spaniens; da gibt es Polen, Mestizen, Italiener; und wenn sie dort auch vom spanischen Mutterland sprechen und es in unserer Sprache beschwören, sie sind nicht wie wir, José, können es nicht sein.« Er dachte an sein Büro, in dem ein anderer säße, an seine verängstigte Frau, die darauf warten würde, daß nachtragende Menschen gegen die Tür hämmerten, hinter der, wie nun bekannt, Kommissar Arroyo von der politischen Polizei wohnte; er hatte sogar an Tintín, den kleinen Hund, gedacht, der ihn zu Hause empfing und jedes Mal, wenn er klingelte, Männchen machte. Und den Kopf auf seinen Schenkel legte und ihn mit menschlichen Augen ansah, wenn er sich zum Essen an den Tisch setzte. Er dachte, hatte vor allem an Lina gedacht. Er hatte daran gedacht, daß er seine Frau und den kleinen Hund mitnehmen könnte, nicht aber Lina: Lina könnte er nirgendwohin mitnehmen, und was würde aus Lina ohne ihn, oder besser gesagt, was würde aus ihm ohne Lina? Er konnte sich nicht damit abfinden, sie zu verlieren. Er schloß die Augen, versuchte, sie vor sich zu sehen, die Augen, die Nase, das Gesicht, wollte sie ganz sehen, nackt, wie sie ihn ansah, doch die Vorstellungskraft spielte ihm einen Streich, und es gelang ihm nicht, Linas Gesichtszüge zusammenzusetzen. Er öffnete die Augen wieder, und es war, als verzichte er darauf, sich an sie zu erinnern, und habe damit schon halb darauf verzichtet, sie zu besitzen. »Aber er ist doch schon tot, was geschehen wird, hat doch schon längst zu geschehen begonnen«, hatte José ihn getröstet, und er hatte teilweise recht, denn Franco war wirklich schon tot. Arroyo wußte es nur zu gut. Er hatte sich genau so frei im Pardo Palast bewegt wie jetzt im Hospital de la Paz. Er war Teil jenes undurchdringlichen Sicherheitsnetzes, das Franco umgab, er war einer der Spinnenfäden, die ihn schützend ab-

schirmten und ihm manchmal so nah kamen, daß sie ihn fast streiften. Er wußte, wie sich das Geschehen in den letzten zwanzig Tagen entwickelt hatte. »Er will sterben, Maxi«, hatte Doktor Pozuelo gesagt, als er ihm von den bitteren Worten des Generalísimo erzählte, nachdem dieser Anfang des Monats fast erstickt wäre, wenn der Arzt nicht gemerkt hätte, daß sich zwischen Sonde und Rachenwand ein Blutgerinnsel gebildet hatte, das ihm die Luft nahm. Doktor Pozuelo selbst mußte ihm die Hand in den Schlund stecken und von dort einen faustgroßen Klumpen geronnenen Bluts entfernen. »Manchmal denke ich, ich hätte ihn an jenem Tag in Ruhe lassen sollen«, hatte der Doktor Maxi erklärt. »Als der Generalísimo wieder zu Bewußtsein kam, hat er mich angeschaut und mit dem schwachen Stimmchen, das ihm geblieben war, gesagt: »Wie hart das ist, Doktor!« Und dann hat er sich dagegen gewehrt, daß die Krankenschwester wieder die Sonde legte, und sogar die Kraft gefunden, mit deutlicher Stimme zu befehlen: »Laßt mich jetzt endlich«. Aber niemand hat auf ihn gehört. »Er ist tot, Maximino« hatte der Doktor gesagt. Er war tot. Seit einem Monat war er tot, oder schon länger, seit einem oder zwei Jahren. Er war schon tot, als man ihm vor drei Jahren meldete, daß sein Vertrauensmann von einer Bombe der ETA-Separatisten hochgejagt worden war, und er dazu nur bemerkte: »Vielleicht hat es auch sein Gutes.«
Maxi hatte in jener Nacht Dienst, als Doktor Hidalgo Huerta beschloß, im Sanitätsraum des Palastes eine Notoperation vorzunehmen, und sie hatten, um genügend Strom für den improvisierten Operationssaal zu haben, alles übrige heruntergeschaltet. Der Palast, in dem nur noch die Notbeleuchtung brannte, erschien ihm kalt wie ein Leichentuch. Diese Stille, der Halbschatten, das Geräusch der behutsamen Schritte von Ärzten und Wachen, das Geflüster. Nicht weniger als vierundzwanzig Ärzte überwachten den Todeskampf eines Greises, der ausgerufen hatte: »Mein Gott, wie schwer ist es zu sterben.« Das hatte Maxi seinem Freund José Ricart erzählt, woraufhin José gesagt hatte, daß er diese Grausamkeit un-

recht fände; nur damit Franco ein paar Tage länger lebe und diese und jene sich die Dividenden der Agonie besser aufteilen könnten. Doch Maximino war davon überzeugt, daß die alleinige Tatsache, daß der Candillo noch am Leben war, wie ein Skapulier Schutz vor den Ansprüchen der ganzen Meute gewährte, die nur darauf lauerte zuzuschnappen und einen Fetzen der Macht zwischen den Zähnen davonzutragen. »Sie wollen es bis Monatsende durchziehen, um die Wiederwahl des Präsidenten des Reichsrats zu forcieren – die Versammlung ist am Siebenundzwanzigsten. Aber bis dahin wird er nicht durchhalten. Sogar Doña Carmen hat sich letzten Samstag geweigert, einer dritten Operation zuzustimmen. Ich weiß, ich weiß. Auch sie hat akzeptiert, daß ihr Mann tot ist. Aber ich muß zugeben, daß das nicht die ganze Wahrheit ist, nein, ist es nicht, denn so lange sein Körper dort liegt, wirft niemand das Puzzle hin und zerstört das Bild, verstehst du? Sein bewußtloser Körper hilft, die Ruhe zu erhalten, den Anschein von Ruhe.« Er hatte das Glas seines Freundes gefüllt und ihn gebeten: »Trink, Ricart.« In sehr privaten Augenblicken nannte er ihn wieder beim Nachnamen, wie im Krieg. »Laß uns die letzten Tage unseres Spaniens genießen. Danach wird es ein anderes sein, anderen gehören.« José hatte mit ihm angestoßen, und dann hatten sie über eine neue Sendung von Geld und Wertpapieren gesprochen, die in den nächsten Tagen nach Zürich abgehen sollte. Maximino riet ihm, die Sendung nicht hinauszuzögern: »Wenn er erst mal tot ist, kann in den Tagen darauf alles mögliche passieren«; es gebe allerdings keine Hinweise darauf, daß die Grenzen geschlossen würden, schon deshalb nicht, weil im Augenblick keiner die Macht hatte, irgend etwas zu entscheiden. »Niemand wird in der Lage sein, die Macht zu übernehmen«, sagte er, »und das ist das Unglück; die Macht ist so zersplittert, daß keiner sie beansprucht. Das sind lauter Fäden, die im Zimmer des Hospitals zusammenlaufen, und sobald er stirbt, hängen sie lose herum.« Sie hatten eine Zigarre angezündet und einen geeisten Birnenschnaps bestellt. Sie hatten ihn schweigend getrunken, ohne weitere Trinksprüche oder Pläne. Als seien diese Schlucke Teil eines düsteren Totenrituals. Nach Verlassen des Restaurants waren sie in der klaren Herbstluft, die von den Bergen kam, durch Madrid gelaufen. Sie waren an den Cortes vorbeigekommen, waren die Carrera San Jerónimo hinunter bis zur Plaza Neptuno gegangen, und José hatte den Eindruck gehabt, daß Maxi die Gebäude und Bäume betrachtete, als würden sie, sobald Franco starb, in sich zusammenfallen, sich in Sägemehl verwandeln, das der kalte Wind von den Guadarrama-Bergen zerstreuen werde, und als blieben dann nur die Autos, die führerlos, gespensterhaft über das leere Gelände irrten. Das war vor zehn Tagen gewesen. Heute mittag würden sie wieder zusammen essen. Es war Josés Geburtstag. Als Geschenk wollte Maxi ihm ein silbernes Zigarettenetui überreichen, das ihm José Ricart vor vierzig Jahren an der Front von Vinaroz geschenkt hatte. Damals war José schon ein ausgewachsener Mann, Maxi aber gerade erst Anfang zwanzig. Sie verbrachten ein paar gefährliche und leidvolle Monate zusammen, und das Leben in den Schützengräben verband sie für den Rest ihres Lebens in einer Vater-Sohn-Beziehung. An einem Wintermorgen, als der Nebel auf dem Meer haftete und alles feucht und kalt war, hatte José das Zigarettenetui gefunden, gleich neben der Leiche eines jungen republikanischen Kommandanten, der mit einem Einschuß an der Schläfe bäuchlings auf dem Strand lag, und er hatte es Maxi geschenkt, als Siegel ihrer Freundschaft. »Wenn das hier vorbei ist und wir uns aus den Augen verlieren, sollst du zwanzig oder dreißig Mal am Tag an mich denken«, hatte er gesagt. Damals rauchte Maxi zwanzig bis dreißig Zigaretten täglich, und er tat es immer noch. Zwanzig, dreißig oder vierzig Mal am Tag zog er das Etui aus der Tasche, öffnete es, fuhr mit den Fingern hinein, um eine Zigarette herauszuholen, und das fast vierzig Jahre lang. Das Ende des Krieges hatte sie allerdings nicht getrennt, und als Maxi, der nun bei der Polizei arbeitete, Ricart vorschlug, in Madrid ein Schwarzhandelsgeschäft am Markt von Legazpi aufzuziehen, bat ihn José, sein Teilhaber zu werden, was Maxi jedoch ablehnte: »José, das ist mein Silberetui. Kein halbes Geschäft. Das ist ein Geschenk von mir.« Jetzt, fast vierzig Jahre danach, wollte er ihm das Etui zurückgeben, und er hatte sorgfältig die Worte erwogen, mit denen er es überreichen wollte. Er würde sagen: »Nimm, das ist ein Puzzleteil von unserem Spanien. Es hat mit uns den Anfang gesehen und sieht an unserer Seite das Ende. Irgend jemand wird es benutzen, wenn wir nicht mehr sind.« Er dachte dabei an die Enkel von José Ricart. Die Zukunft. Es war kurios, aber manchmal hatte er den Eindruck, als ob José jünger sei als er selbst; es war die Gewißheit, daß der Freund sich den neuen Zeiten anpassen und das überleben würde, was er selbst nicht überleben konnte.

Bis zehn Uhr vormittags war es Maxi gelungen, dreimal mit dem Minister zu sprechen, und im Büro hatten sie eine Notaktion für die Leiche des Typen von Vanguardia Revolucionaria gestartet, der bei dem Schußwechsel ums Leben gekommen war und sich als Raúl Muñoz Cortés alias el Viejo herausstellte, und damit als alter Bekannter der politischen Polizei. Der Kerl war fast siebzig, hatte als Kommunist während des Kriegs im Bataillon von Líster gekämpft, später die Partei verlassen und in zahllosen linksextremen Gruppen gearbeitet. Maxi, von Melancholie befallen, dachte, als er die Akte des armen Teufels einsah, der nun schon eine Leiche war, daß auch dieser Kerl sein Lebtag versucht hatte, die Teile eines unmöglichen Puzzles zusammenzusetzen. »Ein Idiot«, dachte er, und es kam ihm der Verdacht, daß die Idiotie des anderen ein Echo in ihm selbst fand. Er korrigierte seinen Gedanken: »Ein Idiot wie ich. Du hast auch immer die Arbeit für die anderen erledigt, so wie ich.« Zum ersten Mal beneidete er José Ricart wirklich. Hätte er doch Josés Angebot, sich an den Nachkriegsgeschäften in Legazpi zu beteiligen, angenommen. Aber er hatte damals seinen eigenen Krieg führen müssen. Er versuchte, diesen Gedanken abzuschütteln. Das einzig Wichtige war in diesem Moment, daß die Familie des Toten bereit war, darüber Schweigen zu bewahren, daß der Tod die Folge eines Schusses war. Und von Familie zu sprechen war in diesem Fall fast übertrieben, ein großes Wort für etwas Winziges, denn die Familie bestand nur aus einer ungebildeten, verschreckten und untröstlichen Frau, die über sechzig war und im Zentrum von Madrid Treppen schrubbte, sowie aus einem jungen Mann, den zwei von der Staatspolizei und zwei von der politischen Brigade in der Autowerkstatt, wo er arbeitete, aufgesucht hatten und der bei ihrem Anblick und der Nachricht vor Kummer und Angst zusammengebrochen war. Es war nicht schwierig gewesen, mit diesen beiden Unglücksraben zu verhandeln. Die Frau hatte gesagt, sie wolle nicht, daß ihr Mann auch noch als Toter leiden müsse, und hatte akzeptiert, die Leiche diskret überführt zu bekommen, wenn sie nur die Totenwache halten könnte. »Die Armen mögen gewöhnlich keine Autopsien«, hatte Guillermo, sein bester Beamter, schon am Telefon gemeint, als er zum Haus des Verstorbenen aufbrach, und hatte bekräftigt: »Wenn sie nicht involviert ist, wird sie keine Scherereien machen.« Guillermo hatte der Frau zugesichert, daß der Staat sie für ihr Schweigen entschädigen würde. »Besser, es für einen Irrtum zu halten, als daß Sie und Ihr Sohn in eine subversive Aktion verwickelt werden«, hatte er zu ihr gesagt. Guillermo war in so etwas unbezahlbar. Erfinderisch wie der Hunger. Sobald ihm die Daten vorlagen (vor zehn Uhr morgens), war er im Haus des Toten vorstellig geworden und hatte damit gedroht, die Frau und den jungen Mann in die terroristischen Aktivitäten des Vaters hineinzuziehen (»Señora, Ihr Mann ist mit einer Bombe in der Hand gestorben«, hatte er zu ihr gesagt, »der Gedanke ist also nicht abwegig, daß sich in diesem Haus noch weitere von der Sorte befinden. Manchmal tauchen die auch einfach beim Suchen auf«); er hatte die Pistole im Schulterhalfter sehen lassen, als er sich zerstreut am Kopf kratzte, und hatte danach die Frau getröstet, die dann sogar beim Weinen den Kopf an seinen Arm gelehnt hatte. »Erst zeigst du ihnen den Knüppel und dann steckst du ihnen die Mohrrübe ins Maul«, erläuterte er seine Methode. »Bringt ihn mir hierher, laßt mich bis morgen bei ihm sein und laßt ihn in Ruhe, tut ihm nichts, schneidet ihn nicht auf. Er hat seinen Teil gehabt«, hatte die Frau nach Guillermos sorgfältiger Vorarbeit gefleht. Also würde man die Leiche vor der Mittagszeit in die Wohnung bringen – eine Hütte in der Fertighaussiedlung von Pan Bendito, neben der Calle de la Oca (»So was muß so schnell wie möglich erledigt werden«, hatte er zu Guillermo gesagt) –, unversehrt und selbstverständlich sorgfältig geschminkt, um das Einschußloch abzudecken, das übrigens unbedeutend war, ein winziges Loch, in das nicht mal der kleine Finger paßte, ein paar Zentimeter hinter dem Ohr, nichts, ein sauberer Einschuß. Zweifellos würden die Nachbarn kommen, sobald sie von dem Unglück erfuhren, und die Frau sollte ihnen sagen, daß es eine Herzattacke war: Infarkt. Er war mitten auf der Straße zusammengebrochen, man hatte ihn ins Hospital gebracht, und dort war er gestorben, ohne daß die Ärzte noch etwas für ihn hätten tun können. Damit alles genau so ablief, würden Guillermo und sein Kamerad dort abwechselnd auf den durchgesessenen Schilfrohrstühlen, die im Eßzimmer des Häuschens herumstanden, Platz nehmen: »Wir sind die Neffen, wir sind mit dem Auto aus Salamanca gekommen, sobald wir davon erfahren haben, Señora«, hatten sie der Frau erklärt, die, starr vor Angst und Schmerz, alles hinnahm und und nicht einmal den Umschlag mit den 5000 Duros bemerkte, den Guillermo auf den Küchentisch fallen ließ. »Stecken Sie ihn ein, Señora«, mußte er ihr sagen, »es werden ja Leute kommen«, und sie hatte gehorcht und den Umschlag in die Tasche gesteckt, ihn weder angeschaut noch aufgehört zu weinen.

Um viertel nach zehn, als die Angelegenheit auf das richtige Gleis gebracht war, entschied Kommissar Maximino, daß er nun beruhigt die Messe besuchen konnte, und gab dem Priester über das Haustelefon Bescheid. Er hatte ihn früh morgens angerufen und ihn gebeten, das Amt hinauszuzögern, das er früh um sieben in der Kapelle der Direktion der Geheimpolizei zu zelebrieren pflegte. Maxi hatte ihm nahegelegt, doch bitte so lange zu warten, bis er das unvorhergesehene Problem, mit dem die Nacht für ihn zu Ende gegangen war, gelöst hätte. Also wollte er ihn jetzt keine Minute länger warten lassen und kniete bereits in einer der Bänke, noch bevor der Priester fertig eingekleidet war. Er legte die Ellenbogen auf die samtbezogene Armstütze der Betbank, deckte seine Augen mit den beiden Handflächen ab, die er wie ein Visier auf die Stirn legte, nur die Daumen drückten seitlich auf den Kiefer. So, in ehrerbietiger Haltung und mit halbgeschlossenen Augen, vernahm er die Worte des Geistlichen. Es handelte sich um Worte, die ihm in letzter Zeit nur halben Trost spendeten, da die Messe seit dem Konzil nicht mehr auf Latein gelesen wurde und somit das, was der Priester sagte, eine unmittelbare Bedeutung bekam, was Maxi störte, überhaupt war dem ganzen Ritual ein Großteil seines Geheimnisses, ja sogar seiner Würde abhanden gekommen. Jetzt verstand man alles, und was man verstand, war nicht viel; es erschien sogar etwas lächerlich, in diesem Zusammenhang von einem Mahl zu sprechen, und wenig glaubhaft, daß diese winzige Hostie, die der Priester zwischen den Fingern hochhielt, das darstellte, was seine Worte versprachen. Die Zeremonie war kaum noch feierlich und weniger denn je ein Abendmahl, selbst wenn einige Priester jetzt die Hostie in den süßen Wein des Kelches tauchten, damit auch die Gläubigen an dem Wein teilhaben konnten. Der Priester sagte: »Der Leib Christi.« Und: »Das Blut Christi.« Und es war, als ob das nichts sei. Weder Fleisch noch Blut, ja kaum Brot und Wein. Kommissar Maximino dachte, daß manchmal derjenige mehr gibt, der weniger gibt. Das galt in vielen anderen Bereichen auch. Beim Handel, wo die Worte, mit denen man ein Geschäft abschließt, mehr Wert haben können als die Unterschrift auf dem Scheck, der am Ende nicht gedeckt ist; so war es selbst in der Brigade, wo es nicht darum ging, noch mehr zu drohen oder zu schlagen, sondern darum, genau das zu tun, was erforderlich war. Ein Schrei mehr konnte den Angeklagten zum Schweigen bringen; ein Quentchen mehr Angst konnte zur Verstocktheit führen; ein Schlag zuviel konnte den Stolz wiedererwecken, der in stundenlanger Arbeit verschüttet worden war. Um nur von ihm selbst zu sprechen: Wenn der Priester ihm jetzt die in Wein getunkte Hostie gab, nährte ihn das weniger als früher, als er mit halbgeschlossenen Augen nur die kleine geweihte Hostie empfing. Und an all dem war nur die Sprache schuld. Weil die Kirche die Dinge hatte klarer machen wollen, waren sie einerseits gar zu offensichtlich und andererseits unglaubwürdig geworden. Die Sprache, in der immer die Worte der Eucharistie ausgesprochen worden waren, hatte sich geändert, und auf geheimnisvolle Weise schien ihm, daß sich damit auch die Bedeutung der Worte geändert hatte, selbst wenn sie wörtlich übersetzt dasselbe aussagten; vielleicht ging es ihm nur so, weil für ihn, seitdem er die Priesterschule besucht hatte, Latein immer eine heilige Sprache gewesen war, und weil er sich schon als Kind vorgestellt hatte, daß jene Gestalten, die die biblischen Orte bevölkerten, egal ob im Orient oder im Himmel, in weiter Ferne jedenfalls, Latein sprachen; wie sollten sie sich auch auf Spanisch ausdrücken, der Sprache dieser Kerle, mit denen er von berufswegen ständig zu tun hatte; nein, Gott konnte nicht in dieser Alltagssprache sprechen, sie war voll von vulgären Wendungen und zotigen Ausdrücken, die sich auf widerwärtige Situationen bezogen oder auf gewisse Teile des Körpers und, schlimmer noch, auf das, was diese Teile taten; zweifellos hatte Maxi in jenen Zeiten, als die Messe auf Latein gelesen wurde, eine zusätzliche Portion Frieden empfangen, die sich jetzt verflüchtigt hatte: Es war, als ob er weniger an Gott glaubte. Und dabei hätte man nicht einmal sagen können, daß er besonders stark an Gott geglaubt hatte. Nun ja, an Gott vielleicht schon: daß es etwas gab, woher wir kamen; etwas ganz anderes aber war zu glauben, daß man nach dem Tode irgendwohin kam. Das war schon fragwürdiger. Als Kind hatte er auf dem Land gelebt, in einem Dorf bei Lugo, und er hatte gesehen, wie die Tiere von innen aussahen, und sie waren genau wie die Menschen. »Das Schwein ist dem Menschen am ähnlichsten«, sagte sein Vater bei jeder Schlachtung, wenn er die Tiere, die sie aufgezogen hatten, aufschnitt, das Herz, die Leber, die Lunge – sein Vater zeigte mit dem Zeigefinger darauf –, alles genau wie beim Menschen. Der kleine Maximino war verstört, wenn er sah, wie sein Vater mit weit gespreizten Schenkeln niederkniete und sich die tote Jungsau zwischen die Beine legte und mit den Händen, die auf dem Rücken des Tieres lagen, schob und drückte, dieselbe Bewegung mit der die Bauern im Wald die Mosca rammelten, während die Kinder sie aus dem Gebüsch heraus belauerten: Die Bauern machten das genauso, sie knieten sich mit breit gespreizten Schenkeln hin und rückten sich die Mosca zurecht, indem sie mit den Händen auf ihre Schultern drückten, und die Mosca schlang dann die Beine um ihren Körper. Männer wie Tiere, ein und dasselbe, denn es gab Bauern – und das verstörte den Jungen noch mehr –, die fielen die Mosca von hinten an und bewegten sich auf ihrem Rücken ganz genau wie die Hunde. Aber es war vor allem das Innere des Schweins sowie seine weiche, rosige Schwarte, die mit brennenden Ginsterzweigen abgesengt wurde, was ihm schon früh die Ähnlichkeit zwischen Tieren und Menschen angezeigt hatte, auch wenn er später, nach dem Tod seines Vaters, Dank dem Einsatz der Mutter, zu den Priestern auf die Oberschule gekommen war, und diese sich eifrig bemüht hatten, ihm beizubringen, daß man den Menschen vom Tierreich ablösen und auf eine andere, höhere Stufe der zoologischen Leiter stellen müsse. »Stimmt es, daß der Mensch vom Affen abstammt?« fragte eines Tages ein Junge, und der Lehrer antwortete: »Sie zweifellos ja. Wir natürlich nicht«, und die anderen hatten gelacht, aber ihm war diese Frage nicht abwegig vorgekommen. Schweine, Hunde, Affen, Menschen. Sie ähnelten einander. Zeit und Erfahrung hatten es ihm bestätigt. Die traurigen, verständigen Augen des Hundes, der von seinem Herrchen getadelt wird, die rosige Leber des Schweins, der Affe, der sich in seinem Käfig im Retiro einen runterholt. Im Laufe der Jahre hatte er allzu oft die Ähnlichkeit, um nicht zu sagen, die Gleichheit zwischen Tieren und Menschen sehen müssen: Er hatte abgestochene Menschen gesehen, die wie sterbende Schweine schrien und bluteten, durchsiebte Menschen, menschliche Wesen, die nackt und aufgeschnitten auf den Tischen des gerichtsmedizinischen Instituts lagen, und diese Menschen hatten Gedärm, Lungen, Magen und Herz wie die Schweine, und oft handelte es sich um Individuen, die schlimmer als Tiere waren, und die, wenn sie sich vollschissen, oder wenn sie als Leichen in den Zustand der Fäulnis übergingen, schlimmer als Tiere stanken. Dennoch hatte all das, was er bedauerlicherweise hatte erfahren und lernen müssen, ihn nicht von der Religion abgebracht, sondern ihm vielmehr die Notwendigkeit einer Religion bestätigt, vielleicht nicht als Hoffnung auf ein Jenseits, auf den Himmel und Albernheiten wie geflügelte Kindlein, Jungfrauen in Tunikas, Heilige mit Heiligenschein, Harfe und Bart, aber doch als eine Gesamtheit von Zeremonien, von Riten (so hießen sie: Riten der Lithurgie – Adventslithurgie, Weihnachts- und Pfingstlithurgie), von Normen, die das wilde Tier namens Mensch domestizierten. Es mußte eine Kontrolle geben. Der Mensch war von Natur aus weder gut noch großherzig; ja, vielleicht war die ganze Religion wirklich nur eine Übereinkunft, eine Erfindung der Menschen, warum nicht. Vielleicht war die Ordnung nicht mehr als diese Tücher, mit denen eine Mumie umwickelt ist und die sie in Form halten, Tücher, die beim Aufwickeln offenbaren, daß drinnen nichts als Staub ist, der reine Schein, aber notwendig. Eine Wahrheit, die eine Lüge umhüllt. Die Mumie, das sind die Tücher, die Leiche existiert nicht mehr, will man sie von den Tüchern lösen, ist da nur Staub. Er hielt sie für notwendig, diese Drohung, daß dich bei allem, was du tust, jemand beobachtet, und daß du, wenn du etwas Schlechtes tust, glaubst, dafür bezahlen zu müssen. »Gott erspart der Polizei viel Arbeit,« pflegte der Kaplan zu sagen. Und Maxi spottete: »Immer weniger, Pater.« Und der Kaplan antwortete: »Ohne Gott müßtest du am Ende auch mich überwachen«. Und dann lachten beide. Sein Freund Ricart, der nicht gerade sehr gläubig war, sagte genau das Gegenteil: »Das

Auge eines Guardias wacht besser als das Auge Gottes«, worauf Maxi antwortete: »Ricart, ein Guardia ohne Gott ist ein russischer Spion.« Und sie lachten beide. Vielleicht, weil beide von der Notwendigkeit, eine Lüge zu verpacken, wußten. Überwachung, Aufmerksamkeit. Er wußte das natürlich nur zu gut. Wie auch nicht, nach so vielen unangenehmen Erfahrungen in so vielen Jahren. Er wußte, daß das Leben nichts anderes als ein Kampf zwischen Ordnung und Chaos war, daß es im Grenzbereich zwischen beiden stattfand. Selbst er, der den Wunsch nach Ordnung im Herzen trug und alle möglichen Stützen hatte, geriet, kaum aufgestanden, schon ins Wanken und fiel wieder den dunklen Bereichen der Unordnung anheim. Obwohl man sich auch einmal fragen müßte, was Ordnung eigentlich war; welche Teile des Tieres man verstecken mußte und welche nicht; welchen sich der Mensch hingeben durfte, ohne deshalb zum Tier zu werden, und von welchen er sich befreien mußte, um nicht auf der zoologischen Stufenleiter zurückzufallen; von welchen Teilen man sich auch beim besten Willen nicht befreien konnte. Seele, ja, aber auch Leib. In welchem Maße sollte das eine das andere beherrschen? Vielleicht war das Tier, das in der Dunkelheit der Nacht oder innerhalb von geschlossenen Räume aus einem hervorbrach, unvermeidlich.

Maximino Arroyo hatte in seinem Beruf stets streng die Disziplin eingehalten, er hatte die Befehle seiner Vorgesetzten befolgt, war unbeugsam doch verständnisvoll mit seinen Untergebenen umgegangen, hatte bei mehreren Gelegenheiten furchtlos sein Leben riskiert, war immer ordentlich und pünktlich gewesen, hatte ohne Murren jedwede ihm übertragene Aufgabe ausgeführt, auch die schwersten und unangenehmsten; es gab in seinem Berufsleben nichts zu beanstanden, und dennoch hatte auch er mit dem Tier zu kämpfen. Oft warf er sich auf seine Frau, rieb sich an ihr, die immer krank war und mißmutig protestierte: »Du tust mir weh, das brennt«, und dann wurde er noch mißmutiger als sie und rief am nächsten Abend Lina in der Wohnung an, die sie mit einer Freundin und ihrem Sohn teilte (sie sprach zwar immer von dem Sohn, versteckte ihn aber, er hatte sie dazu zwingen müssen, ihn ein paar Male vorzuzeigen), und was immer Lina auch gerade tat, sie mußte dann in das Apartment kommen, das er hinter der Plaza de España angemietet hatte, und er hatte es nur wegen ihr in dieser Gegend gemietet, weil sie dort wohnte und auch der Club, in dem sie arbeitete, gleich um die Ecke war (davor, als er sie kennenlernte, war sie in einem anderen in der Nähe aufgetreten), und nachts ging er direkt in den Club; und wenn sie beschäftigt war, mit einem Kunden unterwegs, dann machte ihn das verrückt, die Uhr im Blick trank er noch einen Whisky, schaute immer wieder zur Eingangstür (er hatte ihr verboten, die Nacht mit jemandem zu verbringen, wußte also, daß sie zurückkommen würde), und wenn sie länger ausblieb, machte er ihr später, wenn sie allein waren, eine Szene: »Habt ihr etwa die ganze Zeit gefickt?« sagte er, oder auch: »Er hat dir gefallen, der hat dir gefallen«, oder: »Bestimmt hat er einen dicken Schwanz; streite es nicht ab, ich weiß, ihr mögt alle die dicken Dinger«, solche Sachen sagte er zu ihr, und das war die Schwäche des Kommissars Maximino Arroyo, sein Körper, der sich gegen seinen Geist erhob, sein tierischer Anteil, ein abgestochenes Schwein, das Leber, Lunge, Magen zeigt; ein Relikt, der Bauer, der sich an dem Rücken der Mosca reibt: Lina hastig entkleiden und sie, die mit dem Gesicht auf dem Teppich liegt oder sich mit den Händen auf das Waschbecken oder die Klosettschüssel stützt, durchficken. Während des Krieges war er in sehr brenzlige Situationen geraten, doch er hatte nie gezittert, oft wäre er fast getötet worden und war, wie jeder Soldat gezwungen gewesen, selbst zu töten. Es machte ihm nichts aus, jegliche Art von Arbeit in seinem Büro zu erledigen, seine Pflichten als Polizist zu erfüllen, so hart und unangenehm dies auch sein mochte, aber jedesmal, wenn er daran dachte, daß sie ihn verlassen könnte, daß sie sich nie mehr, so wie er es mochte, vor seinem Gesicht öffnen und ihm dabei diese fleischigen Fältelungen zeigen würde, diesen unregelmäßigen Mund, der, sobald er ihn mit dem Finger rieb, zu pochen begann, nie wieder, dann fing Kommissar Maximino Arroyo zu zittern an; nie wieder sein Schwanz in ihrer Möse, nie mehr ihre Hand wie ein Körbchen um seine Eier gelegt. Verrückt, es machte ihn verrückt, obwohl, wenn die Vernunft dann wieder die Oberhand gewann, verspürte er Ekel, Ekel vor ihr und vor sich selbst, und er schwor sich, sie nie wieder zu sehen, aber dieser Ekel linderte nicht das Verlangen, noch bevor er zu Hause war, ging ihm schon wieder durch den Kopf, ob vielleicht gerade ein Kunde sie dazu brachte, sich hin und her zu wälzen und vor Lust zu stöhnen, und ihr ein ähnliches Arrangement vorschlug wie er vor ein paar Monaten; und allein die Möglichkeit, daß so etwas geschehen könnte, machte ihn verrückt vor Eifersucht, kaum eine halbe Stunde nachdem er nichts als Ekel empfunden hatte. Warum, warum nur diese Eifersucht, da er doch, wenn er Geld auf die Theke legte, bessere Weiber haben konnte, um so mehr wenn man seine Position, seine Macht bedachte; er sagte sich das, überzeugte sich selbst davon, aber es half nicht. Eines Tages zwang er Lina, ihm dabei zuzuschauen, wie er mit einer Neuen im Club fickte, ein junges Mädchen, und Lina sah ihm zu, streckte sogar den Arm nach ihnen aus, als ob sie mitmachen wollte, aber er hatte sie abgewiesen. Er hatte gesagt: »Du schaust zu und rührst dich nicht.« Am Ende hatte das auch nichts genützt: Als er mit der anderen fertig war, brauchte er Lina nach wie vor. Also ging er, bevor er sein Haus betrat, in eine Telefonzelle und rief sie an, und wenn er sie nicht antraf, konnte er nicht einschlafen und stieg dann mehrmals aus dem Bett, schlaflos, fast schlafwandlerisch, und ging in sein kleines Arbeitszimmer, um sie noch einmal anzurufen, und wenn seine Frau fragte: »Was ist?«, sagte er: »Schlaf nur, beruflich Dinge«, und früh am morgen rief er schon wieder bei ihr an und fragte, mit wem sie noch zusammengewesen sei, und verlangte, Einzelheiten zu erfahren, wie der andere war und wie er es ihr besorgt hatte. Ja, so fragte er: »Wie hat er's dir besorgt?«, und legte auf und hätte mit dem Kopf gegen die Wand rennen mögen, weil er so ein Esel war;

oder weinen, weil er sich schwach und verlassen fühlte, ohne daß jemand merkte, wie sehr er litt; und er konnte es auch keinem erzählen, nicht einmal Ricart, denn er schämte sich, so abhängig von einer Frau zu sein. Er merkte, daß er von ihr beherrscht wurde, und dachte, daß er sich nur von ihr befreien könnte, wenn er sich selbst oder wenn er sie tötete. Er hatte es ihr oft gesagt: »Ich werde dich noch umbringen, ich weiß das, denn du machst mich verrückt, und ich sehe keine andere Möglichkeit, Ruhe vor dir zu bekommen.« Und Lina riß dann die Augen auf und sagte: »Ich? Was tu ich dir denn?« Sie tat ihm an, daß sie, wenn sie nicht bei ihm war, mit einem anderen zusammen war, daß sie immer, wenn sie es nicht mit ihm machte, es mit einem anderen machte, und daß er, um seine Ruhe zu finden, ständig in ihr drin hätte sein müssen, sie zustöpseln, damit die anderen nicht hineinkämen. Er wurde wütend, wenn er an die erste Nacht dachte, die sie zusammen verbracht hatten. Sie hatten sich in einer Diskothek kennengelernt, nach Mitternacht, und waren in ein Hotel gegangen, obwohl er sich ziemlich betrunken fühlte. Es war schon Vormittag, als er sich nach einigem Hin- und Herwälzen entschloß, die Augen zu öffnen, und da sah er, daß sie ihn vom Nebenbett aus beobachtete. Die Doppelzimmer hatten in diesem Hotel zwei aneinandergeschobene Betten, was für Liebesspiele nicht besonders günstig war, aber er ging gern dorthin, weil das Hotel in der Nähe der Puerta del Sol und ruhig war, aber auch weil der Besitzer ihm einige Gefälligkeiten schuldete und deshalb das Zimmer nicht berechnete. Die Matratzen stießen aneinander und man spürte die Bewegungen der Gespielin im anderen Bett. Lina schaute ihn mit weit geöffneten Augen an, aus denen er Verlangen oder Befriedigung zu lesen meinte. Auch seine Pupillen waren sicherlich beim Anblick dieses Gesichtes, das ihm gefiel, ein wenig größer geworden. Jetzt am Morgen konnte er kaum glauben, daß er es so lange in Besitz gehabt hatte. Er bedauerte es, die Zeit nicht besser genutzt zu haben, obwohl er dieses Gesicht geküßt hatte, sie gebissen, auch geschlagen hatte, ja, er hatte seinen

Schwanz an diesem Gesicht gerieben und ihr damit kleine Schläge auf die Wange gegeben, und sie, Lina, hatte seinen Schwanz gestreichelt und gegen ihr Gesicht gedrückt, hatte ihn aber später nicht in ihren Mund gelassen, sich mit einem kleinen Knurren geweigert, das ihn verletzt hatte, weil es eine spontane, primitive Regung war, wie bei einem Tier, das Abwehr zeigt. Es war ein Ausdruck von Ekel gewesen. Und er erinnerte sich noch am Morgen daran, gerade weil Lina in ihm selbst bei diesem ersten Mal keinerlei Ekel hervorgerufen hatte, sondern, im Gegenteil, das Gefühl einer ungeheuren Reinheit, Sauberkeit, wie beim Betrachten einer Marmorstatue; und deshalb, weil sie in ihm keinen Ekel auslöste, sondern das genaue Gegenteil, war sie in jener Nacht sauber gewesen, mehr noch, sie war die Sauberkeit selbst. Er hatte alle Rundungen und Falten ihres Körpers mit dem Mund erkundet, hatte seine Zunge in alle ihre Öffnungen gesteckt, und eben deshalb hatte ihn ihr Knurren verletzt und wie sie die Nase gerümpft und ihn abgewehrt hatte, angespannt, fast heftig. Jetzt, am Morgen, als er ihre weit geöffneten Augen sah, die ihn fest anblickten, schloß er daraus, daß die erste Verkrampfung verflogen war, daß die Nacht sie an ihn gewöhnt hatte, und er stellte sich sogar vor, daß sie womöglich, während er noch schlief, etwas mit seinem Körper angestellt, ihn vielleicht geküßt, gestreichelt hatte, ohne daß er, betäubt von der Erschöpfung und dem Alkohol, es gemerkt hatte, und weil ihn die Vorstellung dieser unbewußt empfangenen Zärtlichkeiten erregte, streckte er den Arm aus, legte seine Hand in Linas Nacken und versuchte ihren Kopf zu seinem Glied zu ziehen, das wieder gespannt bebte, und mußte die unangenehme Überraschung hinnehmen, daß sie ihn wieder abwehrte und erneut dieses Geräusch ausstieß, das sich so unangenehm anhörte, als käme es von einer anderen Frau, die ihm nicht gefiel. Es war ein Geräusch, das Unwillen ausdrückte und ihn ein paar Sekunden lang lähmte. Maxi bewegte sich nicht, die Fläche der rechten Hand auf dem Nacken der Frau, in der linken Hand die ihre, die klein und heiß war; dann rückte er ab von ihr, atmete tief durch und schloß die Augen. Er hörte den eigenen Atem, während er mit geschlossenen Augen – ja, mit geschlossenen Augen – den eigenen Körper sah, seine Brust, fettglänzend und leicht eingefallen, seinen Bauch, der aufgrund des Alters, aber auch wegen des übermäßigen Genusses von Speisen und Alkohol, schlaff und aufgedunsen war, beide, Brust und Bauch, bedeckt von Haaren, die an manchen Stellen noch golden schimmerten, aber in Weiß übergingen, und die sich auf dem Unterleib fortsetzten, auf den Beinen, einem guten Teil der Hinterbacken, golden schimmernd, vor allem aber weiß, grau, und er fühlte sich müde, verschlissen, wie eine Maschine, die zuviel und nicht sachgemäß benutzt wird, oder ein Auto, bei dem man jahrelang nicht rechtzeitig geschaltet hat oder das man mit schleifender Kupplung fährt, das auf vielen, sehr vielen Fahrten plötzlich beschleunigt und hart gebremst worden ist; und Maxi fragte sich, warum dieses schmale Mädchen mit den schwarzen, glänzenden Augen an seiner Seite geschlafen hatte, warum sie ihre Zartheit seinen Armen überlassen hatte, und er wollte glauben, daß es nicht nur deshalb war, weil er letzte Nacht in der Bar die Rechnung bezahlt hatte, noch weil er jetzt bald den Milchkaffee und den Toast beim Frühstück zahlen würde und auch noch den lächerlichen Betrag für das Metrobillett (es war nicht einmal vorgesehen, daß sie ein Taxi nahm, aber er würde ihr dreihundert Pesetas geben). Es konnte nicht sein, daß diese Augen und diese Nase, die ihm so gut gefiel, die ihm vollkommen erschien, obwohl sie am Ende leicht nach oben zeigte, die kleinen, runden Ohrläppchen, die leicht zitronenförmigen Brüste, die im Verhältnis zum übrigen Körper vielleicht etwas zu starken Pobacken, die kleine Möse, die, gleichsam ein Hinweis auf ihre Unantastbarkeit, geschlossen und im Schamhaar verborgen war – daß diese ganze Herrlichkeit für drei oder vier Kleinigkeiten zum Verkauf stünde, für ein paar Gin Tonics, einen Milchkaffee, einen Buttertoast, ein Metrobillet, ein wenig Trinkgeld; er hätte gern die Zeit zurückgedreht, daß sie die Zeche übernommen hätte, gesagt hätte:

»Nein, ich hab kein Geld dabei, um dich einzuladen, aber laß uns einfach hier um die Ecke gehen, zum Retiro, oder weit weg zur Casa de Campo, was du meinst und magst, irgendwohin, denn ich möchte gern mit dir zusammensein«, und daß er sie wegen solcher kleinen Gesten jetzt nicht verunsichert anschauen und sich fragen müßte, wie weit ihr Ekel ging; ekelte sie sich nur davor, seine schleimige Knospe in Mund zu nehmen, oder ekelte sie sich auch vor dem, was er mit geschlossenen Augen von sich selbst sah: die weiße Behaarung, den zu großen Bauchnabel, diese Haut, halb rosa, halb gelblich, die breiten Füße mit den harten und schrundigen Sohlen, die den Eindruck von Schwere, der vom restlichen Körper ausging, noch verstärkten, den aufgequollenen Bauch, die kurzen, dunklen Finger, die ebenfalls kurze, aber voluminöse Nase. Er dachte, daß wohl alles zu schnell gegangen sei, ein paar Kleinigkeiten hätten vielleicht verhindert, daß sie ihn von der Nachbarmatratze aus ansah, dann aber aufstand und zum Bad ging und die Tür verschloß, bevor sie die Dusche in Gang setzte. Schmerz, es schmerzt, das Klicken eines Riegels und dann hinter der Tür das Rauschen des Wassers zu hören. Er öffnete wieder die Augen und sah das Licht auf beiden Seiten der Gardine hereinkommen, die ungenügend das Fenster abdeckte. Draußen schien die Sonne. Die Fassade des Hauses zeigte nach Osten, und im Sommer drangen die Sonnenstrahlen schon früh ins Zimmer, und dann wurde es in dem Raum, der keine Klimaanlage hatte, sehr warm; außerdem hörte man die Geräusche der Stadt, das Quietschen der Busbremsen vor den Ampeln, das plötzliche Aufheulen eines Motors, wenn er wieder startete, das Geräusch der vorbeifahrenden Autos, im Hintergrund ein unaufhörliches Rauschen, und dann konnte man nicht mehr schlafen. Es war ihm schon mehrmals zuvor so ergangen, als er andere Frauen in das Hotel mitgenommen hatte. Die hatten aber nicht dieses unangenehme Geräusch hören lassen, wenn sein Glied sich ihren Lippen näherte: Sie hatten ein bißchen gelacht, etwas Obszönes gesagt oder begehrliche, genießerische Töne von sich gegeben, aber nicht dieses Geräusch, das Abwehr war und mehr als das; sie hatten auch nicht das Bad abgeschlossen, bevor sie die Dusche anstellten, zuweilen hatten sie ihn sogar aufgefordert, mit unter den Wasserstrahl zu kommen, hatten sich vor ihn gekniet und sein nasses Glied gelutscht und, während sie es im Mund hin und her bewegten, mit Speichel untermischtes Wasser gespuckt. Warum hatte er dann beim Aufwachen in ihren Augen diesen Glanz, den er für Verlangen hielt, gesehen? Kann jemand zugleich Verlangen und Ekel empfinden? O ja, das geht, er hatte es selbst oft verspürt, aber er ertrug solche wirr gemischten Empfindungen nicht, wenn sie sich auf ihn bezogen. Verlangen; sie hatte auch nicht wirklich Geld von ihm gefordert, ihm nur gesagt, daß sie blank sei, weil sie vor ein paar Monaten in den Streik geraten sei, und danach habe man das Fotolabor geschlossen, in dem sie sechs oder sieben Jahre gearbeitet hatte, daß sie jetzt, so sagte sie, wieder bei ihrer Mutter wohne; das war, als er vorschlug, noch einen Gin Tonic zu trinken, sie bat um nichts, sagte nur: »Ich hab schon den getrunken, den ich zahlen konnte, jetzt habe ich keinen Duro mehr, kann also keinen mehr bestellen«, und er hatte erwidert: »Aber ich wollte dich doch einladen, den bezahle ich und den ersten, wenn es sein muß, auch, hast du den ersten schon bezahlt?« Und sie hatte den Kopf von rechts nach links bewegt und von links nach rechts, zwei Mal hin und her, und da hatte er Lust verspürt, ihr in den Hals zu beißen, seinen Kopf in ihre Titten zu drücken, die sich auch ein bißchen bewegt hatten, nur ein bißchen, als sie den Kopf schüttelte: Ganz schnell hatten sie die Richtung verändert, und er hatte diese Veränderung mit Verlangen beobachtet. Beißen. Später, als der zweite Gin Tonic schon halb ausgetrunken war, preßte sie ihre Lippen auf seinen Mund und ließ es zu, daß er die Zunge dazwischen schob. Sie sagte: »Ich glaube, ich werde gerne an deiner Seite schlafen.« Er hatte ihr bereits vorgeschlagen, in ein Hotel zu gehen, in ein kleines Hotel, das er kannte, »Ich will dich nackt sehen«, hatte er gesagt, »vögeln, ich will dich vögeln«, und sie hatte nicht gelacht, sondern hatte wieder ihren

Mund auf den seinen gepreßt. »Willst du nicht deine Mutter anrufen, ihr Bescheid sagen, daß du nicht heimkommst?« fragte er, obwohl sie zweifellos volljährig war, aber es erschien ihm richtig, das zu sagen, ein Kavalier, der voller Verlangen ist und doch so tut, als könne er auf das, was er begehrt, verzichten; der es vorzieht, daß sie, sollte ihre Mutter sagen: »Komm nach Hause, Kind, es ist dies oder jenes passiert«, heimgeht, und das Begehren einen Tag länger brennt, ein Kavalier eben, aber sie antwortete: »Nein, das ist nicht nötig«, also die Antwort, die er vorausgesehen hatte, und dann, beunruhigend widersprüchlich: »Sie kann sich auf mich verlassen, ich schlafe immer zu Hause. Wenn ich ein einziges Mal ausbleibe, passiert schon nichts«; und er war weiter dem Drehbuch gefolgt: »Gerade deshalb mußt du Bescheid geben, Mäuschen«, und sie, Mund auf Mund, »Fang schon an, fang an mich zu vögeln«. Und wenn das nur eine Ausrede war? dachte er ängstlich, damit sie plötzlich sagen kann, ich geh lieber doch, meine Mutter wartet, ich bleib nie aus, wenn das eine Ausrede war, um je nach Laune mit ihm umzuspringen, was sollte er dann tun? Na klar, wenn es eine Ausrede war, würde sie etwas erleben, die alberne Gans, aber nein, es war keine Ausrede, denn: »Ich würde gern bei dir schlafen, die ganze Nacht bleiben, macht es dir etwas aus? Man kann mir vertrauen«, hatte sie gesagt, und da war er schon dabei, das Pistolenhalfter abzulegen, und fand es komisch, und sie tat ihm auch ein wenig leid, denn jetzt, den Rücken ihr zugewandt, die ihm auch den Rücken zuwandte und die Strümpfe abstreifte, spürte er das metallische Gewicht der Pistole und dachte daran, wie zart sie war, schmal, klein. Er lächelte, merkte aber, daß er keinen Trumpf mehr in der Hand hatte, wußte, daß sie ihn in der Hand hielt, denn er zitterte, die Pistole zitterte in seiner Hand, so groß war seine Lust, ihr zwischen die Beine zu beißen, und sie sollte seinen Kopf halten, es war wie ein erstes Mal, wie ein erstes Mal, als sie sich vor ihm öffnete und er mit dem Gesicht von den Brüsten hinabwanderte und die Narbe eines Kaiserschnitts aufspürte und fast gefragt hätte, »Und das, was ist denn das?«, aber er schwieg, hatte Angst vor ihr, weil es wie ein erstes Mal war, und das war es auch ein wenig später, als sie dieses Knurren von sich gab, und weil es so war wie ein erstes Mal, griff er sich nicht ihren Kopf und sagte auch nicht: »Machs Maul auf, Nutte«, nein, nichts dergleichen, er litt, er litt, weil er es gern gehabt hätte, wenn sie ihn gesucht hätte, und stattdessen hatte sie ihn zurückgewiesen, mit Widerwillen, und er litt, während er in sie eindrang (er kam schnell, schneller als gewöhnlich), weil er dachte, daß er ihr nicht so gefiel, wie sie ihm gefiel, und er hatte daran gedacht, ihr zu sagen, daß er Polizist sei, ihr die Pistole zu zeigen und zu sagen: »Erschrick nicht, ich bin Polizist«, damit sie wenigstens Angst vor ihm hätte, damit sie wüßte, daß man mit einem erwachsenen Mann nicht spielen darf, und er hatte auch Lust, ihr zu erzählen, wie oft Frauen vor ihm die Beine gespreizt hatten, aber er tat es nicht, sondern er kam zu schnell, wie ein unerfahrener Jüngling, und wußte, sie hatte das Spiel gewonnen, und gewann es nochmal am Morgen, als sie sich nach dem Duschen in einer Ecke anzog und ihm dabei den Rücken zuwandte und durch ihre plötzliche Scham verhinderte, daß er sie noch einmal sah; und er hatte Lust, sie wieder auszuziehen, wieder in sie einzudringen, aber er hielt sich zurück, ohne recht zu wissen, warum; dagegen kannte er schon ihre Antwort, als er sie um ihre Telefonnummer bat, er wußte schon im voraus, daß sie ihm diese unglaubwürdige Geschichte erzählen würde, die all dem widersprach, was sie in der Nacht zuvor gesagt hatte, nämlich, daß ihre Mutter kein Telefon hätte, und er konnte ihr ja nicht die eigene Nummer geben, wie sollte er ihr die Nummer seines Büros bei der politischen Polizei geben, und erst recht nicht die von daheim, wo er kaum war und seine Frau kaum das Haus verließ, es sei denn zum Einkaufen, den ganzen Tag saß sie dort eingeschlossen, seine verbitterte Frau, nähte, hörte Rührstücke im Radio, sah die Unterhaltungssendungen im Fernsehen, las Romane, also blieb er, bevor sie aus dem Hotel traten, einen Augenblick stehen, weil er sie nicht verlassen wollte, und schloß die Augen. »Was hast du?« fragte sie, und er versuchte mit geschlossenen Augen, sich so genau wie möglich ihre Gesichtszüge zu vergegenwärtigen, die Augen, den Mund, Nase, Beine, Pobacken, ihre Möse, doch das Bild entzog sich ihm, dabei hatte er sie doch vor kaum zehn Minuten noch nackt gesehen, sie stand vor ihm und entschwand aus seiner Erinnerung, fiel zurück ins Schweigen, in den Nebel und die Nacht zurück, obwohl sie mit ihm redete und der Tag gerade erst begonnen hatte, den ganzen Tag vor sich, ein ganzes Leben, und das war der Augenblick, als er beschloß, es keinesfalls zuzulassen, daß die Stadt sie verschluckte, und zu ihr sagte: »Nein, du gehst nicht.« »Wie das?« wunderte sie sich, und er griff ihren Arm und wiederholte: »Du gehst nicht«, und sagte, sie könne nicht gehen, bevor sie ihm nicht sage, wo sie wohne und was sie mache und wann sie sich wiedersehen würden, und das müsse heute Nachmittag sein, und sie erschrak, als sie wahrnahm, mit welcher Autorität er sprach. Sicherlich hatte sie gemerkt, daß er Macht hatte, irgendeine Art von Macht, vielleicht hatte sie sogar gemerkt, daß er Polizist war, weil ihre Stimme zitterte, als sie sagte, daß sie sich nachmittags nicht würden sehen können, woraufhin er stärker die Finger in ihren Oberarm drückte. Er hatte ihr wohl weh getan, denn sie zuckte zusammen und sagte: »Ich kann wirklich nicht«, und dann hatte er bestimmt: »Wir werden jetzt gleich ein Taxi nehmen, und das fährt uns dahin, wo du wohnst, und ich werde die Tür mit deinem Schlüssel aufschließen und werde hineingehen, dann weiß ich, wo du wohnst, und du kannst mir nicht mehr entkommen«, und als sie die Augen vor Schrecken aufriß, sagte er: »Ja, damit du mir nicht entkommst, denn ich bin verrückt nach dir.« »Ich wohne aber mit einer Freundin zusammen«, sagte sie, »und abends arbeite ich in einem Club«, woraufhin er zum ersten Mal spürte, daß er in dieser Partie Punkte gemacht hatte. Er sagte: »Also bist du eine Lügnerin«, und fügte nach einer Pause hinzu, »und eine Nutte bist du auch«, doch sobald er diese Worte ausgesprochen hatte, die sein Trumpf waren, merkte er, daß er die nächste Hand wieder an sie verlieren würde, und wünschte sich, sie wären nie über seine Lippen gekommen, denn bis dahin war alles wie beim ersten Mal gewesen, jetzt aber nicht mehr, jetzt war alles schon abgenutzt.

Verlieren und gewinnen. Er hatte das Abendmahl genommen und hielt die Augen geschlossen, als danke er Gott für dessen Besuch. Und er dachte ans Verlieren und Gewinnen; an die Worte, die der Caudillo gesagt hatte, als ihm gemeldet wurde, daß sein Freund Luis Carrero Blanco mit einer Bombe in die Luft gejagt worden war: »Vielleicht hat es auch sein Gutes«, hatte er gesagt, und er, der diese Worte gehört hatte, weil er am anderen Ende des Büros neben der offenen Tür stand, war erstarrt. »Vielleicht hat es auch sein Gutes«, hatte der Caudillo gesagt, nachdem ein paar Schweinehunde seinen Freund umgebracht hatten. Es hieß, ein paar Tage später habe er geweint; daß er jedes Mal weinte, wenn jemand den Admiral erwähnte. So wie er, der gerade erst gebeichtet hatte und doch an Lina dachte, Lina sehen wollte, im Geist ihren Namen wiederholte, während seine Lippen Gott dankten, weil der ihn besucht hatte. Er schloß die feucht gewordenen Augen und wollte Lina vor sich sehen, aber das ging nicht, er sah nicht sie, sondern Bilder von portugiesischen Geheimpolizisten, die von der Menge gejagt wurden; einem von ihnen war die Hose heruntergezogen worden, und man sah seine lächerlich behaarten Hinterbacken.

5

Doña Amelia de Ricart hatte man noch nicht aus dem Bett geholt, und dabei war es schon fast elf. »Wenn sie still durchhält, um so besser«, hatte Olga zu Lurditas gesagt. Indes lag Doña Amelia mit geschlossenen Augen im Bett und hörte Stimmen. Ja, Stimmen. Von fern rief ihre Mutter nach ihr. Es war ein langer, dunkler Gang, an dessen Ende die Stimme ihrer Mutter zu hören war; sie sagte, komm, aber auch, was machst du, Amelia, was machst du denn da ganz allein, du sollst nicht allein sein, Menschen, die allein sind, kommen auf schlimme Gedanken, schreckliche Gedanken, das sagte ihre Mutter, und Amelia versuchte sich im Bett aufzurichten, aber sie konnte es nicht, sie konnte nicht aufstehen; sie hob ein wenig den Kopf, und das war's, mehr konnte sie nicht tun, so ließ sie dann den Kopf wieder auf das Kissen fallen und wurde wütend, sehr wütend, und später wollte sie weinen. Mutter, ich kann nicht kommen, Mutter, ich muß hierbleiben, ich kann nicht weg, weil sie mich festbinden, dachte sie, sie lassen mich hier festgebunden allein, und ich komme auf solche Gedanken, die ich nicht denken sollte, ach, Mutter, ich hab Angst, ich komme auf schreckliche Gedanken, weil ich allein bin. Alles war dunkel, aber sie wußte, das war ein Gang; das Bett stand mitten im Gang, sie wußte es, weil vom Ende her die Stimme der Mutter zu hören war, und weil es hier kalt war, weil es zog, sie spürte den Luftzug im Gesicht, sehr kalt, an den Beinen – die Beine schmerzten sehr –, in den Nagelspitzen, die brannten vor Schmerz, und das kam von der Kälte im Gang, dem dunklen Gang, in dem sie abgestellt worden war und in dem plötzlich neben der Stimme ihrer Mutter auch ihre eigene erklang, aber nicht ihre Stimme von heute, nein, es war nicht die Stimme, die andere hörten, wenn sie sprach, obwohl, es war schon ihre Stimme, aber vor vielen Jahren, sehr, sehr vielen Jahren, eine Stimme, die niemand auf der Welt kannte, keiner von denen, die noch lebten, denn es war ihre Kinderstimme, also war der Gang so lang, daß er ganz weit reichte, ganz weit zurück, bis in den Hof des Hauses, wo sie geboren war; das kleine Mädchen machte mit seinen Fingern den Sockel schmutzig, wenn es versuchte, sich auf zwei Beinen zu halten, nicht hinzufallen, denn es fing gerade an zu laufen; schau Ramón, schau mal, die Kleine geht, komm, komm, keine Angst, schön, sagte ihre Mutter, schön so, und das war ihr Haus, ihr Elternhaus, ihr Vater sang im Badezimmer, Romanzen, Arien, *o sole mio, una furtiva lacrima*, sang ihr Vater zu Hause, Ramón, nicht so laut, du weckst die Kleine, in ihrem Elternhaus, in dem sie sich so gut auskannte, und eben weil sie sich gut auskannte, wußte sie, daß am Ende des dunklen Gangs Licht sein mußte, weil der Gang mit dem grünen Wandsockel im Garten endet, vor so vielen Jahren, so oft der Gang und der Hof, in dem, wenn das kleine Mädchen sprach, wenn sie Worte lernte, Wasser, Beet, Brot, Seife, Rock und Blume, Licht war, Amelia, wasch dich ordentlich, da hinter den Ohren, und sie sagte, Vögelchen und Blume, und die Stimme ihrer Mutter sagte, schön rubbeln, die Hand ihrer Mutter nahm einen Strohwisch und rieb damit hinter den Ohren und die Stirn und das Gesicht, bis es ihr weh tat, sie sagte Vögelchen, du tust mir weh, sagte sie, alles glänzte im Sonnenschein, und sie sagte, das Wasser ist so kalt, und sie spürte den Schmerz, die Kälte von damals in der Dunkelheit von heute, das ist ein Vögelchen, das haben sie dir mitgebracht, mach den Käfig nicht auf, sonst fliegt es weg, sagte ihr Vater und sang im Badezimmer, bei geschlossener Tür, die sie vergeblich zu öffnen versuchte, und sie dachte, sie müsse sich aufrichten, weil sonst, wenn ihre Mutter sie weiter wüsche, das Bett naß würde, der Kissenbezug, die Matratze würde schmutzig, nein, Mutter, nicht mehr kaltes Wasser, sonst machen wir das Bett naß, und sie rief nach ihrem Vater, aber ihr Vater hörte sie nicht, weil er laut sang und, dort eingeschlossen, nichts hören konnte, und ihre Mutter sagte, wenn sie das Bett naß mache, müsse sie mit kaltem Wasser die Bettücher waschen, ein gelber Fleck, nein, Mutter, das Wasser ist zu kalt, sagte sie, ich hab Angst, ich kann die Finger nicht bewegen, schau, ich kann sie nicht bewegen, du Schmutzfink, ein gelber Fleck, jetzt weinte sie hemmungslos, auch die Tränen würden das Bett nässen, den Kissenbezug, die Matratze, noch kälter, man wird auch das Kissen mit kaltem Wasser waschen müssen, Mutter, mir ist kalt, sagte sie und weinte immer noch, und dann umgab eine angenehme Wärme ihren Unterleib, als hätte man ihr einen gerade gebügelten Schlüpfer angezogen, eine sanfte, dunstige Wärme, wie aus einem Bügelzimmer, die hielt sich einen Augenblick und hörte dann auf, Wärme zu sein, war nur noch Dunst, Feuchtigkeit und begann sogleich zu erkalten, und das war auch Wasser, was als Wärme begonnen hatte, und sie war auch Kälte diese Wärme, Wasser, nein, kein Wasser, das war bestimmt Urin, du hast ins Bett gemacht, wie ein Kleinkind, das bist du, und jetzt fror sie nicht nur stärker, sondern ihr wurde auch bewußt, daß wenn ihre Mutter das entdeckte, sie im Hof die urinbefleckten Bettücher mit kaltem Wasser würde waschen müssen, aber warum, nicht im Hof, im Hof war es eisig, aber wie sollte sie den Fleck vor ihrer Mutter verbergen, sie weinte, wollte sich aufrichten, konnte aber nicht, sie wollte schreien, konnte aber nicht, sie wollte das Unterlaken wegziehen, aber ihr taten die Nägel weh, sie wollte den Schlüpfer ausziehen und konnte es nicht, der Schlüpfer war hart, ohne Gummiband, ihre schmerzenden Fingernägel glitten daran ab, und in den Hosen, was waren das nur für Hosen, saß die Kälte, die ihr in den Unterleib und ins Gesäß drang, laßt mich raus, sagte sie, und jetzt sprach sie nicht mit der Mutter, sie sprach mit ihrer Schwiegertochter, ihren Enkeln, mit dem Mädchen, das ihr jeden Morgen beim Aufstehen half und sie wusch und das dort eingesetzt war, damit sie nicht durch den Gang entwischte, mit ihrem Mann, wo war ihr Mann? José, ich hab dir gesagt, du sollst kommen, ich werde böse, wenn du nicht mitkommst, aber wo bist du, bei wem bist du, sagte sie, warum hast du dich da eingeschlossen, nichts, der Vater sang im Bad Romanzen, schloß sich ein, der kleine Vogel im Käfig, mach nicht auf, sonst fliegt er weg, mit ihrem Mann, mit ihrem Sohn, alle hatten sich im Bad eingeschlossen, sangen, damit sie nichts merkte, Tomás, du kommst jetzt hier her, José, komm jetzt endlich ins Bett, was machst du da hinter verschlossener Tür, komm, Tomás, ins Bett, und nichts, haben sich da eingeschlossen, mit den Enkeln, mit Josemari, Josemari ist mein Enkel, und der andere, wie heißt er noch, das ist auch ein Enkel, aber der kommt selten, wo seid ihr, Kinder? Alle sind sich einig, halten sie hier festgebunden mitten im dunklen Gang, damit sie nicht abhauen kann, zurück zu ihrer Mutter, in den Hof, in die Sonne, denn wenn sie die Fenster in diesem Gang öffnen würden, käme die Sonne herein und ihr wär nicht so kalt, und die feuchten Laken würden trocknen, und keiner würde merken, daß sie hineingemacht hatte, aber nein, sie ließen die Fenster zu, bitte, bitte, was machst du, Mutter, man hatte sie hier eingesperrt, Mutter, und so weinte Amelia, die Puppe hat man dir weggenommen, Amelia, der Vogel ist fort, wer hat den Käfig geöffnet, Amelia, sie haben den Nachbarn umgebracht, ach, Amelia, sie haben ihn umgebracht, und er kommt nicht mehr zurück, ja, seine Eltern haben einen Brief vom Kriegsministerium bekommen, arme Eltern; Amelia, dein Kleid ist zerfetzt, ja, doch, du bist wohl an einem Nagel hängengeblieben, denn der Stoff ist gerissen, Amelia, der Nachbar kommt nicht wieder, ach, Amelia, das steht in dem Brief, er kommt nicht zurück, das Kind hat Fieber, das steht im Brief, aber siehst du nicht, was das Kind für ein Fieber hat, faß es an, Josín, Josín, er glüht, sieh, wie er schwitzt, schwitzt und glüht, jetzt schwitzt er und glüht, jetzt nicht mehr, jetzt glüht er nicht mehr, er schwitzt, aber glüht nicht, und jetzt wird er kalt, mein armer Kleiner, er ist kalt und atmet nicht, Josín, schau mich an, schau die Mama an, deine Mama, Amelia, er atmet nicht, es ist schon gut, diese kleinen Kinder, weißt du, die sind so zart, es ist schon gut, sie sterben leicht, die kleinen Kinder, eines geht und dafür kommt ein anderes, du wirst sehen, es werden andere kommen, der Arzt ist nicht rechtzeitig gekommen. Amelia, er ist nicht gekommen, Mutter, unten ist es kalt und dunkel, bring mich nicht runter, Mutter, Vater, Josín, noch ein Weilchen Sonne, das tut gut in der Sonne, aber wo ist die Sonne? Vielleicht ist das hier unten und wir sind deshalb alle hier, Mutter ist da, kleines Mädchen ist da, Sohn ist da und Vater ist da und ist immer da, immer, feucht und ohne Licht.

»Mutter«, schrie sie und hob den Kopf und ließ ihn dann wieder auf das Kissen fallen, als Lurditas das Fenster im Zimmer öffnete.

6

Lurditas sprach sehr leise. Mit der Hand schirmte sie ihren Mund und den unteren Teil des Telefonhörers ab. »Ja, ja« und »nein, nein«, mehr sagte sie nicht, und dennoch tat sie es mit einer kaum vernehmbaren Stimme, flüsterte, wisperte; klar, wenn Doña Olga sie beim Telefonieren erwischte, würde sie aufmerken, nicht nur weil Lurditas die Nummer gewählt haben könnte und damit Kosten verursachte, die nicht zu den Vergünstigungen zählten, die ihr zustanden, sondern auch, weil an einem solchen Streßtag keiner sich ablenken lassen durfte, man mußte mit allen fünf Sinnen bei der Arbeit sein, und so hätte es als besonders schwere Verfehlung gegolten, nur rumzustehen und ja und nein ins Telefon zu zirpen, und sei es nur ein paar Minuten lang; und dann kam Lucio auch noch mit dem, was er erzählen wollte, nicht rüber: »Es ist ernst, mach dir keine Sorgen, aber es ist ernst«, und sie: »Aber was?«, und er wich aus, sagte: »Komm, jetzt gleich, du weißt schon, wo«, als wisse er nicht, wie beschäftigt sie war. Er bestand darauf, sie müsse einen Augenblick rauskommen, und das gerade jetzt, nach ein Uhr, wo sie beim Kochen war. »Kannst du nicht?« fragte er, und sie: »Nein«, und er: »Aber ist es denn ganz unmöglich?«, und Lurditas: »Ja.« Lucio verhielt sich immer so, als sei nicht die Arbeit das Wichtigste, was ein Mensch hat, weil darauf alles andere aufbaut: »Essen, Kleidung, Wohnung, Kinder, alles baut man mit Arbeit auf, und wenn es mit der Arbeit schiefgeht, bricht alles zusammen, was ist schon ein Mensch, der Wohnung und Kleider nicht bezahlen, den Kindern nichts zu essen geben kann«, sagte sie zu ihm, aber Lucio schien das keine große Sorgen zu bereiten, er war davon überzeugt, daß bald – er sagte: »Schneller als wir glauben« – etwas geschehen würde, ein Erdbeben, Dank dessen die Armen alles in Besitz nehmen würden, und Häuser und Essen und Schulen und Krankenhäuser, alles was der Mensch zum Leben brauchte, würde dann kostenlos sein; klar, wenn Lucio so dachte, konnten ihm auch die zwei Monate Gefängnis egal sein und daß sie ihn beim Wartungsbetrieb der Metro wegen seiner Teilnahme am Streik vor zwei Jahren fast hinausgeworfen hatten, damals, als er Silikon in die Schlösser der Zugangstüren der Bahnhöfe gespritzt und einen Kurzschluß in der Fahrstromleitung ausgelöst hatte, das war die Linie nach Vallecas, wo Lucio und sie wohnten, seit über einem Jahr schon. Das heißt, eigentlich wohnten sie nicht in Vallecas selbst, in Vallecas stieg sie in die Metro, um zur Arbeit ins Zentrum zu fahren, ihr Haus lag aber etwas weiter weg, in Entrevías, und man mußte erst einen Kleinbus nehmen, der in der Nähe hielt, keine fünf Minuten von dem Häuschen entfernt, deshalb hatten sie es auch gemietet, wegen der guten Verbindung, aber vor allem natürlich weil es billig, auch sehr hell war, auf beiden Seiten Fenster, nach vorne und hinten raus, allerdings waren die von festen Gitterstäben geschützt, sonst, nicht auszudenken, bei dem, was sich im Viertel rumtrieb, nichts würde übrigbleiben, kein Kühlschrank, kein Teller, nicht einmal eine Unterhose, wo sie doch den Tag über fort war, in der Juan Bravo bei Doña Olga, und er, wann war er schon da? Nachts steckte er im U-Bahntunnel, da die Männer von der Wartung vorzugsweise dann, wenn keine Züge fuhren, arbeiteten, und nachmittags war er unterwegs, Treffen, Versammlungen, so etwas, er schlief morgens und schlief nicht viel. Also war er nur das Weilchen, das er schlief, daheim. Meistens kam er um halb acht Uhr früh zurück, oder erst um acht, wenn sie schon zur Arbeit gegangen war, und machte schon um zwei seine Runde durch die Bars; die anderen tranken einen Wermut oder einen Zuckerrohrschnaps, er war dann noch beim Kaffee, kurz darauf beim Kaffee mit Schuß. In der Arosa-Bar hoben sie immer sechs kalte Schmalzgebackene für ihn auf, die aß er zu seinem Kaffee um zwei oder halb drei Uhr mittags, und um drei trank er dann schon Kaffee mit Schuß, schaffte den Anschluß zu den Bauarbeitern oder überflügelte sie gar; die waren zu der Zeit gerade mit dem Essen fertig und gingen zu den härteren Sachen über: Anis, Anis mit Weinbrand, Schlehenlikör. »Die haben schon ihr dickes Morgenbrötchen und den Teller Bohnen oder Linsen im Magen, aber du, vier alte Schmalzgebackene, das ist doch keine Ernährung für einen Mann«, schimpfte Lurditas, wenn sie darauf zu sprechen kamen, denn Lucio war mager, nervig, und die Muskeln an seinen Armen wirkten eher wie Kabel, lang, dünn und hart. Lucio war am ganzen Körper behaart. Nicht nur an Armen und Beinen, auch auf dem Rücken, auf dem Gesäß und auch im Gesicht, denn er ließ sich schon seit Jahren einen dichten schwarzen Bart stehen, er sah wie einer dieser indischen Fakire im Fernsehen aus, die waren so dünn, weil es in Indien nicht gerade viel zu essen gab, und dann weigerten sie sich auch noch, Fleisch zu essen, schon gar nicht Fleisch von der Kuh. Als sie ihm das sagte: »Wie so ein Gandhi siehst du aus, wie ein Fakir«, hatte Lucio gemeint, diese Leute seien Barbaren, und hatte ihr von den Kühen, von dem Fleisch erzählt: »Da siehst du mal, wie weit religiöser Fanatismus gehen kann, die verhungern lieber, als das Fleisch einer Kuh zu essen, nur Kräuter und so was essen die. Da werden sie wohl auch Kuhmist statt Scheiße ablassen, wie die Tiere«, sagte Lucio und lachte. Lucio liebte Fleisch, sein gutes Steak, obwohl er sonst ein schlechter Esser war, aber wenn es was zu feiern gab und er Ruhe hatte, oder wenn er mit seinen Freunden zusammen war, mit Enrique, der auch bei der Metro arbeitete, oder mit Tabo, dem Anwalt (mit dem er sich vor einem Jahr zerstritten hatte; sie hatte nicht ganz begriffen, warum, sie hatte sich darüber geärgert, weil sie Tabos Frau mochte, die immer so aufmerksam war), bei solchen Gelegenheiten aß er mit großem Appetit alles, was man ihm vorsetzte, aber er nahm nicht zu, er war zu nervös, um zuzunehmen, die Nerven, päckchenweise schwarze Zigaretten und Schnaps, Anis, Likör. »Weiße Getränke machen dünn, sind schädlich, auf die Dauer tödlich«, hatte ihre Mutter gesagt, als Lurditas ihr erzählte, daß ihr Freund Lucio dünn sei und Schnaps trinke. »Trinkt er Anis?« hatte ihre Mutter gefragt, und als sie das bestätigte, ja, vor allem Anis, Chinchón, da hatte die Mutter gesagt: »Bald wirst du allein sein«, und Lurditas hatte erst gedacht, die Mutter meinte, er werde sie wegen einer anderen Frau verlassen, aber die Mutter sagte, nein, sie meine, er werde sie bald zur Witwe machen. »Weiße Getränke, wie dein Vater, du brauchst mir nichts zu erzählen.« Und das nicht etwa, weil die Mutter bedauerte, daß ihr Mann, Lurditas Vater, sie früh allein gelassen hatte, denn er hatte sie eigentlich eher in Frieden gelassen als verlassen, sie beide in Frieden gelassen, im Frieden von Socuéllamos. Lurditas erinnerte sich daran, als sei es erst gestern gewesen: Der Vater schrie spät in der Nacht herum, zwang beide, die Mutter und die kleine Tochter, aufzustehen, um ihm das Abendessen aufzuwärmen, und dann mußten sie ihn auch noch ausziehen, bevor sie ihn ins Bett schafften; sie, Lurditas, band die Schnürsenkel auf, die Mutter zog ihm den Pullover aus, knöpfte das Hemd auf, zog die Hose herunter; ja, sie erinnerte sich an die schmutzigen Unterhosen ihres Vaters, gelbliche Urinflecken, und darunter seine weißen, dünnen Beine, und seine Stimme, die mal drohte, dann wieder Lieder trällerte, in die er ihre Namen einflocht: »Zwei Frauen auf einmal, da wird man doch verrückt, meine Juana, und Maria Antonia, zwei Frauen auf einmal, verrückt, verrückt, verrückt«, sang der Betrunkene aus voller Kehle, während der Nachbar an die Wand klopfte, und der Vater sang Maria Antonia und nicht Lurditas, weil damals sie noch alle Maria Antonia nannten, das war ihr richtiger Name, der im Taufregister. María Antonia Peña Mirón hieß sie, Lurditas wurde sie erst ein paar Jahre später genannt, als sie beim Wischen der Küche auf den Fliesen ausgerutscht und auf den Hinterkopf gefallen war und drei Tage lang nicht wieder zu sich kam, und alle sie schon für tot hielten. Eine Nachbarin hatte ihr in der Verzweiflung ein Bildchen von der Jungfrau von Lourdes auf die Brust gelegt, vielleicht geschah ja doch ein Wunder, ein Bild von der Jungfrau und der kleinen Schäferin Bernadette, die auch wie eine Jungfrau aussieht, wie sie da kniet, die Hände gläubig gefaltet und den Umhang über Kopf und Schultern, und am selben Abend noch hatte sie die Augen geöffnet und gesagt: »Ich habe Durst«, und die Mutter begann zu schreien, und die Nachbarinnen eilten herbei, weil sie dachten, das Kind sei tot und deshalb schreie die Mutter, und dann hatten sie das Mädchen halb aufgerichtet im Bett gesehen, auf den rechten Ellbogen gestützt und mit offenen Augen, ein Wunder, »ein Wunder der Jungfrau von Lourdes«, sagten sie. Seitdem wurde sie Lurditas genannt. Alle Nachbarinnen nannten sie Lurditas, und als der Bischof zur Firmung der Kinder ins Dorf kam, wurde sie ihm auch so vorgestellt: »Das ist das Kind, die Jungfrau von Lourdes hat es gerettet, und deshalb nennen wir sie Lurditas«, also hatte der Bischof, als er sie mit den Ölen der Firmung betupfte, der einzige Zeitpunkt, an dem man den Taufnamen einer Person ändern kann, gesagt, von nun an hieße sie Lourdes, aber damals nannten sie schon alle so, denn ob das mit der wundersamen Heilung nun stimmte oder nicht, sie war ja in der Tat gerettet worden. »Ich glaube an die Jungfrau, vorsichtshalber«, hatte sie zu Lucio gesagt, als er ihr, kurz nachdem sie sich kennengelernt hatten, erklärte, daß er an nichts glaube, »nur an die Gerechtigkeit, auch wenn es die nicht gibt«. Obwohl er nur an die Gerechtigkeit glaubte, ging Lucio dennoch oft zur Kirche in Pozo del Tío Raimundo. Dort hatten sie sich kennengelernt, bei einer jener eucharistischen Feiern, die Pater Llanos und die anderen Priester dort zelebrierten. Die Kirche Del Pozo sah nicht wie eine Kirche aus, eher wie ein großer Schuppen, denn Pater Llanos sagte, die Kirche Christi dürfe nicht mehr Luxus haben als Gottes Kinder, und die lebten in dem Viertel mit wahrlich wenig Luxus, denn sie wohnten zu sechst oder noch mehreren in kleinen Hütten, die sie sich nachts bauten, in der Dunkelheit hochzogen, und wenn der Tag anbrach, standen sie fertig da, und die

Leute hatten schon ihre Möbel hineingestellt – falls man den Kram, Obstkisten, alte Stühle, was sie eben hatten, Möbel nennen mochte –, und wenn dann die Guardias auftauchten, konnten sie die Leute nicht vertreiben, denn es gab eine Bestimmung, die besagte, daß wenn das Haus ein Dach hatte, es nicht geräumt oder abgerissen werden durfte. Dort, in jener Kirche, hatten sich Lucio und Lurditas kennengelernt, sich Frieden gewünscht und das Abendmahl empfangen, denn in der Kapelle Del Pozo bestand das Abendmahl nicht wie anderswo aus einer Hostie, sondern aus einem Stück Brot und einem Schluck Wein, und die Leute gingen nicht mit der Achtung zum Abendmahl wie in den Kirchen im Zentrum, wo sie mit halbgeschlossenen Augen den Mund öffneten und ehrerbietig die Zungenspitze herausstreckten, nein, dort nahmen sie, die Gefährten und Gefährtinnen, das Stück Brot selbst und steckten es in den Mund, und es war egal, ob Krümel in den Ausschnitt oder auf das Hemd fielen, denn in den Krümeln, die herunterfielen, war nicht Gott; und es war nicht so wie in Lurditas' Dorf, wo es fast eine Tragödie war, wenn dem Priester mal ein Stück Hostie hinfiel, der Priester säuberte dann die Stelle, wo das Stückchen Hostie hingefallen war, reinigte kniend den Boden und bat darum, die Gemeinde möge ein paar Gebete mehr sprechen, da Christus in seiner Demut nicht gezögert habe, sich durch den Schlamm zu schleppen (er sagte Schlamm, obwohl die Kirche doch mit Marmor gefliest war, weiße und schwarze Fliesen). Ihr gefiel jedenfalls diese neue Art, das Abendmahl zu empfangen, es machte weniger her, war aber ehrlicher, obwohl sie wußte, daß die Leute von Pozo lachen würden, wenn sie erzählte, daß sie Lurditas hieß, weil die Jungfrau angeblich ein Wunder an ihr gewirkt hatte. Diese Leute glaubten nicht an Wunder, sie glaubten an die Gerechtigkeit, daran, daß keine Gerechtigkeit herrschte: Das war ihr Glauben. Das sagte ihr Lucio an dem Tag, als sie sich kennenlernten. Sie reichte ihm den Korb mit den Brotstücken der Kommunion, und sie sahen sich in die Augen und wünschten sich Frieden, und nach der Messe unterhielten sie sich noch ein wenig an der Tür, und dann hatte er sie zu einem Glas Wermut in die Bar eingeladen, eine Bar, die nicht wie andere Bars aussah, denn auch sie war ein windschiefer Schuppen, Tresen und Wände aus Holz und der Boden aus Zement, und sie nahm den Wermut an, und Lucio hatte ihr nach einer Weile gesagt: »Nein, Lurditas, nein, ich glaube nicht an Gott, ich glaube an die Gerechtigkeit, na ja, daran, daß kein Gerechtigkeit herrscht«, und da hatte sie ihm geantwortet, daß sogar für die Gerechtigkeit Gott benötigt werde: »Jemand muß sich doch um die Verteilung kümmern«, sagte sie, und Lucio lachte: »Dann macht er seine Sache aber nicht gut; wenn es Gott gibt, ist er sehr ungeschickt oder bescheißt«, sagte er, und ihr gefiel es gar nicht, daß er so sprach: »Sag so was nicht, tu es nicht, und sei es nur aus Vorsicht, falls es ihn gibt und er dich dafür bestraft.« Er lachte immer noch: »Du wirst einmal eine gute Ehefrau, vorsorgend, du mußt zu denen gehören, die vorsorglich etwas beiseite legen«; sie wurde rot, »ich weiß nicht, was ich einmal sein werde oder nicht«, sagte sie zu ihm, und er darauf: »Also hast du keinen Freund.« Am Sonntag darauf waren sie ins Kino gegangen, und fünf Minuten nach Beginn des Films nahm er ihre Hand (er hatte sie schon vorher mit dem Vorwand, ihr eine Tüte Pommes frites zu geben, berührt), und sie sagte: »Du hast es aber eilig«, worauf Lucio erwiderte, all diese Zeitvorstellungen darüber, wann man bis wohin berühren dürfe, seien bürgerliche Vorurteile, Genossen mögen sich, punktum, da gebe es weder Fristen noch Grenzen. So drückte er es aus, »weder Fristen noch Grenzen«, und Lurditas dachte, für einen Arbeiter kann er gut reden, sagt hübsche Dinge; sie dachte »Fristen«, dachte »Grenzen«, dachte beide Worte zusammen und wollte ihm angehören, er sollte auch nachts so zu ihr sprechen, also ließ sie sich küssen und zog zwei, drei Wochen später zu ihm. »Ich bin kein Flittchen«, sagte sie, und da lachte er noch mehr: »Bürgerliche Vorurteile, was soll das, das ist ein Begriff für verheiratete, achtbare Frauen, die es in ihren komfortablen Wohnungen mit einem geliebten Arzt oder mit dem Gemeindepfarrer treiben, arme Leute müssen sich nicht um den Augenschein kümmern, sie müssen das tun, was ihnen ihre Gefühle sagen, und mein Gefühl sagt mir, daß ich dich liebe, und dafür brauch ich von keinem ein Papier.« Sie dachte: »Mein Gefühl sagt mir, daß ich dich liebe«, und fühlte sich stolz, diesem Mann anzugehören. Donnerstags, wenn sie bei Doña Olga frei bekam, sah sie ihm beim Lesen zu. Sie legten sich zusammen hin, und dann las er mit dem Kopf auf ihrer Brust. Das Unterhemd roch nach seinem Schweiß, und aus dem Ausschnitt sprangen die schwarzen Haare, die sie so gern streichelte, ganz sacht fuhr sie mit der Hand darüber, streifte sie nur, so daß es in ihrer Handfläche kitzelte. Lucio las Büchlein aus gelblichem Papier, sie waren gebraucht und schmierig und darin stand etwas über Revolution, Kommunismus, Faschismus, Proletariat und Klassenkampf, und er erklärte ihr, was diese Begriffe meinten; er las Blätter, auf denen geballte Fäuste drohten und Fahnen mit Hammer und Sichel flatterten. »Diese Faust droht nicht dir, sondern ihnen, das ist die Kraft der Arbeiter, Genossin«, belehrte Lucio sie, wenn sie sagte, das alles mache ihr Angst. »Wie kannst du Angst vor deinen Leuten haben?« spottete er und nannte sie wieder Genossin, und das gefiel ihr auch, daß er sie Genossin nannte; am Anfang hatte sie es nicht gemocht. Sie sagte: »Ich bin deine Frau«, und er erwiderte, nein, Menschen seien kein Besitz. Ihr machte es nichts aus, ihm zu gehören, aber es erschien ihr auch gut, daß er sagte, sie seien beide gleich, der eine gehöre nicht dem anderen, sie seien gleichgestellt, Genosse und Genossin, und auch Pater Llanos drückte sich ähnlich aus: »Die Frauen sind eure Gefährtinnen«, und das war auch hübsch. Sie trafen sich mit anderen in der Bar, und Lucio legte den Arm um sie und sagte: »Das ist Lurdes, und sie ist meine Gefährtin.« Das war, als sie durch Pozo spazierten und dort Freunde hatten. Später war er ungeselliger und geheimnisvoller geworden, und sie gingen nicht mehr in die Kirche und auch nicht in die Bar. Als er ihren wirklichen Namen und die Geschichte des Sturzes und des Wunders erfuhr, wollte er sie zuerst Maria Antonia nennen, dann hatte er es sich aber offenbar genauer überlegt und sagte: »Egal, schließlich ist es der Name, für den du dich frei entschieden hast«, und akzeptierte es, sie Lurdes zu nennen, und sie gewöhnte sich daran, daß er, wenn er kam, ihr drei- oder viermal Lurdes, Lurdes ins Ohr sagte und dann den Kopf zwischen ihre Brüste fallen ließ und erschöpft schnaufte, müder, als wenn er von der Arbeit mit dem Preßlufthammer im Metrotunnel heimkam; und sie war froh, so klein und dünn zu sein, daß er sie, wenn er über ihr war, mit seinen Händen hochheben und in der Schwebe halten konnte, während er in sie eindrang. Zugleich aber genoß sie es, ihn so sehr zu erschöpfen, ihm alle Kraft zu nehmen, ihn niederzustrecken, mit geschlossenen Augen, heftig atmend. In solchen Augenblicken erschien er ihr trotz aller Muskeln und Haare wie ein kleines Kind, das man streicheln oder tadeln oder um irgend etwas bitten konnte, wissend, daß er nichts verweigern konnte. Sie tadelte ihn nicht, sie streichelte ihn, wußte aber, daß sie auch das andere hätte tun können, weil er in dem Augenblick ein kleines Kind war, selbst sein Gesicht wirkte runder, kindlicher. So wie jetzt auch sein Drängen am Telefon kindlich war, daß sie ausgerechnet jetzt, wo es am meisten Arbeit gab, runter sollte und ihn treffen, wie ein eigensinniges Kind, aber welche Mutter wagt es schon, ihrem kleinen Sohn zu sagen, er solle warten, sie sei bei der Arbeit, wenn er doch so verzweifelt nach ihr ruft; wer weiß, am Ende ertrinkt er gerade, oder seine Kleidung hat Feuer gefangen und er lodert wie eine Fackel mitten auf der Straße. Lurditas riß sich vor der überrascht und ängstlich schauenden Pepa die Schürze vom Leib und lief schnell aus der Küche, sagte nicht einmal, daß sie gleich wiederkäme. Pepa, die allein vor einer Schüssel Bechamelsauce zurückblieb, ohne daß ihr jemand gesagt hätte, was nun zu tun sei, hätte fast losgeheult. »Komm bitte, bitte gleich zurück«, flehte sie, einen Kloß in der Kehle, arme Pepa, die schon in einem Wasserglas ertrinken konnte.

7

Professor Bartos hatte ein Foto des Che an das Korkpaneel gepinnt, das die Wand links von seinem Schreibtisch bedeckte und auf dem auch eine Reproduktion von Guernica zu sehen war, eine kleine Postkarte in Schwarzweiß vom Pariser Pont des Arts, das Bild eines portugiesischen Matrosen mit einer Nelke hinter dem Ohr und einem Kind in den Armen, eine Zeichnung von Alberti mit einem stilisierten Blumenstrauß, farbig auf weißem Grund, und ein Standphoto aus *King Kong*, das den Gorilla zeigte, wie er, an das Empire State Building geklammert, in seiner riesigen Affenhand das Mädchen hochhebt. Auf dem Arbeitstisch häuften sich die Bücher, unter denen an diesem Morgen die dreibändige Ausgabe von Karl Marx' *Kapital* zu erkennen war, herausgegeben vom Fondo de Cultura Económica, Hegels *Phänomenologie des Geistes*, ein kleiner Band von Althusser, mit dem Titel *Zur Lektüre des Kapitals* aus dem Verlag Siglo XXI und ein zerlesenes Exemplar von Carpentiers *Explosion in der Kathedrale*, bei Seix Barral erschienen. Professor Juan Bartos hielt ein Seminar über »Machtwechsel und Revolution der Formen« und war der einzige in der ganzen Fakultät, der sein Büro den Studenten für politische Treffen zur Verfügung stellte, vorausgesetzt, sie agierten diskret, fielen nicht auf und waren nicht mehr als zehn Personen. Er schloß ihnen die Tür auf und ließ sie dort allein, dann konnten sie über was auch immer sprechen. »Wenn ich nicht dabei bin, weiß ich nicht, worüber ihr redet, und habe keinen Grund, euch das Treffen zu verbieten«, sagte er, wenn sie ihn um den Schlüssel baten, aber manchmal war er doch dabei, und dann verwandelte sich für jeden Eindringling, der sich über die Aktivitäten dieses Grüppchens, das sich mit einem Professor einschloß, hätte interessieren können, das Treffen in ein Seminar über den Menschen als Subjekt seines historischen Schicksals sowie über die Geschichte der ästhetischen Formen als Symbol für die fortschreitende Entwicklung des Befreiungsgedankens. Das war eines der Lieblingsthemen von Professor Bartos, der eine Freistellung beantragt hatte, um in München deutsche Philosophie zu studieren. Solange er darauf wartete, hielt er Lehrveranstaltungen, in denen er viel über Hegel, Marx, Benjamin, Marcuse und Adorno sprach. Es war sein Ehrgeiz, Deutsch in Deutschland zu lernen, und die größte Portion Haßgefühle brachte er für Ortega und die Ortegianer sowie für Zubiri und die ihn umgebende Jesuitenbrut auf. Er hielt sie verantwortlich für die Mystifikation des Spanienbilds in Mitteleuropa. Quini Ricart und seine Freunde arbeiteten seit dem letzten Jahr im Seminar von Professor Bartos mit, waren anfangs allerdings noch keine regulären Teilnehmer, sondern nur Gasthörer gewesen. Viele Studenten bewarben sich für eine Gasthörerschaft bei Professor Bartos, der lehrte, daß Demokrit ein Vertreter des Fatalismus war, des dumpfen Schweigens der Geschichte, die, einem Maultier gleich, mit verbundenen Augen um ein Schöpfrad kreist, während die Texte des Epikur ein Hohelied auf die Freiheit des Menschen darstellten, ein Zukunftsprojekt benannten und es, durch die bloße Tatsache seiner Benennung, in den Bereich des Möglichen rückten. In diesem freien Raum begegneten sich die Texte Epikurs mit denen von Hegel und Marx; sie konvergierten in diesem genialen und irreversiblen Gedanken, daß alles, was der Mensch benennen kann, Teil des Wirklichen wird. In diesem Raum bewegte sich auch Lacan mit seinen Arbeiten über die Macht der Sprache – ihre Macht, Befreiung oder Unterwerfung zu sein. Im Seminar diskutierten sie ausführlich über die verschiedenen Etappen im langsamen Prozeß der Befreiung der künstlerischen Formen; über die Bedeutung der Sklaven bei Michelangelo, die, indem sie die Ketten der formlosen Materie sprengen, um als Werk zu existieren, den Prozeß initiierten, der zur formalen und ideologischen Freiheit der zeitgenössischen Kunst führte. In den Sklaven der Galleria della Accademia in Florenz sah Professor Bartos eine erste Ankündigung der *ready-mades* von Duchamp, den Ursprung der modernen Kunst und ihrer Fähigkeit, die Realität zu zerschlagen (d.h. die von der herrschenden Klasse überkommene Darstellung des Projekts Realität), um sie in ein Puzzle zu verwandeln, aus dessen Teilen man ein anderes Bild, eine andere Realität zusammenfügen konnte, die anderen ästhetischen Mustern gehorchte und einem anderen ökonomischen Modell diente, und damit dem Proletariat. Die kubistische Dekonstruktion, die Fragmentierung der Welt bei Joyce, die Verfremdung bei Brecht, das schwarze Loch, das Malewitsch malte, um ein für allemal mit der Kunst aufzuräumen, Marinetti, der forderte, die großen Museen sollten ihre verjährten Stücke abstoßen und mit dem Erlös kubistische Kunst ankaufen, die Surrealisten, die vor dem lorbeergeschmückten Sarg von Anatole France die Losung ausgaben: »Il faut tuer le cadavre!« Von solchen Dingen wurde im Seminar von Juan Bartos gesprochen. Quini hatte Freunde an der Schule für Architektur, von denen bekam er die Pamphlete der Internationale der Situationisten und kannte daher die Aussage von Debord, die er sich als Prinzipienerklärung zu eigen machte: »Die Revolution beginnt als Wunsch nach Wahrheit, der ein Wunsch nach Gerechtigkeit ist, der ein Wunsch nach Harmonie ist, der ein Wunsch nach Schönheit ist.« Die Kunst würde aus der Revolution erwachsen, wie eine Frucht an einem Baum wächst, denn unter dem Spätkapitalismus hatte sie aufgehört, aus der Wahrheit hervorzugehen, um nichts anderes als die Wiederholung einer Lüge zu sein. Daher war ihre Schönheit ein Plagiat, ein Betrug, ein falsches Versprechen von Schönheit. Quini zitierte Guy Debord fast so häufig wie Professor Bartos Marx und Hegel zitierte. Pedro Macías und Lucas Àlvarez dagegen legten, obwohl sie mit Quinis Ausführungen weitgehend übereinstimmten, besonderen Wert auf den Charakter des

Kunstwerks als Produkt von Arbeit – Materialismus: Hand und Kopf – und bejahten Ilja Ehrenburgs Feststellung: »Die neue Kunst wird aufhören, Kunst zu sein«, da ein Gedicht oder ein Bild nicht bloße Erscheinung ist, sondern ein unter Anstrengung hergestelltes Werk, wie das von einem Arbeiter hergestellte Produkt, und wie dieses eine Funktion haben mußte. Quini Ricart, Margarita Durán, Lucas Álvarez, Pedro Macías und andere Studenten hatten im vergangenen Jahr bei Bartos über solche Themen diskutiert und sich auch – Konstruktion und Dekonstruktion von Imaginarien – mit Diktatoren und Führern und ihrer Rolle als Sprachmanipulatoren auseinandergesetzt, mit ihrer Fähigkeit, durch einen bestimmten Diskurs eine Klasse, ein gesamtes Volk zu magnetisieren. Sie hatten das ganze Studienjahr und einen Teil des zweiten damit verbracht, die Sprache der faschistischen Diktaturen zu untersuchen: den Diskurs des einsamen Heroen, den des mittelalterlichen Ritters und den des individualistischen romantischen Abenteurers, dessen konfuser Apell Wertvorstellungen des Volks anspricht, diese aber mit aristokratischen Werten vermischt (von Shelling zu Byron), ein Amalgam, aus dem die zeitgenössischen Egotisten hervorgehen sollten (Drieu, Céline). Das Volk als etwas, das man von einem Berg aus sieht, eine anonyme, farblose Masse, die sich über die Ebene schleppt (Moses sah sie vom Berg Sinai aus, Hitler von der Höhe einer Rednertribüne, Mussolini, in seinen närrischen imperialen Gewändern, vom Pferderücken aus, während er damit zugleich das Bild des *equites*, des *gonfalonieri*, wiederbelebte, das Reiterstandbild von Marc Aurel auf dem Platz des Kapitols, Franco, der als Reiterstatue einen Großteil der Plazas im Lande beherrschte). Sie hatten im Seminar die Varianten diktatorialer Führerschaft behandelt: Horthy, Franco, Salazar und Caetano, Perón, dazu hatten sie Noltes Buch über die Ursprünge des Faschismus gelesen, »Die Zerstörung der Vernunft« von Lukács und sogar »Fascismo en España« von Ramiro Ledesma Ramos. Sie hatten vergleichend die Unterschiede zwischen faschistischen Diktatoren und revolutionären Führern untersucht und waren zu dem Schluß gekommen, daß erstere die Menschheit von oben als monotone Masse sehen – Blauhemden, Braunhemden, Schwarzhemden – , während die anderen aus der Masse selbst hervorgehen und sich in ihr wie die Fische im Wasser bewegen (so hätte es der Vorsitzende Mao ausgedrückt). Das galt für Lenin, Ho Chi Minh oder Che, sie verbanden äußerliche Attraktivität mit ideologischer Strenge, Gewalt mit Zärtlichkeit. Ende Oktober war vom Seminar die Idee ausgegangen, ein literarisches Treffen zum Thema Beziehung zwischen Volk und Führer zu veranstalten. Sie hatten gemeint, daß in diesen Tagen, in denen der Diktator im Sterben lag, öffentliche Reflexion und eine Vergemeinschaftung ihrer Arbeiten unumgänglich war. Dem Flugblatt, mit dem das Treffen angekündigt und seine Ziele erklärt wurden, waren als Motto einige Verse von Espriu vorangestellt, in denen der Dichter darum fleht, daß der Regen langsam auf die Saatfelder von Sepharad fallen und die Luft wie eine ausgebreitete Hand über die weiten Felder fahren möge, daß dieses Land in Ordnung und Frieden, in Arbeit und in der schwierigen und verdienten Freiheit leben könne. Obwohl in dem Manifest das gesamte Gedicht auf Katalanisch erschien, gefolgt von der spanischen Übersetzung von Margarita Durán, bezog sich das Motto auf die fünf Anfangsverse, in denen es heißt:

> Manchmal ist es notwendig und zwingend,
> daß ein Mann für ein Volk stirbt,
> aber niemals soll ein ganzes Volk
> für einen einzigen Mann sterben:
> Denk daran, Sepharad.

Die Beiträge sollten sich von dem Gedicht nur inspirieren lassen, ansonsten in absoluter Freiheit verfaßt werden. Zugelassen waren Gedichte und Prosa, in jedem Fall aber wurde um Kürze gebeten, da bei dem literarische Marathon, das in der Großen Aula, dem Paraninfo, am 19. November um zwölf Uhr mittags beginnen und bis in die Nacht hinein dauern sollte, neben den Texten auch noch Lieder vorgetragen werden sollten, die von Studenten nach Versen anderer Dichter, die sich auf das Thema bezogen, oder nach eigenen Schöpfungen komponiert worden waren. Der Dekan hatte, wie vorauszusehen, die Veranstaltung nicht genehmigt, da er davon überzeugt war, daß das Ganze nur ein Vorwand für eine Agitationsveranstaltung in den schwierigen Momenten von Francos Todeskampf war. Und das, obwohl die Studenten nicht zögerten, sich auf Beispiele aus dem Evangelium zu berufen: den Evangelisten Johannes oder den Messias selbst, Männer, die sterben, um die Menschheit zu erlösen. Sie holten sogar noch weiter aus, führten Beispiele aus dem Alten Testament an: verschiedene Propheten, Moses etwa, der allein auf den Berg Sinai steigt und die Gesetzestafeln empfängt und beim Hinunterkommen auf diese Menge trifft, die um das Goldene Kalb tanzt, trinkt und buhlt, woraufhin er im Zorn die Gesetzestafeln auf dem Boden zertrümmert, weil er sich hintergangen, betrogen, angeekelt beim Anblick all dieser menschlichen Schwäche fühlt; diese Menschen hatten in ein paar Tagen all das vergessen, was er für sie getan hatte: die Befreiung aus der ägyptischen Sklaverei, die Durchquerung des Roten Meers, der wundersame Manna-Regen, die Schwärme von köstlichen Wachteln und das saubere und frische Wasser, das aus den Steinen der Wüste gequollen war. Moses erkannte, daß sein Opfer für dieses Volk darin bestehen würde, vor den Toren des gelobten Landes bleiben zu müssen, und daß es genaugenommen besser so war, weil das Maß an Verderbnis, das diese Menschen erreichen würden, wenn sie zu den fruchtbaren Feldern und den Flüssen aus Milch und Honig gelangten, kaum vorstellbar war. Besser, es nicht zu erleben. Moses war angeekelt gewesen, und die Studenten hatten dem Dekan von dieser Enttäuschung erzählt, um ihn von der intellektuellen Ernsthaftigkeit ihres Projekts zu überzeugen, bei dem es schließlich darum ging, in absoluter Freiheit den Mythos der großen Heilsbringer wiederzubeleben, der Volksführer, die am Ende ihres Wegs entdecken, daß all ihre Anstrengung umsonst war, weil der Mensch von Natur aus undankbar ist, vor allem wenn er in Gruppen, in Massen auftritt, welch Graus, die Massen. Erwartungsgemäß glaubte der Dekan auch von dieser wackeligen und weit hergeholten Begründung kein Wort und bestätigte sein Verbot der Veranstaltung: »Das ist ein subversive Versammlung«, sagte er und zeigte sich damit durchaus kenntnisreich, da sich zu diesem Zeitpunkt bereits diverse klandestine Gruppen an der Fakultät dem Aufruf angeschlossen hatten, die Wände der Gänge, das Schwarze Brett in der Vorhalle und in der Cafeteria mit Papieren bepflastert waren, die sich auf das historisch-literarische Marathon bezogen und auf denen, falls irgend jemand noch Zweifel in bezug auf die Absichten der Veranstaltung hegte, republikanische Fahnen und Fotos von Franco zu sehen waren. Eine der radikalen Gruppen hatte sich sogar erdreistet, Flugblätter zu der Veranstaltung zu drucken, auf denen die Erschießungsszene von Goya zu sehen war, jedoch umgekehrt aufgebaut: Die Hemdlosen stellten die Militärs an die Wand, und in der Mitte derer, die erschossen werden sollten, war niemand anderes als Franco mit erhobenen Armen zu sehen. Unter die Illustration hatten sie in republikanisch gestreiften Großbuchstaben die Parole geschrieben:

ES IST NOTWENDIG,
DASS EIN MANN FÜR EIN VOLK STIRBT.
DER DIKTATOR LIEGT IM STERBEN;
DIE STUNDE IST GEKOMMEN,
ES LEBE DER VOLKSAUFSTAND.
GEGEN DEN FASCHISMUS – FÜR DEN BEWAFFNETEN KAMPF!!!

Trotz der Absage des Dekans blieb der Aufruf zum literarischen Marathon bestehen. Um Punkt zwölf sollte es beginnen, obwohl den Veranstaltern keine andere Wahl blieb, als dafür die Türen zur Aula aufzubrechen. Das hatten sie schon bei anderen Gelegenheiten gemacht, welche Taktik aber diesmal dabei befolgt werden sollte, wollten die Seminarteilnehmer um elf Uhr im Büro von Professor Bartos beraten, wobei sie dann aber bald vom Thema abkamen, weil fünf Minuten nach Beginn des Treffens jemand mit der Nachricht hereinplatzte, Franco sei soeben gestorben, und daher hätten die Parteien zu einer Versammlung in der Vorhalle aufgerufen, eine Demonstration der Studenten aller Fakultäten sei geplant. »Ein Marsch auf Madrid, wir müssen die augenblickliche Konfusion nutzen, um den Volksaufstand auszulösen«, hatte der Typ gesagt, ein gewisser Coronado, von dem es hieß, daß er Vanguardia Revolucionaria nahestand (die von der Vanguardia hielten auf geradezu krankhafte Weise an den Prinzipien des Untergrundkampfs fest; der Rest der Menschheit bestand für sie aus Komplizen der Franco-Polizei und aus Agenten der amerikanische Botschaft; also konnte auch niemand mit Gewißheit sagen, ob Coronado nun zu dieser Gruppe gehörte oder nicht). Die Versammelten hatten Coronado versichert, daß sie sich in wenigen Minuten zum angegebenen Ort begeben würden, doch als er wieder hinter der Tür verschwunden war, hatten sie sich über seinen revolutionären Eifer lustig gemacht. Selbst für den Fall, daß der Diktator gestorben war, besagten die Direktiven, die Lucas am Abend zuvor bei der Kommunistischen Partei, deren Mitglied er seit einigen Monaten war, erhalten hatte, das genaue Gegenteil. Man sollte um jeden Preis Ruhe bewahren. Jeder Vorstoß könnte unvorhersehbare und zweifellos unerwünschte Folgen haben. Es sah nicht nach einem Volksaufstand aus. Von wem auch? Wer sollte sich da erheben? Wo waren diese Massen, die danach drängten? In den Bars seines Viertels sah er die Männer weiter über Fußball und ihre Arbeit reden und nur kurz zum Fernseher schauen, wenn die Nachrichten vom gewohnten Ärztebulletin unterbrochen wurden, und in diesen Blicken sah Lucas eher eine als Gleichgültigkeit getarnte Furcht, denn irgendeine Art von Hoffnung. Nein, er hatte nicht die glänzenden Augen eines Spartakus bei den kartenspielenden Angestellten oder bei den Lottoscheine ausfüllenden Maurern entdeckt. Morgens noch, als er bei der Plaza de Castillo aus der Metro stieg, waren Polizeijeeps an ihm vorbeigefahren, und als der Bus am Hospital de la Paz entlangfuhr, hatte er das Grüppchen gesehen, das auf die ausbleibenden Nachrichten wartete: Nostalgiker, Neugierige, ein Verwirrter, der, die Arme zum Kreuz ausgestreckt, auf den Stufen kniete und ab und zu von den Fernsehkameras gefilmt wurde – eine weitere Kuriosität in der Fauna der Fernsehjournale. Lucas hatte über die Genossen der KP auch erfahren, daß an der Complutense Universität die Falangisten und die Guerrilleros de Christo Rey mit Baseballschlägern und Ketten bewaffnet herumlungerten und daß einige von ihnen sogar dreist ihre Pistolen herzeigten. An den Eingängen zur Fakultät unterhielten sie sich mit den wachhabenden Polizisten und stoppten die Studenten, die sie für subversiv hielten. Manchmal forderten sie die Polizisten auf, diese Studenten zu kontrollieren, in anderen Fällen besorgten sie das selbst, beschimpften oder schlugen sie sogar, während die Polizisten aus der Distanz lächelnd zuschauten.

»Ja, gestern kursierte das gleiche Gerücht«, sagte Lucas, als der von Vanguardia die Tür schloß. »Es war der Abschuß, ich weiß nicht, wer das aufgebracht hatte, aber im Bus ging was ab, ich sag's euch. Er war gesteckt voll, und als er am La Paz vorbeifuhr, fingen die Leute aus vollem Hals zu singen an, diese Chose von ›Adieu von Herzen, die Seele schafft es nicht‹. Stellt euch das vor. Der Chauffeur wurde hysterisch und fing an rumzuschreien, ob er uns etwa alle ins Unglück stürzen solle; und der Fahrscheinverkäufer war totenbleich, ging aber den Gang rauf und runter, schaute alle an, als ob er das Gesicht jedes einzelnen aufzeichnen müßte, um irgendwann einmal, am ungeeignetsten Ort, das Porträt vorzuzeigen. Der Kerl war bleich wie Zigarettenpapier. Außerdem waren da drei oder vier ältere Typen, so um die dreißig, vierzig, die zwischen den

Studenten saßen, vielleicht Professoren oder Leute vom Nocturno, was weiß ich, aber ich dachte mir: Einer von denen ist ein Bulle, der holt gleich die Pistole raus und zwingt den Chauffeur, schnurstracks zur Sicherheitspolizei zu fahren, wo wir dann alle zum Erkennungsdienst müssen. Einerseits war ich natürlich bewegt, aber ich sag euch, ich hatte auch die Hosen voll, schließlich hatte ich die Flugblätter mit dem Aufruf zum Marathon in der Tasche.«
»Das heißt, die Studenten haben dich eingeschüchtert.« Das hatte Quini gesagt. »Wenn die Leute sich nicht bewegen, sagen wir, daß sie Schafe sind, und sobald wir sehen, daß sie sich etwas lockern, daß sie aufstehen, dann werden wir bange und machen uns die Hosen voll. Einsame Helden. An was glauben wir eigentlich? An einen glücklichen Zufall? Kommunisten, wir? Ich glaube, Marx würde das als Blanquismus bezeichnen.«
Pedro fiel ein: »Hör doch auf, er würde es Hosenscheißerei nennen.« Er sagte es wie im Scherz, bereute es dennoch sogleich; es war nicht richtig, auf Lucas so scharf zu reagieren, auch wenn er das in letzter Zeit kaum unterdrücken konnte. Sie verstanden sich immer weniger. – Er kam auf das Thema zurück: »Manche sagen, er sei schon seit einer Woche tot, und sie hätten ihn in eine Kühlkammer gesteckt, weil alle zerstritten sind, der Schwiegersohn, Arias Navarro, Fraga, López Rodó und ich weiß nicht, wer noch, neulich sollen die Falangisten und die vom Opus Dei sich im Gang des Hospitals sogar geprügelt haben. Alle wollen sich mit der Nachricht als legitime Erben erklären, und jeder hindert den anderen daran, es zu tun. Aber ich glaube, der Hund stirbt nie. Oder er ist schon zwanzig Male gestorben, und jedesmal wird ein Double angeschleppt, und wenn das Double stirbt, kommt das nächste an die Reihe. Habt ihr nicht den Eindruck, daß er uns noch alle unter die Erde bringt?«
»Nein, nein, diesmal ist es ernst«, sagte Quini. »Mein Großvater hat einen Freund im Gefolge, der im La Paz ein- und ausgeht, und der hat gesagt, Franco sei schon klinisch tot. Diesmal ist es ernst.«

»Der Ernst der Serie«, parierte Lucas. »Die haben die Leiche in der Kühlkammer und bringen dem Double gerade bei, wie man die Hand bei Parkinson bewegt.«
»Ein Nachbar hat mir erzählt, daß vor ein paar Jahren ein Arbeitskollege seines Vaters verschwunden ist. Der Mann war Franco wie aus dem Gesicht geschnitten, und man hat nie wieder von ihm gehört. Eines Morgens erschien er nicht in der Fabrik, und das war's«. Das kam von Pedro.
Marga Durán, die den Text, den sie für das Marathon geschrieben hatte, still durchgegangen war und mit einem roten Stift markiert hatte, mischte sich ins Gespräch ein, widerwillig fast. Sie beschwerte sich darüber, daß sie nun schon eine ganze Zeit in dem Büro saßen und eigentlich noch nicht das besprochen hatten, weshalb sie hier waren, ob sie nun gewaltsam die Aula besetzen sollten oder nicht, und dann sagte sie zu dem, was Pedro erzählt hatte:
»Das war, als er die Phlebitis hatte, im vorvorigen Sommer. Viele Leute meinen, er sei damals gestorben und man habe ein Double für ihn gefunden, aber jetzt müssen wir von etwas anderem reden, von der heutigen Veranstaltung. Lassen wir ihn doch in Ruhe sterben.«
»Nein, ich sag's euch, dieser Hund wird nie sterben.« Das war wieder Lucas, der auf dem beharrte, was Marga abbrechen wollte. Er tat es, weil er meinte, auf diese Weise wenigstens ihre Aufmerksamkeit zu gewinnen.
»Quini hat recht. Napoleon ist gestorben. Julius Caesar auch. Und sein Freund Hitler ist gestorben, warum sollte er nicht auch sterben? Vielleicht haben wir nur Angst davor, daß er stirbt«, widersprach Pedro, und obwohl alle nur scherzten, schien er das mit einer gewissen Bitterkeit zu sagen.
»Eben das ist der Beweis, Hitler ist vor dreißig Jahren gestorben, er aber nicht. Und dann kamen die Engländer angekrochen und die Franzosen. Und die Amerikaner. Arschlecker allesamt. Er ist ewig.«
Wieder sprach Marga Durán:

»Unsterblich, Lucas, unsterblich. Unsterblichkeit ist nicht das gleiche wie die Ewigkeit. Kaum zu glauben, daß du bei den Priestern zur Schule gegangen bist. Sicherlich kannst du auch nicht zwischen anbeten und verehren unterscheiden, oder zwischen Anbetung, Kult und Dienst.« Bis jetzt hatte sie Spaß gemacht, wurde dann aber plötzlich ernst, als sie sagte:

»Ich finde es unmoralisch, daß wir hier unsere Witzchen über einen alten Mann machen, der im Sterben liegt; mag er auch ein Schwein sein, alles, was ihr wollt, aber jetzt ist er nur noch ein sterbender Greis und verdient Respekt.«

Quini warf sich auf ihre Worte wie eine Raubkatze, die eine Beute schlägt:

»Respekt? Denselben Respekt, den er denen entgegenbrachte, die er erschoß? Weißt du, daß er die Listen mit den Todesurteilen nach dem Essen unterschrieb, zum Kaffee?«

»Na und? Er ist er, und ich bin ich, und wir sind wir. Er hat getötet, und ich will niemanden töten. Er hat diejenigen verlacht, die er erschießen ließ, wer weiß, mag sein, aber ich, ich kann nicht darüber lachen, wenn ein alter Mann mit Schläuchen und Nadeln gespickt ist, Schwären und Nähte am ganzen Leib, und ich kann es sicherlich deshalb nicht, weil ich in meiner Jugend eben nicht das bin, was dieser Alte als junger Mann gewesen ist.«

Sie war sehr nervös. Sie hatte überstürzt gesprochen, als würde sie gleich in Tränen ausbrechen. Quinis Unduldsamkeit tat ihr weh. Es tat ihr weh, mit Quini zu diskutieren, daß Quini ihr Kontra gab, und dann noch so scharf. Lucas fühlte sich verpflichtet einzuschreiten:

»Marga hat recht«, und, leise, wie um Verzeihung bittend, fügte er hinzu, »vielleicht.« Dann ließ er seinen Blick zum Fenster schweifen und sprach weiter: »Es regnet wieder. Das war auch nicht normal. Diese Schwüle heute morgen, das verhieß Wasser und nochmals Wasser. Die Luft ist zäh wie Kaugummi, findet Ihr nicht?«

Man hörte den Regen fallen, und es war nach elf.
»Wir müssen zur Aula runter und die Tür aufbrechen.«
Am Ende hatten sie gar nicht über die Frage gesprochen, die sie hatten klären wollen, aber es war schon klar, sie mußten die Aula stürmen und das literarische Marathon abhalten, weil diese Veranstaltung eine Möglichkeit bot, ein Gemeinschaftsgefühl herzustellen. Als sie jedoch zur Vorhalle kamen, sahen sie, daß ihnen schon jemand zuvorgekommen war und das Türschloß aufgebrochen hatte. Die Studenten besetzten langsam die Sitzreihen, die im Halbkreis vor der Bühne aufstiegen und sich verbreiterten. Es wimmelte von roten und republikanischen Fahnen, und hinter der Bühne sowie ganz oben, hinter der letzten Sitzreihe, hingen Transparente mit Parolen, die wenig mit der Veranstaltung zu tun hatten. Einige derjenigen, die lesen oder rezitieren sollten, versammelten sich auf der Bühne. Marga ging zu der Gruppe und in ihr auf. Alle hatten es eilig, mit dem Marathon zu beginnen, damit man auch drankäme, das vorzulesen, was man mit so viel Mühe für diese Gelegenheit vorbereitet hatte. Für die einen ging es darum, den Teilnehmern ihren revolutionären Schwung zu vermitteln; andere, die sicherlich mit größter Hingabe an den Texten gearbeitet hatten, wollten sich als brillante Denker, gute Prosaisten oder Lyriker präsentieren. Daher begannen Teilnehmer wie Zuhörer über die Dauer der Eröffnung durch die zwei Redner zu murren: Lucas sprach für das Organisationskomitee, sicherlich auch, weil die Partei ihn darum gebeten hatte, und José Coronado wollte an diesem Vormittag Madrid besetzen. Keiner wußte, wer Coronado zu seinem Beitrag aufgefordert hatte, aber er sprach eine ganze Weile darüber, daß diese Veranstaltung ein weiterer Beweis sei für die »subjektiven Veränderungen im Lande und das wachsende Bewußtsein der Massen, wachsend sowohl in qualitativer wie quantitativer Hinsicht. – Wir können mit einem zunehmend politisierten Volk rechnen und einem Zunehmen der politisierten Volksmassen«, waren die letzten Worte seiner Rede. Lucas sprach seinerseits davon, daß die Ideolo-

gien der Linken und sogar der Kommunisten (bei dem Wort Kommunisten ließ sich ein ablehnendes Gemurmel hören, das aber bald im Applaus unterging) selbst innerhalb »der herrschenden Schichten, in der Bourgeoisie und sogar in bestimmten Sektoren der Großbourgeoisie, an Boden gewonnen haben«, er widmete seinen Beitrag Marga, hoffentlich merkte sie das wenigstens, »und ihre eigenen Kinder erfassen. Diese Jugend, die bald einmal die großen und mittleren Unternehmen lenken wird, die künftigen Besitzer eines großen Teils der Ländereien in Spanien, die Intelligentesten und Bestausgebildeten dieser alten reaktionären Schicht haben längst begriffen, daß der Marxismus als einziger das Instrumentarium liefert, um den Widerspruch zu überwinden, der zwischen der immer schnelleren Entwicklung der Produktionsmittel und deren Kontrolle durch Teile einer unbeweglichen, ja rückschrittlichen Oligarchie klafft, die den Forschritt des Landes egoistisch dem Erhalt ihrer eigenen kleinlichen Privilegien opfert.« Lucas schloß: »Deshalb, wegen dieses unaufhaltbar sich in immer breiteren Schichten der Bevölkerung ausbreitenden Bewußtseins von der Notwendigkeit der Veränderung, kann man, ohne einen Irrtum befürchten zu müssen, sagen, daß eine fortschrittliche Zukunft gesichert ist; mehr noch, sie ist historisch unvermeidlich.« Er verlängerte seine Schlußfolgerung mit der Aufzählung der Gründe dafür, daß, wer diese Zukunft behindern wolle, auf lächerliche Weise Türen aufs freie Feld stelle. Und er sagte: »Das verfaulte Regime stützt sich nur auf eine Gruppe von Tattergreisen, die wie die Kletten an ihren Privilegien kleben, und auf ein paar Schwachköpfe«, ja, so sagte er es, »auf ein paar Schwachköpfe, wie diese Guerrilleros de Christo Rey oder auf Faschogruppen wie die ATE«, und in dem Augenblick, als er es aussprach, durchfuhr ihn ein Schauer, ein Anfall von Angst, denn das waren Worte, für die er unter Umständen würde büßen müssen; Worte, die man bedauert, wenn man in einer unbelebten Straße allein ist und sie in einer Gruppe auf sich zukommen sieht, in ihren blauen Hemden und mit ihren pomadisierten Haaren, wie sie mit den Baseballschlägern drohend auf ihre Handflächen schlagen und in ihren Militärstiefeln voranschreiten. Nun gut, was sollte man machen, das Drehbuch des Lebens schloß Gefahren ein, und man mußte sich ihnen stellen, wenn man konsequent sein wollte. Applaus hatte die letzten Worte seiner Rede übertönt wie eine Welle, die über den Sandstrand spült und ihn einige Sekunden lang zudeckt, und darunter schwoll der Klang einer Gitarre an, eine fröhliche Musik voller Sinkopen, der sich bald von der linken Bühnenseite her die fragile Stimme einer Frau mit traurigen schrägen Augen zugesellte. In ihrem Lied klagte sie darüber, den Verstand zu verlieren (»Ich werd verrückt, verrückt, verrückt«, sang sie), weil sie plötzlich allenthalben Marsmenschen sehe (»selbst in der Suppe, Suppe, Suppe«). Sie sah Marsmenschen am Metroausgang, an der Bushaltestelle, im Park, sie sah auch Marsmenschen am Fakultätseingang, in den Gängen, in der Cafeteria, und wenn sie in die Mensa der SEU ging, schaute sie auf ihren Teller, und auch da waren sie (»selbst in der Suppe, Suppe, Suppe«). Sie beschrieb die Kleidung der Marsmenschen, was für Fahrzeuge sie benutzten und andere Details, so daß jeder schnell kapierte, sie meinte die Guardias, die Fakultät und Umgebung besetzt hielten. Die Leute trällerten die eingängige Melodie gutgelaunt mit und klatschten im Takt der Musik. Die Steigerung kam jedoch am Ende, als die Frau mit glänzenden und anklagenden Augen ins Publikum sah und versicherte, auch dort Marsmenschen zu sehen, ja, dort, genau vor ihr, gefährliche Marsmenschen, die sich unter die normalen Leute mischten. Die Musik war verstummt, und die Frau rezitierte nur noch mit getragener, heiserer Stimme und deutete mit dem Zeigefinger ins Publikum. Und da brach im Saal der Lärm los, die Zuschauer schrien: »Polizeispitzel raus!« und andere Parolen der Art wie »Studenten ja, Bullen nein«. Nach dem anfeuernden Auftritt des Mädchens, das verrückt wurde, war ein dünner junger Mann dran, der zur Gitarre die vertonte Fassung des Gedichts sang, in dem León Felipe dem General das Schwert überläßt, um für sich

das Lied zu behalten. Auch dieser Interpret wurde unter großem Beifall verabschiedet; noch größeren bekam allerdings Nerudas Gedicht »Mola in der Hölle«, bereits die Ankündigung löste ein wahres Delirium aus. Zwei Typen sangen, sie hatten Wollmützen über den Kopf gestülpt und sich in Laken gehüllt, die mit ansehnlichen Hämmern und Sicheln bemalt waren. Sie widmeten das Lied »Ihr wißt schon wem, er wird Mola bald Gesellschaft leisten«. Die Leute schrien und klatschten, während das Duo die Verse enthülste und sie mit langen musikalischen Intervallen versah.
Die Menge war aufgestanden, und zu dem Geschrei und dem Applaus kam noch das Donnern der Füße, die auf das Parkett trampelten. Jetzt wurde lautstark gegen die Todesstrafe protestiert. Vor einigen Monaten war eine Gruppe von Revolutionären zum Tode verurteilt und hingerichtet worden; ein willkürlicher Gewaltakt, mit dem das Regime in Zeiten der Unsicherheit seine Macht unter Beweis stellen wollte, ein Exempel, das vom eigenen Todesröcheln ablenken sollte. Nun skandierten die Studenten mit Inbrunst die Parolen gegen jene Mordtat, und es war schwierig, wieder die nötige Ruhe zu schaffen, damit Marga ihren Text »Wenn die Stimme des Führers das Schweigen des Volkes ist«, mit dem die Lesungen beginnen sollten, vortragen konnte. Ihre Freunde riefen: »Ruhe, wir bitten um Ruhe, wer weiß, wie lange die Veranstaltung dauern kann!« Die Stimme, die am besten zu hören war, war die von Coronado, der am Mikrophon immer wieder und stets vergeblich das Publikum zur Ordnung rief. Auf einmal kam zu dem Dröhnen der Hände und Füße ein anderes Geräusch und gab den Panikmachern recht, es kam von draußen, mischte sich mit dem im Saal und wurde von einer übelriechenden Rauchwolke getragen, die sich in der Aula ausbreitete, während die heiseren Rufe, mit denen man die Sänger angefeuert hatte, von schrillen Schreckensschreien abgelöst wurden. Mappen flogen durch die Luft und die Taschen rutschten zwischen den Beinen der Anwesenden herum, die aufgestanden waren, hin und her rannten und nicht wußten,

wohin, da der Eingang der Aula von einer soliden Masse graugekleideter Männer abgeschottet wurde und das Innere des Saals von diesem Rauch erfüllt war, der Husten, Erstickungsgefühle, Brennen in Nase und Augen und Übelkeit verursachte. Die Studenten stolperten die Treppen hinab über zurückgelassene Schuhe, Jacken, über Laken, die als Transparente gedient hatten und sich nun wie Schlingen um die Beine wickelten. Einer saß heulend auf dem Boden, sein Körper klemmte zwischen den Sitzen, und die Spitzen seiner Schuhe ragten in den Gang hinein, durch den die Masse herunterdrängte. »Ich hab mir den Knöchel verstaucht, mein Knöchel«, wimmerte der Verletzte. Die Aula war zur Hölle geworden, in die das Duo noch vor ein paar Minuten den General Mola geschickt hatte; Lucas hatte Marga an die Hand genommen und hinter den Tisch auf dem Podium gezogen, dort hockten sie nun beide, und er streckte nur ab und zu den Kopf vor, konnte sich aber keinen Überblick über das Chaos verschaffen; immerhin bemerkte er, daß jenseits der Tür, hinter der Front von uniformierten Guardias, die auf die Flüchtenden einschlugen, sich eine weitere dünne, aber bedrohliche Mauer aufgebaut hatte, die Beamten der politischen Polizei, die bestimmte Studenten stoppten, geleitet von ihrem Instinkt oder von Fingerzeigen der Guerrilleros de Cristo Rey und anderer Informanten, die sich bei der Veranstaltung unter die Studenten gemischt hatten. Als er die Guerrilleros sah, bereute Lucas die Worte, die er vor kurzem für sie gefunden hatte. Und als sie ihr Versteck verlassen mußten, weil ein paar Guardias sie unter dem Tisch entdeckt hatten, wunderte er sich, daß sie Marga und ihn, die sich weiter an der Hand hielten, anstandslos vorbeiließen, ohne die Ausweise oder irgendwelche Erklärungen zu fordern, obwohl doch offensichtlich war, welche Rolle sie bei der Veranstaltung gespielt hatten. Es war die Stunde des Chaos, und Lucas meinte, in all dem etwas Schicksalhaftes zu erkennen: seine Rede, Margas Nähe während der Darbietungen, der Aufenthalt unter dem Tisch, wie sie Hand in Hand hinausgegangen waren, der spontane Kuß aus Freude darüber, gemeinsam entkommen zu sein, der triste Garten mit den laublosen Bäumen, der aber plötzlich leuchtete, als ein Sonnenstrahl durch die Wolken brach. Wenn er seinen Impulsen nachgegeben hätte, hätte er ihr in diesem Augenblick gesagt, daß er sie liebte. Er sagte es nicht, natürlich nicht, sie schien ihm zu fern, obwohl er ihre Hand drückte. Seit drei Jahren studierten sie zusammen, und sie lachte manchmal über seine Witze, fragte ihn aber nie nach seiner Arbeit beim Lieferdienst der Glaserei, nie fragte sie »Was ist mit dir?« oder »Hast du Probleme?«, wenn er ernst war. Als hätte er kein Eigenleben, kenne keine Schwierigkeiten, Überdruß, Verzweiflungen, Leiden; als könne er nicht träumen oder lieben, oder eine Weile den Garten betrachten, die Bäume mit ihren kahlen Ästen, den räudigen Rasen, die häßlichen Randsteine aus Granit, den Nebel, der wie ein Schleier an den Laternen haftete, wenn sie in diesen kalten Herbsttagen aus ihren Nachmittagskursen kamen und es schon dunkel wurde. Sie lachte, wenn er ins Arbeitszimmer von Professor Bartos kam und sagte: »Hier kommen die Volksmassen mit der Versorgung«, während er einen riesigen Tortilla-Sandwich auswickelte, den er in der Cafeteria gekauft hatte, um den Ernst der Diskussionen, in die sie sich verstrickten, etwas aufzulockern; das tat Marga, sie lachte, aber über die Filme, die sie im Filmklub gesehen hatte, oder über die Gedichte von Gil de Biedma sprach sie nicht mit ihm, sondern mit Quini Ricart und wiederholte dann auf Englisch, daß April ein grausamer Monat sei. Lucas' Hoffnungen klammerten sich an eine Theorie, wonach die Menschen sich in das andere verlieben, in das, nach dem sie sich sehnen, weil sie es selbst nicht haben; und diese nicht interesselose Theorie bestärkte ihn darin, daß Marga gegenwärtig in ihren Gefühlen irrte, mit der Zeit aber ihren Irrtum erkennen würde; denn jetzt glaubte Marga fälschlicherweise, in das verliebt zu sein, was ihr glich, und nur Narziß verliebt sich in das Bild, das der Spiegel ihm zurückgibt. Lucas bemerkte, daß Marga in Quini verliebt war. Einmal hatte er sie wegen Quinis Schuld weinen sehen. Sie diskutierten über Abtreibung, und alle gaben sich offen als Befürworter zu erkennen, nur Marga sagte, sie sei sich nicht wirklich sicher, es sei ein Thema, über das sie gründlicher nachdenken müßte; selbstverständlich würde sie dafür sorgen, nie in eine solche Situation zu kommen, »aber immerhin, es geht um ein menschliches Leben«, sagte sie. Quini erwiderte schroff: »Das ist Margas bigottes Erbe, es ist schwer, diese Kruste loszuwerden. Da braucht man viel Lauge und eine kräftige Bürste dazu.« Er sagte es mit Blick auf die Gruppe, erklärte der Gruppe etwas über Marga, was die Gruppe wissen sollte. Es war grausam, aber sie widersprach ihm nicht, sondern kämpfte mit den Tränen. Als wäre sie traurig, daß er es war, ausgerechnet er, der so wenig Sensibilität für die ungeborenen Kinder und, vor allem, für sie aufbrachte. Als seien seine Worte eine weitere Hürde, das zu erreichen, was sie in ihm verfolgte. Ja, das hatte Lucas bemerkt und bekam daher auch seinen Teil Strafe ab bei dem Gespräch, dachte aber dann sofort, Quini habe die gleiche Hautfarbe wie sie, sammle die gleichen Platten, habe dieselben Verse im Gedächtnis, und sie wohnten beide, da war er sich sicher, in Häusern, in denen es nach edlen Stoffen und Hölzern roch, und in den Schränken lag sicherlich Kleidung der selben Marke. Also mußte auch Quini mit dieser Kruste behaftet sein, die so schwer abzukratzen war, und einen Augenblick lang war er froh, anders zu sein. Vielleicht suchte sie unbewußt, sich von etwas frei zu machen, zu dem Quini gehörte. Lucas' Strategie bestand, besonders nach jenem Tag, darin, seine Andersheit darzubieten, sie auszustellen. Deshalb hatte er sich vorgenommen, keine Verse zu rezitieren – er hätte sie auch nicht auf Englisch auswendig lernen können, da er die Sprache nicht beherrschte –, nicht allzu ernsthaft über Malerei zu sprechen (»es fehlt mir an Sensibilität dafür«, scherzte er), und seine Vorstellungen über Musik oder Filme herunterzufahren (»für mich ist die Kunst eine Erscheinungsform der Ideologie« versicherte er), und das, obwohl Filme oder Bücher ihn manchmal zu Tränen rührten.

Lucas sprach mit Marga über die bäuerlichen Werte und die der Arbeiterschaft. Er schilderte ihr das Leben in den fernen Bergen von León und auch das Morgengrauen auf dem Fischmarkt an der Puerta de Toledo, die Landstreicher, die Lastwagenfahrer, die Huren, die zu den durchgehend geöffneten Bars strebten. Einmal, als sein Freund Pedro – der ihm innerhalb der Gruppe am ähnlichsten war: Arbeiterherkunft – zu Marga sagte: »Es ist schwer, in Lucas hineinzuschauen«, hatte Lucas erwidert: »Ihr braucht nicht zu buddeln, es ist nicht mehr da, als ihr seht«, aber er hatte es in einem Ton gesagt, der das Gegenteil durchblicken ließ, daß dieses Innere voller Dinge sei, die jemand sich einmal zu entdecken vornehmen müßte, auch wenn er selbst davon überzeugt war, daß im schlimmsten Fall dieser jemand wiederum Pedro und nicht Marga sein würde, weil Pedro, ganz im Gegensatz zu ihr, ihn geradezu bedrängte; eifrig grub er in ihm herum, bis er ausgehöhlt war. Pedros Freundschaft war für ihn allmählich zu einer neurotischen Umzingelung geworden, die ihn schließlich eingeschnürt hatte, und das, obwohl Pedro der einzige war, der aus derselben sozialen Schicht kam, also von ganz unten. Manchmal fragte er sich, was Pedro in ihm sah, das ihn daran hinderte, die Beziehung so weiterzuführen, wie sie am Anfang gewesen war; und er hätte gern etwas von dem, das, was ihn störte, ausgelöscht. Um Margas willen verleugnete er in der Öffentlichkeit alles, was ihm gefiel, in der Gewißheit, daß er ihr damit noch ferner rückte, für sie noch fremder und damit begehrenswerter wurde, wenngleich sie die Disziplin, der er sich unterwarf, nicht zu bemerken schien; sie lachte und nannte ihn Clown, »was bist du nur für ein Clown«, und sparte ihre feuchten Augen für andere auf: für Pedro, der Freikarten für die Morgenkonzerte im Real beschaffte und ihr von einem Adagio bei Albinioni oder einem Concertante in *Così fan tutte* vorschwärmte, oder für Quini, der im Garten hinter der Fakultät nur für sie vorführte, wie Steve McQueen sich abwandte und seinem Schicksal entgegenschritt, oder ihr eine Szene eines Aldrich-Films schilderte, in der Angie Dickinson von einer Kugel getroffen niedersinkt. Ein anderes Mal predigte Quini, es sei absolut notwendig, »La Centena« von Octavio Paz zu lesen, wer diese Anthologie nicht kenne, sei kein Bürger des 20. Jahrhunderts, womöglich nicht einmal ein Mensch, sondern etwas weiter Zurückliegendes, aus einer fernen Eiszeit, eine Spezies, die zwar Vorläufer des Menschen, aber eben noch keine Menschen war, und drei Tage später erschien sie mit dem Band »La Centena« in der Fakultät, und nach Unterrichtsschluß saß sie mit dem Buch im Bus, hielt es auf Brusthöhe, streifte es mit ihrer Brust. Lucas sah das Buch dort, in ihrer warmen Hand, an ihrer warmen Brust, und litt, denn er hatte »La Centena« schon vor Quini gelesen, wußte aber, daß sie über dieses Buch mit ihm nicht sprechen würde. Das Buch in ihrer Hand, das Buch an ihrer Brust, das Buch, das bei jedem Atemzug leicht anstieß, und er, er stand neben ihr, hielt sich an der Metallstange des Busses fest, scherzte, erzählte von einem Mitbewohner aus seiner Pension oder einem Kollegen in der Glaserei, wo er stundenweise arbeitete, um festzustellen, ob er, Dank immer größerer Ferne, begehrenswert wurde. »Sie verlieben sich in das, was ihnen nicht gleicht, sie hegen Freundschaft für das Ähnliche, lieben aber das Fremde«, sagte er sich und wartete. Sogar als er ein paar Monate zuvor beschlossen hatte, sich den Kommunisten und nicht der Gruppe, zu der Quini und Marga gehörten, anzuschließen, hatten ihn dabei, neben ideologischen Affinitäten (die vorhanden waren, da er die KP für die Partei hielt, die seiner Wesens- und Denkart am nächsten stand, die Arbeiterpartei), auch solche Absichten geleitet: Er wollte etwas anderes bieten, als das, was sie hatte, etwas, das unbestreitbar mehr seiner sozialen Lage entsprach, etwas, das von außen her das Denken der Organisation reflektierte, der sie angehörte, eine Organisation, für die die intellektuellen Probleme im Zentrum standen – Poulantzas, Althusser, Debord, Adorno, Marcuse – und die sich auch im Zentrum der Stadt bewegte: die letzte Kino- oder Theaterpremiere, die letzte Kunstausstellung, das Buch, das neuerdings in allen Schaufenstern lag. Obwohl er merkte, daß es in der KP von Künstlern und Intellektuellen wimmelte, von Ethnozentrikern, wie er sie nannte, wußte Lucas auch, daß er in dieser Partei die Fabrikarbeiter finden konnte, die in den Vorstädten wohnten; mit denen hatte er auch zu tun, wenn er mit dem Kleinlaster der Glaserei auf Liefertour war und sie an irgendeiner Baustelle Material ausluden. Außerdem teilte er bei seiner neuen Arbeit die Brotzeit mit einem älteren Mann, der wie er in der KP war und zu den Comisiones Obreras gehörte. Häufig versuchten er und dieser Genosse sich abzusetzen, um über die politische Lage zu reden, und diese Vertrautheit mit dem alten Arbeiter gefiel Lucas, weil sie ihm erlaubte, zu etwas zu gehören, dessen Grenzen außerhalb des Zauns des Universitätsparks lagen. Sie waren nicht mehr die Peripherie, sondern fast schon ihr Gegenteil, und dieser Mittenabstand berauschte Lucas, obgleich ihm nicht entging, daß der Alte einer gewissen Verstörung Ausdruck gab, wenn er sagte: »In der Partei habt ihr Intellektuellen ohne Arbeitererfahrung immer größeres Gewicht«, und daß er sagte »habt ihr« und nicht »haben die Intellektuellen«, wie Lucas es lieber gehört hätte. Aber wer sollte das schon von außen bemerken. Oder, besser gesagt, von innen, denn Margarita war drinnen, geschützt. Marga. »Margarita, está linda la mar …« rezitierte er nachts bei ausgeschaltetem Licht in seinem Zimmer. Margarita, fern und vielsprachig, Goethes Gretchen, Thomas Manns Margarethe, Bulgakovs Margarita, Gounods Margarèthe. Quini hatte Margarita zum Geburtstag den *Mefistofele* von Boito geschenkt, gesungen von Mario del Monaco, eine Platte die er aus Paris mitgebracht hatte. Und er, Lucas, war eifersüchtig gewesen. Denn in seiner Beschränktheit war ihm nicht einmal in den Sinn gekommen, daß Marxisten einander etwas zum Geburtstag schenken könnten. Er hatte sich tölpelhaft entschuldigt. Mephisto und Margarita. Was konnte Margarita schon von Lucas, dem Sohn eines verwitweten Maurers erwarten, von einem Studenten, der stundenweise für eine Glaserei arbeitete. Margarita besuchte mit einem Familienabonnement die Konzerte im Real und kannte mit Anfang zwanzig schon Rom, Paris, London und Amsterdam, und sie sprach etwas Deutsch (»Ich habe einen Sommerkurs in München besucht«), korrektes Englisch, in dem sie die Lieder von Dylan und den Stones sang (»Das habe ich bei einem Austausch mit einer Familie in Edinburgh gelernt«), zitierte Baudelaire auf Französisch (»*La Maladie et la Mort font des cendres/De tout le feu qui pour nous flamboya*«), mit einem makellosen Akzent (»Schließlich habe ich bei den französischen Nonnen Abitur gemacht«) und kam darüber hinaus noch mit den anderen romanischen Sprachen zurecht: Portugiesisch (»Das ist doch fast wie das Galicische, und in Galicien haben wir ein paar Sommer lang Ferien gemacht«), Katalanisch (»Meine Mutter kommt aus Valencia, und meine Tanten sprechen nichts anderes«), Italienisch (»Es erinnert so an das Valencianische«) und sogar etwas Baskisch: »ama, aita, egunon« oder so etwas, weil sie mehrere Ferien dort oben verbracht hatte. Margarita, der Wind trägt den zarten Duft der Orangenblüte, deinen Atem. So fern, so begehrenswert für Lucas, der seine Kindheit in León und seine Jugend in einem Internat in Ávila verbracht hatte und immer nur das harte Spanisch Altkastiliens gehört hatte, in seiner Freizeit als Tagelöhner arbeitete (noch mehr hartes Spanisch) und seine schönsten Ferien auf einem Zeltplatz in den Pyrenäen mit seinem Freund Pedro Macías verbracht hatte, der ihm jetzt lästig war und von dem er sich abzusetzen versuchte (in den Pyrenäen hatte es nur die Sprache der Vögel, des Windes und die eines Bachs, der an dem Zelt vorbeifloß, gegeben). Wenn er sich mit einer Prise Selbstmitleid strafen wollte, dachte er nicht einmal an seine Unkenntnis des Englischen, an sein schlechtes Französisch, an seinen Akzent, der sie zum Lachen gebracht hätte, an seine Unkenntnis der zeitgenössischen ausländischen Literatur (er kannte sich bei Quevedo, bei San Juan aus, nicht aber bei Joyce oder Kafka oder Fitzgerald oder Pratolini) und der großen neuen Musik (er hatte Mozart gehört, Bach, nicht aber Messiaen, Berg, Hindemith, kaum etwas Bartok, Prokofjew oder Schostakowitsch); nein, an all das dachte er überhaupt nicht, nur an viel prosaischere und primitivere Dinge. Es ging ihm durch den Kopf, wie er, wenn denn der Augenblick gekommen wäre, Margarita sagen sollte, daß sie die Beine öffnen, daß sie ihm einen blasen sollte, solche Dinge, die mit der Mechanik von Sex und Liebe zu tun hatten. Er wäre nie fähig, ihr ernsthaft all das vorzuschlagen, was Quini angeblich erlebt hatte und, mit schmutzigen Witzen geschmückt, bei den Treffen erzählte, wenn er die Nacktstrände auf Ibiza beschrieb, die nächtlichen Paarungen im Wasser oder in den Dünen am hellichten Tag; die Lokale in Amsterdam, wo er exotische Drogen konsumiert und Gruppensex gehabt hatte. »Ich habe nie erfahren, von wem diese Hand war, aber es war das beste Wichserlebnis meines Lebens«, erzählte Quini und versuchte sich damit einen Anstrich von Verderbtheit zu geben. Und Lucas stellte sich Margas funkelnde Augen vor, wenn er ihr so etwas vorschlug, daß sie ihn mit Katzenaugen ansah und ihm dann links und rechts ins Gesicht schlug, nicht einmal kräftig, sondern nur mit müder Verachtung. Oder, noch schlimmer, er stellte sich vor, wie sie lächelte, während er ihr so etwas vorschlug, und dann in ein endloses Gelächter ausbrach und die anderen herbeirief, um es weiterzuerzählen. Oder, weit demütigender, daß sie lachte und ja sagte, und ihm den Joint reichte oder das mit Acid getränkte bunte Papiersternchen auf die Zungenspitze legte, und sich ihm zuwandte, und ihren Schenkel an seinen Schenkel legte und sein Hemd aufzuknöpfen begann. Solche Dinge sagen, aber in einer anderen Sprache. Ihr zu sagen, *»Suce-moi la bite«,* und sie sollte dann sagen, *»Oui, je vais sucer ce petit truc«*, und ihm die Hose aufknöpfen und mit den Fingerspitzen suchen. Lucas fühlte sich klein und schmutzig neben ihr, eingehüllt in benennbare Gerüche, die er mit Legionen von Menschen teilte. Die Demokratie der Schäbigkeit. Der Egalitarismus des Schmutzes. Das bescheidene kleine Haus von Pedro, in das er oft zum Essen eingeladen worden war, dort in der Calle del Amparo, nahe von Tirso de Molina, eine Wohnung, zu der man im Düsteren über eine knarzende, schmutzige Treppe hochstieg. Die Wohnungen der Genossen in Getafe, Vallecas, Vallemil, wo sich seine Zelle traf. Eine Gleichheit schlecht gelüfteter Wohnungen, von Zimmern, die nach Moder und den Ausscheidungen von vier oder fünf Generationen rochen; von Tavernen, die nach altem Öl stanken, in dem unterschiedliche Produkte zwanzig-, dreißigmal gebraten worden waren. Wenn er in dieser masochistischen Stimmung war, erschien ihm sogar seine Mitgliedschaft in der KP vulgär, diese Genossen mit einer Ideologie bar jeder Zwischentöne, die sich an irgendeinem Ort in der Sierra trafen, um Koteletts zu grillen, und die gerührt waren, wenn ihnen jemand ein Tonband mit der Stimme der Pasionaria gab; Männer, die Fotos von Juan Díaz wie Heiligenbildchen aufbewahrten und leise schluchzend die Internationale sangen, mit der Inbrunst von Betschwestern, die das »Ave Maria de Fatima« anstimmten. Und er gehörte dazu, war wie sie gerührt, lebte in Wohnungen wie sie und mußte die Tränen unterdrücken, wenn er im Radio die Internationale hörte. Fern von Margarita, lächerlich für sie. Einmal hatte Quini ihn mit zu sich nach Hause genommen. Es war am Anfang des Studienjahrs gewesen. Er hatte ihm sein Zimmer gezeigt, seine Sammlung von Jazzplatten, die Regale mit den englischen Romanen, die Päckchen mit Pfeifentabak, und er, der erst ein paar Monate zuvor in die KP eingetreten war, hatte an seine Kollegen von der Glaserei gedacht, wie sie im Lieferwagen ihre Sardellenbrote aßen und das Bier aus der Flasche tranken; an die Genossen in den Vorstädten, deren Wortschatz auf ein paar Seiten Wörterbuch Platz fand; an seinen eigenen Vater, der den ganzen Tag in der Kneipe hockte; an Pedro und dessen Eltern, an die nackten Arme von Pedros Mutter, die, ausgestreckt, um die Teller auf den Tisch zu stellen, nach Schweiß und billigem Kölnisch Wasser rochen; Pedro, der in einer Akademie in Portazgo, die nach ungewaschenen Kindern roch, zweifelhaften Unterricht in Fächern gab, die er nicht beherrschte. (»Ich muß Mathematik und Englisch unterrichten, stell dir vor, was diese Geschöpfe lernen«, erzählte Pedro und versuchte mit Witzchen das Gefühl der Ohnmacht und Demütigung zu verbergen, das ihn beherrschte.) Wenn Lucas gut gelaunt war, dachte er, daß ihm gerade deshalb, wegen dieser unendlichen Ferne, Margarita gefiel, und daß es nicht unwahrscheinlich war, daß auch er ihr am Ende gefallen würde, weil sich auch die Menschen von dem angezogen fühlen, was ihnen nicht gleicht, und es eben diese irrationale Anziehungskraft war, die die abstoßendsten Insekten zwecks Bestäubung zu den vielfarbig schönen und duftenden Blumen treibt. Die Blüte und das bestäubende Insekt. Er, das Insekt, das ein klebriges Netz ausspannte und die Beute in die Waben schleppte. Der Geruch im Bienenkorb, im Ameisenhaufen, zu Zeiten, in denen fast alle Pensionen für das Duschen extra kassierten, was sich noch verteuerte, wenn es sich um Warmwasser handelte, und niemand hatte soviel Geld, um dieses Extra zu bezahlen, und selbst diejenigen, die in Wohngemeinschaften lebten, die sich mit einem kargen Budget wundersam aufrechterhielten, sparten an Gasflaschen, denn man wußte, daß über die Hälfte des Gases von den Heizgeräten aufgezehrt wurde; Zeiten, in denen der große Erzähler des Regimes noch vor reichlich parfümierten und wenig gewässerten Damen auftrat, die Beifall klatschten bei seinem Bonmot, daß seit Erfindung des Bidets und der Schinkenschneidemaschine weder die Möse nach Möse noch der Schinken nach Schinken schmecke. Und er, Lucas, wollte Marga in die Gänge dieses übelriechenden Bienenkorbs abschleppen, Margarita, die Blume, über die klebrigen Stege der Waben schleifen; sie, die jeden Morgen frisch gebadet erschien, die jeden Tag Gels und Lotionen auftrug, deren Qualität man riechen konnte, wenn man sich beim Mitschreiben neben sie setzte, weil ihre Kleider deren Duft ausströmten. Der Wind trägt zart den Duft der Orangenblüte, deinen Atem. Die zarte Blume durch die übelriechenden Gänge des Labyrinths geschleift, in dessen Innerem schwarze Insekten ihre schäbigen Vorräte horteten: den Käse, die Wurst, den Salchichón, die Schokolade, die Kekse und die Griebenklumpen, die der studierende Sohn von der

Familie aus dem Dorf geschickt bekam, und die er unten im Schrank aufbewahrte, wo diese wechselnden Gaben ranzig wurden und ihren Geruch an die Kleidung abgaben, an das Zimmer, an die Straße, an ganze Stadtviertel, wo sich das Hauptstadtelend mit den Entbehrungen der Zugereisten verband. Wer könnte aus der Tiefe dieses Ameisenhaufens heraus den Mut haben, die Pratze in diesen Ausschnitt zu stecken oder mit den Fingern über den Rücken zu wandern, unter das zarte Gewebe – es konnte nur zart sein – des Slips zu fahren und etwas, was auch immer, nichts als den Mittelfinger, einen Stift, die Zunge, in ein kosmopolitisches Heiligtum zu versenken, dessen Wände mit Ansichten des Genfer Sees, der Kuppel des Pantheons (»Die Italiener sagen Pánteon, mit der Betonung auf dem A, nicht auf dem O, wie die Spanier«, hatte sie einmal in Kunstgeschichte gesagt), der Türme von Notre-Dame geschmückt waren. »Und mein Schwanz ist noch nicht einmal besonders groß oder hübsch«, beklagte sich Lucas bei Pedro, der in den ersten Zeiten der einzige gewesen war, dem er seine Leidenschaft für Marga anvertraut hatte. Pedro wußte davon, und er wußte auch über einzelne Parzellen des Lebens Bescheid, das Lucas im Schoß einer in mehr als bescheidenen Verhältnissen lebenden Familie in León geführt hatte (Pedro hatte ihn vor zwei Jahren in den Ferien besucht: zwei Brüder, die in einer Seifenfabrik arbeiteten; der Vater Maurer, Rentner und Witwer, kam erst aus der Kneipe heim, wenn es Zeit war, ins Bett zu gehen), und er wußte auch, was es mit dem Problem des Volumens auf sich hatte. Er wußte es, weil er Lucas nach einer Phimose-Operation versorgt hatte und die rötliche und schüchterne Knospe gesehen hatte, die, umgeben von Verbänden, wie ein kleines Tier verlassen im Nest lag. Pedro tröstete ihn: »Das ist eine Frage des Geschmacks; auch über Kunst kann man seit Duchamp so unterschiedlicher Meinung sein.« Sein Schwanz war nicht groß, aber gut proportioniert, er war von einem Rippenwerk umgeben, hervorstehende Adern, die an einen kleinen, aber kräftigen Athleten denken ließen. So hatte sich Pedro am Anfang geäußert, als Lucas unter der Vorstellung litt, was Margarita über sein Glied denken könnte. Außerdem war Lucas mit seinen zweiundzwanzig Jahren der einzige aus der Gruppe, der noch keine, wie er es nannte, »vollständige Erfahrung« mit einer Frau gehabt hatte. Und an allem waren die fünf Internatsjahre in einer Priesterschule in Ávila schuld, an die sein Vater ihn schickte, als er Witwer geworden war, und die er dank eines Stipendiums der Diözese besuchen konnte. Ávila von einem Hügel aus in der Ferne gesehen: die Festungsmauern, das Gras, verbrannt von der Winterkälte und dem Schnee, der bei Einbruch der Dunkelheit fiel. Von den Fenstern des Schlafsaals aus der Glanz des Mondes auf dem Leichentuch des Schnees. Eine Welt von einsamen Jungen, von wilden kleinen Männern, die im Unterhemd Kampfspiele auf den kalten Fliesen des Schlafsaals austrugen. Der Geruch von Schweiß und Ausscheidungen und Tinte und Kreide und getrocknetem Schlamm und Abfall zwischen den Rillen der Stiefelsohlen. Dort mußte man nicht für das heiße Wasser aus der Dusche zahlen, und es gab nicht einmal die Ausrede, daß das Warmwasserdepot sofort leer war, dennoch duschten nur wenige täglich (Lucas schon: Er glaubte an Sport und an Hygiene), meistens nur einmal in der Woche, samstags, wenn die Aufseher diese ungebärdige und zugleich melancholische Hammelherde in die Duschkabinen trieben. Das Internat, und dann die verdammte Phimose, diese Mißbildung, diese Erscheinung, von der er noch nie hatte reden hören, bis er in Madrid in einer Pension wohnte, um das Vorbereitungsjahr für die Universität zu absolvieren: ein Gasthaus in der Calle Toledo, von dort konnte man den nahen Fischmarkt riechen. In dieser Pension in der Calle Toledo hatte er das Abendessen und das Zimmer mit Lastwagenfahrern geteilt; sie kamen aus Vigo, stanken nach Brackwasser, und wenn sie den Suppenlöffel zum Mund führten, sah Lucas die Fischschuppen, die an ihren Fingern klebten. Die Männer erzählten von ihren Erlebnissen bei den Transporten, von ihren Schwierigkeiten beim Laden und Entladen der Ware und auch von ihren Abenteuern mit Frauen, die sich in den Lokalen an der Landstraße anboten. Manchmal schickte die Wirtin ihm einen dieser Männer in das Doppelzimmer, in dem er wohnte, und dann hielt sich der Geruch darin ein paar Tage lang. Bei den Gesprächen mit diesen Männern in der Einsamkeit des Schlafzimmers hatte er zum ersten Mal von der Phimose gehört und dann festgestellt, daß er an dieser Mißbildung litt, ein Wissen, das ihm nicht gerade dabei half, Selbstvertrauen zu entwickeln, Vertrauen in die eigene Männlichkeit, das er so sehr brauchte nach all den Jahren, die er fern von der weiblichen Welt und in Unkenntnis der geläufigsten Sexualpraktiken verbracht hatte. Und dann kam auch noch der Zwischenfall, der die Mißstimmung zwischen ihm und Pedro einleitete, eines Nachts, als sie sich beide zum Pinkeln in eine kleine Gasse gestellt hatten, unter einem Himmel, der aussah wie eine Matratze, aus der die Füllung quoll. Pedro kniete plötzlich vor ihm, Lucas drehte sich verägert ab und fragte, was er denn da mache. Pedro appellierte an die Kameradschaft: »Was ich mache?« sagte er, »ich beweise dir, daß dein Schwanz vielen gefallen kann, also auch Marga, warum nicht?« Lucas stieß ihn zurück, mit einer Schroffheit, die fast schon brutal war, schloß mit einem Ruck des Handgelenks den Reißverschluß der Hose. Er war verwirrt. Pedro hatte sich aufgerichtet, wandte ihm den Rücken zu und hielt den Kopf gesenkt. Keiner von beiden bewegte sich oder sagte etwas. Da standen sie beide, still, reglos, von der Nacht umgeben, Lucas' rechte Schulter zeigte auf Pedros Rücken. Am Himmel breitete sich die Matratzenfüllung aus, die niedrigen Wolken verhüllten die Spitzen der hohen Gebäude. Und der Nebel und der leichte Regen wirkten wie Stoßdämpfer, sie fingen die Spannung auf und machten die Szene erträglich. Lucas holte ein Zigarette heraus, tippte mit der rechten Hand auf die linke Schulter seines Freundes und fragte ihn, ob er rauchen wolle. Der andere sagte weder ja noch nein, sondern: »Entschuldige, es war ein Scherz, aber vielleicht hast du es nicht so verstanden.« Lucas zündete die Zigarette an und ging los. Pedro blieb zwei, drei Schritt zurück. Er konnte nicht ahnen, daß Lucas in jenen Augenblicken in einem Meer des Zweifels trieb, daran dachte, daß er mit seinen zweiundzwanzig Jahren keine anderen Erfahrungen gehabt hatte als die mit den Frauen, die sich im Kino Montera in die letzten Reihen setzen. »Scheiße, Scheiße, Scheiße«, dachte er, während er an der Zigarette sog und weiterlief. Hinter sich hörte er Pedros Schritte, hörte ihn auch sagen: »Verzeih. Gute Nacht«, und kurz darauf: »Bis morgen.« Und er sagte: »Bis morgen«, dachte aber Scheiße. Er dachte, daß nachts im Bett ihr Körper und sein Mund darum kämpfen würden, sich seiner zu bemächtigen. Plötzlich teilte er sein Zimmer mit einem Eindringling, den niemand hereingebeten hatte. Das war nun einige Monate her, und man konnte nicht sagen, daß dieser Zwischenfall dazu beigetragen hätte, Lucas zu stabilisieren oder ihm Marga gegenüber mehr Sicherheit zu geben, obwohl er einen solchen festen Stand immer dringender nötig hatte. Deshalb schien ihm etwas Schicksalhaftes in den Ereignissen jenes Mittags zu liegen, und er fühlte sich plötzlich glücklich, gewachsen, während sie, gerade erst dem Polizeikordon entronnen, weiterhin Hand in Hand gingen und Marga sagte, sie würde gern noch ein Bier mit ihm trinken. »Vielleicht beruhigt das ein bißchen die Nerven«, sagte sie, und er antwortete: »Keine Angst, jetzt ist alles vorbei«, und als er das zu ihr sagte, war es, als sage er es zu sich selbst, als sage er sich, nun seien die Zeiten der Schwierigkeiten und der physischen Mängel vorbei, als sei der Fischgeruch verflogen, der auf den dunklen Möbeln des Pensionszimmers lag, als gehöre die Pension zu einem geografischen Ort, der zugleich fern und vergangen war, fast wie auf einem anderen Planeten und in einem anderen geologischen Zeitalter. Als er die verglaste Tür der Bar aufstieß und Marga den Vortritt ließ, war es, als trete er in ein anderes Leben ein, in das künftige Leben, für das sich jeder Gläubige entscheiden kann. Im Fernseher, der auf einer Ecke der Theke stand, verlas ein Mann in weißem Kittel das vom Ärzteteam unterzeichnete Bulletin, in dem mitgeteilt wurde, daß am 19. November 1975 um elf Uhr vormittags seine Exzellenz, der Staatschef Generalissimo Franco weiterhin Anzeichen von Leben aufweise. Es war fast zwei Uhr nachmittags. Ein paar Gäste schauten aus den Augenwinkeln auf den Fernsehschirm, führten dabei aber weiter das Bierglas oder die Zigarette zum Mund. Auf der Straße fegte der Wind Papier und trockenes Laub vor sich her, und der Himmel war vollständig von schwarzen Wolken bedeckt, die Regen ankündigten. Im Lärm des dichten Straßenverkehrs war die Sirene eines Krankenwagens zu hören.

8

Sie kam gerade vom Friseur zurück, und fast hätte ihr der Platzregen, der herunterging, als sie zum Portal schritt, die eben erst gelegte Dauerwelle zerstört. Als reichte das noch nicht, erfuhr sie schon an der Wohnungstür von dem Mädchen, das Pruden hinterlassen hatte, sie solle nicht auf ihn warten, er käme erst spät aus dem Büro und würde direkt zum Fest der Ricarts gehen. Ein Gück, daß Marga zur Essenszeit vorbeikommen würde und sie dann zusammen aufbrechen konnten. Dieser Geburtstag war ein Ärgernis, er brachte ihre ganze Planung durcheinander. Olgas Eitelkeit, ihr despotischer Eifer. Jede andere hätte ihr gesagt, daß sie nicht kommen könne. Sie hatte dem Alten ein Geschenk kaufen müssen, von dem sie nicht wußte, ob es ihm gefallen und ob er es überhaupt je benutzen würde: eine hübsche silberne Uhrkette, die sie am Morgen noch bei Piaget in der Gran Via abgeholt hatte. Nur Olga konnte auf die Idee kommen, diesen Geburtstag zu feiern – bei dem Zustand ihrer Schwiegermutter (was würde sie mit der Frau solange machen, sie war Besuchen nicht gewachsen) und an einem Abend, an dem jeden Augenblick die Nachricht vom Tod des Caudillo kommen konnte. Sie hätte keinen unpassenderen Tag aussuchen können. Elvira hatte vor ein paar Tagen auch noch Eintrittskarten für die Abendvorstellung im Eslava geschenkt bekommen, die sie natürlich nicht nutzen konnte; und dann war um sieben die Modenschau bei Manina Muñoz, die sie auch verpassen würde. Und jetzt stellte sich zu allem Überfluß heraus, daß Pruden selbständig in die Juan Bravo gehen würde, sie also nicht im Auto hinbrächte. Sie mußte ihn gleich anrufen, vielleicht konnte er wenigstens den

Chauffeur schicken, um Marga und sie abzuholen. Olgas Feste. Sie erinnerte sich an den letzten Geburtstag, den der Alte gefeiert hatte, bevor es mit Doña Amelia bergab ging, und Überdruß überkam sie, ein Gefühl des *dejá vu.* Auch damals war Pruden allein hingegangen. Er war in den Salon der Ricarts gekommen, hatte mit der ihm eigenen verdrießlichen Miene, die ihm seine Kurzsichtigkeit verlieh, um sich geschaut, während sie ihren Unterarm Olgas langer Hand überlassen hatte, und, so geführt, in der Mitte des Salons im Plauderton kommentierte: »Ein wunderbares Buffet, wunderbare Blumen«; sie näherte sich den Blumen, versenkte, Interesse vortäuschend, geradezu die Nase in ihnen, um dann zu fragen: »Sind die von Betsy?«, worauf Olga, vielleicht etwas zu schnell, geantwortet hatte, nein, die kämen nicht von Betsy, die seien von Octavio Parterra, dem Floristen am Rubén Darío, wie immer – das hatte Olga gesagt: »wie immer«, und sie sagte es mit dem gleichen Brustton der Überzeugung, mit dem sie sagen würde, ihr Mann sei immer noch der gleiche. Elvira erinnerte sich an Pruden, wie er sie von der Seite ansah (er wußte, daß sie es nicht mochte, wenn er Hochprozentiges trank) und sich mit einer heuchlerischen Geste des Zweifels am Kopf kratzte, bevor er einen Chivas bestellte, »Nein, nein, kein Wasser, nur Eis«, alles wie immer, *dejá vu*, und als wäre es das erste Mal. Pruden hatte mit den Spitzen von Zeigefinger und Daumen das weiße Tuch gelüpft, das den Schinken bedeckte, und seine Nase dem Stück genähert. Er roch daran, und als er den Kopf hob, begegnete sein Blick dem von Sole Beleta, die darüber gewacht hatte, was für eine Beziehung Pruden zu dem Schinken aufnahm, wie eine Mutter über ihren jüngsten Sohn wachen würde, der im Park mit einem eben aus der Haft entlassenen Päderasten spielt. Olgas Familienfeste. Zu den Festen, die sie mit Künstlern organisierte, vergaß sie, Sole und sie einzuladen. Ihre alten Freundinnen waren nur für solche Feste gut, die sie für die, »die dazugehörten«, gab und bei denen sich monoton Verhaltensweisen und Dialoge wiederholten. »Großartig, großartig«: zweimal; zweimal hatte Pruden »großartig« gesagt und sich dann aufgerichtet, bevor er das Wort ein drittes Mal wiederholte, besonders überzeugend: »Groß-ar-tig«; das dritte Mal sprach er das Wort sehr langsam aus, trennte die Silben voneinander, ließ sie, ungeschützt, in der Luft schweben, die eine der Stütze der anderen beraubt. Wenn sie die Augen schloß, konnte sie die Szene vor sich sehen, sogar hören, und dabei heißt es, daß man Stimmen zuerst vergißt. Pruden sagte dreimal großartig, dann setzten sich beide in Marsch – Sole von der einen Seite, er von der anderen her – und schritten aufeinander zu, und kurz bevor sie aufeinandertrafen, sagte er: »Ich verwette meinen Kopf darauf, daß diese Schinken von Sole sind, ich verwette ihn, weiß aber, daß ich ihn nicht verliere. Was für ein Aroma, was für ein Aroma«, und es war, als ob er damit ihr Eau de Toilette meinte, denn ihre Wangen streiften sich gerade, einmal, noch einmal, genug, und das vom Aroma hatte er im Augenblick größter Nähe gesagt, zwischen ihren Wangen und ihren Ohren, doch laut genug, daß Olga es hören konnte und sich zu einer Bemerkung verpflichtet sah:

»Ja, aber werde nur nicht eifersüchtig. Sie kommen von Sole, aber nicht geschenkt. Wenn du genau so einen Schinken willst, hat sie zum selben Preis sicher noch ein paar auf ihrem Gut, stimmts, Sole?« sagte sie und zwinkerte komplizenhaft mit dem rechten Auge.

Und Pruden verstummte linkisch, nicht aber Elvira, sie hatte keinen Grund zu schweigen:

»Das können wir Quico nicht antun, der uns seit zwanzig Jahren Schinken aus Jabugo bringt und, ja, es ist wahr, Soles Schinken sind wirklich wunderbar, ich habe schon oft davon gekostet, klar, aber die von Quico brauchen den Vergleich nicht zu scheuen, auch nicht was den Preis angeht. Für wieviel bekommst du sie von Sole?«

Das war der Augenblick, als Olga erbleichte; sie fühlte sich in der Falle gefangen, die sie selbst aufzustellen geholfen hatte, denn die Unterhaltung, die bis dahin über dem Dekolleté geschwebt hatte, auf der Höhe von Ketten und Ohrringen, auf der Höhe des Parfums, das sich jede von ihnen hinter das Ohr und auf den Hals getupft hatte, war plötzlich auf das Niveau des von Rüsseln durchwühlten Erdreichs gesunken. Es war Olgas Blick anzusehen, daß sie dachte: »Sole gelingt es, uns den Schweinestall nach Madrid zu schaffen«, und daß sie eine Antwort vermied, schon nicht mehr lächelte, sondern in überraschtem Ton sagte, als habe sie es gerade entdeckt, als hätte sie es in den letzten fünf Minuten nicht schon dreimal und in den vergangenen drei Jahren dreihundertmal gesagt:

»Nein, wie schön und erwachsen Margarita geworden ist, bestimmt hat sie einen Freund. Man darf sie nicht mehr Margarita nennen, nur noch Marga, was ja schließlich ein wunderbarer Name ist. Ich werde dich von jetzt ab Marga nennen. Übrigens, dieses Collier steht dir prächtig, es macht dich zur Frau.«

Elvira kamen Zweifel über Olgas Absichten bei dieser Aussage; Zweifel darüber, ob das tatsächlich als Kompliment gemeint war, ob es nicht vielleicht eine Gehässigkeit sein sollte, weil Olga wußte, daß die Kette ihr, der Mutter, gehörte, und daß die Tochter sie an diesem Tag für das Fest zum ersten Mal angelegt hatte; vielleicht hatte sie sagen wollen, daß diese drei dicken Smaragde, die daran baumelten, nichts für ein junges Mädchen seien, als ob Smaragde nicht jede Frau kleideten, wie jung oder alt auch immer. Pruden hatte auch so etwas gesagt, als sie ihn zum Juwelier mitgenommen hatte: »Findest du das nicht ein bißchen übertrieben?« hatte er gesagt, als er das Collier sah. Aber sie hatte nicht faul nachgefragt, ob er den Preis meine oder was? Smaragde übertrieben? Genau das hatte sie gesagt: »Übertrieben für mich, aber nicht für Elizabeth Taylor, die dir so gut gefällt und die du so elegant findest, violett farbene Augen, riesige Brüste und kurze Beine; wenn du den Preis meinst, natürlich ist der übertrieben, Prudencio, aber schließlich sind das keine Kichererbsen aus Fuentesaúco.« Denn Pruden war nicht wie die anderen Männer; es machte ihm keinen Spaß, Geld auszugeben, und, was noch schlimmer war, es machte ihm keinen Spaß, den anderen zu zeigen, daß er Geld hatte und es ausgab. Wo doch jedermann genau umgekehrt verfuhr, also die anderen glauben machte, er habe mehr, als tatsächlich vorhanden war. Ganz anders Pruden: Er versteckte es. Es ging ihm gegen den Strich, den Anzug, die Möbel, das Geschirr auszuwechseln oder Abendeinladungen zu geben. Als wäre er noch in Salamanca bei diesen Priestern, wo er jahrelang das Internat besucht hatte: »Ich arbeite eben für den Staat, und da schauen die Leute genau hin und machen ihre Bemerkungen, sie mögen es nicht, wenn man mit Staatsgeldern protzt«, rechtfertigte er sich; außerdem mochte er es selbst nicht; sogar bei den Sommerferien hatte sie ihn schieben müssen, immer weiter nach oben, also in den Norden, erst in den Norden und dann ostwärts. Es war ein langer Weg. Olga hatte es gleich gesagt: »Was für ein geiziger Kerl. Eine Elster.« Immerhin, Olga war in ihn verliebt gewesen, sie mußte anfangs etwas an ihm gefunden haben. In den ersten Jahren eilte Olga, wenn Pruden in das Haus in Jávea kam, ihm entgegen, empfing ihn, brachte ihm Milchkaffee, Eis, und er war so schüchtern, daß er selbst nicht recht wußte, ob er wegen der einen oder der anderen dort hinging. Pruden schien zu schwanken. Wenn er kam und Olga allein im Haus war, schaute er sie anscheinend auch mit diesen dunklen Trauben gleichen Augen an, genau wie er es bei ihr tat, das behauptete jedenfalls Olga.

»Er ist verliebt, Elvira, Pruden ist verliebt«, sagte Olga zu Elvira, und Elvira antwortete:

»Klar ist er verliebt, warum sollte er sonst Abend für Abend vorbeikommen?«

»Du glaubst also, er liebt mich?« fragte Olga nach.

Und Elvira:

»Du spinnst. Wenn dieser Mann jetzt seit zwei Monaten zu uns kommt, dann kommt er wegen mir. Sag bloß nicht, du hast etwas anderes geglaubt.«

Da wurde ihnen bewußt, daß sie sich beide als Adressatinnen der

Liebe gefühlt hatten, die Pruden auszuströmen schien. Olga kam zu dem Schluß, daß es ihm letztlich egal sei, welche von beiden ihn erhörte; Pruden habe sich in den sozialen Status – beider Mädchen – verliebt, oder, um es anders zu sagen, in das Geld (beider Mädchen), ihn errege jeder Körper, der seine Erwartungen nährte, und die richteten sich auf einen wirtschaftlichen Grundstock.

»Du bist es, die sich etwas eingebildet hat«, sagte Elvira.

Olga hatte es nie verziehen. Daß Pruden die dumme Freundin und nicht die kluge gewählt hatte. Dafür gab es keinen Pardon. Als Elvira und Pruden dann heirateten und Pruden begann, an der Börse zu spekulieren und nach der Arbeit im Minsterium noch ständig unterwegs war, ein Treffen hier, eine Besprechung dort, so als sei er schon immer Geschäftsmann gewesen, und Elvira derweil zu Hause bis spät in die Nacht auf ihn wartete, konnte Olga zu ihr sagen:

»Ich hab's dir schon immer gesagt, dieser Mann war in dein Geld verliebt, nicht in dich.«

»Jedenfalls hat er sich für mein Geld und nicht für deins entschieden«, erwiderte Elvira mit den Worten der Heldin eines Groschenromans, den sie vor langer Zeit gelesen hatte.

Damals war Olga bereits seit drei Jahren mit Tomás Ricart verheiratet, dem Jungen aus dem Nachbarchalet, mit dem sie von klein auf am Strand gespielt hatten, ein Partner, der alle Phasen der Nähe durchlaufen hatte – vom Spielkameraden, zum Freund, Vertrauten und Geliebten –, bevor er ihr Ehemann wurde. Elvira hatte nie begriffen, warum Olga, die so mutig und forsch war, schließlich bei ihm landete, der ungeschickt und wortkarg war, den keinerlei Geheimnis schmückend umgab, der allerdings nicht häßlich war, auch nicht gerade arm, und, das ja, ernsthaft und stark wirkte, viril, wie Olga gern sagte. Aber als Verehrer, als Mann für Olga, wäre jemand passender gewesen, der von außerhalb kam, ein Geheimnis in sich trug. Eine Duftnote aus Paris, aus Rom oder New York. Das war schon immer Elviras Meinung. Außerdem hatte Tomás erfahren, daß Olga in Pruden verliebt war, gleich von zwei Seiten, denn Pruden, der in Jávea einige Sommer lang zur selben Clique gehörte, und der eine Weile auch mit Olga ausging, für die er damals nur der Vertraute war, mußte es ihm erzählt haben. Die Gelassenheit und die Geduld von Tomás, für den diese sentimentalen Verstrickungen nicht viel mehr als Kleinmädchenkram waren, erschienen Olga als Zeichen starker Männlichkeit. Männlichkeit war für Olga schwer und schweigsam, wie eine dieser riesigen Buddhagestalten, die man im Fernsehen sah. Männlichkeit atmete Ruhe und Geduld aus. »Er wußte, daß er mich am Ende bekommen würde, er hat den Käfig geöffnet, ließ mich ein wenig herumflattern und wartete darauf, daß ich zurückkommen würde«, behauptete Olga über Tomás. Pruden war ganz anders. Sogar in seiner äußeren Gestalt: Er war dünner, also auch nervöser, leichter zu irritieren. Tomás liebte die Arbeit um ihrer selbst willen. Etwas tun, beschäftigt sein, eine Bilanz gut abschließen, als handele es sich um ein Paket. Pruden dagegen lernte lieber etwas kennen, als daß er etwas unternahm: Mit dem Geld ging er um wie ein neugieriges Kind, das von einem Versteck aus die Geburt eines Tieres beobachtet: sehen, wie ein Kalb aus einer Kuh herauskommt, wie die Kätzchen Pingpongbällen gleich aus der Katze herausplumpsen, und wie die Katze sie ableckt und säubert. Pruden hatte seine Freude daran, den Mechanismus aufzuspüren, der die Reproduktion des Geldes auslöst; in dieser Hinsicht hätte man sagen können, daß er ökonomisch pervers war, ein Voyeur, denn wenn er erst einmal dieses Geld, das er hatte keimen sehen, in der Hand hielt, konnte er nichts mehr damit anfangen. Es war, als ob Pruden seine ganze Energie beim Geldverdienen erschöpfte und dann keine Kraft mehr übrigblieb, um es auszugeben. An seiner Haltung den Sommerferien gegenüber hatte Elvira wie an einem hochempfindlichen Detektor seinen Mangel an Initiative beim Verbrauchen des Geldes ablesen können. Jeder, der ihn nicht kannte, hätte gedacht, er sei ein armer Schlucker, aber nein: Es war etwas anderes. Elvira hatte es viel Mühe gekostet, ihm ein Laster abzugewöhnen, das weniger mit Geiz als mit Schüchternheit zu tun hatte, mit Kleinmütigkeit, einer Form von ökonomischer Perversion. Als sie frisch verheiratet waren, sagte er, er verbrächte den Sommer gern in Candelario, in der Nähe von Béjar, seinem Heimatdorf, zwischen Bauerntölpeln in Cordhosen, die den ganzen Tag über im Kuhmist herumstapften, zu Hause keine Badewanne hatten, nur eine Dusche, aus der es tröpfelte, ein Graus, sich darunter zu waschen; und wie um das Martyrium zu vervollständigen, wurde dort das aus Madrid kommende Ehepaar rund um die Uhr überwacht, abgeschätzt und der Kritik der Nachbarschaft unterzogen, die freiweg über all das urteilte, was sie entschied: »Das Dach zu reparieren wird euch einen Batzen kosten, und dann wollt ihr nicht mal die Balken entfernen, das ist doch keine Renovierung!« »Warum kauft ihr die Milch bei Rosa, sie ist am teuersten und panscht am heftigsten.« Und so ging es die ganze Zeit, alle mischten sich ein. Es mußten drei Jahre vergehen, bevor sie ihm mit genügend Autorität entgegentreten konnte: »Bis hierher und nicht weiter«, und dann dauerte es weitere zehn Jahre, bis sie die kantabrischen Felsen von Westen nach Osten überwunden hatten: Zwei Jahre Galicien, an einem ruhigen, nichtssagenden Strand, wo man sich drei Monate lang nichts Anständiges anziehen konnte, ohne daß sich alle aus dem Dorf nach einem umdrehten; ein abweisendes Dorf, wo man abends nichts Besseres tun konnte, als im Haus des Sekretärs der Bürgermeisterei von Espasante vor dem Fernseher zu sitzen. Dann kamen zwei lange Sommer in Cudillero, Asturien, alles sehr typisch, sehr volkstümlich, Holzbalkone, Saubohnen mit Muscheln, der Geruch nach gegorenen Äpfeln in den Tavernen, die unter dem Tresen Abflußrinnen hatten, damit die Gäste den Rest des Cidre ausschütten konnten, der Boden immer feucht und mit Sägespänen bedeckt, und den ganzen Sommer über kein einziger Mensch, mit dem man reden konnte. Danach kamen drei Ferien in Comillas: Das war schon etwas anderes, ohne Frage, aber nicht das, was sie wollte; die Leute waren ein bißchen bigott, ehemalige Jesuitenschüler, jeden Sonntag in die Frühmesse, jeden Abend an jedem lieben Tag der Rosenkranz. Danach kamen wie ein großer Sieg die drei Sommerfrischen in Zarauz. »Na, es wird schon«, sagte sie sich, das hier ist in Ordnung, fast, zweifellos schon etwas ganz anderes, aber es fehlte noch etwas. Sie drang auf Pruden ein: »Es fehlt einfach das gewisse Etwas, das Sahnehäubchen, darauf kommt's an, die Details sind immer das Wichtigste, man braucht nur einen Schneider oder einen Parfümerie-Menschen fragen, warum das eine Kleid ein Lappen ist und das andere ein Ereignis, wegen der Verarbeitung, wegen der Details.« Also hatte sie ihn im zehnten Jahr, als Pruden im Mai das Häuschen neu anmieten wollte – denn, machen wir uns nichts vor, es war eher ein Häuschen als eine Villa –, bei den Hörnern gepackt und gesagt: »Schau, bevor wir in einem Vorort von San Sebastián wohnen, denn das ist Zarauz, sollten wir doch lieber endlich gleich nach San Sebastián gehen (Donosti, wie sie es dort gern nennen, ich bin aus Donosti, sagen sie), das hat ein anderes Niveau, dort kann man sich, obwohl es Sommer ist, ein Abendkleid anziehen oder Schmuck tragen, kann in ein Konzert gehen und all die Leute treffen, die der Caudillo bei seinen Ortswechseln mitnimmt«; und er hatte den Kopf gesenkt, erschöpft, so wie Prudencio es machte, wenn er etwas wollte und es zugleich nicht wollte, oder befürchtete, daß jemand ihm anmerken könnte, daß er es wollte, und sprang schließlich durch den Reifen, was er gleich zu Anfang hätte tun sollen. Es war doch sogar für seine Geschäfte besser. Sie erregte sich: »Was für eine Sucht, den Bescheidenen zu spielen, fehlt uns denn etwas, was die anderen haben? Haben wir bei uns im Haus ein Bein weniger? Oder haben wir etwa, worauf es schließlich ankommt, einen Duro zuwenig? Doch eher einen zuviel. Vergiß nicht, daß du eine Frau und eine Tochter hast, willst du deine Tochter etwa mit einem Kuhhirten aus Béjar oder mit einem Fischladenbesitzer aus La Coruña verheiraten? Es sieht fast so aus, denn du vergißt immer, daß man den Ochsen zur Quelle führen muß, damit er trinkt, und daß er dort, wo es kein Wasser gibt, nicht trinken kann.« Man hätte meinen können, daß Prudencio aus Versehen nach Madrid gekommen ist; daß er von Béjar nach Ciudad Real gefahren und beim Umsteigen hängen geblieben war. Elvira beklagte sich bei Olga: »Was für eine Manie, das Landleben, das Echte, das Dörfliche: Landbrot, Fleisch vom Land, Landwürste, als käme nicht alles Brot aus der Bäckerei und alles Fleisch – auch das in Madrid, wohin, wie du weißt, die beste Qualität geliefert wird – vom Rind, vom Schwein oder vom Schaf.« Und sie schloß: »Jahrelang habe ich ihm das gepredigt, vergeblich. Noch heute kommt er, wenn er irgendwohin zur Baubesichtigung fährt, mit Brotlaibern, mit Lammkoteletts, mit zweifelhaften Fleischwürsten zurück, die er mit wahrer Verehrung verspeist, als ob er noch immer von den Priestern in Salamanca das Abendmahl empfänge.« Und zu ihm sagte sie: »Das ist lächerlich, mein Junge. Als ob man beweisen wollte, daß die Dörfler besser essen als die Banker. Siehst du denn nicht, daß das Beste nach Madrid geliefert wird. Blas, im Salamanca-Viertel, bekommt das Beste aus Aranda und der ganzen Region, was für Rinder; bei Coruñesa, neben Blas, in der Recoletos, bekommt man das Beste vom Besten an Fisch aus dem Norden, besseren Seehecht als in Vigo, bessere Carril-Muscheln als in der Bucht von Arosa und Austern mit Garantie, denn wenn man einfach so welche kauft und nicht weiß, woher sie kommen, können die auch in der Nähe eines Kloakenabflusses gezüchtet worden sein; und Gemüse, willst du mir etwa erzählen, daß der Salat oder die Tomaten in diesen Käffern bei Ávila oder Toledo, wo du hinfährst, besser sind als in dem Gemüseladen in der Fernando VI.?« Nichtsdestotrotz tauchte er weiter zu Hause mit Hasen auf, von denen man nicht wußte, wer sie wann erlegt hatte, mit Enten, deren Gefieder voller Flöhe war, so daß sogar das Mädchen sich beklagte und sagte, sie ekle sich beim Rupfen.

»Das Natürliche, das Echte. Das ist doch schon mal ein ganz falscher Begriff«, argumentierte sie Olga gegenüber. »Diese Tiere haben das übelste Futter bekommen, und diese Würstchen enthalten die meisten unkontrollierte Konservierungsstoffe, aber selbst wenn es stimmte, daß es sich um natürliche Produkte handelt, der Mensch ist nun mal nicht natürlich, in keiner Hinsicht. Er ist ein Produkt der Künstlichkeit. Natürlich wäre es, nackt herumzulaufen, in Höhlen zu leben, sich auf den Boden zu setzen – aber nein, das macht keiner von uns: Wir wollen bequeme Sessel, einen guten Radioapparat, einen Fernseher, eine Waschmaschine, einen Kühlschrank, elektrisches Licht, Betten mit geschnitztem Kopfteil, gute Anzüge, Uhren; was ist daran natürlich, frage ich ihn, und warum reitest du nicht auf dem Esel zu den Baustellen; nein, du fährst mit dem Auto. Und selbst das mit dem Esel wäre kaum natürlich, ein Tier auf dem Rücken eines anderen, das sieht man in der Natur nicht; natürlich wäre es, wenn du zu Fuß zur Arbeit gingest, aha, das willst du also nicht, aber eine Wurst mit Fett, das hart wie Seife ist, und mit einem minimalen Fleischanteil, das ist natürlich? Das Natürliche, ist es das?«

Olga hörte zu, ein Lächeln auf den Lippen.

»Genau wie die Jugend von heute, die Hippies, die aufs Land wollen, um dort ohne Strom oder sonstwas zu leben, wie die Freunde von Margarita, die nach Ibiza gezogen sind und erzählten, das Haus sei wundervoll, weil man das Wasser aus einem Brunnen ziehen muß und es keinen elektrischen Strom gibt, auf ein solches Schmuckstück kann ich verzichten; klar, es war der Vater, Manolo Roca, sein Jähzorn ist bekannt, der das Mädchen da herausgeschleift hat, ins Flugzeug damit am Morgen, und am Abend war die Kleine wieder daheim, und den Trottel, mit dem sie zusammen war, hat er mit einem Schlag auf den Steinboden gesetzt, daß der wohl immer noch sein Steißbein auskuriert; Hippies, von wegen Hippiedasein, und ich hab Trottel gesagt, dabei muß der Typ ein richtiger Halunke sein, denn er ging mit ihr zur Universität, Politikwissenschaft, war aber offensichtlich der Sohn eines Bäckers oder eines Imbißverkäufers oder so etwas, aus Latina, also dumm war das Bürschlein nicht, dachte sich wohl, er hätte sich schon die

Tochter der Rocas gekrallt, auch noch die einzige Tochter, denn der Junge ist irgendwie krank, sitzt im Rollstuhl und wird immer schwächer, also erbt sie die Zuckerfabrik in Valladolid, die Getreidemühle und das Bauunternehmen Rocamayor, noch schöner, der kleine Bäcker oder Verkäufer oder was auch immer, fein ausgedacht, drei Monate ohne elektrischen Strom, und danach das ganze Kraftwerk einsacken.

Sie hatte zu Olga gesagt, daß sei eine »fast christliche Sicht der Dinge, zwanzig Jahre Buße in einem Kloster und dafür die Ewigkeit garantiert, das ist das Hippietum, die da unten mit denen da oben, in wilder Mischung, das ist bekannt«. Olga lachte laut über Elviras Spontaneität, die erfrischend wirkte, solange man sie nur ein paar Stunden lang und das nur ein paar Mal in Jahr ertragen mußte. Das äußerte sie abends gegenüber Tomás, der seit den Zeiten von Jávea mit Pruden befreundet war und manchmal mit ihm an der Börse spekulierte. Elvira ihrerseits betrachtete Olga stets als Parvenu. Sie war überzeugt davon, daß alle sich allzu eilig der Zukunft verschrieben, und daß es diese Ungeduld war, die oftmals verhinderte, daß sich die Zukunft ganz von allein einstellte. So erging es Olga, immer bemüht, all ihren Freunden voraus zu sein, bemüht, immer die Erste und die Beste zu sein. Selbst Pruden hatte es zu eilig. Hätte Pruden, Notarssohn aus Béjar und Jurist von der Universität Salamanca, es zu etwas gebracht? Wie weit hätte er es gebracht? dachte Elvira sich im stillen, wenn Pruden mal wieder von Geschäften und Verpflichtungen aufgehalten wurde und sie allein dasaß und auf ihn wartete, und sie spürte, wie ein bitterer Geschmack sich in ihrem Rachen ausbreitete. Denn klar, Elvira Barcia war ein ganz schöner Brocken gewesen, ja, ein Vermögen, selbst wenn da noch zwei Brüder waren, mit denen sie teilen mußte, sie, die Kleine, das Kindchen, aber außer dem Geld hatte die Familie auch noch ein ganzes Telefonbuch an Beziehungen, das Adreßbuch von Sebastián Barcia, das mehr als genug hergab für die Ambitionen der beiden Brüder und des »Weibchens«, wie der Vater sie nannte, wenn er von ihr sprach, »mein Weibchen«. Das Adreßbuch von Don Sebastián Barcia erfüllte die Ambitionen von jedwedem, der ins Haus kam, solange der Alte lebte: Don Sebastián hatte den Aufstand finanziert, war an der Front gewesen und, besser noch, in der Nachhut, wo er mit den Engländern und den Amerikanern über Kriegsmaterial verhandelte – hatte nicht Franco persönlich vor einem Haufen von Staatsministern und ich weiß nicht wie vielen Botschaftern gesagt: »Sebastián, ich habe den halben Krieg gewonnen, die andere Hälfte geht auf dein Konto.« So klar hatte er das gesagt, allerdings waren ihm zuletzt, als Franco schon etwas gaga war, die vom Opus Dei nahegerückt, die Weißhemden, die – wie Elvira zu Olga sagte –, wenn sie erstmal verheiratet waren, nur an den Tagen mit ihrer Frau schliefen, die der Arzt als fruchtbar und empfängnisgünstig angekreuzt hatte. Elvira sagte: »Das ist die reine Wahrheit, Olga. Du kannst an der Zahl der Kinder ablesen, wie oft sie miteinander geschlafen haben. Du sagst dir, Jaime, drei Kinder, also dreimal in seinem Leben, oder sechs, wenn es bei den ersten Versuchen nicht geklappt hat.» Ehrgeizig war Pruden schon, natürlich, aber sie war sich sicher, daß er nicht damit haderte, daß er neunzig Prozent seinem Schwiegervater verdankte, oder gar fünfundneunzig Prozent, denn jetzt sah er, daß das Geschäft zäh ging, obwohl er darauf achtete, daß man jeden Sonntag die Zwölf-Uhr-Messe in der Retiro-Kirche besuchte, die zum Opus gehörte, und sich den Pilgerfahrten in die Sierra de Rialp anschloß; es ging zäh, weil Don Sebastián nicht mehr unter, sondern über dem Himmelszelt zu suchen war, und Pruden herumjonglieren mußte zwischen all den Wölfen im Büßerhemd, die sich in den Wirtschaftsministerien breitgemacht hatten: Sie redeten ganz leise, als ob sie beim Beten wären, hatten aber spitze Zähne, und wenn man nicht aufpaßte, hatten sie dir zwischen zwei Gebeten die Halsschlagader durchbissen, und du warst tot. »Schau dir Manolo Fraga an, er war so mächtig, kommandierte so laut, sah die Welt von oben herab. Als er Professor an der Universität war, soll er bei Prüfungen die Studenten überwacht haben, indem er über ihre Pulte hinwegschritt, er trat auf ihre Blätter, manchmal auch auf ihre Hände, und wenn er Wutanfälle bekam, soll er seine Mitarbeiter in den Arsch getreten haben, Cabanillas zum Beispiel, und die, die am nächsten waren, Lacierva und all diese Typen. Tja, und nun schau ihn dir an. Er hat die Frömmler etwas gekitzelt und mußte sich mit seiner Nilpferdvisage und eingezogenem Schwanz davonmachen, kann sich jetzt die Blumen auf den britannischen Wiesen anschauen, durch Londoner Parks spazieren«, erzählte Pruden Elvira in der Einsamkeit ihres Schlafzimmers, und auch da nur mit gesenkter Stimme, als fürchte er, daß die Ohren des Opus Dei bis dorthin reichten. Pruden, Tomás, die Zeiten hatten sich geändert. Ihre Väter – ihr eigener, der von Tomás, der von Olga – waren aus einem anderen Holz geschnitzt. Sie hatten gewußt, wie man sich den Pelz wäscht, ohne sich naß zu machen. Wie auch nicht, hatten sie doch gelernt, in den Schützengräben zu leben, an der Front, aber auch in den Ämtern und Büros, die manchmal gefährlicher waren, weil irgendeine Denunziation ausreichte, ja, es mußte nicht einmal eine Denunziation sein, es reichte ein kleiner Verdacht, den irgend jemand äußerte, und du warst verloren. Olgas Vater mehr als ihr eigener, weil ihrem keiner ans Zeug flicken konnte, wer sollte ihn schon Verräter schimpfen. Bei Olgas Vater war das schon anders, und erst recht bei ihrem Schwiegervater, weil die beiden erst auf der anderen Seite gestanden hatten. Sie sagten, der Krieg habe sie eben auf der anderen Seite erwischt, und sie wären, sobald wie möglich, übergewechselt, natürlich hatten sie die Seite gewechselt, aber erst, als sie sich auf der Verliererseite sahen, als klar war, daß die Republik unterging. Wer weiß, was sie getan hatten, als sie bei den Republikanern waren. Die bösen Zungen erzählten, daß sie, bevor sie überwechselten – fast gleichzeitig, obwohl sie sich damals noch nicht kannten, beide wohnten in Valencia, wo Don Sebastián Barcia sie noch vor dem Krieg kennengelernt hatte –, eine stattliche Zahl von Kunstwerken beiseite geschafft hatten. Manche sagten, es sei der

Vater gewesen, andere, der Schwiegervater, aber alle stimmten darin überein, daß ein großer Teil der Sammlung, mit der Olga sich brüstete, daher stammte, mal abgesehen von den Werken, die sie verkauft und verschoben hatten, und daß die Freundschaft zwischen Vater und Schwiegervater aus der Komplizenschaft in jenen Zeiten herrührte, und daß Olguita deshalb Geschichte und Kunst hatte studieren wollen, aber ein Studium, das war eindeutig nicht ihre Sache, und so mußte sie es vor dem Abschluß aufstecken, nachdem sie die ganze Zeit über ihren Freundinnen vorgeworfen hatte, daß sie nicht studierten. »Selbst zum Eierbraten ist es besser, etwas zu wissen, als nichts zu wissen; ein kluges Mädchen macht auch das besser als ein dummes«, sagte sie mit erhobener Nase, warf die glatte Mähne zurück, die sie als junges Mädchen trug, und nahm einen Zug aus ihrer Zigarette; damals war Olga die einzige von ihnen, die sich traute, in der Öffentlichkeit zu rauchen, ein kleines Mädchen mit Zigarette, wo es doch so verpönt war, daß Frauen rauchten, aber sie setzte sich darüber hinweg und sagte ihnen, sie seien bekloppt, daß sie nicht studieren wollten, hundert Typen im Hörsaal, dazu nur sie und die Tochter eines republikanischen Anwalts, der wer weiß wie lange im Gefängnis gesessen hatte und die Tochter nun an die philosophische Fakultät schickte, keiner wußte, weshalb sie da überhaupt angenommen worden war. Olguita. Elvira sah sie vor sich, wie sie ihr das befleckte Tuch zeigte und sagte: »Das wird dir auch passieren«, und sie hatte daraufhin angefangen zu weinen wie eine Idiotin und gesagt: »Das passiert mir nicht, niemals, du bist krank«, und Olga hatte sich über sie lustig gemacht. Sie erinnerte sich daran, als wäre es heute: das Bad im Haus von Olgas Vater in Jávea, die weißen Fliesen mit dem dunkelblauen Streifen, das Waschbecken, und Olga schloß die Tür und setzte sich auf die Toilette und zeigte ihr das befleckte Läppchen. Elvira war durchgedreht, wollte raus und bekam die Tür nicht auf. Sie waren beide allein im Haus. Das Dienstmädchen war im Dorf zum Einkaufen und die Eltern verreist. Sie schliefen zusammen in einem Zimmer, doch nach der Geschichte mit dem Läppchen wollte Elvira nachts nicht mehr mit Olga allein sein. Sie hatte Angst, Olga könne sie anstecken mit dieser Krankheit, von der sie sich dann auch nicht erholte, denn seitdem erschien ihr das Meer als ein zweifelhafter Ort: die Leute halb oder kaum bekleidet, dieses Rauf und Runter von Badeanzügen und Kleidern, das Wasser, wie es den Körper bedeckte und streichelte, nein, sie hatte das Meer in jenem Sommer nicht gemocht; Olguita, die mit dem Finger auf einen sehr dunkelhäutigen jungen Mann zeigte, der sich das Hemd und die Hose auszog, in Badehose dastand und dann langsam den Strand auf und ab spazierte, oder wenn Olga sie aufforderte, zu den Felsen mitzukommen, um ein Pärchen auszuspionieren, das sich in einer Höhle verkrochen hatte; Olga, die ohne jede Scham beim Umkleiden nackt dastand, ihr die erste Schwellung ihrer Brüste zeigte; das alles waren für sie Symptome dieser Krankheit, und als sie im September zurück an die Schule kam, dachte sie, sie wäre an einem verlorenen Ort gewesen, was sie nicht beichten konnte, und sie errötete, wenn man sie fragte, wo sie die Ferien verbracht habe, und sie sagte: »Mit meinen Eltern in den Bergen, und dann, im August, war ich mit einer Freundin am Meer«, und wenn sie »Meer« sagte, wurde sie rot und glaubte, nun würden die Nonnen und die Mädchen alles wissen, was ihr in jenem Monat widerfahren war. Als ihre Eltern sich an den Wochenenden zusammen taten – Elviras und Olgas Vater waren enge Freunde, sie machten gemeinsam Geschäfte – wagte sie es nicht, davon am Montag in der Schule zu erzählen, und das, obwohl sie sich in El Escorial trafen, und dort, zwischen den Kiefern, die in der warmen Sonne nach Harz rochen und sich im Winter unter dem Gewicht des Schnees beugten, alles anders war, vertrauter und geordneter. So ging es, bis sie eines Tages auch blutete und es ihrer Mutter nicht sagen wollte und Höschen und Rock im Waschbecken auswusch, ihre Mutter dann aber mit dem Rock, den sie auf die Leine gehängt hatte, auftauchte: »Was ist passiert, Elvira?« Da fing sie an zu heulen, und die Mutter nahm ihren Kopf, und sagte: »Süße, meine Süße, wein nicht, das ist doch ganz normal.« Elvira erstarrte, denn das war, als gäbe es eine Geheimgesellschaft, wie die Freimaurer oder so, Verbindungen, die verborgen gehalten wurden und die ihre Mutter sogar vor ihr verborgen hatte, also gehörte ihre Mutter auch zu dieser Gesellschaft, die den Nonnen unbekannt war, die ihr selbst unbekannt war, und das Schlimmste war, daß auch sie sich jetzt in der Gewalt der Mitglieder dieser Sekte befand, ja, sicher war es am Strand gewesen, da hatten sie ihr diese Dinge eingeimpft. Sie blutete. Sie grübelte eine Zeitlang darüber nach, sie ging zum Abendmahl mit dem Vorsatz, ein Sakrileg zu begehen, und manchmal biß sie sogar in die Hostie, kaute sie. Sie erinnerte sich an diese Geschichten von den Juden, die einen Hostienkelch voll »heiliger Formen« gestohlen hatten, so sollte man sie nennen, sagten die Nonnen, »heilige Formen«, und sie stahlen sie, um sie zu schänden; ebenso schändete Elvira die heilige Form, weil sie zu dieser Sekte gehörte, und morgens begann sie sich beim Abtrocknen im Spiegel zu betrachten und nachts, im Bett, streichelte sie sich und verspürte dabei Lust und dann Angst, und dann wollte sie alle Lust auf einmal spüren, um endlich zu sterben und verdammt zu sein. Olga und sie hatten sich Monate später in El Escorial mit hochgezogenen Röcken einander gegenüber auf den Boden gesetzt, die Beine gespreizt und mit den Fingern ihre Teile auseinandergehalten; Olga hatte den Arm ausgestreckt, ihre Finger in Elviras Geschlecht vergraben und gesagt: »Du glühst ja«, und hatte ihr einen Augenblick lang die Zunge in den Mund gesteckt und war dann aufgesprungen. Und sie saß wie versteinert da. Es war zuviel und gleichzeitig zu wenig gewesen. Niemand steckte ihr mehr die Zunge in den Mund, erst vier Jahre später, am Gitter eines der kleinen Chalets der Siedlung, und auch da wurde sie davon überrumpelt. Das war Pruden. Er sprach ihr leise ins Ohr, gab ihr einen Kuß auf die Wange, dem sie auszuweichen versuchte, und dann hatte er sie mit plötzlicher Heftigkeit gegen das Gitter gepreßt und ihre Lippen mit seiner Zunge geöffnet. Auch das war nur ein

Augenblick, auch diesmal wehrte sie sich, und auch diesmal kam es ihr zuwenig vor, und seit jenem Tag wartete sie jeden Abend darauf, daß es sich wiederholen möge, und geriet nachmittags, bevor er sie abholen kam, in Erregung darüber, daß es nachts passieren würde; und wenn er sie auch diese Nacht nicht auf den Mund küßte, sehnte sie sich, sobald er sie nach ein paar Stunden heimgebracht hatte, mit aller Kraft nach ihm, erwartete erregt den nächsten Tag, und so ging es eine Nacht um die andere, eine ganze Weile lang, und als die Nacht der Wahrheit kam, als es endlich wieder geschah, sie standen schon kurz vor der Heirat, da war sie verrückt nach ihm, dachte nur noch an ihn, verlangte nur nach ihm, nach dieser Zunge, nach etwas, von dem diese Zunge eine Ahnung war, das er aber verborgen hielt und sie ans Licht bringen mußte. Als ob nur er das hätte, was Elvira so dringend brauchte. Wie dumm sie gewesen war.

9

Er hängte den Hörer ein und verließ die Telefonzelle, ging rasch nacht rechts, ohne sich umzugucken; dann, als die Ampel schon beinahe auf Rot gesprungen war, lief er über die Fahrbahn, um die Straßenseite zu wechseln, und bog in die erste Straße links ein. Dort ging er in den Metroeingang, zog eine Weile durch das Labyrinth der Gänge, um sodann den anderen Ausgang zu suchen, der auf eine ruhige Straße führte. Als er wieder draußen war, sah er sich nach allen Seiten um, bevor er – wieder nach links – in eine einsame Straße bog, in der zu dieser Stunde nur das Leuchtschild einer kleinen Bar auffiel, die nicht so ganz zum gutbürgerlichen Ambiente des Viertels zu passen schien und frühmorgens von Arbeitern, Chauffeuren und Lieferanten besucht wurde, jetzt gegen Mittag aber fast leer war. Der Besitzer der Bar, die Lucio gerade betreten hatte, stellte, sobald der Frühstücksbetrieb vorbei war, das Wenige auf den Tresen, was die seltenen Kunden bestellten, und verschwand dann hinter der Tür am Ende des Lokals, um erst wieder aus seinem Versteck herauszukommen, wenn die Glocke an der Eingangstür bimmelte und ihm die Ankunft eines neuen Gastes signalisierte. Dort, in diesem leeren Lokal, konnte man sich ungezwungen unterhalten, dort traf er sich mit Lurditas während ihrer Arbeitszeit oder wenn er sie nach der Arbeit abends abholte. Die Bar lag in der Nähe des Hauses Ricart, höchstens drei oder vier Minuten entfernt, und außerdem in einer relativ menschenleeren Gegend, wo sie sogleich bemerken mußte, wenn jemand sie beobachtete. Lurditas kannte die Sicherheitsmaßnahmen genau, die Lucio einhalten mußte, und die daher wohl oder übel auch alle um ihn herum zu beachten hatten; deshalb hatte er sich mittags gewundert, daß sie nicht sofort begriff, als er sagte, daß er sie sehen mußte, denn es konnte sich nur um etwas sehr Ernstes handeln, und da war dann völlig zweitrangig, was sie gerade bei den Ricarts zu tun hatte. Er sah auf die Uhr. Kurz vor zwei. Klar, für sie mußte es der ungünstigste Augenblick sein, da sie wohl gerade in den letzten Vorbereitungen für das Mittagessen steckte, aber er wollte sie ja auch nicht länger als eine Minute sehen, nur eine Minute, um ihr das persönlich zu sagen, was er am Telefon nicht sagen konnte. Die Untergrundarbeit schränkte den Gebrauch des Telefons ein. Die Telefonlinien waren ein Korridor, in dem sich unerwünschte Besucher tummelten, deren Schritte manchmal beim Gespräch zu hören waren. »Das Telefon wird abgehört, es macht komische Geräusche«, sagte man sich unter Genossen, wenn das Echo dieser Schritte bis zum Hörer gelangte. Seitdem er aus dem Gefängnis entlassen worden war, glaubte er dieses Echo auch im Telefon der Ricarts zu hören. »Vielleicht überwachen sie die Söhne, vielleicht überwachen sie dich, weil sie mich einkreisen wollen. Wer weiß. Aber ich glaube, das Telefon wird abgehört, hast du nicht gemerkt, was für komische Geräusche es macht?« hatte er Lurditas gefragt und war mit ihrer Erklärung nicht zufrieden gewesen, daß die Anrufe fürs Personal auf Anschlüsse in der Küche und im Bügelzimmer geleitet wurden, die Verbindung wahrscheinlich deshalb nicht so gut war und man Geräusche hörte. Lucio war davon überzeugt, daß ihm die Polizei nachstellte, besonders seit er die KP verlassen und sich Vanguardia Revolucionaria angeschlossen hatte, und seitdem sie vor ein paar Jahren die beiden Sprengkörper im U-Bahntunnel gelegt hatten, eine Aktion die von den Comisiones obreras verurteilt worden war; in ihrer Erklärung hatten sie behauptet, daß diese Explosionen das Werk von Provokateuren sei, denen es um Destabilisierung in einer schwierigen Situation ginge, in der die Militärs nur zu gern geputscht hätten, um die Zügel, die Francos Krankheit gelockert hatte, wieder straffer anzuziehen. In der Firma hegten selbst die Arbeitskollegen den Verdacht, daß er etwas mit diesen Explosionen zun hatte. Man war ihm kühl und eigenartig begegnet, und statt der erwarteten Solidarität hatte sich Mißtrauen breit gemacht. Er war dieser Schattenexistenz zunehmend überdrüssig, besonders an diesem Morgen. Manchmal zweifelte er an sich selbst, daran, ob seine Entscheidung, dieser Gruppe beizutreten, richtig gewesen war. Zum ersten Mal in seinem Leben war er allein, dazu verdammt, sich mit niemand anderem als dem halben Dutzend Aktivisten zu treffen, mit denen er die Treffen verabredete, die von der Gruppe organisiert wurden (»Vanguardia Revolucionaria ist keine Partei, es ist eine Gruppe, die für den Wiederaufbau der Partei des Proletariats arbeitet«, hieß es in den Statuten). Nach dem Gefängnis war er in den Untergrund gegangen, und wenn er weiterhin in dem Häuschen in Entrevías wohnte, dann nur deshalb, weil diese Adresse bei seiner ersten Festnahme in keinem der Verhöre aufgetaucht war, da er, wegen der selbstverständlichen Vorsichtsmaßnahmen beim Streik, damals in einem Mietzimmer in der Nähe von Pozo del Tio Raimundo gemeldet war. Allein und müde. Von einem Ort zum anderen streifend. An diesem Morgen hatte er sich ganz besonders allein gefühlt, als er feststellte, daß Enrique und der Alte nicht zum ersten Sicherheitstreffen nach der gestrigen Aktion, bei der die Polizei sie überrascht hatte, erschienen waren, auch nicht zur zweiten Kontaktaufnahme, woraus er schloß, daß man sie festgenommen hatte; vielleicht waren sie ja verletzt worden, oder noch Schlimmeres war passiert, denn die Polizei hatte geschossen. Auf seiner Flucht hatte er die Schüsse gehört, aber er war weiter über die leeren Felder gerannt, die die Gefängnismauer von Carabanchel umgaben, bis er rechtzeitig zum ersten Zug bei der Metrostation ankam. Mit Enrique und dem Alten hatten sie ausgemacht, sich im letzten Waggon eben dieses Zuges zu treffen, der um Punkt sechs an der Endstation losfuhr und ein paar Minuten später in Aluche hielt. Auf der Strecke zwischen beiden Stationen mußten die drei Mitglieder des Kommandos sich sehen. Es mußte nicht einmal gesprochen werden, es reichte, sich anzuschauen und festzustellen, daß alle drei da waren, aber die beiden anderen waren nicht gekommen, und er stand in dem Waggon unter lauter Unbekannten; darüber hinaus waren sie auch nicht, wie in der Kette von Sicherheitstreffs vorgesehen, eine Stunde später in der Bar El Brillante de Atocha erschienen, einen vertrauenswürdigen Ort, weil man unter den Hunderten von Bauarbeitern verschwand, die sich dort zu dieser Uhrzeit bei Kaffee und Anisschnaps mit den Kollegen ihrer Kolonne trafen. Das Schlimmste aber war, daß sich auch unter der Notrufnummer, die er für einen eventuellen Zwischenfall hatte auswendig lernen müssen, niemand meldete, also war Lucio an jenem 19. November schon um halb acht Uhr morgens am Ende. Zu allem Überfluß war es fast acht und Lurditas schon zur Arbeit gegangen, als er zu Hause eintraf, um seiner Gefährtin zu erzählen, daß er sich in einer heiklen Situation befand. Er fühlte sich noch einsamer, noch müder und noch einsamer. Er war so niedergeschlagen, daß er sich gegen jede Sicherheitsregel einfach aufs Bett warf und dort bis mittags schlief, dann plötzlich mit einem schlechten Geschmack im Mund und einer schrecklichen inneren Beklemmung aufwachte. Wieder versuchte er vergeblich, von einer nahen Telefonzelle aus die Notnummer anzurufen. Er gab es auf. Er ging zurück nach Haus, steckte hastig das Geld ein, das er für einen solchen Fall hinter einem lockeren Ziegel unter dem Bett versteckt hatte, packte Kleidung in die Sporttasche und machte sich zur Juan Bravo auf. Er mußte Lurditas sehen, ihr sagen, daß sie nachts nicht auf ihn warten sollte, ein paar Tage lang, er würde schon auf ihrer Wegstrecke zur Arbeit Verbindung mit ihr aufnehmen und sie auf dem laufenden halten. Aber wo sollte er hin? Es nieselte wieder, und aus Farbe und Dichte der Wolken war zu schließen, das am Nachmittag ein ordentlicher Guß niedergehen würde. Wo sollte er hin? In den Pensionen wurde der Ausweis verlangt, und er konnte ja auch nicht plötzlich bei einem seiner ehemaligen KP-Genossen aufkreuzen. Von den Genossen der Vanguardia hatte er keine Adressen, weil das die Regeln der Untergrundarbeit so vorsahen. Er wußte nicht einmal, wo sein Genosse Enrique wohnte, der durch ihn zur Vanguardia gekommen war, und unter der Notrufnummer, wo er Instruktionen bekommen sollte, meldete sich niemand. Im U-Bahnwagen, der ihn zur Verabredung mit Lurditas brachte, sah er die Schilder der Station Atocha und dachte, wie absurd doch sein Leben war, er, allein dort, mit der Sporttasche als einzigem Gepäck, wußte nicht, wohin, und sein Kopf war übervoll mit Träumen von Solidarität, seit Jahren schon: Er dachte an den Pausenhof der Schule La Paloma, an die Schülergruppen, die sich nach Unterrichtsschluß auflösten, die einen gingen zur Bravo Murillo, die anderen nach Dehesa de la Villa oder Villamil; durch sein Gedächtnis zog die Erinnerung an den Tischfußball in der Calle Navarra, an den penetranten Gestank auf dem Gelände der Kaserne La Remonta bei der Station Alvarado und an die Gegend des Pardo, wohin ihn sein Vater mitnahm, um Kaninchen zu jagen, obwohl dort die Guardias Wache hielten und man jederzeit damit rechnen mußte, daß urplötzlich ihre Pferde vor einem auftauchten. Wie sein Vater zu ihm sagte: »Lern, Junge, lern. Wenn du dich nicht durchschlagen kannst, wenn du keine Bildung hast, ist das Leben beschissen, und sie machen mit dir, was sie wollen.« Sein Vater lag schon seit einigen Jahren unter der Erde, und er hatte inzwischen Schlosser in La Paloma gelernt, und er hatte gelernt, die Bücher von Marx, Engels und Bakunin zu lesen, die ein Kumpel seines Vaters dagelassen hatte – der war vor seiner Partisanenvergangenheit aus Reinosa geflohen. »Lern, Junge, lern.« Er hatte gelernt. Er hatte gelernt zu denken und plötzlich auch zu kämpfen, denn er war bei den Metrowerkstätten angenommen worden und dort gleich in eine Zelle der KP eingetreten. Manchmal dachte er, daß die Härte ihm überallhin gefolgt war. »Zur Härte gezwungen«, dachte er und sehnte sich nach dem Einsatz seiner Gefühle, die er doch hatte. Er liebte Lurditas und fragte sich, warum nicht einmal Lurditas zu seinem weichen Kern vordringen konnte. Es war ihm, als hätte er einen gepflegten Garten in sich, schön und sinnvoll bepflanzt, in den jedoch nie jemand kam. Es hatte nie jemand hineingekonnt. Bei gewissen Liedern hätte er weinen mögen und jemandem erzählen können, daß er gern geweint hätte. »Noch einmal siebzehn, nach hundert gelebten Jahren.« Er hörte Violeta Parra, und es war ihm, als wandele er einen Augenblick lang durch diesen Garten. »Verschlungen, umschlungen wie der Efeu und die Wand.« Ein Garten, von dessen Existenz niemand wußte, den niemand aufsuchte. Etwas von diesem Garten hatte er zusammen mit seinem Jugendfreund Miguel erspäht, als sie durch La Pedriza und El Escorial gestreift waren, an Luxushäusern vorbei, und dann abends im Wald nah der Talsperre geschlafen hatten. Damals besaß noch kaum jemand ein Zelt, also legten sie sich einfach mit einer Decke auf den Boden, nachdem sie sich ein paar Brote mit Ölsardinen oder Thunfisch gemacht und eine Flasche Wein mit Sprudel getrunken hatten. Zwei Jungen, in Decken gewickelt, verloren im dunklen Pinienwäldchen, das in der Morgenwärme dicht und duftend war, sich nachts aber als feucht, ja geradezu sumpfig erwies: Die Hosenbeine färbten sich dunkel vom taunassen Gras. Sie waren gute Kumpel gewesen. Bei Lurditas hätte Lucio sich gern fallengelassen wie bei Miguel, mit dem er über alles redete, dem er von seinen Plänen erzählte, der ihm nichts verschwieg, aber das hatte er bei ihr nie geschafft. Wo Miguel jetzt wohl war? Er hatte geheiratet, war nach Gijón gezogen, und seither hatte er nichts mehr von ihm gehört. Er mochte Lurditas sehr, er umarmte sie gern, küßte sie gern, knabberte an ihr, vögelte sie, aber er konnte sich bei ihr nicht ganz fallenlassen, sich ihr nicht ganz öffnen, wie sie es tat, das nicht, und er fragte sich, warum. Er mochte ihr nicht einmal sagen, daß er sie liebte. Nein, das stimmte nicht, er hätte es ihr schon gern gesagt, aber immer dann, wenn er das versuchte, verschluckte er sich an den Worten. Wahrscheinlich war es die Disziplin der Untergrundarbeit, die Strenge, die das Öffentliche, das Äußere erforderte, sie hatte, auch gegen seinen Willen, schließlich das Innere geprägt. So dachte er. Als er vor ein paar Jahren die KP verlassen hatte, weil er sich der Gruppe, zu der ihn Taboada gebracht hatte, anschließen wollte, gab es einen Augenblick, an dem er sie, Lurditas, hätte küssen mögen, von oben bis unten ablecken und sich einen ganzen Tag lang mit ihr einschließen, in ihr drin bleiben und nicht zu der Verabredung mit Taboada gehen, oder erst einen Tag später hingehen und zu Taboada sagen: »Zum Teufel mit allem, mit dir, mit dem Kampf und der Revolution und Marx und Lenin, alles Scheiße«, aber er hatte es nicht getan, denn sie war nicht nur seine Gefährtin, sie war auch seine Schülerin. Er hatte sie dazu gebracht, all diese Heftchen und Bücher zu lesen, und er konnte das jetzt nicht alles zum Teufel jagen, das wäre, als jage man sich selbst zum Teufel. Vielleicht wäre sie dankbar gewesen, vielleicht hätte sie ihn dafür sogar noch mehr geliebt, aber sie hätte ihn von oben herab geliebt, wie ein Kind, mit dem man schimpft, weil es sich schmutzig gemacht hat, ein Greis, der sich nicht selbst helfen kann, ein Vogel in einem Käfig. Obwohl ... Hätte er es ihr nur gesagt! Denn jetzt, was blieb jetzt schon noch?

Taboada, Tabo, hatte ihm all diese Schriften über den bewaffneten Kampf gebracht: »Seht ihr nicht, wohin euch der Revisionismus der KP gebracht hat?« hatte er gesagt, nachdem sie nach den Märzstreiks von den Verkehrsbetrieben entlassen worden waren und die Polizei eine Rasterfahndung durchgeführt und die wichtigsten Streikführer ins Gefängnis gesteckt hatte, woraufhin die Kumpel wie die Lämmer wieder zur Arbeit gingen. Er war allein in Carabanchel, weil sie auf mehrere Gefängnisse verteilt wurden. Die Widerstandskasse. Die Gefangenen bekamen frische Hemden, Unterhosen und Kondensmilch ins Gefängnis und dazu die volle ideologische Unterstützung der Partei und der Comisiones obreras, aber die Arbeiter, die Genossen, all jene, die »vereint bis zum Ende« geschworen hatten, die öffneten jeden Morgen die Eisengitter der Metrostationen, verkauften Fahrkarten hinter den Schaltern, steuerten die Züge; und die Passagiere lasen zerstreut die Zeitung und sahen die Schilder mit den Namen der Stationen, aber auch die Reklamen für Möbel, Wäsche, Eis, Kosmetika, Geschirr und Brautkleider; und dann kamen sie wieder an die Oberfläche und kauften das, was sie auf den Reklameplakaten gesehen hatten. Die Stadt war ein Floß aus Öl. Solidarität, das war nur ein privater Akt, der in Trakt drei des Carabanchel-Gefängnisses zelebriert wurde. Genosse hier, Genosse da. »Heute haben die Frauen von Vallecas einen Eintopf gebracht, daß man sich nur die Finger danach lecken kann.« »Heute haben sie keine Besucher eingelassen, weil sie wütend sind; die Basken haben einen Guardia umgelegt.« An dem Tag hatten die ein Stockwerk tiefer, die Ultralinken, die nicht zur KP gehörten, die von der ETA und dem FRAP und dem PT und dem ORT und dem MC, sie alle hatten gesungen: »Die sind verrückt, die wollen das Land destabilisieren, die Lage ist heikel, Falken und Tauben kämpfen um die Macht, und das gibt den Falken recht.« Am nächsten Tag in seinem Trakt: »Es ist gelungen, einen Brief von Dolores ins Gefängnis zu schmuggeln, sie hat uns eigenhändig geschrieben, sie macht den Gefangenen Mut, lest ihn und gebt ihn weiter, aber Vorsicht, Genossen, das ist ein historisches Dokument.« So etwas wurde auf dem oberen Stockwerk bei den KPlern gesagt; und die Genossen draußen auf der Straße, wo das Leben echtes Leben war und nicht diese Pantomime von Genosse hier und Genosse da, fuhren die Busse der EMT, die Kleinbusse in Vicálvaro, in Getafe, die U-Bahnzüge, die bei Plaza de Castilla losfuhren und die, die aus der entgegengesetzten Richtung, aus Portazgo, kamen. Und in den roten Vierteln, im Industriegürtel, an den Orten, wo all diejenigen lebten, für die man kämpfte, liefen die Leute in die Geschäfte, um Brautkleider zu kaufen, und die Kinder der ehemals Streikenden feierten im Salon Barcarola die Erstkommunion, und die Männer stützten sich auf die Bartheken, den Zahnstocher im Mund, das Gesicht dem Fernseher zugewandt, und gaben ihre Kommentare über das Tor ab, das Pirri gerade geschossen hatte: »Wahnsinn, durch die ganze Abwehr hindurch, der Torwart hat Bauklötze gestaunt, hat ihn ja nicht mal kommen gesehen.« Und die Bäume blühten. Und die Pärchen liefen auf den verborgenen Pfaden im Retiro-Park und versteckten sich hinter den Beeten und legten sich unter die Steineichen der Casa de Campo. Davon sprach Tabo in diesen zwei Monaten, die er nach dem Streik in Carabanchel verbracht hatte, während des Ausnahmezustands, und die Genossen sagten: »Paß mit diesem Typen auf, das ist ein Spitzel«, und er erwiderte, nein, das stimme nicht, das sei ein Linksradikaler, ja, aber kein Spitzel, »außerdem geb ich mich ab, mit wem ich will«, sagte er. Woraufhin sie ihn bedrängt und zur Ordnung gerufen hatten, ihn wissen ließen, daß der politische Kampf Verhaltensregeln erfordere; daß er nicht die Sicherheit der Leute dort aufs Spiel setzen dürfe, indem er mit diesem Anwalt sprach, der nach ihren Informationen zur Führung von Vanguardia gehörte, einer Organisation, die bekanntermaßen von Polizeispitzeln durchsetzt sei. Woraufhin er, Lucio, noch am selben Tag die Wärter gebeten hatte, ihn auf ein anderes Stockwerk zu verlegen, und eine Woche drauf, als der Bescheid kam, daß die Zelle von ein paar Studenten frei werde, nachdem diese verurteilt und nach Puerto geschickt worden waren, packte er seine Siebensachen, den Wäschesack und die Hefte, und stieg ein Stockwerk tiefer, wo er Taboada stundenlang zuhören konnte. »Lucio, es geht nicht darum, besser oder schlechter zu sein, die Revolution wird nicht mit guten Vorsätzen gemacht«, sagte Taboada. Und wenn er, Lucio, von den Ungerechtigkeiten sprach und Kameradschaft, Mitgefühl, Mitleid, ja sogar Barmherzigkeit forderte, dann machte Taboada sich darüber lustig. Und ihn störte diese Härte, zugleich aber zog sie ihn an. Sie hatte den Glanz der nackten Wahrheit, bar jeder Verzierung. Lucio dachte, die Verzierungen seien das, was die Tatsache verhülle, daß all diese Arbeiter in Blau, die auf den Versammlungen gesagt hatten, Streik, ja, alle vereint bis zum Ende, jetzt hinter den Schaltern Fahrkarten verkauften, Türen öffneten, Tunnel ausschachteten, Züge führten.

»Du redest vom Evangelium, Genosse«, sagte Taboada, »das ist alles klerikales Geschwätz. Die Priester haben euch Revisionisten angesteckt, euch ihre Sprache geliehen, und ihr Revisionisten benutzt sie, als ob sie euch damit einen Gefallen täten. Das, was du mir da erzählst, das hast du, ohne es zu wissen, aus der Bibel oder aus dem Pasolini-Film, auf den deine italienischen Genossen so abfahren, der über das neue Testament, den er sogar dem Papst gewidmet hat. Da sagt doch Christus oder irgendein Apostel: ›Ich ziehe die Barmherzigkeit dem Opfer vor‹ oder so ähnlich. Nationale Versöhnung und Arbeiterpriester. Statt von der Kirche die offene Rechnung aus der Zeit der Kriegsverbrechen einzufordern, damals, als sie zu Gott beteten, daß den Fliegern von der Legion Condor nicht der Puls zitterte, wenn sie Bomben auf die Kinder warfen, die in Madrid auf der Gran Vía Zigaretten verkauften, auf die Pärchen, die aus dem Kino kamen; ihr habt sie für euch arbeiten lassen, ihr habt sie zu Führern gemacht und ihnen ehrerbietig den Mörtel und die Maurerkelle überreicht. Damit sich die Wahrheit durchsetzt, braucht man keine Barmherzigkeit, die ist nur eine Form der Lüge, sondern ein großes Opfer. Ich kenne keine Wahrheit, die sich ohne Guillotine durchgesetzt hätte, die nicht, wie Mao sagt, in den Gewehrläufen steckt.«

»Was bleibt uns denn deiner Meinung nach?«

»Frag dich lieber, was tun, wie Lenin. Und was wir zusammen tun können, ist, wie ich schon sagte, das großes Opfer vorzubereiten, das der Wahrheit vorausgeht, und danach, nach dem Feuer, der Guillotine, wenn du mich fragst, was wir dann machen müssen, dann sage ich, nichts, du wirst das eine machen, ich das andere. Ich bin ein aus seiner Klasse gefallener Anwalt, und wenn ich mich nicht entschieden auf etwas einlasse, was mir die Gesellschaft nie verzeihen kann, dann werde ich zu den Meinen zurückkehren, wo ich viel zu tun habe: eine Kanzlei aufbauen, ein Mädchen aus guter Familie heiraten, Geld verdienen, reisen. Wenn ihr Arbeiter mir also nicht den Rückweg abschneidet, bleibt mir alles offen, für dich aber bleibt nichts. Ein Arbeiter, der bei der Metro auf der schwarzen Liste steht, als Kommunist aktenkundig ist und in Carabanchel war: Nichts, weniger als nichts. Und weil du dir dieses Nichts nicht eingestehen willst, kuschelst du dich unter die Decke der Klassenzugehörigkeit. Die Solidarität der Arbeiterklasse. Aber von welcher Arbeiterklasse sprichst du überhaupt? Von der, die blökt, wenn der Cordobés den Krötensprung macht? Ist das deine Klasse? Wohl bekomm's! Da kannst du lange warten. Diese Klasse muß man beschimpfen, in die Enge treiben, ihr den Weg zurück abschneiden. Sie davon überzeugen, daß sie wirklich Kanonenfutter ist, daß sie nichts wert ist, damit sie springt und beißt. »

»Du bist ein Arschloch.«

»Aber ich habe recht.«

»Recht, das nützt niemandem, das wird weder dich noch mich noch sonst jemanden glücklich machen.«

»Glaubst du denn, daß Glück eine marxistische Kategorie ist?«

»Es ist die Vorstellung, auf der der Marxismus gründet, was sonst?«

»Marx ist es nie darum gegangen, das Heer von Rohlingen, die er verteidigte, glücklich zu machen. Er wollte konsequent gemäß seinen Erkenntnissen handeln. Er hat einen Faden aufgenommen, an ihm gezogen und das Knäuel bis zum Ende aufgeribbelt. Das ist alles. Die Sentimentalität habt ihr hineingebracht, die Revisionisten, und auch viele aus diesem unteren Stockwerk, Maoisten, entlaufene Priester aus der ORT und andere aus dieser Ecke.

»Und was machst du dann hier? Wie erträgst du das Gefängnis?«

»Ich denke. Und ich stelle das Denken in den Dienst der Revolution, denn noch weniger als dies hier gefällt mir das, was ich in meiner Umgebung sehe, bei mir zu Hause, in meiner kleinen Mittelstandsfamilie, die dem Sohn das Jurastudium bezahlt hat, damit Papa und Mama am Sonntag erhobenen Hauptes zum Hochamt gehen können; die Söhnchen und Töchterlein an der Fakultät, ihre Mamas und Papas, die nicht nur Esel, sondern auch noch spießig sind. Ich will, daß das ein für allemal in die Luft fliegt, und ihr helft mir mit euren Aktionen, so wie ich euch mit meinem Denken helfe. Weil ich euch hasse, verhelfe ich euch dazu, euch selbst zu hassen, das ist es, und alles, weil ich meine Klasse der Philister noch mehr als eure der Ignoranten hasse. Diese Philister bringe ich nicht dazu, sich selbst zu hassen. Sie beten sich selbst an. Diese dummen und selbstzufriedenen Leute lassen mich nicht das sagen, was ich sagen kann, du dagegen protestierst, weil sie dich nicht das sagen lassen, was du nicht weißt. Du steigst in der Metro auf einen Kanister und sagst: ›Genossen, sie lassen uns nicht sprechen, das ist ungerecht‹; aber stell dir vor, sie ließen dich sprechen, was würdest du sagen? Nichts. Falls dieser Tag einmal kommt, an dem alle sprechen dürfen, werden diejenigen sprechen, die etwas wissen. Was weißt du von Lenin? Nichts. An dem Tag werden die Lenin-Spezialisten sprechen, und es wird nicht Franco sein, der dir zu sprechen verbietet. Sie werden es sein.«

»Wenn sie über Lenin sprechen, sprechen sie für uns, über das, woran ich glaube. Ich werde es in Ordnung finden, daß die sprechen, die etwas zu sagen haben.«

»Das ist Unsinn. Man kann über Lenin sprechen, ohne Leninist zu sein, wenn man viel weiß, sehr viel weiß, und Lenin wußte viel, und zwar deshalb, weil er nicht zu deinen Leuten gehörte. Hätte er zu ihnen gehört, wäre er von einem Baugerüst gefallen und umgekommen oder an Zirrhose in einer Kneipe gestorben oder als Rentner, und niemand hätte sich darum gekümmert, ihn einzubalsamieren.«

Auf diese Weise sprach Taboada mit ihm, und Lucio war von seinen Worten angezogen, vielleicht weil er der einzige war, bei dem kein Hauch von Mitleid mitschwang. »Ihr braucht mich«, sagte er, »wer soll euch sonst die Flugblätter schreiben? Wer wird die Strategien für die nächste Versammlung ausarbeiten? Ihr braucht dafür Bürgersöhne, die ihre eigene Klasse hassen.« Und als Lucio einen Monat später aus dem Gefängnis entlassen wurde, wartete Tabo in einer klapprigen Ente vor den Toren von Carabanchel. Er hupte, als Lucio mit seinem Köfferchen und einer Sporttasche an ihm vorbeikam, und öffnete die Wagentür für ihn, und als Lucio dann im Wagen saß, umarmte er ihn und schaute ihm direkt ins Gesicht, während er ihm die Wangen tätschelte. »Glück auf, Genosse Lucio«, sagte er, »Vanguardia wartet auf dich«, und die beiden hatten losgelacht. »Was für ein Einfall, mit dem Auto zu kommen«, sagte Lucio, während sie durch die Calle Camarena fuhren. Taboada erklärte ihm, es gebe keine Probleme, weil der Wagen einem Mädchen aus der Fakultät gehöre, die nichts mit Politik zu tun habe, allerdings würden sie vorsichtshalber einige Runden drehen, um sicherzugehen, daß ihnen niemand folgte, bevor sie in der Nähe der Wohnung parkten; die stelle die Organisation Lucio zur Verfügung, damit er eine Weile aus der Schußlinie sei, bis die Polizei ihn vergesse. »Sie haben uns beiden dieselbe Wohnung angewiesen«, sagte Tabo, aber Lucio konnte sich nicht mit dem Gedanken anfreunden, denn bei der Metro wurden gerade wieder diejenigen eingestellt, die beim Streik entlassen worden waren, allerdings auf niedrigerem Lohnniveau, und er wollte dort arbeiten und so schnell wie möglich zurück zu Lurditas. Er vermißte sie. Das sagte er zu Taboada, und der spottete: »Arbeiterklasse. Genau darüber haben wir doch im Gefängnis gesprochen, sprachen wir nicht von dem großen Feuer, das alles verzehren würde?« Und er hatte geantwortet: »Ich brenne mit dir alles nieder, was not tut, aber auf meine Art.« Seitdem er wieder bei der Metro arbeitete, dachte er, daß diejenigen, die noch im Gefängnis saßen, Revisionisten, ehemalige Priester des ORT, ETA-Leute, auf einer Wahrheit und einem Haß bestanden, die ihm teilweise abhanden gekommen waren: Sie verflüchtigten sich in den Armen von Lurditas oder wenn er mit den anderen Kumpeln bei Morgengrauen sein Frühstücksbrot im Tunnel aß und sie die Weinflasche im Licht der Lampen erhoben. Jetzt, nach seiner Erfahrung in Carabanchel, fand er, daß die Arbeit zwar hart sei, aber nichts Großes, das Gefängnis dagegen, wo die Rundgänge auf den Galerien an die Spaziergänge von Genesenden im Hospital erinnerten, leicht war und dennoch Größe hatte und Aktion bedeutete: Auch wenn es nicht mehr als die Asche war, die Aktionen zurückließen, die kleinen Scheiterhaufen, die vom kommenden großen Feuer zeugten. Zwei- oder dreimal in der Woche traf er sich mit Taboada: »Ihr seid nichts, ihr werdet nichts sein. Solange Franco lebt, wird es noch eine Arbeiterklasse geben, und ihr werdet den Intellektuellen als Ausrede dienen, um ihr Plätzchen zu finden. Danach wird sich die Arbeiterklasse auflösen. Hast du schon mal von der Arbeiterklasse in den USA gehört? Carrillo schreibt Bücher, Semprún schreibt auch. Eigentlich sind es Intellektuelle, weiter nichts. Und das wird von eurem Kampf übrigbleiben, wenn ihr nicht siegt. Was nicht aufgeschrieben wurde, wird es nicht gegeben haben, und was es gegeben hat, werden sie aufschreiben. Du weißt also, in ein paar Jahren wird es euch nicht gegeben haben. Deine Vergangenheit werde ich mir meinen jeweiligen Bedürfnissen entsprechend erfinden. Dein Kampf wird eine Medaille sein, die ich mir ans Revers stecke. Dein Hunger, deine Brotbrocken, deine Zeit im Gefängnis, es waren ja gerade einmal knapp drei Monate, nicht wahr, also nichts Großes, werden Teil meiner Biografie sein, denn die Jahre werde ich niederschreiben, falls ich überlebe und in meine Klasse zurückkehre. Leute wie ich werden sie niederschreiben und sie euch wegnehmen, ich werde sie dir wegnehmen, und du wirst nichts dagegen tun können. Die Geschichte gehört denen, die von ihrer Existenz wissen.« Lucio wurde ärgerlich, erwiderte aber scherzend: »Keine Sorge, wir werden diesen großen Brand zünden. Wir werden eure Bücher verbrennen, und auf demselben Scheiterhaufen verbrennen wir euch gleich mit.« Und Taboada: »Das ist unmöglich. Es werden andere kommen und sagen, sie hätten das angezündet, was ihr verbrannt habt, oder sie werden das aus der Asche bergen und wieder aufrichten, was ihr zerstört habt. Nichts. Du und die Angehörigen deiner Klasse, ihr habt gearbeitet, damit ich eine Vergangenheit habe. Im Laufe der Zeit werdet ihr ein Heer von Ameisen auf der Mondoberfläche sein. Hast du die Bilder von deinem Exgenossen Genovés gesehen? Diese Massen, die nur aus schwarzen Punkten bestehen, die in eine bestimmte Richtung rennen oder auseinanderlaufen zu scheinen – das seid ihr. Ihr, diese wilde Flucht stiller Mikroben durch eine Lupe besehen. Wir werden davon berichten, daß ihr auf der Flucht wart und wohin ihr ranntet.« Über dergleichen sprach Taboada nie bei den Zellentreffen mit Enrique und dem Alten. Da sprach er nur von Klassenbewußtsein, von Strategien zur Machtergreifung, vom Aufstand, der das Land aus dem Sumpf ziehen sollte und der von einer bewaffneten Avantgarde angeführt werden mußte: Kasernen besetzen, nachdem man bei den Soldaten vorgearbeitet hatte, die dann die Waffenkammern überfallen sollten; Gewehre an die Arbeiter der wichtigsten Fabriken verteilen; die Gewerkschafter müßten sich gegen ihre Führung erheben. Die Bevölkerung müßte an ein Leben mit der Gewalt gewöhnt werden, sie sollten lernen, gewaltsam ihre Rechte zu verteidigen. Die Sprengkörper, die sie in die Metro gelegt hatten, waren Ausdruck dieser notwendigen Gewalt. Der Alte hatte sie gebastelt, und Enrique hatte die größten Bedenken, sie zu legen; tatsächlich fand auch Lucio das ganze nicht so besonders, obwohl er seine Zweifel verbarg. Als hätte er geahnt, daß diese Explosionen seinen Weg in die Einsamkeit einleiteten. Er wollte sagen: »Das ist doch alles Scheiße«, aber dann dachte er, er würde dieses eine Mal mitmachen, nur einmal, und dann würde er an nichts mehr von alledem, was Vanguardia plante, teilnehmen: Er wollte nur noch nachmittags mit den Freunden aus dem Viertel Karten spielen, ein paar Gläser Anisschnaps trinken, in die Juan Bravo gehen, um Lurditas, Maria Antonia, abzuholen und ihr zu sagen: »Ich liebe dich, nur dich, niemanden außer dir, weder Revolution noch Hostien, einfach nur dich.« Aber dieser Tag war nicht gekommen. Nicht er, sondern Taboada sollte ein paar Monate später alles aufgegeben. Er hatte gesagt: »Ich weiß nicht, vielleicht kehre ich wieder in meine Klasse zurück.« Und Lucio hatte, vielleicht um Taboada zu zeigen, daß es keine Klasse gab, in die er zurückkehren könnte – das heißt, natürlich gab es eine, Lurditas war seine Klasse, die Donnerstagnachmittage mit ihr daheim, der Chinchón –, vielleicht aber auch, weil ihm wirklich alles auf den Sack ging und er wollte, daß einmal, ein einziges Mal, diese ganze Scheiße in die Luft flog, war er weiter in der Zelle geblieben, zusammen mit Enrique und mit einem Genossen, der auf allen schwarzen Listen des Baugewerbes geführt wurde, dem Alten, einem Mann, der die Gefängnisse nach dem Krieg kennnengelernt hatte, das in Dueso, das San Miguel de los Reyes, und der mit Líster zusammen gekämpft hatte. Lucio war bei Vanguardia geblieben und hatte mit den beiden und mit Ezequiel, einem anderen Genossen, den er nicht wiedergesehen hatte, sowie mit zwei weiteren, die offensichtlich aus dem Norden kamen – sie hatten Asturien gesagt, später stellte sich jedoch heraus, daß sie aus dem Baskenland kamen – und die ihnen von Taboada vorgestellt worden waren, mit ihnen allen hatte er die Sprengkörper gelegt, in der U-Bahn, nicht zu vergessen die Sprengladung, die einen Wagen der Guardias hochjagen sollte, wozu es aber nie kam. An diesem Mittag, als er in der Bar auf Lurditas wartete – sie ließ auf sich warten, hätte schon längst da sein können –, dachte er an den letzten Nachmittag, als sie in diesem Keller arbeiteten, um die Kabel zu legen. Er konnte sich genau daran erinnern. Schlösse er die Augen, könnte er das Abendlicht vor sich sehen, den Kleinlaster voller Kisten. Um ungestört miteinander zu sprechen, hatten er, Ezequiel und einer von denen aus dem Norden sich in den Kastenwagen gesetzt, nicht auf dem Parkplatz, nein, sie fuhren um die Blocks herum, änderten wieder und wieder die Route, saßen im Stau fest, aber wer hätte mit Gewißheit sagen können, daß sie andernfalls nicht aufgefallen wären, drei Typen in einem Kleinlaster, die nicht ausstiegen, immer nur sprachen, da hätte doch jemand kommen können: »Was macht ihr hier, Ausweise bitte, was habt ihr geladen?« Und geladen hatten sie außer den Werkzeugkästen und den leeren Kisten, die nur da waren, um das zu verbergen, was niemand sehen sollte, die Hälfte der Bestandteile der Sprengkörper, besorgt von denen aus dem Norden. Ezequiel war sehr nervös, er nahm die rechte Hand vom Steuer und gestikulierte unaufhörlich:

»Ich hab's euch gesagt«, sagte er, »ich hab's euch wirklich oft genug gesagt, daß es kinderleicht ist, zwei- oder dreimal eine halbe Stunde lang meißeln, höchstens, aber nur zur Essenszeit, wenn er oben in seinem Verschlag auf dem Dachboden ißt und Siesta hält.« Ezequiel hatte den Schlüssel des Kellers organisiert, weil er als Elektriker bei dem Treppenbau gearbeitet hatte, er hatte ihn aus dem Kabuff des Portiers geklaut und eine Kopie gemacht; und das waren die Bedingungen gewesen: dreimal kurz während der Siesta meißeln und im letzten Augenblick so tun, als ob die Tür aufgebrochen worden sei, damit kein Verdacht wegen des Schlüssels aufkommen konnte, aber die aus dem Norden hatten nicht auf ihn gehört: Sie waren am zweiten Nachmittag so aus dem Häuschen darüber gewesen, wie weit sie vorangekommen waren, daß sie bis um fünf blieben, um es auf einmal zu beenden, und dann hatte sie der Portier erwischt, und ihnen war nichts besseres eingefallen, als ihn einzusperren, zu fesseln und einzusperren. Ezequiel drehte durch: »Als aller erstes werden sie sich fragen, woher der Schlüssel kommt, und was sollen wir jetzt machen, wir können ja nicht die Tür vor seinen Augen aufbrechen. Und was machen wir mit ihm? Ihn solange dort lassen, bis es knallt? Glaubt ihr nicht, daß man ihn vorher vermissen wird? Wenn der Kerl nicht um zwei Minuten nach zehn zu Hause ist, dann schlägt die Frau Alarm, darauf könnt ihr Gift nehmen, und dann ist die Kacke am Dampfen. Wer in der Mausefalle sitzt, wird erwischt.« Der aus dem Norden wirkte ruhig: »Es kann und wird nichts passieren. Dieser Kerl wird keinen Mucks von sich geben. Und wenn es nötig werden sollte, schaffen wir ihn in den Wagen und fertig«, sagte er. Darauf Ezequiel: »In den Wagen? Wie denn? Sollen wir ihn vorn aus dem Portal rausschleifen? Und ich ziehe mir eine Maske über, damit er mich nicht erkennt? Und fahre mit der Maske auf der Nase durch die Stadt?« schimpfte er, da weder die aus dem Norden noch Lucio noch der Alte fahren konnten, und er für den Wagen zuständig war.

»Es ist bestimmt gar nicht nötig, ihn herauszuholen«, sagte der Baske.
»Wie das? Sollen wir mit ihm da drinnen sitzen bis nach dem Knall? Da drinnen? Und auf die Guardias warten?« erregte sich Ezequiel.
»Dann holen wir ihn eben raus.«
»Ja, wie denn, verdammt, das frage ich doch.«
»Oder die anderen gehen raus, und man läßt ihn dort still zurück.«
»Was sagst du da? Was willst du damit sagen?«
»Daß er schließlich ihr Lakai ist.«
Da platzte Lucio, der an Lurditas denken mußte: »Ach, wir nehmen die Hausmeister aufs Korn. Warum nicht auch die Köchinnen? Bringen wir auch die Köchinnen zum Schweigen?«
»Halts Maul, verdreh die Dinge nicht.«
»Also ohne Verdrehung. Wirst du ihn zum Schweigen bringen? Machst du es? Eigenhändig? Denn du wirst ja kaum da unten rumballern wollen? Ihr seid verrückt.«
»Was heißt hier ihr? Bitte keine Mehrzahl. Sag, ich bin verrückt, das ist okay. Ich bin ich und steh für niemanden.«
»Ich meine, ihr da oben, im Norden, ihr seid verrückt.«
»Und was macht ihr hier unten im Süden? Oder glaubst du, wir bereiten hier ein Feuerwerk vor? Laß den Norden aus dem Spiel.«
»Nein, ich weiß, was ich sage. Der Dicke, der Hausmeister, das ist kein Ziel. Das andere ja. Das andere haben wir geplant. Aber der Hausmeister ist ein Fehler. Und wenn er hopsgeht, dann nicht, weil er ein Fascho ist und dafür zahlt, es ist nicht seine Schuld, sondern unsere, weil wir einen Fehler gemacht haben. Und ich will nicht daran schuld sein.«
»Sprich nicht von Schuld, nicht mal von Fehler. Das hier ist kein Kreuzworträtsel, bei dem du was wegradierst, wenn du dich geirrt hast, und dann neu ansetzen kannst. Dieses Ziel, von dem du sprichst, steckt nicht in einer Konservendose, es ist Teil des Lebens, und das hat man nicht unter Kontrolle, auf dem Weg kann viel passieren, verstehst du? Dieser Dicke kann ebenso auf der Strecke blei-

ben wie wir, die noch weniger schuldig und obendrein im Recht sind.«
»Das historische Recht«, höhnte Lucio. Das hatte ihm nach Taboada geklungen. Er reichte Ezequiel eine Zigarette und steckte sich selbst eine an. Plötzlich wirkte er entspannt, wie nach einer enormen Anstrengung, als hätte er einen Laster hochgestemmt oder so etwas, und könne sich jetzt fallenlassen.
»Wir gehen jetzt hin«, sagte er, »es wird uns schon etwas einfallen.«
Es war ihnen nichts eingefallen. Sie hatten den Hausmeister geknebelt und an die Heizungsrohre gefesselt, aber er hatte sich losmachen können und Meldung erstattet, und es war nicht zur Explosion gekommen. Lucio hatte daran gedacht, daß der Kerl sein Gesicht kannte und es zwischen den Fotos von Hunderten von Verdächtigen, die man ihm bei der politischen Polizei zeigen würde, herausfinden könnte: »Der, der ist es.« Und warum das alles, nur weil er nicht zu Taboada gesagt hatte: »Alles Scheiße.« Tabo war an dem Tag nicht dabei, als sie den Hausmeister knebeln mußten. Schau einer an, was für ein Zufall, an dem Tag war er nicht dabei, er war aber ein paar Wochen später da und sagte: »Tut mir leid. Ich gebe auf. Vielleicht gehe ich zurück zu meiner Klasse. Aber ich will meinen Beruf ausüben. Ich habe Arbeit in einer Anwaltskanzlei gefunden und, ich weiß nicht, vielleicht ist das meine Art, etwas für die Revolution zu tun. Ich glaube an die Gewalt, aber ich kann sie nicht ausüben. Wahrscheinlich steht mein Hirn weiter links als meine Gefühle. Nichts zu machen.« Er hatte über sich selbst gelacht. Hatte sich als Kleinbürger, Feigling, Verräter bezeichnet und war für immer verschwunden. An jenem Abend hatte Lucio frei, und sie hatten zusammen getrunken. Weit nach Mitternacht, als sie betrunken aus einer Bar kamen, hatte Tabo die Straßenkehrer angemacht, sie seien Jammerlappen, Hungerleider; daß sie wie die Ochsen schufteten, während er sich vollaufen ließ. Lucio hatte eingreifen müssen, um Tabo vor den Männern, die ihn verprügeln wollten, zu schützen. Am Ende hatte Taboada geweint, hatte ihn

umarmt und gesagt, er, Lucio, sei sein bester Freund. »Ich hab keinen anderen wie dich. Wenn du mich brauchst, komm in mein Büro«, hatte er mit feuchten Augen gesagt. Aber danach waren sie sich drei- oder viermal auf der Straße begegnet, und Taboada hatte so getan, als kenne er ihn nicht. Wenig später hatte Ezequiel ihm erzählt, daß Taboada mit einer Gruppe von Professoren und Rechtsanwälten zusammenarbeite, die eine soziologische Akademie ins Leben gerufen hatten und sich in diesem Rahmen mit Leuten des Regimes oder Sympathisanten trafen, wobei über utopistische Politik – die der Kommunisten, die man verhindern müsse – und die Politik des Möglichen, also der Sozialdemokraten, geredet wurde. Nicht das System umstürzen, sondern seine freien Nischen nützen. »Das ist die CIA«, hatte Ezequiel gesagt, »sie bekommen Geld von den Amerikanern und den Deutschen«; aber jetzt, während er durch die verglaste Tür Lurditas auf die Bar zukommen sah, dachte Lucio, daß er Tabo brauche, er mußte ihn in seinem Büro schlafen lassen, in einem Winkel seiner Wohnung oder sonstwo. Das war an diesem Tag für ihn die Politik des Möglichen. Deshalb wollte er zu ihm gehen, sobald er Lurditas das wenige, was zu sagen war, gesagt hatte: Es gehe ihm gut, aber er könne ein paar Tage lang nicht zum Schlafen heimkommen. Sie würde, das wußte er, so tun, als machte es ihr nichts aus; sie würde ihm nur Mut machen, ihm sagen, er solle auf sich achtgeben. Und er wußte auch, daß sie, sobald sie außer Sichtweite war, weinen würde.

Der Nachmittag

10

»Keine Politik beim Essen, habe ich gesagt. Und überhaupt, ich will nicht, daß in diesem Haus über Politik geredet wird.«

Tomás Ricart schlug mit der Faust auf den Tisch und brachte Gläser, Teller und Besteck zum Klirren, und dann begegneten ihm die Blicke seiner Frau und seines älteren Sohns Josemari. In Olgas Augen las er Tadel über seine Manieren, über seine ungeduldige Art und seine Unfähigkeit, die Dinge auf zivilisierte Art und Weise zu regeln. Du bist zu unbeherrscht, sagte ihm Olgas Blick, und dieser Tadel gab ihm den Rest. Im Blick des Sohns lagen Ärger und ein Hauch Verachtung: Du bist es doch, der nicht vernünftig argumentieren kann, drückten diese Augen aus. Tomás fragte sich, was in letzter Zeit in seinem Haus los war. Er kümmerte sich um die Bestellscheine, um die pünktliche Lieferung, um die Bilanzen des Unternehmens, er studierte Berichte über die Trends auf dem europäischen Möbelmarkt, er fuhr zur Mailänder Messe, nahm, wenn nötig, ein Flugzeug nach Frankfurt, überwachte die Verpackungsabteilung, reagierte auf Beschwerden der Kunden: am Wochenende aber versuchte er, sich bei der Lektüre von Reisemagazinen und geografischen Zeitschriften zu entspannen, und wenn er abends heimkam, wollte er in Ruhe essen; doch seit geraumer Zeit legten alle es darauf an, über Sachen zu reden, die ihn nicht interessierten, er sollte sich zu Dingen erklären, zu denen er keine Meinung hatte, auch keine haben wollte, und da er sich bemühte, derselbe wie immer zu bleiben, warfen sie ihm vor, heftig, unbeherrscht und intolerant zu sein, und das taten ausgerechnet diejenigen, die Druck auf ihn ausübten, indem sie seine Art nicht tolerierten. Warum sprachen sie mit ihm nicht über den Vertrag über die Möblierung einer Hotelkette in Kolumbien (Manizales, Medellín), den er vor knapp einem Monat unterschrieben hatte? Warum sprach niemand über den Brief, in dem ihm das französische Erziehungsministerium zum neuen Design der Pulte für Gymnasien beglückwünschte? Oder darüber, daß die Bäume beim Chalet in El Escorial beschnitten werden mußten? Es war, als hätte sich das ganze Land plötzlich einer Leidenschaft hingegeben, die das Solide verschmähte; es ging nur um Worte, um Luft. Einmal hatte er es Quini gegenüber angesprochen: »Du schämst dich meiner, weil ich ein Fabrikant bin, ein Kaufmann, aber ich verkaufe solide Dinge, die nützlich sind, Stühle, auf die man sich setzen kann, Betten, in denen man schlafen kann; ihr aber verkauft Illusionen, Lügen, Luft, nichts.« Gerade vor zwei Stunden hatte er noch die Vorwürfe seines Vaters über sich ergehen lassen müssen: Der Tod Francos würde die Arbeitsbedingungen in der Firma verändern. Was sollte sich schon ändern? Würden die Polsterstoffe etwa anders verpackt werden als bisher? Würden die Transporte auf anderen Wegen durchgeführt werden? Oder in andere Länder? Sein Vater hatte am Morgen schneidende, melodramatische Worte von sich gegeben: »Eine Kapsel«, hatte er gesagt, » man müßte sich einkapseln wie diese Insekten, die sich damit vor Dürreperioden schützen.« Und er, Tomás, hatte sich darüber lustig gemacht: »Ausgerechnet heute, wo es zu regnen angefangen hat, kommst du mit Dürreperioden.« Und sein Vater hatte von der Notwendigkeit gesprochen, mit Taboada zusammenzuarbeiten. »Der ist die Zukunft«, hatte der Vater gesagt, »er bezieht sich nicht auf eine Ideenlandschaft, sondern auf ein Netz von Beziehungen, und er tut das, um dich einzuschüchtern, dich an den Verhandlungstisch zu zwingen, das ist wie eine Erpressung, genau wie die Priester, die dir in der Stunde des Todes mit der Hölle kommen, damit du sie im Text deines Testaments berücksichtigst. Hol dir Taboada an den Tisch, und auf die andere Seite setzt du deinen Jüngsten. Der Ältere ist ein Trottel.« Das hatte der alte Ricart gesagt, und jetzt war es an ihm, nach den Vorwürfen des gewieften Alten auch noch die des trotteligen Jungen zu ertragen.

»Das hat nichts mit Politik zu tun, Papa«, sagte Josemari, »Quini ist nun mal Kommunist, und wenn er nicht zum Essen erscheint, dann deshalb, weil er beim Spektakel dabei ist, das heute bei der philosophischen Fakultät angesagt ist. Diese Geier nützen die Agonie des Caudillos aus, um den Aufstand vorzubereiten. Merkst du nichts? Du ernährst einen Kommunisten.«

»Ich ernähre meinen Sohn oder, genauer, ich ernähre meine beiden Söhne. Oder soll ich etwa nur dich ernähren?«

»Du zahlst für die roten Fetzen, die sie aus den Fenstern der Fakultät hängen, und du zahlst für die Spraydosen, mit denen sie Spanien und den Caudillo verunglimpfen.«

»Zahle ich nicht etwa auch für deine Blauhemden? Und zahle ich nicht das Papier, auf dem ihr dieses Blättchen *Salvar España* druckt, mit dem du jeden Monat anrückst? Und ich zahle die Flugblätter, die du in der Mappe hast. Das einzige, was du tun mußt, was ihr beide tun müßt, ist, dafür zu sorgen, daß ihr keine Scherereien bekommt. Wofür, zum Teufel, brauchst du den Baseballschläger, der in deinem Zimmer rumliegt?«

Er sah zu Olga, sie hatte ihm davon erzählt. Und jetzt mischte sie sich ein.

»Könnt ihr, bitte schön, beide aufhören?«

»Aber Papa tut doch so, als sei es einerlei, ob man Spanien zerstört oder es rettet. Oder bist du etwa für Quini, Papa? Bist du für die Kommunisten?«

»Mach mich bitte nicht verrückt!«

»Das heißt doch, mein Vater kann nicht mehr zwischen Gut und Böse unterscheiden. Was kann mir mein Vater schon zu sagen haben, wenn er selbst die Richtung aus den Augen verloren hat? Und der Großvater? Sprichst du auch so mit Großvater? Mußte der etwa nicht das Blauhemd anziehen und die Pistole in die Hand nehmen, um Spanien zu verteidigen?«

»Was weißt du schon, was dein Großvater macht oder denkt. Laß deinen Großvater in Frieden und mach uns keine Scherereien.«
Der alte Ricart hatte wohl doch recht: Josemari war ahnungslos. Er hatte noch nicht einmal gemerkt, wer in der Familie wo stand.
»Spanien und der Caudillo sind also Scherereien für dich? Wo habt ihr euren Stolz gelassen? Großvater war in Maestrazgo, in Vinaroz, wozu eigentlich? Er hat für Spanien gekämpft, im Blauhemd, und das trägt jetzt auch dein Sohn, aber der macht euch Scherereien, wenn er für dieselben Ziele kämpft.«
»Du weißt nicht, was du sagst. Kämpfen. Eines Tages werde ich dir die vollständige Geschichte deiner Familie erzählen. Kämpfen. Du sprichst vom Kämpfen, als wärst du noch fünf Jahre alt und spieltest Cowboy und Indianer. Du bist jetzt dreiundzwanzig und solltest zur Kenntnis nehmen, daß hier kein Krieg stattfindet. Seit fünfunddreißig Jahren wird hier nicht mehr gekämpft. Es wird ums Essen gekämpft, das ja, ums Leben, darum, ein Auto zu haben, so eines, wie du es fährst, ohne je dafür gekämpft zu haben; dein Brot und deine Steaks, die bezahle ich mit meinem Kampf, die mußt du verteidigen, für all das mußt du langsam selbst zu kämpfen beginnen, und nicht für den Quatsch, mit dem du dich beschäftigst. Baseballschläger, Knüppel und Ketten. Ich bin immer noch dein Vater, weil ich dein Studium und die Heizung bezahle, du hast dir noch keinen Krümel von dem vielen Brot verdient, das du in deinen dreiundzwanzig Jahren verdrückt hast. Deine neunzig Kilo habe ich eigenhändig gestemmt.«
»Du redest über mich wie über ein Stück Mastvieh, du hast es im Stall stehen, und wenn es dir paßt, bringst du es auf den Markt oder zum Schlachthof, und das laß ich mir nicht bieten, auch nicht von meinem Vater, ich laß mir das nicht bieten.«
»Bringt man euch in euren Staffeln nicht den Respekt für das Familienoberhaupt bei? Seid nicht ihr die Verteidiger von väterlicher Autorität und Ordnung? Dann respektiert sie gefälligst auch. Immerhin bin ich in der Befehlskette dein Vorgesetzter.«

»Wenn der Vater nicht mehr die Grenze zwischen Gut und Böse erkennt, verliert er seine Autorität. Und vor die Wahl zwischen Familie und Vaterland gestellt, muß ich notgedrungen das Vaterland wählen, das der Familie erst einen Sinn gibt; denn in der Familie, von der du redest, ist der Vater feige oder schwach und der Bruder ein Verräter, ein Komplize der Mörder. Ich muß das Vaterland über die Familie stellen.«
»Sieh an, das erinnert an einen Dialog aus einem Theaterstück von vor dreißig Jahren, an etwas von Calvo Sotelo, eine Szene aus *Die Mauer* oder etwas Ähnlichem. Hör auf mit diesen Geschichten und widme dich deinem Studium, das ist deine Aufgabe, und die erfüllst du offensichtlich nicht, denn deine Noten sind zum Heulen. Weißt du, was ich dir sage? Ich sage dir, wenn du Krieg spielen, dir ein Blauhemd anziehen und den ersten Unglücklichen, der dir in die Quere kommt, mit Ketten traktieren willst, dann mach das bitte schön draußen, wenn du dieses Haus endgültig verlassen hast, und finanzier das mit deinem Geld und mit deiner Arbeit. Solange du deine Füße unter meinen Tisch stellst, mußt du nichts anderes machen, als zu studieren, auf diese Weisen zahlst du deine Schulden ab, alles andere bedeutet, daß du mich bestiehlst.«
»Die Noten. Von was redest du? Auf der Fakultät sind doch die Hälfte der Lehrstühle marxistisch infiziert, wie dein kleiner Sohn.«
»Ich sage, du sollst studieren und den Krieg im Sommer führen, bei den Universitätsmilizen, da kannst du dem Vaterland dienen.«
Olga hatte Lurditas gerufen und gab ihr Anweisungen, die Teller abzuräumen und den Pudding zu bringen. »Heute essen wir wie im Feldlager. Wegen des Festes geht alles etwas drunter und drüber. Also werden wir von dem naschen, was später aufs Buffet kommt, und betätigen uns nebenbei als Vorkostkomitee«, hatte sie angekündigt. Natürlich entsprach ihre Ankündigung nur zum Teil der Wahrheit, weil es zuerst eine Tasse Brühe gab, getreu ihrer Überzeugung, daß ein Essen kein Essen war, wenn es nicht mit etwas Warmem eröffnet wurde, mit etwas, für das man einen Löf-

fel brauchte. Danach gab es Kroketten. Die Köchin hatte etwas von der Bechamelsauce für den Abend abgezweigt. Dazu ein paar Scheiben Lachs, Käse, Schinken und getrockneten Thunfisch. Fertig war das Mahl. Josemari stand mit gesenktem Kopf auf und sagte, er habe keine Lust mehr auf Pudding. »Vielleicht einen kleinen Kaffee?« fragte Olga zuvorkommend. Und Tomás zeigte wieder einmal seine Unbeherrschtheit und fragte, seit wann man vor dem Nachtisch aufstehe und die anderen einfach am Tisch sitzen lasse. »Das erinnert hier allmählich an ein Wirtshaus«, sagte er. Olga warf ihm wieder einen tadelnden Blick zu. Als Josemari hinausgegangen war, sagte sie: »Sie sind in einem schwierigen Alter. Beide haben ihre Ideale und halten sie für die einzig wahren. So ist die Jugend. Mit der Zeit werden sie ruhiger. Das einzige, was mir Sorgen macht, ist, daß sie gewalttätig werden könnten. Daß sie wie Katze und Hund sind, ist normal. Sie sind fast gleichaltrig, sie bilden gerade ihre Persönlichkeit aus, du weißt ja, Brüder sind die schlimmsten Rivalen, Kain und Abel, diese Jungs in dem James-Dean-Film. Du solltest die Dinge nicht so ernst nehmen.« Er sollte das alles nicht so ernst nehmen. Für Josemari war er ein Feigling, ein Weichling. Für Quini ein Sklavenhalter. Für seinen Vater ein Trottel, der nicht bemerkte, daß sich alles verändert hatte. Für seine Frau ein Rohling, dem es an Sensibilität für ein gutes Konzert, eine Kunstausstellung, einen Roman mangelte. Er tröstete sich mit dem Gedanken, daß sie ihm zumindest die Wahl der Zigarren und der Getränke für das Fest überlassen hatte. Wenig genug, aber besser als nichts. Olga und er. Seiner Überzeugung nach machten die jungen Leute, wie auch die Frauen, den Fehler, nicht wahrhaben zu wollen, daß nie etwas Außerordentliches geschah, zumindest nicht in der Hinsicht, in der sie es erwarteten. Die jungen Leute und die Frauen standen jeden Morgen in der Überzeugung auf, daß ihnen etwas Erstaunliches widerfahren würde, egal ob schön oder tragisch, und sie wollten nicht wahrhaben, daß selbst das wahrhaft Überraschende sich immer nur im Rahmen der Monotonie einstellte. Sein Vater hatte recht, wenn er sagte: »Zum Glück nutzt sich die Einbildungskraft allmählich ab und läßt uns in Frieden.« Olga dachte anders, für sie war ein Leben ohne Einbildungskraft nicht lebenswert. »Die Einbildungskraft ist das Salz des Lebens«, sagte sie. Tatsächlich erschienen ihr sogar die eigenen Söhne als bestaunenswerte Früchte. Für Olga galt nicht die universelle Erfahrung, daß alle Kinder der Welt heranwachsen und, noch bevor die Eltern es recht merken, ausgewachsene Männer sind. Sie schaute sich diese schlacksigen Jungen an – feingliedriger Quini (er sah ihr ähnlich), gewichtiger und schwerfälliger Josemari (sein Ebenbild) – und glaubte, etwas Außerordentliches mitzuerleben, als hätten nicht Abermillionen von Wesen über Hunderttausende von Jahren genau die gleiche Erfahrung gemacht. Und sie schützte die beiden wie der Besitzer eines Meisterwerks dieses vor einem Brand, vor einer Überschwemmung schützt; und sie bewunderte die Leidenschaft, mit der die Jungen über ihre Vorstellungen diskutierten, wie sie ihre eigenen Wege suchten, fern der Trampelpfade, auf denen sich die anderen Leute bewegten, um sich ja nicht zu kompromittieren, Leute, die ungestraft heuchelten, indem sie sich auf Ideen und Gesten zurückzogen, die andere vor ihnen eingeführt hatten. »Nein, den Jungen taugt kein zerstreutes Küßchen auf die Wange, sie wollen das, was sie in sich tragen, wahrhaftig ausdrücken, deshalb suchen sie sich dafür Sätze, die uns grotesk vorkommen, oder sie zwicken, schlagen, rempeln an, um auf sich aufmerksam zu machen. Ich weiß schon, auf uns wirken sie oft vorlaut oder unverschämt, aber das ist ihre Art von Ehrlichkeit«, sagte Olga. Ihn hingegen deprimierte dieses ständige Gerede, das nur inszeniert wurde, um die Normalität nicht akzeptieren zu müssen. Warum mußte ein Haus ein Brennpunkt von Spannungen sein? Konnte es nicht ein Raum für das normale Zusammenleben sein? Warum sorgten sich alle um das Schicksal der Menschheit? Keiner schien sich um das Schicksal der näherliegenden Dinge zu kümmern, nicht die Bohne, um die Stühle, auf denen sie saßen, die Wände, die sie beschützten, um das Schicksal der Fabrik und der Geschäfte, die sie mit all dem versorgten, mit Essen und Kleidern, die ihnen aber auch erlaubten, in Konzerte zu gehen, im Sommer ins Ausland zu fahren und Sprachen zu lernen, Bücher zu lesen und Filme zu sehen, an die sonst nur sehr wenige herankamen. Dennoch schien das alles nichts wert zu sein. Er hatte es Quini so oft sagen müssen. »Ja, ja, ich weiß, Geld ist Scheiße«, pflegte er zu sagen, »wie sollte ich das nicht wissen, besser als du. Du hast null Ahnung und redest nur in Kenntnis der vier, fünf Bücher, die du gelesen hast, ich aber habe gesehen, was ein Mensch für Geld tun kann, und ich versichere dir, es graust mir davor, schlimmer als töten, schlimmer als sich selbst töten, und du wirst fragen, ob es Schlimmeres gibt, und ich sag dir, ja, das gibt es.« Quini schaute ihn mit spöttischem Augenausdruck an. Inzwischen sagte er nicht mehr, »Papa, hör doch auf zu predigen und dich zu rechtfertigen«, es war jetzt schlimmer, weil er so etwas nicht mehr sagte; nicht, daß er es nicht mehr gedacht hätte, aber er hatte offenbar beschlossen, seinen Vater als hoffnungslosen Fall einzustufen, und Diskussionen mit ihm betrachtete er als Zeitverschwendung. In letzter Zeit hatte sein jüngster Sohn jedes Mal, wenn er versucht hatte, mit ihm zu reden, mit dem Zellophanpapier der Zigarettenpackung gespielt und Blumen oder geometrische Figuren auf ein Blatt Papier gekritzelt, oder er hatte über die väterliche Schulter hinweg auf etwas, das jenseits der Fensterscheiben lag, gestarrt. Quinis Aufmerksamkeit war beim Zuhören immer auf etwas anderes gerichtet. Dennoch hatte er seine Botschaften breitgetreten: »Weißt du was, der Mensch muß sich daran gewöhnen, mit der Scheiße zu leben. Mehr noch, der Mensch ist nur denkbar im Zusammenleben mit der Scheiße, weil die Scheiße zu ihm gehört, ein Teil von ihm ist, von Anfang an, seitdem man ihn in Windeln gewickelt hat. Zwischen den Windeln und ihm liegt Scheiße, und in ihm, was ist da: Scheiße! Die Kultur, die Zivilisation, ist zum großen Teil eine Anstrengung, die Scheiße zu vergessen, sie nicht zu sehen: das Klopapier, die Duschen, Badewannen, Bidets, die Klosettschüsseln und all die Liter Scheuermilch und Essigreiniger. Der Mensch liebt seine Essenz nicht. Und ich bin ein Mensch, mein Junge. Und ich liebe die Scheiße auch nicht, aber ich lebe mit ihr, es bleibt mir nichts anderes übrig. Der Mensch wächst daran, mit dem zu leben, was er nicht mag.« Er dachte: Er zwingt mich dazu, vom Schmutz zu reden, von dem, was ich verachte, von Unangenehmem. Und Quini erhob sich darüber mit seiner luftigen Fracht schöner Ideen: »Was du sagst, ist pessimistisch. Letztlich habt ihr Christen, die ihr euch als Humanisten versteht, die übelste Vorstellung vom Menschen, deshalb müßt ihr euch einen Himmel erfinden, in dem es keine Menschen gibt, sondern Seelen; die haben zwar nichts mehr von dem, was ihr Laster nennt, dafür aber auch keine menschlichen Tugenden.« Dann wurde er wütend, und Quini nannte ihn nicht einen Feigling, sondern intolerant, nein, intolerant waren sie, seine Söhne, die den Lauf des Lebens nicht tolerierten, die das Bestehende gewaltsam verändern wollten, das, was über Jahrtausende gleich geblieben war. Arme und Reiche, Herren und Sklaven, Besitzer und Arbeiter, war es nicht immer so gewesen? »Ist das nicht immer so? Nenn mir eine geschichtliche Epoche, in der es nicht so war«, forderte er Quini auf, und der erwiderte: »Die Menschheit hat eine lange Vorgeschichte gelebt, bevor ihr bewußt wurde, daß der Mensch Herr seines Schicksals sein kann«; und Quini führte die Hälfte der Menschheit an, die dieses Bewußtsein nun erlangt und konsequenterweise beschlossen habe, sich hinter Vorhängen aus Eisen oder Bambusstäben abzuschotten. Und Olga, die den Gesprächen zuhörte, während sie so tat, als lese sie einen der Romane, die Quini ihr empfahl, staunte mit offenem Mund darüber, Mutter dieser zwei Wunderkinder zu sein, und sie gefiel sich in der Rolle einer Priesterin, sie öffnete die Tore des Tempels, damit in diesem Hause ungehindert der Intoleranz geopfert werden könnte. Gemeinsam erfüllten sie das Haus, das Beste des Hauses, das Eßzimmer und den kleinen Salon, ja sogar sein Arbeitszimmer, mit ihren Kriegen und

Ungerechtigkeiten, dem Krachen der Bomben, dem Rattern von Maschinengewehren, der Flucht vor dem Napalm. Und wenn er darum bat, in Frieden seinen Kaffee trinken zu dürfen, dann schauten die drei – die Hohepriesterin und ihre Söhne – ihn scheel an und nannten ihn intolerant. Olga hielt ihn für einen Rohling, Josemari für einen Feigling und Quini für einen bourgeoisen Ausbeuter. »Ich steh morgens auf und trinke zuerst einen Orangensaft und einen Kaffee, und ich rauche eine Zigarette, und weißt du, was dann passiert, Junge?« sagte er zu Quini, »dann muß ich aufs Klosett. Glaubst du, ich mag das, mich auf die Klosettschüssel zu setzen und mich dort mit heruntergelassener Hose zu sehen und das zu riechen, was ich ablasse, nichts anderes als einen Katalog dessen, was in mir ist? Nein, das gefällt mir absolut nicht, aber ich muß das tun, bevor ich das Haus verlasse. Ohne dieses demütigende morgendliche Ritual kann ich das Haus nicht verlassen, mich nicht ins Auto setzen oder in ein Taxi; na gut, es ist vielleicht auch nicht so schwer zu kapieren, daß man noch drei- oder viertausend Peseten in der Tasche haben muß, wenn man aus dem Haus geht. Daß wir das alle gern nicht nötig hätten? Daß sie nur lästig sind? Daß es sogar fein wäre, sie nicht verdienen zu müssen? Und daß du glaubst, das wäre der Kommunismus? Geschenkt. Aber dann sag mir bitte, wie du die Metro bezahlst und das Taxi, das Bier, das du trinkst, und das Essen. Geld ist Scheiße, in Ordnung, es ist aber so unangenehm und unvermeidlich wie Scheiße.« Er mußte über das Schmutzige sprechen, über Egoistisches, und stieß auf dieses verdammt hochmütige Lächeln seines Sohns, das ihn verrückt machte, und dann fuhr er aus der Haut und brüllte einmal kurz und bewies damit erneut seine Intoleranz. Er war intolerant, weil er in Frieden leben wollte. Die Zeiten hatten sich geändert, kein Zweifel, und am Ende würde er noch Josemari recht geben müssen, weil er, Tomás Ricart, etwas von einem Weichling hatte, oder von einem Feigling, weil er jedesmal, wenn er im Gesicht seines Sohns Quini dieses ironische Lächeln sah, das Verlangen unterdrückte, ihm zwei Ohrfeigen zu verpassen. Sein Vater, so dachte er, hätte sie ihm verpaßt, wenn er in diesem Alter auf den Gedanken gekommen wäre, so zu ihm zu sprechen. Er aber war dazu nicht fähig. Etwas hatte sich in der Welt verändert, das stimmte. Aber hatte es sich zum Guten verändert? Quinis Ton, als ob sich einer über das Pech des anderen lustig machte; ein Film, in dem man sieht, wie Charlie Chaplin auf den Hintern fällt, sich die Nase an einer Tür stößt, eine Sahnetorte in die Fresse bekommt, und dann sagen: »Papa, ich meine doch nur, daß man alles etwas besser verteilen könnte: das Geld, die Nahrungsmittel, den Grund und Boden, die Häuser und die Gärten, das alles könnte man besser verteilen. Man müßte den Unternehmen Grenzen setzen, daß sie weniger Gewinn einstreichen.« Worauf er erwiderte: »Willst du mir sagen, daß wir weniger verdienen müßten? Wer soll denn diese Grenzen setzen? Willst du damit sagen, daß dein Vater nicht genügend verdienen sollte, um dir und deinem Bruder das Studium zu bezahlen? Damit deine Mutter sich ein Kleid kaufen und ein Mädchen beschäftigen kann, daß ihr im Haushalt hilft? Damit sonntags ein ordentlicher Fleischtopf auf den Tisch kommt? Und das sagst du? Du, der du gute Schuhe trägst, auf die Universität gehst, dir die Bücher und Platten kaufst, die du magst, und das ißt, was dir nach Meinung deiner Mutter am besten schmeckt? Wer soll den Zielen deines Vaters Grenzen setzen? Du bestimmt nicht, da du Teil der Ziele deines Vaters bist. Und ist das nicht legitim? Wenn du soweit bist, dann setz dir selbst die Grenzen, und du wirst sehen, wie schwierig das ist, denn jedermann weiß, daß er nur ein Leben zu leben hat, und deshalb versucht er, die ganze Welt in der kurzen Zeit, die ihm zur Verfügung steht, zu erleben. Oder willst du etwa nicht nach Rom reisen, nach Athen, oder, wenn dir der Sinn danach steht, nach Leningrad? Warst du nicht schon in London, Amsterdam, Paris? War das nicht so? Und du versuchst mir zu sagen, daß du nicht genug verdienen willst, um nach Istanbul zu fahren? Wer entscheidet, daß du nicht nach Istanbul darfst, weil ein anderer dorthin fahren soll, der es mehr verdient? In wessen Namen wird man dir verweigern, daß du reist, liest oder die Musik hörst, die du liebst? Nun gut, das ist Geld. Geld ist das Buch, das du liest, und die Gesundheit ist zum Teil auch Geld, das Hospital, die Zahnspange, die du getragen hast, um ein gerades Gebiß zu bekommen, auch das ist Geld, von der Liebe ganz zu schweigen. Wenn du mit einundzwanzig noch nichts von dem unauflöslichen Band zwischen Liebe und Geld bemerkt hast, dann bist du für den Rest deines Lebens zum Idioten gestempelt. Gott sei dank habe ich genug Geld verdient, um dich vor mir in diesem Sessel sitzen zu sehen. Soll ich das etwa bereuen?« Während er mit der Spitze des Löffels Stückchen vom Pudding abspaltete, sprach Olga davon, daß der Lieferant ihr Schwierigkeiten mit den zwei Kisten Krüg gemacht habe, die auf seiner Getränkeliste standen, und daß er vom 54er Vega Sicilia nur zwei Flaschen für sie bekommen hatte. Olga sagte, daß Madrid ein Kaff in der Mancha sei; sie beklagte sich darüber, daß die Madrider Läden nicht aus der Monotonie der Rioja-Weine herausfänden; sie fragte sich, was die Madrider Familien zu Hause aßen und tranken, die Banker, die Aristokraten, die Immobilienbesitzer und Unternehmer, in einer Stadt von fast vier Millionen Einwohnern. »Ich frage mich, was sie auf den Tisch stellen, wenn sie ein Fest geben, eine Verlobung feiern, denn ich gehe auf dem Zahnfleisch, bis ich etwas bekomme, was einem solchen Anlaß gemäß ist.« Nach dem Kaffee bat sie ihn, mit in die Speisekammer zu kommen, und zeigte ihm die Weine, die sie aufgetrieben hatte: den Viña Tondonia, den Marqués de Murrieta und die Dessertweine, drei Flaschen Apóstoles und drei weitere Matusalén. Er holte die Brille aus der Tasche und setzte sie auf, bevor er die Etiketten von einigen Flaschen studierte. Er bemerkte, daß man den 65er Murrieta gebracht hatte, wo er doch den 62er bestellt hatte, daß aber der Millesimé von Krüg außerordentlich sei. Dann fragte er Olga nach seiner Mutter. »Wie geht's Mama?«, und Olga sagte, sie sei den Vormittag über sehr unruhig gewesen (»Als hätte sie das mit dem Fest gerochen und wolle auf sich aufmerksam machen. Die Alten sind wie die Kinder, wie die Haustiere, sie nehmen alles wahr, was um sie herum geschieht«, sagte sie.) Sie habe aber dann gut gegessen und jetzt (»zum Glück«, sagte sie) ruhe sie. Er ging zu dem Zimmer, in dem die Frau schlief, öffnete leise die Tür und näherte sich auf Zehenspitzen dem Kopfende des Betts. Er blieb eine Weile dort stehen, bis er bemerkte, daß sich das Bündel unter der Decke bewegte und unverständliche Sätze murmelte. Seine Mutter schlief zweifellos nicht. Sie atmete flach. Er streckte die Hand aus und legte sie der Frau auf die Wange. Sie glühte. »Du bist müde, nicht wahr?« sagte er. »Bestimmt bist du müde.« Die Stimme des Mannes klang außerordentlich zärtlich, als er hinzufügte: »Schlaf jetzt, jetzt schläfst du ganz ruhig, du mußt dich um nichts kümmern, nur schön schlafen.« Die Frau gab einen Seufzer von sich, und er sprach wieder mit dieser flüsternden, fast hypnotisierenden Stimme zu ihr: »Tut dir etwas weh? Jetzt tut dir doch nichts weh, nicht wahr, es geht dir gut. Und jetzt schlaf schön, ganz ruhig.« Es klang so, als ob der regelmäßige Atem der Frau in ihm ein angenehm friedvolles Gefühl erzeugte und er am liebsten auch dort schlafen würde.

II

Nein, heute Abend würde er nicht kommen. Deshalb hatte er angerufen. Und sie erzählte es gerade Chelo: »Wenn ich ehrlich bin, finde ich es ganz schön, wenn er mich ein wenig in Ruhe läßt«, sagte sie zu Chelo, während sie das Lokal putzten, bevor es geöffnet wurde. »Bähh, das ist ja eklig. Schau mal, Chelo, wie die Schweine das Bad hinterlassen haben, einfach daneben gekotzt. So ein Volk, bei sich zu Hause machen sie so was nicht, da regt die Ehefrau sich schon auf, wenn beim Schwanzabschütteln mal ein Tropfen auf den Deckel geht. Schweine«, schimpfte sie und dachte für sich: »Schmutzig, genau wie er, er ist auch so ein Schwein. Allein schon was der Kerl redete. Er schaute sie an und sagte, er wäre bereit, für sie zu stehlen, zu töten, und ihr machte das Angst, denn ihr kam es so vor, als wolle er ihr damit sagen, er sei bereit, sie zu töten. Wenn er sagte: »Für dich würde ich töten«, meinte er eigentlich, er könne sie töten, das dachte sie, weil er das manchmal auch sagte. »Du machst mich verrückt«, und daß ihm nichts anderes übrigbliebe, als sie zu töten, um seine Ruhe zu haben. Um sich von ihr zu befreien. Sie glaubte, daß er an dem Punkt angelangt war, an dem man merkte, daß jemand nicht verrückt nach dir ist, sondern verrückt um seiner selbst wegen; er liebt sich so sehr, daß er es nicht erträgt, daß eine andere Person ihm nicht die gleichen Gefühle entgegenbringt. »Es ist sehr sonderbar, Chelo, sehr sonderbar«, sagte sie zu ihrer Kollegin im Piscis Club, »er liebt dich, weil er dich verachtet, weil er dich für eine Ratte hält – ›mein Rättchen‹ nennt er mich in zärtlichen Augenblicken –, und er kann sich nicht vorstellen, daß eine Ratte nicht fasziniert von ihm ist, dankbar, was weiß ich …

Das, was man Liebe nennt, ist oft nur eine andere Form der Verachtung. Ich verachte dich so sehr, daß ich nicht begreife, daß du dich nicht dem Besten, der dir je begegnet ist und der meilenweit über dir steht, mit Haut und Haaren hingibst. Daß du nicht verrückt nach mir bist, daß du auch noch andere anschaust.« Und diese Eifersucht, diese Verständnislosigkeit für die Tatsache, daß er nicht der Allergrößte war und dir ein anderer gefallen könnte, das nannte er Liebe. Da stimmte etwas nicht. Er wollte, daß sie ihn bestaunte, als habe er einen Körper, nein, das hatte er nicht, einen Dreck von Körper, sechzig schlecht gelebte Jahre. Daß sie hin und weg von ihm sein sollte, und dann kümmerte er sich aber auch nur redenderweise um sie, rief zehnmal am Tag an, kontrollierte sie, »Was machst du, wo bist du, mit wem, ich weiß, da ist einer«, verschwand dann, rief sie zwei Wochen lang nicht an, weil er angeblich auf Reisen war oder die Arbeit ihn zu sehr erschöpfte oder irgendeine andere Ausrede, mein Hundchen, ich lieb dich so sehr, aber Fressen gibt's nicht mehr; und sie hatte keine Telefonnummer von ihm, konnte ihn nicht orten, wußte nicht, ob er sie schon satt hatte oder ihm etwas passiert war. »Nein, im Büro kannst du mich nicht anrufen, ganz undenkbar, im Büro. Bist du wahnsinnig? Und zu Hause erst recht nicht, das wirst du verstehen. Meine Telefonnummer daheim würde ich dir nie geben. Aber keine Sorge, wenn mir etwas zustößt, erfährst du schon davon.« Das sagte er, und sie dachte manchmal, daß sie nicht einmal seinen richtigen Namen kannte, vielleicht hatte er zu ihr Maxi gesagt, hieß aber in Wirklichkeit Andrés, Gregorio oder Paco. Sie hatte nie seinen Ausweis gesehen, allerdings hatte der Portier manchmal, wenn sie vorbeigingen, »Guten Abend, Don Maximino« gesagt, und nach einer Pause hinzugefügt »und Begleitung«, aber das hatte nichts zu sagen, womöglich hatte er ja dem Portier die Anweisung gegeben, ihn so, Maximino, zu nennen, wenn sie ihn begleitete, oder er hatte das Apartment auch mit einem fremden Ausweis anmieten können, lauter solche Geschichten. »Wenn mir etwas zustößt, wirst du es schon erfahren«, sagte er. »Wie denn?« fragte sie, und er antwortete: »Keine Sorge, du erfährst es früher als alle anderen.« Das war eindeutig eine Lüge. Warum und wie sollte sie es vor seiner Frau und seinen Kindern erfahren, wenn er denn Frau und Kinder hatte und das nicht auch gelogen war. Sie aber hatte wirklich ein Kind und würde für dieses einen Vater suchen müssen und für sich selbst einen Freund, einen Mann, einen, der sie und den Jungen wirklich gern mochte, der sich wirklich darum kümmerte, was sie brauchten und was nicht, wo sie waren und was sie taten, nicht einen wie ihn, der nur ein Lüstling war. Aber genau das konnte sie nicht tun. Wie sollte sie sich jemanden suchen, der sie wirklich liebte, wenn er immer hinter ihr her war, wie ein Hund an ihren Slips schnüffelte, wie sollte sie da schon suchen. Sie erzählte es Chelo unter dem Siegel der Verschwiegenheit: »Erzähl ja niemandem davon, es verbreitet sich wie ein Lauffeuer, und per Zufall kommt es bei ihm an, nicht einmal im Scherz, denn wenn der das erfährt, ist er zu allem fähig, ja, aber mit dem auf den Fersen, mit seinem Geschnüffel, wie soll ich mir da was suchen, ich weiß nicht, was ich machen soll, er hat eine Pistole und sagt, daß er Polizist ist, aber nicht einmal das weiß ich genau; ich weiß nur, daß ich Angst habe, daß er mich beißt, als wolle er mich wirklich fressen, schau, schau doch hier, die Spur seiner Zähne, deshalb habe ich mir das Tuch umgelegt, und schau nur, auch hier an der Brust, und, verzeih, aber guck doch mal, was er mit meinem Po macht. Er liebt mich nicht, Chelo. Er will mir weh tun. Kann es denn sein, daß Liebe sich so ausdrückt, daß man jemandem weh tut? Er jedenfalls will das. ›Mir ist alles egal‹, sagt er, und als er hörte, daß ich in Vallecas wohne, hat er gesagt: ›In deinem Viertel seid ihr alle rot‹, und als er erfuhr, daß mein Vater Eisenbahner war, wurde es noch schlimmer. Kennst du einen Mann, einen einzigen, der es gern macht, wenn du deine Tage hast? Nein, so was gibt es nicht. Dieser aber liebt es, sagt, er will sich da rein entleeren. ›Du hast doch sowieso nichts als Dreck da drinnen‹, sagt er, und ich muß weinen und frag ihn, warum er dann mit mir zusammen ist, und dann sagt er: ›Weil du mich verrückt machst, weil ich verrückt nach dir bin. Ihr seid Hexen und macht mit uns, was ihr wollt, verlang doch etwas von mir, und du wirst sehen, du bekommst es, verlang es einfach, mit diesem Mund da‹, sagt er und beißt mir in die Lippen und tut mir weh, und eines Tages hab ich ihn um etwas gebeten: ›Meine Mutter, die bräuchte ein Zimmer im Altenheim, die lebt allein, kann es aber nicht mehr, sie vergißt das Gas auszuschalten, drei- oder viermal bin ich schon zu ihr gekommen und das Gas war aufgedreht, alles hätte in die Luft fliegen können.‹ Und dann geht er und bringt mir drei Tage später die Formulare, ich muß sie nur ausfüllen und damit zum Leiter eines Heims auf dem Weg nach Colmenar gehen, und dann denke ich, er liebt mich doch, es ist wahr, und daß vielleicht ich schuld bin, weil ich ihn mit was auch immer verrückt mache, ihn in den Abgrund ziehe, wie er sagt, ›Du ziehst mich in den Abgrund‹, was weiß ich; ich weiß jedenfalls, daß er ein paarmal gekommen ist, um sich den Jungen anzuschauen, und das macht mir Angst, denn er packt den Kleinen dann am Kinn und sagt zu ihm: ›Mach die Augen auf, schau mich an‹, dabei ist er derjenige, der den Jungen anschaut, und später erzählt er mir: ›Ich schau den Jungen an und hab schon das Gesicht des Vaters vor Augen, es hat sich mir ins Gedächtnis eingeprägt, und ich suche ihn auf der Straße und weiß, ich werde ihn erkennen.‹ Und es macht mir Angst, wenn ich mir vorstelle, was er dem Vater, dem Jungen, was er mir antun könnte. Was ist das für ein Mensch? Was denkt er? Wenn ich ehrlich bin, habe ich mich noch nie so einsam gefühlt.« Chelo hörte ihr zu, den Scheuerlappen in der einen Hand und ein Glas in der anderen, und sagte: »Uns machen sie fertig.« Und sagte auch, daß Lina aufpassen, sich nicht einwickeln lassen solle, daß sie sich von ihm losmachen müsse. »Der hat 'nen Hau, und dann ist er ja auch kein Kind mehr. Er ist alt, und wenn ein alter Kerl so ist, dann heißt das, es wird mit der Zeit nicht besser, sondern schlimmer«, sagte sie. Und sie hatte Angst um ihre Freundin Lina, weil sie wußte, wenn ein so gewalttätiger Mann erst einmal im Bett versagt und merkt, er bringt es nicht mehr, während das Mädchen noch in der Blüte der Jugend steht, dann ist er zu allem fähig. Adela Chércoles Renedo, kurz Lina, dachte, daß seien ja genau seine Worte, und überlegte, daß dieser Mann wegen ihr, wegen ihrer Art, durchgedreht sei, und fühlte sich sogar ein wenig schuldig.

12

Er hatte die Einladung nur angenommen, um seiner Frau einen Gefallen zu tun; das heißt, eigentlich war seine Frau von Quini Ricart eingeladen worden, und ihm fiel an diesem Abend nur die Rolle des Gatten und Vermittlers zu. Quini hatte ihn gebeten, doch bitte mit seiner Frau Ada zu reden, damit sie auf das Fest seines Großvaters käme. »Es kommen nur ganz wenige Leute. Nur der engste Kreis, aber meine Mutter hätte gern, daß deine Frau dabei ist, wenn ihm das Bild überreicht wird. Du weißt ja, wie wichtig für sie alles ist, was mit der Stiftung zusammenhängt«, erklärte Quini. Olga de Ricart hatte schon bei einer anderen Gelegenheit Ada ein Bild abgekauft, damals war Ada allerdings noch unbekannt und Quini noch nicht bei Bartos im Seminar. Mit ihrem guten Riecher für Kunst hatte sie Adas Arbeiten in der Calle Tutor aufgespürt, in einer kleinen Galerie, die engagierte Malerei ausstellte, und war von deren Kraft fasziniert gewesen: kräftige Pinselstriche, erdige Farben, Ockertöne und Sienabraun, unvorhergesehene rote und schwarze Flecken, Linienbündel. »Schön und unverwechselbar von Ada Dutruel«, hatte Olga zum Galeristen gesagt, als sie das Acrylbild entdeckte. An jenem Tag hatten sich die beiden Frauen in der Galerie kennengelernt, hatten sich über Malerei unterhalten und außerdem festgestellt, daß ihre Familien entfernt miteinander verwandt waren: Ein Vetter von Olga aus Santander war mit einer Tante mütterlicherseits von Ada verheiratet oder so ähnlich. Seitdem, und das war schon fünf oder sechs Jahre her, waren sie miteinander in Kontakt geblieben; manchmal trafen sie sich auf Vernissagen, begrüßten sich, plauderten über Malerei: »Hast du etwas Gutes gesehen?

Warst du schon bei Viridiana? Ich muß jetzt gehen, ich muß noch Leinwand bei Macarrón abholen.« Zwischen ihnen stimmte die Chemie, obwohl ihre Welten sich fern waren. Die Tatsache, daß Quini bei Bartos studierte, war ein Vorwand gewesen, die Beziehung noch etwas enger zu knüpfen. Einige Wochen zuvor hatte Olga bei Ada angerufen und um ein Treffen gebeten: »Ein geschäftlicher Termin«, hatte sie gesagt, »du wirst sehen, ich will dir was abkaufen«, und sie war in ihrem Atelier erschienen und war immer wieder die Bilder durchgegangen, die Ada dort angehäuft hatte, bis sie sich für eine kleine Kostbarkeit entschied. »Ich weiß nicht, ob er es wirklich wird schätzen können«, lamentierte sie, während sie noch einmal das Bild betrachtete, nachdem sie den Kauf besiegelt, den Scheck unterschrieben hatte, »aber es kommt schließlich darauf an, daß die Leute es sehen können, wenn wir die Stiftung eröffnen. Es ist wunderbar.« Das Bild war vorzüglich in der Ausführung und stellte eine Rarität dar, weil es sich von Adas sonstigem Stil entfernte. »Ich möchte gern, daß du dabei bist, wenn ich es ihm überreiche, er soll dich kennenlernen, etwas über dich erfahren, damit ihm klar wird, daß dein Werk einen festen Platz in der Stiftung hat«, hatte Olga gebeten, bevor sie sich an jenem Tag verabschiedete, und Ada hatte ihr versprochen, zu der Familienfeier zu kommen. »Ja, aber wenn es eine Familienangelegenheit ist, was soll ich dann da«, hatte sie anfangs eingewandt, doch Olga hatte ihre Zweifel zerstreut: »Du sollst das Haus verschönern, der Familie ein kleines bißchen von deiner Sensibilität schenken. Meinst du, das ist wenig?« Und Ada hatte später mit Juan über den hochtrabenden Ton dieser Frau gelacht. »Sie hat einen rührenden Hauch von Pompier. Eine große Dame mit der Mütze des Zöllners«, hatte Ada zu ihrem Mann gesagt, »es wird dir Spaß machen, sie kennenzulernen.« Juan Bartos fand diesen unsinnigen Besuch überhaupt nicht spaßig, besonders seitdem ihm Quini am Morgen die Eingeladenen beschrieben hatte: ein vorgeblich liberaler alter Mann, der nun ein Dreivierteljahrhundert alt wurde, ein paar Freunde des Jubilars (»Ziemliche Faschos, du wirst sehen«, hatte Quini klargestellt), ein revolutionärer Enkel (Quini selbst), ein weiterer Enkel, der ein halber Nazi war, die Mutter, eine Kunstenthusiastin, und ein fast nicht vorhandener Vater. Bartos hatte an Tolstoi und seine »Anna Karenina« denken müssen: »Alle glücklichen Familien sind einander ähnlich; die unglücklichen sind es jede auf ihre Weise.« »Sie ist durchaus nicht häßlich, nein«, hatte Ada ihm die Frau beschrieben, also stellte er sie sich wie eine naiv-prätentiöse Karenina mit einem Hang zum Spirituellen in feindseliger Umgebung vor, eine Bovary aus dem Salamanca-Viertel. Er hatte den Eindruck, daß dieses Ambiente vielleicht einen Romancier interessieren könnte, ihn selbst aber tödlich langweilen würde. Also ein pittoreskes, aber wenig verführerisches Panorama für Professor Bartos, der im übrigen nur ungern seine gewohnheitsmäßige Seßhaftigkeit aufgab und an diesem Tag sogar schon – auf recht glücklose Weise – eine seiner wenigen gesellschaftlichen Pflichten erfüllt hatte, nämlich das rituelle Essen mit Professor Chacón, Emeritus der mexikanischen Universität UNAM, der vor ein paar Jahren aus dem Exil nach Spanien zurückgekehrt war. Nach einer ersten Etappe relativer Euphorie, in der Chacón alte Republikaner kontaktierte, sich mit jüngeren Leuten, die den Krieg nicht erlebt hatten, traf und Interesse für die Oppositionsbewegung zeigte, hatte er sich in seiner Wohnung in der Nähe der Calle Princesa eingeigelt, wo er nicht mehr als drei oder vier Unentwegte empfing (zu denen Bartos gehörte). Er verließ das Haus nur, um hin und wieder abends ins Kino zu gehen (er hatte selbst ein paar Drehbücher geschrieben und war ein Kinofreund) oder um gelegentlich mit Juan Bartos zu essen. Nach der Rückkehr aus dem Exil und der euphorischen Anfangsphase war Chacón abweisend und ungesellig geworden. Der alte Professor hatte die Veränderung der spanischen Mentalität in seiner Abwesenheit nicht begriffen, und seine Unfähigkeit, sie zu begreifen und sich anzupassen, war ihm aufs Gemüt geschlagen. Offen und in aller Unschuld hatte er kurz nach seiner Ankunft Juan gegenüber geäußert: »Ich habe geglaubt, daß Spanien in Erwartung unserer Rückkehr eingefroren wäre, daß alles wie früher sei, mal abgesehen von einer Leere irgendwo, die wir dann ausfüllen würden, aber nein, so ist es nicht. Spanien hat sich verändert, es gehört nicht mehr uns, es gehört ihnen. Was glaubst du, wer dran ist. Da ist eine Jugend, eine Jugend, die sie herangezogen haben, und die gehört zu ihnen, auch wenn sie sich ihnen widersetzt. Das sind die Antikörper, die sie selbst hervorgebracht haben, und die sollen sie retten, wenn sie einmal wirklich krank werden, ein Impfstoff der dafür sorgt, daß das Land ihnen auch danach noch gehört. Dieses Spanien, ihr Spanien, interessiert mich überhaupt nicht. Das sollen sie für sich behalten, guten Appetit.« Das Gleiche hatte er einem mexikanischen Journalisten gegenüber geäußert, und es wurde dann Ende 1973 im *Excelsior* veröffentlicht. Im *ABC* waren Auszüge erschienen und hatten für Wirbel bei den Linksintellektuellen gesorgt, die diese Äußerungen als Herabsetzung, ja sogar als Beleidigung verstanden. Das war sein letzter und unfreiwilliger öffentlicher Auftritt gewesen. Danach hatte er geschwiegen, und auch heute beim Essen (sie hatten in Casa Fernando gegessen, gleich um die Ecke von Chacóns Haus) hatte er seinen Pessimismus und sein mangelndes Interesse für das Land gerechtfertigt und damit auch seinen Willen bekräftigt, die Abkapselung aufrechtzuerhalten, sehr zum Ärger von Juan, der mit Optimismus davon gesprochen hatte, wie sehr sich alles nach Francos Tod ändern würde. »Er hat noch drei oder vier Tage zu leben, höchstens noch eine Woche, vielleicht sind es auch nur noch ein paar Stunden. Man muß sich organisieren, in Alarmbereitschaft sein«, hatte Bartos gesagt und Chacón aufgefordert, sein Refugium zu verlassen, mit den Professoren an der Universität zu diskutieren, mit anderen Schriftstellern, mit Politikern:

»Sie«, er siezte ihn immer noch respektvoll, »haben eine moralische Autorität, die man dem Land in einem Augenblick wie diesem nicht vorenthalten darf. Die Menschen, die Sie, die Ihr Werk bewundern, sind keine Franquisten, es sind Franco-Gegner.«

Der Professor war ärgerlich geworden:
»Die Franco-Gegner, von denen du sprichst, sind Francos Erben. Sie hassen ihn, wie man einen Vater haßt. Das ist nicht mein Fall, ich habe mit ihnen nichts zu tun.«
»Und was ist mit mir? Bin ich nicht auch ein Erbe dieser franquistischen Erziehung?« protestierte Bartos.
»Mit uns beiden ist das etwas anderes. Wir sind Freunde. Das hat nur beiläufig mit Spanien und seinen Problemen zu tun. Die teilen wir, wie wir den Braten teilen oder die Begeisterung für die Musik, die Malerei oder fürs Schachspiel«, antwortete Chacón.
»Aber Sie müssen doch raus, Maestro, wissen, was sich abspielt. Sogar für Ihr Werk ist das notwendig.«
»Ich muß nirgendwohin.«
»Spricht so ein Marxist? Lernen wir nicht, indem wir uns an der Realität reiben?«
»Ich habe andere Gesetze gelernt, die über diesen stehen.«
»Welche denn?«
»Daß es einen Zeitpunkt gibt, an dem es nicht mehr notwendig ist, etwas zu sehen, um daraus zu lernen.«
»Ich wiederhole mich, Maestro, es ist schon erstaunlich, solche Worte, die von einem Adventisten des Siebten Tages kommen könnten, aus dem Mund eines Marxisten zu hören.«
»Was glaubst du, ist Marx viel durch England gereist oder hat er in der British Library gearbeitet?«
»Sobald Sie mir von einem marxistischen Standpunkt aus erklären, warum man das Haus nicht verlassen muß, um etwas zu lernen, werde ich sie nicht mehr mit meiner Hartnäckigkeit bedrängen, versprochen.«
»Lenin hat es nichts ausgemacht, die russische Steppe nicht zu sehen, während er in dem versiegelten Eisenbahnwaggon arbeitete. Er wußte schon vorher, was er zu tun hatte. Er brauchte nicht die Ähren, die sich im Wind der Ebene neigten, noch die Birken, nein, er hielt es für überflüssig, sich aus dem Zugfenster zu lehnen, um

mit den Matruschkas und Babuschkas zu sprechen, die, beladen mit tausendjähriger Volksweisheit, an den Bahnsteigen standen und den Zug vorbeifahren sahen. Lenin trug die Revolution im Kopf.«

»Was sie sagen, grenzt an Religion.«

»Oder an das Recht des Menschen, nur eine begrenzte Zeit im Leben den Idioten zu spielen.«

Bartos war frustriert gewesen. Er verstand Chacóns plötzliche Agressivität nicht. Franco lag im Sterben, und endlich breitete sich eine vielversprechende Unruhe aus; jetzt aber wurde Chacón aggressiv, als versuche man, ihm etwas wegzunehmen. Es war ein wenig geglückter Mittag gewesen, der, da er so bitter endete, mit einem Schlag auch die Freundschaft beendet zu haben schien, die sie seit Chacóns Ankunft gepflegt hatten. Eine Freundschaft, die sich schon vorher angebahnt hatte, als sie, ohne sich persönlich zu kennen, über eine ganze Zeit hinweg einen anregenden Briefwechsel geführt hatten, nicht nur wegen der Themen, die sie brieflich diskutiert hatten, sondern auch weil sich dabei von Anfang an eine Zuneigung eingestellt hatte, die an eine Vater-Sohn-Beziehung erinnerte. Juan fühlte sich dazu auserwählt, die intellektuelle Position dieses Mannes zu beerben, und dennoch, als er gegen Ende des Essens darauf bestanden hatte, daß kein Marxist die Wirklichkeit nicht sehen will, hatte der alte Chacón den Kaffeelöffel auf die Untertasse fallen lassen und fast gebrüllt:

»Ihr interessiert mich einfach nicht, weder Spanien noch die Spanier. Laß mich, verflucht noch mal, in Ruhe.«

Juan war verstummt, und Chacón hatte seinen Kaffee langsam ausgetrunken, als erhole er sich in seiner Feindseligkeit. Danach wollte er sich nicht einladen lassen, bestand darauf, die Zeche zu teilen, und verabschiedete sich hastig an der Tür des Restaurants. Bartos sah ihn zwischen den Menschen auf dem Gehsteig verschwinden, mit geradem Rücken und kräftigem Schritt, als hätte er bisher nur aus Schamgefühl eine Quelle der Energie verborgen und habe sie jetzt, da die Zeit der Scham vorbei war, wieder aktiviert. Als sei seine Zerbrechlichkeit wenn nicht eine Farce, so zumindest doch nur eine Strategie gewesen. Juan Bartos wußte nicht, ob er an der angespannten Stimmung selbst schuld gewesen war, weil er auf die Freundschaftsbezeugung jenseits aller Politik am Anfang der Unterhaltung nicht genügend eingegangen war, oder ob es letztlich nur um das krude Geständnis Chacóns gegangen war, daß sie nie Freunde hatten sein können, da auch Bartos nicht von dem andauernden Groll ausgenommen war, den der Alte jenen gegenüber hegte, die all die Jahre über in Spanien geblieben waren und es nicht geschafft hatten, die Geschichte zurückzuspulen, um sie ihm dann wie einen Teppich zu Füßen zu legen, damit er und die anderen aus dem Exil zurückkämen. Auch Bartos fühlte in diesem Augenblick verborgenen Groll in sich wachsen, der aber mit Trauer durchmischt war; er hätte sogar weinen können, weil er ahnte, daß die Kälte des Alten womöglich nur eine Form war, die Tatsache zu verbergen, daß all das, was er nicht begreifen konnte, ihm weh tat, und schließlich tat ja auch ihm das alles weh. Beide hatten einander gerade weh getan. Als er den Rücken des Alten um eine Ecke verschwinden sah, begannen dicke Regentropfen zu fallen, und er dachte: Er wird naß sein, bevor er im Haus ist. Er stellte sich vor, wie Chacón durchnäßt im Fahrstuhl zum letzten Stock fuhr und dann – den mühseligen Aufstieg mit dem Schnaufen des eingefleischten Rauchers begleitend – das Treppchen hochkletterte, das zu der kleinen Dachterrasse führte, wo er seine Wohnung hatte. Darin lagen überall Bücher herum. Über drei Monate hatte es gedauert, bis Chacóns Bücher aus Mexiko gekommen waren. Sie waren per Schiff in irgendeinem Hafen angelangt und dann im Laster nach Madrid gebracht worden. Chacón war wegen der Verzögerung zuerst nervös und deprimiert gewesen und dann aufgeregt, euphorisch, als er sich bemühte, seine Bibliothek zu ordnen. Er nahm die Bücher aus den Kisten, erkannte sie wieder, streichelte sie und erzählte Juan die Geschichte jedes einzelnen, wo er es gekauft hatte und warum. In jenen ersten Tagen sagte er: »Das alles hier in eine

Ordnung zu bringen ist eine göttliche Aufgabe. Das Kind, das mit einer Muschel das Meer umfüllen wollte, wie der heilige Augustinus es sah.« Tatsächlich war es eine Aufgabe, die ein Mensch allein nicht zu vollbringen vermochte, und so blieben die Bücher aufgehäuft liegen und machten den ohnehin schon engen Flur noch enger, besetzten die Fächer, Schränke und Tischplatten. »Ich weiß, die Wohnung ist klein, aber von hier aus sieht man die Sierra und die Himmel von Velázquez. Du weißt nicht, wie ich sie vermißt habe. Fast vierzig Jahre ohne diesen Himmel, ohne die Bilder von Velázquez. Du kannst dir nicht vorstellen, was das für eine Tortur war«, sagte er zu Juan, als dieser ihn zum ersten Mal besuchen kam und Chacón den Mietvertrag für die Dachwohnung gerade ein paar Stunden zuvor unterschrieben hatte; er war noch aufgekratzt von der Rückkehr, und niemand – am wenigsten er selbst – hatte sich vorstellen können, daß er sich am Ende einschließen und den Schreibtisch an eine Wand stellen würde, um dem Himmel, den er in Mexiko so vermißt hatte, den Rücken zu kehren. »Die Landschaft hat mich beim Schreiben abgelenkt. Ich konnte mich nicht konzentrieren«, rechtfertigte er Juan gegenüber die Umstellung der Möbel, hatte aber damals bereits beschlossen, nur noch nach innen zu schauen, das, was er brauchte, nur aus sich selbst und aus seiner Beziehung zu Büchern zu schöpfen. Es war ihm bewußt geworden, daß Spanien und er sich auf parallelen Wegen, die sich nur im Unendlichen treffen konnten, voranbewegt hatten. Sicherlich hatte ihn die Diskussion mit Juan an diesem Nachmittag noch etwas mehr darin bestärkt, ihm die Unmöglichkeit einer Begegnung mit diesem Land bestätigt, und, zu Hause angekommen, würde er die Fensterläden seines Arbeitszimmers noch ein paar Millimeter mehr schließen. Juan fühlte sich schuldig, war aber zugleich über die stolze Einsamkeit des Alten verärgert. Es erschien ihm eine sinnlose und hoffärtige Anstrengung. Chacón war nach Spanien zurückgekehrt, und die Linke hatte ihn mit offenen Armen empfangen. Er hätte sich lieben lassen können, hätte an Aktivitäten teilhaben, den Einladungen zu Konferenzen folgen können, statt dessen hatte er idiotischerweise beschlossen, sich in sein Loch zurückzuziehen, eine Entscheidung, die sich nur mit seinem ideologischen Starrsinn erklären ließ. Was finden die Menschen in den Ideologien, was für eine Rolle geben sie ihnen, was bewahren sie in ihnen auf? Was bringt sie dazu, auf das mögliche Leben zu verzichten, im Tausch für dasjenige, das sie einmal – es muß ein Alptraum gewesen sein – als wünschenswert erträumt haben? dachte Juan, als er im Taxi auf dem Weg nach Hause saß, um sich dort für das Fest umzuziehen. Und es tat ihm leid, daß diese absurde Diskussion überhaupt stattgefunden hatte, vor allem weil er doch auch all diesen Ortega-Quatsch haßte, von wegen, es ist nicht dies, es ist nicht das, und Spanien schmerzt mich, das ewige Gerede des Basken aus Salamanca. Im übrigen war er selbst ja auch kein Freund von gesellschaftlichen Einbindungen. Warum bemühte er sich dann darum, Chacón zu der öffentlichen Bezugsperson zu machen, die dieser nicht sein wollte? Es gab allerdings einen Unterschied zwischen beiden Positionen: Während seine eigene Distanz zum politischen Aktivismus eine konfuse Mischung aus Scham (er haßte das Schematische, zu dem die politische Sprache zwang), Nachlässigkeit und Trägheit verriet, zeigte sich in der Abkapselung von Chacón ein geradezu beleidigender Hochmut, als ob er mit seiner Haltung die anderen für schuldig an seiner traurigen Isolation erklärte. Nach dem mißglückten Teffen am Mittag erschien es Juan noch lästiger, zu dem verdammten Fest der Ricarts gehen zu müssen, es war ihm, als würden ihn in jenem Haus, dessen Bewohner er weder kannte noch kennenlernen wollte, das ganze Fest über die Vorwürfe Chacóns verfolgen. Juan Bartos warf niemandem etwas vor, und er schätzte auch nicht dieses Opferbewußtsein der Arbeiterklasse, das sich in der Sprache breitmachte. Er glaubte, daß jeder Mensch dazu verpflichtet war, den größtmöglichen Vorteil aus den Vorgaben der Natur zu ziehen. Das Regime schränkte die Entwicklung der Intelligenz schon genug ein, man mußte das nicht noch durch eine Dosis Viktimismus verstärken, die sowieso oft nur die gedankliche Trägheit kaschieren sollte. Er war für ein Leben, das man als gesund oder wenigstens als harmonisch bezeichnen konnte, für ein geordnetes Zusammenleben von Körper und Geist. Er stand um halb acht Uhr morgens auf, machte ein paar Kniebeugen im Badezimmer und schaute dabei seitwärts in den Spiegel, um zu beobachten, wie sich seine Muskeln in Rücken, Beinen und Gesäß anspannten; zum Frühstück gab es Orangensaft, ein Spiegelei, eine halbe Tomate, einen mit Olivenöl beträufelten Toast und ein paar Tassen Kaffee, dann verließ er das Haus und mußte schnell laufen, weil er doch ein wenig getrödelt hatte – seine Frau ging eine Stunde früher aus dem Haus und brachte den Kleinen in den Kindergarten, bevor sie sich in ihrem Atelier an die Arbeit machte. Er kam also immer auf den letzten Drücker in die Fakultät, obwohl er gern noch einen Kaffee in der Fakultätsbar trank, bevor er in den Unterricht ging. Er pflegte mit dem Bus in die Universität zu fahren – vorausgesetzt, er war nicht allzu spät dran, dann nahm er ein Taxi – und ging während der Fahrt die Deutschlektionen durch, mit denen er sich seit einem Jahr abmühte, da er ernstlich davon überzeugt war, daß niemand Philosophie begreifen konnte, ohne wenigstens die rudimentären Grundlagen der deutschen Sprache zu beherrschen, auch Politische Theorie konnte man eigentlich nicht ohne Deutschkenntnisse unterrichten, und er hielt es für eines seiner größten Defizite, nicht über das Grundvokabular der Sprache von Goethe, Hegel und Marx zu verfügen. *Abhängen von* plus Dativ, *sich gewöhnen an* plus Akkusativ, *sich beschäftigen mit* plus Dativ wiederholte Bartos auf der Busfahrt zur Fakultät aus dem Buch von Assimil, und er fragte sich, wie lange er auf diesem mühsamen Weg brauchen würde, um mit den Fingerspitzen an die Füße des Throns tippen zu können, auf dem sich der Geist fläzte, doch so war das eben mit dem Erlernen einer Sprache, es blieb nichts anderes übrig, als ganz unten anzufangen, im Reich der gemeinen Dinge, Tasse, Glas, Schuh, um Stufe für Stufe zum luftigen Universum der Ideen aufzusteigen. Er vertraute jedenfalls darauf, bald seine Freistellung und das Stipendium zu bekommen und dann in Deutschland studieren zu können. Er belächelte sich selbst ganz gerührt, wenn er auf seine Anfänge im vergangenen Jahr zurückblickte: *Der Tee ist kalt. Die Tasse ist klein. Ich habe es mit eigenen Augen gesehen. Sie können mir glauben.* Seine Frau Ada ging mit ihm die Lektionen durch und machte sich über ihn lustig, indem sie seine Aussprache mit derjenigen der Assimil-Sprecher verglich. »Jetzt besser?« fragte er. »Unvergleichlich«, sagte sie, und sie lachten beide. Er war in gewisser Weise stolz darauf, wie Ada alle Bereiche des Ehelebens sorgfältig abdeckte und sich auch um die einfachsten Kleinigkeiten bemühte. Sie sorgte dafür, daß er immer ein frisches, gut gebügeltes Hemd trug, kaufte in den Geschäften ein, die diesen oder jenen Wein führten, auf den er sie hingewiesen hatte, kochte das, was ihm am besten schmeckte. Keiner kam in sein Studio, wenn er arbeitete, auch Radio und Fernseher wurden nie so laut gestellt, daß sie durch die Türen zu hören waren, und wenn jemand klingelte, der Gasmann, der Angestellte der Wasserwerke oder sonstwer, dann wurden die Gespräche fast flüsternd geführt, so wie auch Ada, der Kleine und die Frau, die auf ihn aufpaßte und aufräumte, sich leise durch die Wohnung bewegten. Er fragte sich manchmal, ob er dazu fähig wäre, sein Leben jemandem so unterzuordnen, sich selbst aufzugeben, um sich einem anderen Menschen hinzugeben; und er kam gewöhnlich zu dem Schluß, daß er das nicht könnte, daß er nicht für diese Rolle taugte, die Ada so aktiv und gutgelaunt ausfüllte, und das, obwohl sie nicht gerade eine Hausfrau im traditionellen Sinn war, keineswegs. Dabei waren sie auch nicht einmal finanziell von dem bescheidenen Gehalt abhängig, das er als Dozent bekam, denn abgesehen davon, daß Adas Bilder sich immer besser verkauften, besaß Adas Familie einen Metallbetrieb und mehrere Immobilien in Madrid und Santander. In der Tat gehörte auch das Haus, in dem sie wohnten, der Familie seiner Frau. Außerdem war Ada eine junge Malerin – Mitte vierzig galt bei Händlern und Kritikern immer noch als jung –, die auf dem spanischen Markt für avantgardistische Kunst geachtet und diskret gehandelt wurde. Einige ihrer Werke waren, wenn auch nur im Rahmen von Sammelausstellungen, in Galerien in Mailand, Amsterdam und Paris zu sehen gewesen und lobend erwähnt worden: die großen und meist düsteren Werke der ersten Epoche, in denen dunkle Menschen im Relief erschienen, mit erhobenen Armen an einer Wand lehnend oder von einer Hand mit einer Pistole bedroht; oder diese anderen, neueren, die aus dem, was sie Lebensstoff nannte, aus Abfallmaterialien, hergestellt waren. Ein kürzlich in *Le Monde* erschienener Artikel über die neuen Tendenzen in der spanischen Malerei, der Saura, Tàpies, Zóbel und Millares bereits in die Kategorie der unbestrittenen Meister einordnete, hatte Ada unter den jüngeren Künstlern angeführt, die sich in den Nischen, die die allgegenwärtige franquistische Zensur ließ, um engagierte Kunst bemühten. In Spanien selbst hatte Moreno Galván, der Kunstkritiker von *Triunfo*, in bezug auf Ada von »shot-painting« und einer mehrdeutigen Kunst gesprochen, die zugleich Malerei, Skulptur, ja sogar Architektur war (er bezog sich auf Adas Installationen, die an jene von Beuys erinnerten, die sie beide einmal in Zürich gesehen hatten); Adas Kunst war, so die Worte dieses Kritikers, viril, durchschlagend, rauh, verströmte zugleich aber ein weibliches Fluidum. »Das Leuchten des vergossenen Bluts ist ein goyesker Schrei, zweifellos politisch und sozial befrachtet, hat aber auch die Unmittelbarkeit, das Alltägliche einer Monatsblutung: eine Rückgewinnung des Labil-Femeninen gegenüber maskuliner Festigkeit und Starre.« So hatte Henke, der in Spanien lebende holländische Kritiker, Adas Werk definiert und auch von so etwas wie Transvestitentum gesprochen: »Ada Dutruel entreißt den Männern das Politische. Sie verwandelt die Revolution in Mutterschaft«; und dieses eine Mal hatte Helena Gabor, die militante Newyorker Feministin, die das Spanien Francos so gut kannte, weil sie lange Zeit in Südspanien gelebt hatte, um ihren umfangreichen Essay »Das lange Schweigen der Bernarda Alba« zu schreiben, dieses eine Mal hatte sie einem männlichen Kollegen recht gegeben und nicht ohne Sarkasmus ausgerufen: »Henke betrachtet die Bilder von Ada Dutruel und will mit Puppen spielen, träumt davon, Mama zu sein, um die Welt etwas besser zu verstehen. Er sei willkommen im Heer der Frauen.« Das hatte sie in Madrid gesagt, in der Maison de France, in einer Vortragsreihe mit dem Titel »Malerei ist weiblich«, bei der sie Ada Dutruels Kühnheit hervorgehoben hatte – eine Frau, die kraftvoll expressionistisch gemalt hatte und sich jetzt in einer Abstraktion von traumatischem Zuschnitt übte, »die dich stärker als ein Fausthieb erschüttert«, und von der Ada nur kurzfristig abgerückt war, als sie von *Ruedo Ibérico* darum gebeten worden war, die Sondernummer mit dem Titel »España/Espera« zu illustrieren. Die Zeitschrift war vor ein paar Monaten erschienen. Sie hatte Berichte über die Veränderungen der letzten Jahrzehnte gebracht und den Wandel einer im wesentlich bäuerlichen Welt zu einer urbanen beschrieben; den Übergang von der landwirtschaftlichen Ökonomie zur Industrie und den Dienstleistungen. Vor allem aber hatte sich das Blatt mit der Rolle der Frauen beschäftigt, die zunehmend auch einen Platz in der Arbeitswelt fanden. In einem der Artikel wurde erklärt, daß »das neue Spanien aufgehört hat, demütig und dunkel zu sein, um nun rebellisch, leuchtend und kreativ zu werden«. Für diese Sondernummer von *Ruedo Ibérico* hatte Ada kurzfristig die Arbeit an ihren Installationen und den Umgang mit Abfallmaterialien unterbrochen und eine Mappe von Serigraphien hergestellt, deren Titel so aussah:

```
            V
      W     O
ABC SPANIEN   A BIS Z
      R
      T
      E
      T
```

Es handelte sich um eine Rückkehr zu ihren expressionistischen Anfängen mit ausgeprägt politischem Charakter. In besagtem *ABC* stellte – um nur einige Beispiele zu nennen – das A die Amnestie dar, die kommen mußte, das E stand für die Einheit aller Demokraten, das F natürlich für die Freiheit, das J für die kämpferische Jugend, und das Z bestimmte eine wünschenswerte befreite Zone, die sich über die gesamte Halbinsel erstrecken würde, auch wenn sie bisher nur (dank der jüngsten Nelkenrevolution) das Territorium von Portugal umfaßte und sich von dort wie ein Ölfleck bis zu den Pyrenäen auszubreiten suchte. Was die Bilder des *ABC* anging, öffneten sich beim A ein paar Arme, die eine Kette zerrissen, während ein Fuß eine Tür aufstieß; beim J hielten Hunderte von jungen Leuten Werkzeuge und Bücher in die Höhe – so wie die jungen Chinesen Maos rote Bibel hielten; beim E umarmten sich elegant gekleidete Menschen mit Arbeitern im Blaumann, sowie Frauen, die den Einkaufsbeutel liegengelassen hatten und nun Federhalter zückten, mit Männern in undefinierbaren Uniformen; sie konnten ebenso Polizisten wie Fahrer der städtischen Autobusse sein. Andere Frauen ließen den Kinderwagen los, um Schraubenschlüssel in die Hand zu nehmen, die sie mit dem gleichen dräuenden Stolz herzeigten, mit dem Berufssoldaten eine neue gefährliche Waffe präsentieren. Dieser ganze große Fries, der wie eine Variation der Illustrationen von chinesischen Büchern oder von den noch simpleren poststalinistischen Plakaten hätte wirken können, war den scheinbaren Vorbildern jedoch weit entrückt, da die Gestalten weder heroisiert noch geschönt, sondern, fern jeder Gefälligkeit, mit einer außerordentlichen Kraft dargestellt waren. Die Männer und Frauen aus Ada Dutruels *ABC* waren keine harmonischen, ausgeglichenen Wesen, es waren keine positiven Helden, vielmehr zeigten sie unangenehme Mißbildungen, und wenn man sie im Zusammenhang sah, stellten sie eine Parade echter Monster dar, die, wie die Figuren in dem Film von Browning, aufgestanden waren gegen die Grausamkeit der Franco-Diktatur und zugleich gegen die Spießigkeit,

Willfährigkeit und Dummheit mancher linken Stereotypen. Trotz der Polemik, die von der Ausstellung in der Galerie Futuro und der Veröffentlichung der Sondernummer von *Ruedo* ausgelöst wurde (einige orthodoxe Linke hielten diese Formation exaltierter Monster für deprimierend, andere für beleidigend), hatte das Kollektiv bildender Künstler der KP eine Reihe von Serigraphien angefordert, die es in den Galerien im ganzen Land zeigen wollte, um sie dann in den Dauerbestand aufzunehmen. »Ich sehe Sie hier bei uns, Ada, denn eines Tages wird Franco verschwinden, und unser Sitz wird hier, in Madrid, sein, so wie in den übrigen Hauptstädten Europas; ich sehe das gesamte *ABC* an den Wänden hängen als Mahnmal einer Welt, die dann schon untergegangen sein wird, ein Mahnmal für die Alten und eine Warnung für die Jungen, damit diese Zeit niemals wiederkommt.« Sie hatte denen von der KP eine Serie geschenkt, mit unbestreitbarer Rührung, aber auch, was sie sich selbst nicht eingestand, mit einer Spur von Eigennutz, da das Netz von Galerien, das die kommunistischen bildenden Künstler kontrollierten und mit Ausstellungen beschickten, größtes Ansehen genoß. Ada hatte auch nicht gewagt, sich einzugestehen, daß sie deshalb keine Schwierigkeiten mit der Zensur bekommen hatte, weil sie gute Beziehungen zu López Rodó unterhielt, einem engen Freund ihres Vaters und ehemaligem Berater von der Metallfabrik der Familie Dutruel in Basauri. Navarro, dem Vertreter der bildenden Künstler der KP, hatte Ada versichert, daß sie ihnen in einiger Zeit sogar die Rechte für den Fotodruck überlassen wollte, damit könnte man eine Posterserie für den Verkauf machen, sofern der Erlös zur Finanzierung von künstlerischen Aktivitäten der Parteimitglieder verwendet würde. Wegen dieser Öffentlichkeitsarbeit, die Ada leistete, dachte Juan Bartos, daß seine Frau mehr für die Aktion geschaffen sei als er selbst, und bei diesem Gedanken mußte er lächeln, weil der Begriff Aktion oder der Begriff Aktivist im Zusammenhang mit Ada einen familiären, häuslichen Touch bekam, die revolutionäre Aktion mit den anrührendsten häuslichen Aufgaben verband: Kinder zu baden und ihnen bei den Schulaufgaben zu helfen, das Schwimmbecken in der Sierra zu putzen, ein Lauchgericht oder Stockfisch auf baskische Art zuzubereiten, Bücher zu ordnen, Rasen zu mähen oder Juan einen Pickel auf dem Rücken auszudrücken und ihm dann auf der Nagelspitze das gelbe Eiterhäufchen zu zeigen. Mit demselben Geist ging Ada ihre Werke an oder die Treffen mit den politischsten Künstlern, sie besuchte Konferenzen, unterschrieb Manifeste und unterstützte diese oder jene Initiative; und sie tat es mit dem Sinn für eine häusliche Pflicht, mit spielerischem und sportlichem Geist. Juan war gerührt, wenn sie ihm mit unschuldigen Worten erzählte, wie sie ein Manifest aufgesetzt oder eine Mauer in Vallecas mit der Forderung nach Freiheit bemalt hatten. »Torres höchstpersönlich hat die Buchstaben aufgemalt, stell dir vor, was für ein Luxus! Wüßte man, von wem der Schriftzug ist, würde man das in der Galerie Marlborough ausstellen.« (Der Maler Torres wurde zu dieser Zeit am höchsten gehandelt.) Ada erzählte ihm ständig solche Anekdoten, die sich ihren politischen Aktivitäten verdankten. Er schätzte diese revolutionäre Geschäftigkeit, in die seine Frau eingebunden war, nicht sehr, wenn er auch die zugrundeliegenden Ideen teilte. Er mochte keine Versammlungen, auch keine Kommandos oder Demonstrationen, wie er überhaupt keine Massenveranstaltungen mochte – Konzerte, Lesungen – und auch heftige sportliche Betätigung ablehnte. Er war eher ein seßhafter Mensch. Er schwamm nicht gern, nicht einmal im Schwimmbecken daheim, und ging auch nicht in der Sierra wandern – allenfalls ein Spaziergang, bei dem man sich unterhielt, mal stehen blieb, um eine Zigarette anzuzünden, aber keine Abhänge oder Kletterwege, keine Ziele, die man erreichen mußte, keine körperlichen Anstrengungen. Und wenn er gelegentlich mit Ada zu einer Demonstration gegangen war – das letzte Mal am vergangenen 1. Mai –, so nur deshalb, weil sie ihn mitgeschleppt hatte. Die Schreie, die Parolen, das Laufen, die bedrohliche Präsenz der Polizei, dieses ganze Gemisch aus Hoffnung und Gewalt beunruhigte ihn, machte ihn nervös. Er zog eine andere Art des engagierten Handelns vor: einem Kollegen ein Buch überlassen, das er aus Paris bekommen hatte, oder einen Bericht aus *Ruedo Ibérico* oder von der UNESCO, mit einem halben Dutzend Schüler über Philosophie sprechen, die Lage in Spanien mit der, die Marx so meisterlich in seiner Trilogie über die Geschichte Frankreichs beschrieben hatte, zu vergleichen. Über den »18. Brumaire« sprechen. Und wieder einmal über die Geschichte, die sich zuerst als Tragödie und dann als Farce ereignet. Für Ada hatte sogar die Kunst etwas mit körperlicher Bewegung zu tun, und sie nannte den Raum, in dem sie arbeitete – ein kleiner Pavillon neben dem Schwimmbecken ihres Hauses in Pozuelos –, Werkstatt und nicht Studio; sein Zimmer war das Studio. Seine Arbeit war statisch, leise, ein geräuschloser Motor, der dennoch hochtourig arbeitet. Ihre dagegen war nicht zu überhören. Wenn sie arbeitete, lief der Plattenspieler, und man hörte sie auch Nägel einschlagen, Bretter sägen, vor sich hinsummen; oder man hörte sie laut schimpfen, wütend, weil etwas nicht nach Wunsch gelungen war; auf jeden Fall verstand sich ihre Arbeit – und sie bestätigte das – als Erbin der alten Handwerkskunst. »Man hat aus der Kunst eine Form des Denkens machen wollen, Denken in Formen und Farben, und hat sie dadurch zu etwas Unnützem gemacht, die Kunst ist eine Art des Erkennens, aber nicht des Denkens. Erkennen jenseits des Denkens. Sie hat etwas Vorrationales. Sie ensteht unmittelbar aus der ursprünglichen Dynamik zwischen Hirn und Hand«, stand unter anderem in dem Katalogtext, den sie selbst zu der Ausstellung ihres *ABC*s verfaßt hatte. Dort wurde auch festgestellt, daß »die bildende Kunst physisch ist, sie schlägt auf unser Auge ein, aber auch auf die anderen Sinne, den Tastsinn inbegriffen«. Sie berief sich auf Heidegger, die Poesie sei eine Erscheinungsform des Denkens, die Schönheit eine Erscheinungsform der Wahrheit. »Hast du einmal versucht, ein Bild mit den Fingerkuppen zu lesen? Es zu streicheln. Seine Runzeln zu kennen, wie der Liebhaber die Falten und Verwerfungen der geliebten Haut kennt?« Nach ihren Vorstellungen, die sie auch im Katalog zur Ausstellung in der Maison de France ausgeführt hatte, war die Architektur »ein Prozeß in unterschiedlichen Phasen: Zeichnung auf den Plänen und Skulptur im Modell. Ein Gebäude ist eine Skulptur mit einer Funktion, das Ende des Prozesses, nun gut, dreh die Architektur um wie einen Handschuh, und sie kehrt zum Ursprung zurück, in dem alle Künste ein ununterschiedenes Magma waren. Kehr zur ersten Reinheit zurück, nach Altamira, und du wirst feststellen, daß am Anfang aller Kunst die Beschaffenheit des Felsens die Farbe und sogar das Thema bestimmte. Das lehrt uns, daß unsere Kunst das, was das Leben uns anbietet, in eine Form bringen muß. Und das Leben bietet nichts anderes als das Leben an.« Vor Jahren schon hatte Ada sich von jener geleckten, an Kommunionsbildchen erinnernden Kunst abgewandt, zu der der sogenannte Sozialistische Realismus geführt hatte. Sie lachte laut über die sowjetischen Arbeiter mit rosigen Wangen und Zahnpastalächeln, die sowjetische Wandgemälde und Illustrationen bevölkerten und wie aus einem kalifornischen Schwulenblatt entliehen wirkten; sie lachte über die chinesischen Opern, in denen die Frauen mit Rattenstimme die letzte Reisernte oder den letzten Fünfjahresplan besangen. Manchmal hatte sie solche Bilder für sarkastische Kollagen verwendet. Revolutionäre Kunst konnte nur aus radikaler Unbequemlichkeit entstehen. Aus dem Mangel. Sie diskutierte mit den Mitgliedern des Komitees für bildende Künste und auch mit den Studenten von Juan über die Kunst, die kommen mußte, die ihrer Meinung nach eine totale, harte, schrundige Kunst sein mußte, angesiedelt auf dem entgegengesetzten Pol jener Ästhetik der Erinnerungsbildchen an die Erstkommunion, die von so vielen Kommunisten verfochten wurde. Für Ada war das Unbequeme eine der ersten Tugenden linker Kunst. »Die Unruhe mitteilen, erreichen, daß der Betrachter sich kratzen muß«, führte sie aus. »Das ist abstrakte Kunst, imperialistische Scheiße«, hatte Coronado, ein radikaler Studentenführer und ehemaliger Schüler ihres Mannes, zu ihr gesagt. Er meinte damit eine ihrer Konstruktionen, in der Holzteile, Stückchen von blauem Plastik – der einzige Farbtupfer – und Fetzen eines alten grauen Stoffs voller klebriger Flecken zu einer rauhen und unangenehmen Oberfläche zusammengefügt waren. Coronados Urteil machte sie glücklich. »Richtig, das ist es, imperialistischer Müll«, spottete Ada. Wie der Zufall es wollte, gehörte diese Collage mit dem Titel »Ebbe III« zu einer Serie von Arbeiten, die aus Elementen, die eine sehr präzise geschichtliche Bedeutung innerhalb des Widerstands gegen Franco hatten, zusammengestellt waren: Im konkreten Fall von »Ebbe III« stammten die Holzteile von einem schäbigen, aus Obstkisten zusammengenagelten Tisch, an dem jahrelang eine Familie aus dem Elendsviertel in Fuencarral gegessen hatte; die Plastikstücke stammten von einem der Eimer, in die alle Besucher des Gefängnisses von Carabanchel das legen mußten, was sie den Gefangenen mitbringen wollten, und der schmutzige Stoff stammte von den Kleidungsstücken, die einer der inhaftierten Kommunisten seiner Familie hatte zukommen lassen, damit sie die Flecken auswuschen, die während des Verhörs bei der Sicherheitspolizei entstanden waren: Schweiß, Fett, Blut. Das Gesamtwerk bestand also aus Abfällen des Franquismus, aus dem Müll, den die Diktatur am Strand der Geschichte hinterlassen hatte. Die Ausstellung, die als düstere Montage inszeniert war, arbeitete mit Lichtreflexen, und der Boden war mit Abfallstücken übersät, die an der Grenze zwischen künstlerischer Bedeutung und einfachem Müll rangierten. Als musikalischen Hintergrund hatte man einige wenige minimale Fragmente aus dem *Requiem* von Penderecki gewählt, die obsessiv wiederholt wurden – ein verstörendes Wehklagen. Wegen all dieser Umstände, die auf die Geschichte und die Entwicklung der Installation eingewirkt hatten, schien es ihr besonders passend, daß dieser Schwachkopf sie als imperialistischen Müll bezeichnet hatte, denn das war es in der Tat, Müll, den der Faschismus hervorgebracht, das, was er in den Schlaglöchern der Geschichte angehäuft hatte, nachdem die Hoffnungen der Besten zermalmt waren. Der Kater der

Diktatur, dazu kontrapunktisch der Schmerz. Deshalb hatte sie jedesmal, wenn sie die Montage zeigte, stolz wiederholt: »Müll, dieser Schwachkopf hat gesagt, das sei imperialistischer Müll.« Diese Worte hatten sich seitdem in das beste Argument gegen die ideologische Schwäche bestimmter ästhetischer Schulen und gewisser politischer Gegner verwandelt, die Verbalradikalismus mit einem lächerlichen Konservativismus der Formen verbanden. Es gab aber Augenblicke, in denen Ada ihrem eignen Werk mißtraute; sie grübelte über ihr *ABC*, ob es nicht vielleicht in irgendeiner Weise an diesem Widerspruch teilhatte, der sie so sehr irritierte. Vor sich selbst rechtfertigte sie die Serie schließlich damit, daß es sich um eine Auftragsarbeit gehandelt hatte, um eine Art von Illustration, um eine didaktische Fibel, wie die Fibel, die von der republikanischen Regierung im Krieg herausgebracht worden war, um die Soldaten an der Front zu alphabetisieren; eine Fibel, die mit dem wunderbaren Epilog des Kommunisten Jesús Hernández, der unter Largo Caballero Minister gewesen war, endete. Was »Ebbe III« betraf, so erzählte Ada jedem, der es hören wollte, wie sie Coronados Hand genommen hatte, um sie auf die schmutzigen Lumpen zu legen, die Teil des Werks waren, und ihm gesagt hatte: »Berühre sie, berühr den imperialistischen Müll. Das ist Schweiß und Blut eines Kommunisten.« Und sie erzählte, wie sie dann die Materialien aufgezählt hatte, aus denen das Werk bestand, und wie Coronado den Kopf gesenkt hatte und gar nicht mehr so überheblich wie sonst gewesen war. Coronado war verstört und stumm geblieben. »Blind und stumm«, präzisierte Ada, »unfähig, das zu sehen und über das zu sprechen, was er betrachtet hatte.« Wenn es ihr nicht zu plump und zu offensichtlich erschienen wäre, hätte sie den Titel der Arbeit durch den ersetzt, den Coronado ihr in seinem blinden Sektierertum gegeben hatte: »Imperialistischer Müll«.

Ada hatte jedoch nicht nur eine diffizile Stellung in der Welt der Kunst, sie hatte auch ein schwieriges Verhältnis zu den politischen Frauengruppen. Einerseits ertrug sie nicht die offen oder verborgen lesbischen Elemente in Gruppen wie *Reinvindicacion feminista*, mit der sie ab und zu in Kontakt stand, andererseits war sie auch nicht dafür, das Weibliche zu vermännlichen, vielmehr wollte sie das Männliche feminisieren. So wie die schwarzen Amerikaner die Schönheit des Schwarzseins proklamiert hatten (*black is beautiful*), indem sie ihre Besonderheiten herausgestellt hatten, bis sie zu Symbolen wurden, proklamierte sie den Stolz, Frau zu sein, *woman is beautiful*: die Wiedereinsetzung des eigenen Körpers, der Sensibilität, Wimperntusche und Lidschatten inklusive, die gewagten Farben, die Sinnlichkeit. Das sagte sie auch immer wieder zu Rosa Plentzia, einer der Anführerinnen von *Reinvindicación feminista*, die stets mit kurzgeschorenem blonden Haar, karierten Holzfällerhemden und Baumwollhosen herumlief, die aus Stiefelschäften hervorschauten, ganz im Stil von Russ Tamblyn in »Eine Braut für sieben Brüder«: »Es funktioniert nicht, Rosa. Das, was ihr vorschlagt, funktioniert nicht, weil ihr damit den ästhetischen Kanon den Männern überlaßt. Damit verlieren wir das Wenige, was sie uns übriggelassen haben. *Plus ça change plus c'est la même chose*, merkst du das nicht? Ihr verwandelt euch in schlechte Kopien der Männer.« Von dieser ästhetischen und politischen Stellung aus, die oft umbequem war und meistens mißverstanden wurde, wartete Ada auf das Ende von etwas und auf die Ankunft von etwas Neuem, denn zweifellos näherten sich neue Zeiten, und niemand konnte sich aus dem ausklinken, was kommen würde. Manchmal schien es ihr, als habe Juan zu schwache Reflexe und könne nicht kraftvoll auf die neue Situation reagieren. Kraft war nicht Juans hervorstechende Eigenschaft. Bei den Versammlungen, zu denen sie ging und bei denen Juan fast nie dabeisein wollte, wurde von der Notwendigkeit gesprochen, nach Francos Tod eine Schattenregierung zu bilden, in der alle demokratischen Parteien vertreten wären, der Keim für die erste freie Regierung Spaniens seit fast einem halben Jahrhundert; sie mußte den politischen Sprung von der Diktatur zur Demokratie leisten: ein großer Pakt zwischen allen Kräften der Werktätigen und der Kultur. In der Tat wurden die von der KP nicht müde, diese Losung zu wiederholen. Ada wußte genau, daß sie mit ihrer Arbeit (eingeschlossen das polemische *ABC*) einige der Bilder schuf, die dieser Keim zum Wachsen brauchte, und die er weiterhin brauchen würde, um erwachsen zu werden, denn es gab keine Macht, die nicht der Bilder bedurfte: der Farben, der Formen, der Symbole, etwas, das die Ideale und die Hoffnungen einer neuen Lebenskonzeption verkörpern konnte, so wie auch das sterbende Regime seine Maler und Bildhauer gehabt hatte, die es mit den lächerlichen Illustrationen und Texten in den Büchern zur Bildung des nationalen Geistes repräsentiert hatten; in den Gebäuden, die dem Escorial nacheiferten und die sogenannte imperiale Fassade Madrids prägten, die sich auch jenseits des Manzanares fortsetzte, etwa in den Vorstellungen der *Medea* im römischen Theater von Mérida, in den überdimensionalen Statuen von Ávalos im Tal der Gefallenen oder in den geschleckten Porträts, die Enrique Segura u Olasagasti – grausam wider Willen – von den Gattinnen, Kindern und Vätern der Honoratioren des Regimes (auch von ein paar Verwandten von Ada) gemalt hatte. Dieser ganze Klimbim war im Laufe der Jahre immer bedeutungsloser geworden und durch eine Kunst ersetzt worden, die, aus der Affirmation geboren, fast so alt wie ihre Vorgängerin war, schwerverdaulich und süßlich wie eine überreife Frucht, eine Kunst, die sich spreizte und aufbrach wie eine Feige, die schon zu lange am Baum hängt.

13

Sie öffnete die Augen und schlug mit der Handfläche auf das Bett, vier-, fünfmal. Tomás hatte das Licht eingeschaltet, sie betrachtet, und sie hatte das mitbekommen, die Augen geöffnet und nervös und herrisch auf das Bett geschlagen. Sie bat ihn, befahl ihm, sich neben sie zu setzen. »Geht es dir gut, Mama?« Er hatte ihre Hand in die seine genommen. Die Frau nickte und schloß die Augen wieder. »Hast du schon gegessen?« Sie sagte: »Ja. Ich habe mit diesem Mädchen gegessen, und sie hat mich auch gewaschen, als ob ich mich nicht waschen könnte, als ob ich nicht sauber wäre. Ich mag es nicht, daß man mich nackt sieht.« Und sie fügte hinzu: »Sie sind es, sie geben ihr die Anweisung. Sie ist es, und vor allem er, der Alte, der hier ins Zimmer kommt. Warum wirfst du nicht endlich diesen Alten raus?« Tomás betrachtete die Augen, die sich wieder geöffnet hatten. Sie waren klein, schwarz und trübe, aber während sie sprach, bekamen sie einen starken Glanz, als ob das Wasser, in das sie getaucht waren, plötzlich angeleuchtet würde. Sie bekamen einen Glanz, der an den erinnert, den einige Drogen erzeugen, einen metallischen Glanz, wie von einer Nadelspitze. Er wußte nicht, was er antworten sollte. Er beschränkte sich darauf, noch mal ihre Hand zu drücken. »Und du, wie kannst du mir so etwas antun? Warum läßt du sie hier rein? Schmeiß sie raus«, insistierte sie, und ihre Hartnäckigkeit verstörte ihn. Was konnte er tun? Er schämte sich, ihr zu sagen »Schlaf schön« oder »Beruhige dich«. Er wollte sie nicht hintergehen. Seine Mutter nannte ihren Mann »diesen Alten«. Sie brachte die Rollen in der Familie durcheinander, und diese Verwirrung beunruhigte Tomás. »Setz dich neben mich, laß ihn nicht rein«, sagte seine Mutter. Tomás schloß die Augen. Er sah das Haus vor sich, in dem sie in den ersten Jahren in Madrid gelebt hatten, hinter der Gran Vía. Er hörte, wie sein Vater zu seiner Mutter sagte: »Heute komme ich nicht heim. Ich hab mit den Freunden abgemacht, früh zur Jagd zu fahren.« Sie richtete ihm den Hemdkragen und fragte ihn, ob er nicht den Picknickkorb mitnehmen wolle: »Elisa und ich bereiten dir schnell etwas zu; wenigstens solltest du die Taschenflasche mit Cognac mitnehmen, gegen die Kälte, falls du lange auf dem Hochstand bleiben mußt, und eine Thermoskanne mit Kaffee, wir machen dir ganz schnell einen Kaffee.« Und er lächelte: »Nein, nein, nicht nötig, die anderen nehmen alles mit. Sie haben gesagt, ich solle bloß nicht auf den Gedanken kommen, irgend etwas mitzubringen.« Er küßte sie an der Tür. Sie war ihm gefolgt, immer einen Schritt hinter ihm. Sie hielt ihn noch einmal im Treppenhaus auf, bevor er in den Lift stieg, und fragte: »Saubere Taschentücher? Hast du saubere Taschentücher dabei?« Und er antwortete, ja, ja, er habe sie dabei, und küßte sie auf die Stirn und strich ihr leicht über das Haar, wie einem Kind. Auch Tomás, der die Szene beobachtete, fuhr der Vater mit einer raschen Bewegung durchs Haar. Als der Aufzug im Schlund des Treppenhauses verschwand und das Abschiedswinken des Mannes mit sich fortnahm, ging sie wieder in die Wohnung, schloß langsam die Tür, lehnte den Kopf an die Holztür und blieb dort eine Weile stehen, als horche sie auf das Geräusch des sich entfernenden Aufzugs. Vom Ende des Flurs aus beobachtet der Junge sie mit wachsender Neugier, weil dieser Körper, der ihm bis dahin so ruhig und gelassen erschienen war, auf eine sonderbare und immer lautere Art zu atmen begann, sich dann in krampfartigen und rhythmischen Bewegungen schüttelte und schließlich in ein lautes und untröstliches Weinen ausbrach. Der Junge entdeckte, daß seine Mutter weinte. Sie weinte stehend, ihre Wange und ihre Hände gegen die Tür gelegt, und dann fiel sie auf die Knie und schlug kniend mit dem Kopf gegen die Tür und sackte noch mehr in sich zusammen und schlug mit dem Kopf und auch mit den Fäusten auf den Boden und wimmerte und wand sich in Krämpfen, bis Elisa, das Dienstmädchen, zu ihr ging und sie an den Schultern hochzog. »Kommen Sie, Doña Amelia, lassen Sie das. Vielleicht machen sie ja wirklich einen Jagdausflug.« Er, Tomás, der Junge, stand am Ende des Flurs, die Hände fest um die Armlehne der Sitzbank gelegt, und sah, wie der Kopf seiner Mutter vom Boden hochkam, die Haare waren plötzlich durcheinander, die schwarzen Lockenringe strähnig, auch auf dem Hinterkopf unordentliche Strähnen. Auf dem Gesicht seiner Mutter zeichneten rötliche Flecken sich ab, und auch ihre Augen waren gerötet. Es war Winter, aber die Heizung war hochgestellt, daher hatte sie nur eine ziegelfarbene Seidenbluse angezogen. Die oberen Knöpfe waren nicht geschlossen, so daß sich der Ausschnitt in einem Dreieck öffnete, das den Ansatz ihrer Brüste sehen ließ, erstaunlich weiße Brüste, wenn man sie mit ihrem bräunlichen, fast olivfarbenen Teint verglich; sie wirkten noch weißer durch den Kontrast zu dem schwarzen Büstenhalter, der aus der Bluse hervorlugte. Tomás erinnerte sich an diese Brüste von einem blendenden und zugleich matten Weiß, das ins perlmuttene Rosa spielte, wenn sie bewegt war oder gerade aus dem Bad kam; an manchen Stellen waren diese Brüste von sehr feinen bläulichen Adern durchzogen. Wenn er sie in seiner Kindheit sah, mußte er an ein Märchen denken, das er gelesen hatte, über eine Prinzessin mit so zarter Haut, daß ihre Untertanen, trank sie Rotwein, in ihrer Kehle hinuntergleiten sahen. Jetzt, da er neben diesem verbrauchten Körper saß, mußte er wieder an jenes Märchen denken. Die Brüste und die Hände und die Augen und das Haar der Mutter. Damals hatte Elisa sie durch den Gang geleitet, stützte sie wie eine Rekonvaleszentin, die nicht genügend Kraft hat, das Gleichgewicht zu halten, und, als sie an dem Jungen vorbeikamen, streckte sie, ohne die Frau loszulassen, einen Augenblick die Hand aus, um ihm über den Kopf zu streichen, und sagte im Vorbeigehen und flüsternd, als ob die Mutter es nicht hören sollte: »Geh in dein Zimmer, ich komm gleich.« Elisa.

Er jedoch, obwohl er in einer ersten Geste des Gehorsams die Hände von der Banklehne genommen hatte und einen Schritt zurücktrat, als ob er dem Befehl folgen wollte, hielt sogleich inne und verharrte dort; er ging nicht in sein Zimmer, wie Elisa befohlen hatte, sondern lief ein paar Sekunden später in umgekehrter Richtung den beiden Frauen nach. Er folgte ihnen vorsichtig, erschüttert von dem Leiden dieses erwachsenen Körpers, der rätselhafterweise so reagiert hatte, wie er es nur von Kindern kannte: weinen, die Fäuste in den Mund stecken, geschüttelt von einem untröstlichen Schluckauf. Tomás schaute durch die Tür des Salons und sah, wie behutsam Elisa die Mutter zu dem Sesselchen schob, in dem sie zu nähen pflegte, sah, wie Elisa sie an den Schultern nahm, als könne die Mutter keine einzige Bewegung allein machen, wie sie ihr die Tränen abtrocknete, sie kämmte und ihr ganz leicht auf die Wangen klopfte und sagte: »So ist es besser, Doña Amelia.« Und er traute sich kaum zu atmen, nicht daß Elisa ihn bemerkte und ihn in sein Zimmer schickte. Erst nach einer ganzen Weile gelang es der Mutter, von Schluchzern unterbrochen, die ersten Worte hervorzubringen: »Aber sie liebt ihn nicht einmal, Elisa. Er war es, der dafür gesorgt hat, daß sie die Arbeit verlor, daß man ihr beim Orangenmarkt kündigte, damit ihr nichts anderes übrigblieb, als sich von ihm aushalten zu lassen, merkst du nicht, was da läuft. Er ist nicht zügellos. Er ist schlecht, Elisa, schlecht.« Vierzig Jahre später sah Tomás auf die knochigen, verformten und fleckigen Hände seiner Mutter, streichelte sie, saß auf dem Bett neben ihr und schämte sich, sie zu betrügen. Jetzt wußte seine Mutter nicht einmal mehr, wer ihr Mann war, und wenn er in ihr Zimmer kam, um sie zu besuchen und mit ihr sprach, sagte sie: »Der Alte ist gekommen, was will dieser Alte nur?« An jenem fernen Abend hatte sie vor den erstaunten Augen des Kindes mehrmals wiederholt: »Er ist schlecht, Elisa, schlecht.« An diesem Nachmittag war die Haut, die im Ausschnitt des Nachthemds zu sehen war, voller Altersflecken und ließ die Unebenheiten der Schulterblätter sehen, und das Brustbein ragte zwischen den Hautfalten hervor. Seine Mutter hatte die Augen geöffnet und schaute starr an die Decke, als ob auch sie sich in Gedanken auf etwas konzentrierte, auf eine Szene, die in diesem Zimmer stattfand, zu der er aber keinen Zugang hatte. Tomás wünschte sehnlichst, daß es sich um eine freundliche Szene handeln möge, um irgendeine angenehme Erinnerung, eine Erinnerung, bei der sie nicht litt. Er wäre gern gläubig gewesen, um Gott darum zu bitten, sie nicht weiter leiden zu lassen. Er erinnerte sich an sie im Glanz ihrer Jugend, als sie in glücklichen Augenblicken lauthals lachte, eine Hand vor den Mund legte und die andere auf die Brust und ihren Gesprächspartner anflehte: »Hör auf, hör auf, ich hab keine Luft mehr.« Ihr Gelächter explodierte und man konnte es am anderen Ende des Hauses hören. »Ich ersticke, sei still, bring mich nicht mehr zum Lachen«, sagte sie und zeigte ihre regelmäßigen weißen Zähne und hielt sich dann den Mund mit einem Taschentuch zu, und ihre weißen Brüste bebten, und er hatte auch große Lust zu lachen, obwohl er nicht wußte, über was die Großen lachten, und er rannte durch den Raum und warf sich in ihre Arme und legte den Kopf an ihre Brüste und schaute hoch zu ihr und lachte auch. Nur weil er sie lachen sah, lachte er und dachte, es wäre schön zu wisssen, was seine Mutter so vergnügt machte. »Worüber lacht ihr denn, Mama, sag mir, worüber ihr lacht, Onkel, Tante, sagt mir, über was ihr lacht«, bat er, und sie sagte: »Abends, in deinem Zimmer, erzähl ich es dir; das sind Geschichten von deinem Onkel Tomás, der ist ein Kindskopf.« Er schaute auf Onkel Tomás, dessen Namen er geerbt hatte und dessen Gesicht beim Lachen so rot wurde, als würde es gleich platzen, der Kopf von Onkel Tomás, ein Kindskopf, dabei war dieser Kopf groß und kräftig und rot wie eine Tomate. Die Sonne setzte sich auf seine Glatze, ein breiter Hals, und er lachte laut, und seine Frau, Tante Laura, lachte auch; und abends, wenn seine Mutter ihn ins Bett brachte, fragte er sie, warum Onkel Tomás ein Kindskopf sei und worüber sie gelacht hätten, und dann sagte sie: »Wenn du größer bist, erzähl ich's dir.«

Er war empört: »Du hast gesagt, heute abend«, und sie dachte sich einen Scherz aus, behauptete, folgendes wäre passiert, das hatte aber weniger mit dem Leben als mit den Filmen von Charlie Chaplin und Buster Keaton zu tun, über die sie im Kino so lachen mußten, eine Geschichte mit Wettrennen, Ausrutschern, einer Torte im Gesicht und Verfolgungsjagden in einem Auto, das alle vier Räder verlor, die bergab rollten, während das Auto gegen einen Baum krachte. Er hörte sich diese Geschichte an und lachte darüber, aber wenn seine Mutter sie zu Ende erzählt hatte, sagte er: »Das ist aber nicht das, was dir der Onkel erzählt hat«, und dann erwiderte sie, das mit dem Onkel würde sie ihm morgen erzählen oder übermorgen, für heute abend sei jetzt genug gelacht, sonst würde er nervös und könne nicht einschlafen. Sie gab ihm einen Kuß und roch nach Veilchen, strich ihm mit der Hand über das Gesicht, ihr Parfum. Ihre olivfarbene Hand, die Brüste, voll und weiß, das Parfum. Ihr Lachen. Sie steht im Wasser und ruft ihm zu: »Spring, hab keine Angst«, und er hat Angst und springt doch, nur weil sie da steht und lacht und ihn auffangen wird, wenn er springt, und ihn an ihre Brüste drücken wird, die im Wasser sind. Und der, den sie jetzt den Alten nennt – wohin ist dieser strahlende Strandtag? –, der Alte, der sie jeden Nachmittag in ihrem Zimmer besuchen kommt und zu ihr Dinge sagt wie »Amelia, Liebste«, so etwas, ihr Mann, wo war er gewesen, wenn sie zusammen lachten? »José ist lieber in El Escorial«, sagte sie, wenn Freunde und Verwandte, die im Sommer Onkel Tomás besuchten, danach fragten. Sein Vater. Tomás denkt, der Vater sei ein dunkles hartes Tier gewesen, der seine Sinnlichkeit unter einem nächtlichen Panzer verbarg. Ein Escorial-Mensch: eine steinerne Masse, die den klebrigen Kern umschloß. »Schlecht, Elisa, er ist schlecht.« Er hört wieder den Klang dieser Worte, als ob ein Glas zu Boden fällt und zerschellt. Tomás kann sich nicht an den Vater in Badehose erinnern, dabei mußte er ihn so gesehen haben, denn er kam immer ein paar Tage nach Jávea, und dann fuhren sie mit dem Boot von Onkel Tomás aufs Meer hinaus und fischten vor der Insel am Kap. Und dennoch erinnert er sich nicht. Er sieht ihn im Jackett, der Vater im Jackett und Roberto, der Chauffeur, ebenfalls im Jackett, und der schwarze Wagen parkt vor dem Haus des Onkels. Eine Gruppe von dunklen, geräuschlosen Insekten, Schädlinge. Daran kann er sich erinnern. Und an die Männer, mit denen sich der Vater zu Hause oder in der Firma umgab, auch sie dunkel, gallig, Tomás erinnert sich; und er kann sich an die Freunde seines Vaters kurz nach dem Krieg erinnern, Leute, die in dunkle Farben gekleidet waren und leise über Geschäfte sprachen, über den Handel mit irgendwelchen Dingen; er erinnert sich an Joaquín Ort, der ständig im ersten Büro der Fabrik saß, auf einem der wackeligen Stühle, es war noch keine richtige Fabrik, eher eine Werkstatt, eine Werkstatt für andere Werkstätten, denn von dort aus wurden Aktivitäten in Gang gesetzt, die an anderen Orten ausgeführt wurden. Er mochte weder den Geruch des Büros noch den der Fabrik, noch diese Mischung aus Schmierfett und weißen Hemden und sauberen Händen, er mochte es nicht und hatte sich dennoch angepaßt, Dienst ist Dienst und Schnaps ist Schnaps, hatte sich im Laufe der Zeit in einen von ihnen verwandelt, dunkle Jacketts, eine Stimme, die nur bei gewissen Gelegenheiten laut wird. Das sagte ihm sein Vater: »Wer ständig herumschreit, den nehmen die Angestellten nicht ernst, sobald er sich umdreht, machen sie sich über ihn lustig. Man darf nie herumschreien, aber ein paarmal im Jahr muß man laut und deutlich werden.« Es fiel ihm schwer, sich die Sinnlichkeit seines Vaters bei diesem Mädchen, für dessen Kündigung er gesorgt hatte, vorzustellen. Es gelang ihm nicht, ihn vor seinem geistigen Auge zu sehen, wie er den dunklen Panzer ablegte und auf dem Teppich lag, verletztlich wie eine Schnecke ohne Gehäuse. Es gelang ihm nicht, sein Lachen im Pidoux, im Las Palmeras oder im Morocco zu hören, in irgendeiner jener Madrider Nachthöhlen, in die er, wie Tomás jetzt wußte, in seiner Jugend gegangen war, nein, er konnte nicht sehen, wie er lachte, oder wie seine Hände sich im vielfarbigen Aufflammen –

große Blumen, blaue, rote, gelbe – des bedruckten Kleids eines Straßenmädchens verloren. Er stellt ihn sich ernst vor, heftig atmend, als sei der Mund ein Schornstein, aus dem ein Teil seiner inneren Dunkelheit entwich, wie er zu ihr sagte: »Zieh dich an, zieh dich aus, komm mit«; so etwas kann er sich vorstellen, aber was danach geschah, weiß er nicht. Sein Vater und der von Olga, makellos gekleidet, plaudern im Salon vor ihren Cognacgläsern. Der Salon riecht nach dem Rauch der Havannas. Er ist von diesem Geruch fasziniert. Das Ritual der Reife, verkörpert von zwei Männern im Jackett, während alle anderen im Haus und in der Umgebung in Badeanzügen oder mit legerer Sommerkleidung herumlaufen, sie verkörpern die Reife mit ihren Anzügen, ihren Gesten, das Reiferitual des Rauchs, der mit seinem Geruch den Salon imprägniert. Er selbst ist bei seinem Onkel hinter dem Haus im Garten, weil die Wasserpumpe repariert werden muß. Jetzt wird das Wasser mit einer Elektropumpe aus dem Brunnen geholt, aber immer noch hängt dort der Eimer an seinem Seil, und darüber spannt sich der Bogen, an dem das Seil befestigt ist, von Jasmin und Geißblatt umwachsen. Es wird Abend, das Sonnenlicht wird dünner, und der Duft des Jasmins erfüllt die Luft. Bald, wenn die Sonne untergegangen ist, wird sich der Duft des Geißblatts durchsetzen, der noch betörender, noch berauschender ist. Sein Onkel Tomás schien nicht in die Zukunft zu schauen. »Die Keramikfabrik, ja, die Konten auf den Banken, ja, ja, aber man muß auch leben. Damit der Tod, wenn er kommt, dich lebendig antrifft«, sagte er zu seinem Bruder José. Und José: »Klar, du hast keine Kinder.« Also hatte sein Vater immer nur an die Zukunft denken müssen wegen seines Sohns, und das Heute hatte für ihn nicht existiert, weil er einen Sohn hatte; sein Sohn war schuld daran, daß er nicht im Heute lebte, Tomás Ricart Viñal war schuld und nicht das Mädchen, das nicht mehr auf dem Orangenmarkt arbeiten durfte, auch nicht das Mädchen in dem bedruckten Kleid – rote, gelbe, blaue Blumen –, das ebenfalls lachte, wahrscheinlich weil auch sie keine Zukunft hatte. Hatte dieses

Mädchen ein Kind? Und dennoch hatte sie keine Zukunft und lachte, »Ich bin voll wie ein Faß«, lachte sie. Aber seine Mutter ist da, und das war die Gegenwart, sie backt einen Kuchen, und das war das Heute, und die Gegenwart ist bei ihm, bei Tomás Ricart Viñal, die Gegenwart, die wie ein Vogel im Nest hockt, wenn Tomás Ricart Viñal seinem Onkel dabei hilft, die Elektropumpe beim Brunnen zu reparieren, und die beiden sich nach einer Weile in die Laube setzen und sich dabei abwechseln, den Flügel der Eismaschine zu bewegen, und das Metallgefäß von links nach rechts und von rechts nach links bewegen, damit das Eis von außen, das im Holzkübel, der das Metallgefäß umgibt, sich in inneres Eis verwandelt, Zitroneneis; sein Vater ohne Heute, kein Lachen, kein Sprung ins Wasser, kein verlorener Nachmittag, weil seine Mutter und seine Tante in der Küche eine Torte backen und sein Onkel und er den Eimer der Eismaschine kreisen lassen, damit das äußere Eis sich in inneres Eis verwandelt, Zitroneneis, ein verlorener Nachmittag. Bald wird der Duft des Geißblatts alles durchdringen. Für sie war heute Heute. Blauer Himmel, das Sirren der Zikaden in der Luft, der Duft von Zitronen, Jasmin, und, in einer Weile, der des Geißblatts, ein verlorener Nachmittag. Sein Vater saß mit Olgas Vater im Arbeitszimmer, sie rauchten Zigarren und tranken Cognac und bereiteten die Zukunft vor. Die Pläne für morgen, die Arbeit, die dir erlaubte, zu sein und zu bedeuten. Mehr zu sein und mehr zu bedeuten. Und fast vierzig Jahre später fühlt sich Tomás wie ein Anhängsel, er denkt, daß er nur der morgige Tag seines Vaters ist, nichts mehr, und er ist überzeugt davon, daß sein eigener morgiger Tag wie ein flüchtender Hase vor ihm Haken geschlagen und ihn um all die heutigen Tage gebracht hat, die er hätte leben können. Auch er von jung auf im dunklen Jackett, die vielen Rechnungsbücher vor ihm auf dem Tisch, das Flugzeugticket für morgen, die Bestellungen, die morgen ankommen müssen, die Zahlungen, die zu leisten sind. Und die Zukunft – übermorgen und die Tage danach – von Ricartmoble, von Exporicart, von Servicios Ricart, ein

Name, der für den Frohn aller Häftlinge Spaniens steht: Holz- und Sattlerarbeiten, Konfektion; ein komplexes Netzwerk für ein Morgen, das, der Tradition gemäß, José María Ricart Albizú und Joaquín Ricart Albizu heißen würde, nach den Namen der beiden Herumtreiber, die seine Söhne waren, die sich ihrerseits nur um ein Morgen kümmerten, das außerhalb des Elternhauses, außerhalb des Familienunternehmens anbrechen würde, marineblau für den einen, granatrot für den anderen. Sein Vater setzte ihm Julio Ramírez als Vorbild vor die Nase: »Die Intuition von diesem jungen Mann, und alles hat er allein geschafft, ein Waisenkind, er ist ein Waisenkind, und sein Vater war ein armer Kerl, ein Landarbeiter, Analphabet, der einzige Buchstabe, den er kannte, war das O des Weinglases, und schau, wie der Junge lernt.« Julio Ramírez brachte seinem Vater, als er noch Kaffee trank, den Kaffee ins Büro und hatte die Gabe, zwischen den Bergen von Mappen sofort ein bestimmtes Papier zu finden, und ein paar Jahre später beobachtete er die Kunden, wenn sie mit Tomás und seinem Vater sprachen, und wenn ein Kunde aufstand und den Raum verließ, sagte er: »Der muß bei Annahme des Angebots dreißig Prozent zahlen, weitere dreißig bei Lieferung und die übrigen dreißig, wer weiß, wer die eintreibt, also muß man bei den ersten beiden Raten ordentlich zulangen«, und er irrte sich nie. Die dritte Rate wurde nie eingetrieben, aber das machte nichts, weil man schon im voraus kassiert hatte. »Dieser Junge ist ein Luchs, und er kommt aus dem Nichts, und das mit einem Säufer und Analphabeten als Vater.« Also hatte Julio Ramírez plötzlich ein Morgen, das niemand für ihn vorbereitet hatte. Als Tomás sein Studium beendet hatte, sagte er seinem Vater, er wolle jetzt noch nicht in das Unternehmen eintreten, daß er vorhabe, eine Zeitlang draußen zu arbeiten, wenn möglich sogar außerhalb Spaniens; ein bißchen von der Welt sehen und in Ruhe über die Zukunft nachdenken. Sein Vater sah ihn von oben bis unten an und nannte ihn einen Schwachkopf, schob die Lippen dabei vor, als wolle er ausspucken. Danach vertiefte er sich wieder in seine Papiere, als sei ihm der Typ, der da vor seinem Schreibtisch stand, völlig egal. »Julio, bring mir die Mappe mit den Lieferscheinen«, sagte er ins Haustelefon. Erst nachts, als die Mutter sich schon ins Schlafzimmer zurückgezogen hatte und sie beide allein waren, sagte er: »Glaubst du etwa, du kannst diese blonde, teure Puppe, die du dir ausgesucht hast, damit bezahlen, daß du dir die Welt ansiehst und nachdenkst?« Die Puppe war seine Verlobte, Olga, und sein Vater war fast ebensosehr wie er daran interessiert gewesen, daß sie Teil der Familie würde, weil er mit ihrem Vater Geschäfte machte. Wenn sie anwesend war, nannte er sie »Kind«. »Bring mir doch bitte dies oder jenes, mein Kind.« Olga war eine blonde Puppe zur Dekoration des Salons, die sie auf Raten kauften. Das mußte ihm sein Vater sagen, damit er es begriff. Er haßte ihn dafür. Und das war das Übel: daß er ihn nur haßte, aber an seiner Seite blieb, mit Julio Ramírez um die Macht konkurrierte, versuchte, vor ihm die richtigen Mappen zu finden, die Gesichter der Kunden noch aufmerksamer zu beobachten, um zweifelsfrei behaupten zu können: »Den beliefern wir nicht«; leise, aber laut genug, für den, der es hören sollte, zu sagen: »Dies Jahr fährt Olga allein ans Meer; ich bleibe lieber hier, ich will die Kartei voranbringen«; schwarzes Jackett, Madrid, Abende in El Escorial, mit Elisa, der Köchin, Roberto, dem Chauffeur, mit seinem Vater und den Freunden seines Vaters, und nachts die Anrufe von Olga aus San Sebastián oder aus Jávea: »Du glaubst es nicht, dieses Jahr sind gar nicht viele Leute da, die Kinder sind überglücklich, haben so viel Spaß im Wasser«; und Olga forderte sie auf, vom Felsen zu springen, und erwartete sie mit einem Lächeln – nicht ganz so offenherzig wie seine Mutter –, mit gebräunten Brüsten, und er kam manchmal am Wochenende, um sie zu sehen, und seine Kinder, Quini und Josemari, dachten sicherlich, daß ihr Vater ein schwarzes Insekt sei mit einem Chitinpanzer, unter dem sich etwas Weiches und Klebriges verbarg; und sie irrten sich, irrten sich ganz gehörig, denn was war schon unter seinem Panzer, was ist unter Tomás Ricart Viñals Panzer, nichts, nichts, darunter ist nichts, er hat nie Mädchen gehabt, denen gekündigt wurde, kein Pidoux, kein Las Palmeras oder Morocco, bei ihm ist nichts unter dem schwarzen Panzer, nichts, ein Hohlraum, Leere. Den Weg zu gehen, den jemand einem vorgezeichnet hat. Er war zur Hohlform seines Vaters geworden. »Wer bist du?« glaubte er die Stimme seiner Mutter zu hören. »Und du, wer bist du?« Die Stimme der Frau klang heiser, erstickt, aber sie war wie die ausgestreckte Hand eines Blinden, die den Weg ertastet, es war die eigene Stimme, die aus seinem Mund kam, ohne daß er es wollte, seine Stimme, die nicht recht wußte, ob sie Tomás Ricart Viñal oder dessen Mutter fragte: »Wer bin ich? Wer bin denn ich?« Seine Mutter verstärkte und lockerte den Druck ihrer Hand auf seine Finger, in einem Rhythmus der entfernt an das Morsealphabet erinnerte, langes und kurzes Drücken, einer gewissen Kadenz folgend; anscheinend wollte sie ihm etwas mit den Fingern mitteilen, während sie gleichzeitig leise und unverständlich murmelte. Die faltige Hand voller Flecken – Knochen, die kaum von der verwitterten Haut bedeckt wurden – drückte auf die seine. Für sie war das Morgen schon da. Dort lag es: Knochen, Flecken, schlaffe Haut, das Morgen. Das schwarze Insekt hatte sein Netz um sie alle gesponnen, hatte sie umgarnt und sich dann auf sie gestürzt, um ihre Kraft auszusaugen. Nachdem das Insekt sein Bankett beendet hatte, blieb als Rest des Mahls ein Stück fleckige Haut übrig. Das Insekt hatte seine Beine auf das Mädchen aus der Calle de la Paz in Valencia gesetzt, auf die ahnungslose Erbin von Obstplantagen und einer Exportfirma im Hafengebiet, ein Mädchen, das nur an Kleider und Verkleidungen dachte, an Volksfeste und Blumenkriege und sicherlich auch an eine Liebe, die sie in ihre Arme nahm und sie auf der Tanzfläche im Walzertakt drehte; das Insekt hatte sie gefangen und erst in eine Frau verwandelt, deren Lächeln gefror, wenn sie die Tür schloß, die sich gegen das Holz lehnte, um allein zu weinen, die weinend neben der Tür kniete, mit dem Kopf gegen das Holz schlug, bis das Dienstmädchen sie trösten kam: Er hatte sie gesehen, eine von Krämpfen geschüttelte Frau, die gelernt hatte, an Josés Wäsche die Gegenwart anderer Frauen zu riechen, in seinen Augen die Befriedigung zu sehen, die er bei anderen empfangen hatte, was er ihnen gab, und was er von ihnen empfing; Jahr um Jahr das verhängnisvolle, mit immer weniger Überzeugung, weniger Intensität aufgeführte Ehezeremoniell, schließlich vor niemandem mehr aufgeführt, etwas, das vielleicht nur im Kopf und im Herzen der Gattin des Insekts stattfand, die nicht einmal mehr nach Lippenstift oder dem Duft eines Parfums forschte, die sich aber vor dem Spiegel verfallen sah: Die Backenknochen stachen schärfer hervor, die Augen verloren ihr Gleichgewicht, wurden mißtrauisch, bewegten sich schnell hin und her, um etwas zu entdecken, das ihnen nicht entgehen durfte, und um die Lippen zeichneten sich Falten ab, ein Jahr, noch ein Jahr, ein weiteres, eine Falte, noch eine und noch eine, bis schließlich dieser Körper übriggeblieben war, der nun vor ihm lag und unzusammenhängende Geräusche von sich gab. Die Vernunft dieses Körpers reiste über Landstraßen, deren Verlauf niemand zu erkennen, deren Wegweiser niemand zu entziffern vermochte. Was hat sie in ihm gesehen, in dem, der ihr Mann wurde und den sie nun nicht einmal erkannte, um ihm alles zu geben, sich auspressen zu lassen, bis dieser Knochensack übriggeblieben war, der beängstigend gewirkt haben könnte, wenn er einem nicht so schrecklich leid getan hätte. Sie hatte sich für ihn erschöpft, sogar das Gedächtnis hatte sie abgeworfen. Er streichelte ihre Hand und dehnte dann das Streicheln auf den Arm, die Schulter, das Gesicht und das Haar aus. Er hielt ihren Kopf und küßte sie mehrmals. Seit Jahren hatte er sie nicht so geküßt, ein kurzer Kuß zur Begrüßung oder zum Abschied, das ja, aber so, mehrmals, sich Zeit lassend bei den Küssen und dem Streicheln, das hatte er seit vielen Jahren nicht mehr gemacht. »Und du, wer bist du?« hörte er. Es war nicht seine Stimme, sondern ihre. Sie hatte die Augen geöffnet und schaute ihn erstaunt an: »Was machst du hier? Du bist nicht der Nachbarjunge, der ist im Krieg gestorben, sie kamen, um es seiner Mutter zu sagen, schickten einen Brief. Du mußt José sein. Du bist José. José, sag diesem Alten, daß er nicht mehr kommen soll.« Tomás rückte von ihr ab, es wurde ihm schwindlig, als könne sie ihre Verwirrung übertragen: ihr Nachbar, ihr Sohn, ihr Mann. Er schaute sie jetzt an, berührte sie aber nicht, er hatte sich so weit aufgerichtet, daß er kaum noch die Laken streifte. Er war dabei, wieder Haltung anzunehmen, sich von diesen Alpträumen zu entfernen, die ihn über die Fingerspitzen der Frau wie mit Morsezeichen erreichten. Der Nachbar, Tomás, José. Sie fing an zu weinen, aber nicht so, wie es Erwachsene tun, sondern wie ein kleines Kind, sicherlich aus einem Gefühl der Ohnmacht heraus, weil sie nicht tun konnte, was sie tun wollte, und weil sie nirgends einen Verbündeten fand, wie die Kinder, die trotzig weinen, wenn jemand nicht mitspielen will; und er streckte wieder den Arm aus, und jetzt machte ihm die Verwirrung der vertauschten Rollen nichts mehr aus, Freund, Mann, Sohn, er streichelte ihr Haar, beugte sich wieder über sie und küßte sie und sagte: »Nicht weinen«, und die Frau erschien ihm nicht mehr wie ein Kind, sondern wie ein kleines, ausgesetztes Tier, das litt.

14

»Margarita, um Gottes willen, nimm die Knie zusammen, man sieht dir ja bis ins Hirn, Margarita, du bist doch nicht allein auf der Welt, da ist auch noch der Teufel, und der hat mehr Augen und Hände, als du dir vorstellen kannst, das Haus, die Familie, du weißt ja nicht, was das bedeutet, was für einen Schutz sie geben, woher sollst du das auch wissen, mein Dummchen, du hast dich ja noch nie durchsetzen müssen; na ja, irgendwann werden dir die Augen aufgehen, hoffentlich, ohne das Haus verlassen zu müssen; du wirst merken, daß auch ein Ehemann keinerlei Garantie ist, aber das sollst du erst merken, wenn du einen Ehemann hast, wenn dein Haus schon eingerichtet ist, wenn du Kinder hast, denn wenn dir dann die Augen aufgehen, ist es halb so schlimm, dann bist du auf der sicheren Seite, unter Dach und Fach, du wirst zwar Probleme haben, Ärger, Dinge, die dich an den Rand der Verzweiflung bringen, aber du wirst auf der sicheren Seite sein, die Nähe deiner Eltern wird dich retten – selbst wenn du dich nicht so gut mit uns verträgst, selbst wenn wir Differenzen haben, Eltern sind Retter –, das Gesichtchen deiner Kinder, die eines Tages anfangen, durch die Wohnung zu krabbeln und mit dem Finger auf etwas zeigen, am nächsten Tag schon Brot sagen können oder Birne, und du wirst wissen, dein Leben ist bereits erfüllt, nichts wird dich mehr davon befreien, du bist dazu verdammt und zugleich dadurch gerettet.« Margarita nickte. Sie sagte: »Ja, Elvis, ja«, weil sie nie Mama zu ihrer Mutter gesagt hatte. Die ganze Familie nannte sie schon seit langem Elvis, sogar Margaritas Cousinen, die sie Tante Elvis nannten, und Margarita erklärte ihr: »Aber jetzt lese ich doch gerade gemütlich, es ist doch egal, ob ich dabei die Knie zusammen habe oder nicht, wir sind ja allein.« »Klar«, sagte Elvira, »aber es sind Angewohnheiten, schlechte Angewohnheiten; stell dir doch mal vor, was eine Frau alleine ist, ohne Familie, ein Mann für sich allein ist unordentlich, schmutzig, er ist nicht fähig, sich eine Socke zu waschen oder ein Spiegelei zu braten, er paßt sich nicht der Situation an, er ißt in Gasthäusern, findet aber schließlich Anschluß, er geht abends aus, sucht, nähert sich der Frau, die ihm gefällt, vielleicht kein Juwel, kein Leckerbissen, nein, eine Witwe, ein spätes Mädchen, aber, wenn er will, findet er Anschluß, freundet sich mit dem Bruder einer Frau an, arbeitet mit dem Vater einer anderen zusammen, etwas in der Art, aber stell dir mal vor, eine Frau allein. Und gerade in diesen Zeiten, wo alles schwieriger wird, die Lebensfäden sich lösen, keinen Halt zu haben scheinen. Es war noch nie so leicht möglich, allein zurückzubleiben, ihr geht auf die Universität, macht Ausflüge, nehmt den Bus, seid von Freunden, Bekannten, Mitstudenten umgeben, und ihr denkt, das wird ewig so weitergehen, und ihr merkt nicht, daß hinter dieser großherzigen Haltung jeder einzelne behutsam seine Spielsteine legt, auf etwas setzt, an seiner Zukunft bastelt, und eines Tages entschuldigen sich zwei, die wegen was auch immer nicht am Ausflug teilnehmen können, und das nächste Mal läßt euch eine andere oder ein anderer im Stich, und ihr merkt es nicht, ihr werdet immer weniger in der Clique, zumindest was den harten Kern betrifft. Leute kommen und gehen, und wenn ihr es merkt, seid ihr nur noch die drei Dummen und findet euch mit den Jungs ab, die keine andere haben wollte, die zwar fix beim Organisieren von Nichtigkeiten sind, die Exkursionen vorbereiten, Eintrittskarten fürs Kino oder für ein Konzert auftreiben oder von einem Vortrag über Hinz oder Kunz gehört haben, die aber kein Händchen für die ernsten Dinge des Lebens haben, für den Beruf, die Ehe, vielleicht nicht einmal für die Vaterschaft, Jungs wie aus dem Seminar, Sakristane, warme Brüder, das Salz in jeder Suppe, die Sauce zu jeder Speise, aber nichts Solides, und ohne es zu merken, hast du keine Zukunft mehr, weil deine Zukunft dieser junge Mann war, der dir entgangen ist, weil du mit Dingen beschäftigt warst, von denen du glaubtest, daß sie ewig dauern, und jetzt hat ihn die andere, er gehört einer anderen, euch überkommt Trauer, Verzweiflung gar, und ihr seid Dingen ausgesetzt, die euch für immer zeichnen werden, verstehst du, Margarita, du verstehst mich doch?« Margarita erhob sich, ging in die Küche und kam mit einem Glas Milch zurück. Herrlich kalt, einen ganzen Mund voll. Es wäre schön, die Milch aufs Kinn tropfen zu lassen und von dort auf die Brust. Sie dachte: »Schön, ein Weilchen bei den Eltern zu sein, wenn man seine eigene Wohnung hat, nur ein Besuch, ein Ausflug.« »Margarita, nimm die Knie ordentlich zusammen«, sagte ihre Mutter. Und Lucas hatte ihr vor einer Weile sehr zart das Haar gestreichelt, hatte es von den Wangen gestrichen und ihr hinter die Ohren gesteckt; Lucas, Quini, Pedro, Josemari und andere Kommilitonen schienen mit ihren Blicken zu sagen: »Margarita, nimm die Knie auseinander, laß mich die Hand zwischen deine Schenkel stecken, nur die Hand, nur einen kleinen Augenblick, damit ich spüre, wie zart, wie warm sie sind.« So kam es ihr jedenfalls vor, und meistens lag sie damit nicht ganz falsch. Sie rückte nah an ihre Freunde heran, in der Bibliothek, auf einer Gartenbank, in der Cafeteria, zum Lernen oder Schwatzen, und allzu oft sah sie, wie der Blick ihres Begleiters sich zwischen ihren Knien verlor, ein fast physischer Blick, körperhaft, den man annehmen konnte, wenn man wollte, oder mit einem Handschlag beiseitefegen, wenn man es denn täte. Zack. Und der Blick landete auf dem Boden. Die Knie. Nie wäre sie darauf gekommen, daß sie so wichtig waren, damals als sie mit elf oder zwölf diese hervorstehenden Knochen anschaute und sie haßte, nichts mit ihnen anfangen konnte und nicht begriff, wie die Filmschauspielerinnen es fertig brachten, keine Knie zu haben, nur Schenkel, Unterbeine und Füße, die in hochhackigen Schuhen steckten; nie hätte sie gedacht, daß Knie so wichtig waren. Der Film von Rohmer, *Le genou de Claire*. Knie nieder, zur Strafe;

kniet nieder, in der Kapelle, wir wollen ein Vaterunser für die Barmherzigkeit beten; den Rock nicht so kurz, daß man eure Knie sieht, aus Scham. In der Nonnenschule spielten die Knie eine wichtige Rolle, man mußte zur Strafe nicht die Hände herzeigen, nicht die Augen schließen oder den Mund öffnen. Immer waren es die Knie, die Nonnen nahmen diesen Körperteil, den Margarita verachtete, so wichtig, daß ihre Mutter einmal mit ihnen redete und sie fragte, ob sie denn glaubten, daß das Mädchen Nonne werden würde, und als sie ihr sagten, nein, es sei klar, daß das Mädchen nicht dazu berufen sei, konterte die Mutter, warum sie es dann darauf anlegten, daß sie wie eine Scheuerfrau aussah, sie habe ja schon ganz schwielige Knie vom vielen Beten und all den Strafen. »Es reicht schon, wenn ihr sie auf Knien beten laßt, das ist Gottes Sache, aber strafen, straft sie bitte schön auf eine andere Weise, denn sie hat mehr Schwielen an den Knien als das Mädchen, das bei mir zu Hause putzt.« So hatte ihre Mutter es der Nonne gesagt, die einen puterroten Kopf bekam, als würde sie gleich platzen. Es ist besser, stehend zu sterben, als auf Knien zu leben, hatte die Pasionaria gesagt, womit sie auch einen gewissen Hang gezeigt hatte, die Knie wichtig zu nehmen, auch wenn es in diesem Fall um die genaue Umkehrung ging. Das heißt, die Nonnen sagten, kniet nieder, und die Mutter sagte, nimm die Knie zusammen, das war die rechte Seite; und die Pasionaria wollte nicht niederknien, das war die linke Seite. Die Knie, ein Symbol, wie Wappen oder Fahnen. Sie hatte sich daran erinnert, als sie die Memoiren des letzten Kaisers von China las, der in seiner Kindheit gedacht hatte, einer der Unterschiede zwischen seinem Volk und den Engländern bestehe darin, daß diese nicht beim Gehen die Gelenke bewegten, daß sie, so glaubte er, nicht über solche verfügten, und daher war das Kind Pu Yi außerordentlich erstaunt gewesen, als es entdeckte, daß die Engländer, zu denen sein Lehrer gehörte, so liefen wie alle anderen auch, daß jemand im Palast ihn also angelogen hatte, als er ihm den Schwachsinn von den fehlenden Gelenken erzählt hatte. Die Knie als Symbol, ja, aber für Margarita hatten sie keinen Wert an sich – wie sie ihn auch nicht für ihre Mutter haben durften, wie auch immer sie das ausdrücken mochte –, sondern nur in ihrer Bedeutung als Portikus, als Riegel, der sich öffnen oder schließen konnte. Lucas, Pedro, Quini, Josemari, Javier, armer Javier, er vor allem. Die Männer wollten die Knie öffnen, weil sie der Riegel waren, der sie daran hinderte, dorthin zu kommen, an diesen Punkt, der das Schwarze in der Zielscheibe war und an dem widerstrebende, aber mächtige Kräfte aufeinandertrafen, wie ihre Mutter ständig zu verstehen gab, was dazu führte, daß sich dort zugleich der Gipfel und der Abgrund befanden, wie bei den höchsten Bergen, auf deren Gipfeln man Fossilien von Fischen und Molusken findet, weil sie einst unter dem Meeresspiegel lagen. Gipfel und Abgrund zugleich. Ihre Mutter hatte recht. Abgrund. Sie war zu einigen Versammlungen der Feministinnen gegangen und hatte etwas bestätigt bekommen, was sie schon seit langem geahnt hatte: daß der Körper der Frau nicht autonom war wie der der Männer, daß er nicht für sich war, sondern stets mit unsichtbaren Fäden an den Willen eines Mannes oder einer Gruppe von Männern gebunden blieb, und daß es nicht genügte, Historikerin werden zu wollen, allein in einer Wohnung zu wohnen, in die Bibliothek zu gehen, einen Wermut in der Cafetería zu trinken. Eine tausendjährige Erziehung hatte das Bild des Mannes in das Herz der Frau eingebrannt, seine Verhaltensregeln, seine Gesetze, so daß dieses Bild stets all ihre Handlungen kontrollierte, ihr Leben beherrschte, so wie das Letzte Abendmahl über dem Eßtisch bis vor einigen Jahren in jedem einfachen Haushalt, egal ob in Candelario, Cudillero, Espasante oder Madrid, die Mahlzeiten beherrschte. So war man als Frau nie man selbst, und was ihr noch schlimmer vorkam, auch die Freundinnen, der Freundinnenkreis, schauten mit Männeraugen auf dich, sprachen aus Männermündern, bewegten den Kopf von rechts nach links und von links nach rechts, machten den Mund auf und sagten: »Nein, das kann man nicht machen«, also konnte man sich eigentlich doch nicht selbst eine Wohnung nehmen, wie sie es vor einigen Monaten zusammen mit ihrer Freundin Pilar getan hatte, um unabhängiger von der Familie zu sein, noch igendwohin auf Exkursion fahren, und, auch wenn sich die Zeiten geändert hatten, man konnte genaugenommen nicht einmal allein an der Theke der Cafeteria einen Wermut trinken, nicht allein ins Kino gehen; die Befriedigung intimer Wünsche, der die Männern im Privaten nachgingen – eine Reise, ein Drink, ein Film und anderes, das sie in aller Ruhe zu Hause oder auf dem Rücksitz eines Autos, in einem Park oder mit einer Hure in einer Absteige erledigten –, war daher für eine Frau nicht möglich, ohne daß sie damit den öffentlichen Bereich des Skandals streifte. »Ein Mann ist mit seiner Kleidung und seiner Brieftasche ausgestattet, in einem exklusiveren Ambiente kommt noch die Intelligenz dazu, und das genügt ihm, aber eine Frau muß immer noch in Begleitung sein, und wenn sie jung ist, macht der Kreis ihrer Freundinnen die Hälfte ihrer Ausstattung aus, wird sie reifer, ist es der Typ an ihrer Seite, auch wenn er ein Jammerlappen oder ein Schwachkopf ist. Der weibliche Körper verträgt sich nicht mit der Einsamkeit. Einsamkeit in der Öffentlichkeit macht eine Frau nackt, ist ein Skandal«, erklärte sie Pilar, dem Mädchen, mit dem sie seit einigen Monaten das Apartment teilte. Pedro. Quini. Lucas. Josemari. Juan Bartos. Javier. Der gute Javier. Die Männer. Lucas Álvarez heizte sie an, hatte es an eben diesem Nachmittag getan, daran waren auch die Anspannung und die Angst in der Fakultät schuld gewesen. Sie spielte mit den Augen von Lucas wie mit Glasmurmeln, aber sie mochte Lucas nur zum Herumalbern, mochte seine derben Späße, seine schweren Hände; von denen träumte sie manchmal, daß sie sich bleiern auf ihre Knie legten (dabei hatte er ihr zart die Haare zurückgestrichen, sie dabei kaum mit den Fingerspitzen berührt), aber das waren törichte Träume, so wie man träumt, daß ein Türke einen gewaltsam nimmt, oder ein Hafenarbeiter aus Hamburg, ein Traum, ein Blitz, und vorbei, nur um ein Bild von der brutalen, sinnlosen Sexualität zu haben, von der Grenze zur Bestialität, und genau deshalb zusammenhanglos, die groben Hände, Lucas, was hast du nur für Pranken, sagte sie, während sie an sich rummachen ließ, und verbarg damit, daß es ihr bei dieser Erfahrung gerade um das Grobe ging: ein einziges Mal ganz Geist und Sensibilität zu sein gegenüber einer blinden Kraft, die ihr äußerlich und fremd war. Margarita gefielen andere Männer. Eigentlich gefiel ihr Professor Bartos besser als jeder andere. Diese Prise Zynismus, die sich in der zweiten Person Plural ausdrückte, mit der er sie alle einschloß, »ihr«, »macht«, »sagt«, »da ihr meint«, »klar, wenn ihr davon überzeugt seid, daß«: So sprach er mit ihnen, immer im Plural, und so als sähe er es als seine Pflicht an, sie diesen Gedanken zu Ende denken, jene Aktion durchführen, eine Überzeugung in die Praxis umsetzen zu lassen, auch wenn er sicher war, daß sie dabei nur dämlich gegen eine Wand laufen würden. »Macht es, wenn ihr das so seht«, wiederholte er, und das, was er mit einem Anflug resignierter Geringschätzung sagte, war für sie wie ein Geschenk, wenn man es mit dem autoritären Gehabe der anderen Professoren verglich, und sie reagierten mit Witzchen, wie es Kinder beim Vater tun, aber Margarita begriff, daß es sich bei Bartos um einen Sarkasmus handelte, der sich auf diese Säule der zweiten Person Plural stützte, denn, wenn er so sprach, wollte er ihnen damit sagen, daß er ein Individuum war, fähig, Erfahrungen zu sammlen und aus diesen Erfahrungen Schlüsse zu ziehen, sie dagegen – »ihr« – jedoch eine Hammelherde waren, die sich verirrte, eine blinde Masse, die ein ums andere Mal ins Straucheln kam, wenn jemand oder etwas – ein Willen, ein Impuls, eine Idee, eine Leidenschaft – sie in Bewegung setzte, wie es den Walen ergeht, die unerklärlicherweise übereinkommen, rudelweise an einem Strand zu krepieren; wie die Schafe, von denen es heißt, daß, wenn eines in einen Abgrund springt oder fällt, alle anderen dümmlich folgen. Die Wahrheit war, daß sie gern aus der Masse dieser einfältigen Herde ausgeschert wäre, von Professor Bartos als Einzelwesen erkannt werden und sich bei ihm das

Personalpronomen du verdienen wollte: Du, Margarita, machst und tust dies oder jenes; und darum kämpfte sie, um dieses Du, hatte aber mit ihrem Kampf keinerlei Erfolg. Niemals du hier oder du dort; nein, immer nur, ihr denkt, ihr glaubt, immer ihr, und vielleicht begehrte sie deshalb Professor Bartos so sehr, weil dieser Mann, bei dem sich an den Schläfen und auch in der Strähne über der Stirn schon die ersten grauen Haare zeigten, die Kraft besaß, sie in der farblosen Welt der studentischen Herden in die Kategorie des Individuums aufsteigen zu lassen. Bartos war der einzige Professor, den die Studenten, fern der üblichen Repektsbezeugungen, duzten, er aber antwortete damit, daß er sie mit einem ironischen Ihr zu einer Gruppe verschmolz.

Als sie einmal allein in seinem Arbeitszimmer waren, sagte er: »Ihr glaubt eben, daß alles ganz leicht ist.« Margarita hakte ein, drehte den Kopf nach rechts und links, als ob sie jemanden suchte, und fragte: »Ihr glaubt? Wer ist das? Ist in diesem Raum noch jemand, den ich nicht sehe? Wir sind doch allein hier, und du heißt Juan Bartos, und ich heiße Margarita Durán Barcia. Wir Studenten heißen nicht alle Margarita Durán Barcia. So wie nicht alle Professoren Bartos heißen. Der Gebrauch der zweiten Person Plural ist in diesem Fall nicht angesagt.« Er lachte. »Im derzeitigen Erziehungssystem besteht die Professorenschaft aus Individualitäten und die Studentenschaft aus Kollektiven. Oder fällt dir nicht auf, daß auf den Anschlagzetteln steht, die Stunde von Professor Bartos fällt aus, gefolgt von der Erklärung, daß die Studenten des dritten Studienjahres keinen Unterricht haben? Da steht nicht die Liste der Studenten, die an dem Nachmittag frei haben. Da steht nicht, Margarita Durán Barcia hat einen freien Nachmittag. Da steht, die Studenten des dritten Jahrs haben dies oder jenes.« »Aber die Studenten des dritten Jahrs sind jetzt nicht da, ich bin da, Margarita Durán, und es geht mir auf den Keks, daß du das nicht akzeptierst«, empörte sie sich. Und seine Antwort war ein noch lauteres Lachen: »Das heißt, dir geht das System auf den Keks.« Und sie wurde bis über die Ohren rot, und er verstand ihre Verstörung als Zeichen des Zorns, weil er ein wenig unredlich gewesen war, aber das war es nicht, die Symptome waren Reflex eines anderen Gefühls, das an Trauer grenzte, an so etwas wie Trostlosigkeit, denn sie hatte nicht von Stellungen gesprochen, von der jeweiligen Stellung im akademischen Betrieb, sondern sie hatte von ihrem Wunsch gesprochen, daß er sie aus der Gruppe herauslösen, sie aus ihrer Anonymität befreien solle; er sollte sie mit zwei Fingern fassen und aus der Gruppe herausheben und sie auf seine Handfläche setzen, wie Kingkong das Mädchen auf dem Foto, das Bartos an das Korkpaneel in seinem Arbeitszimmer gepinnt hatte: Der Gorilla hätte gleichgültig auf die Massen schauen können, die aus dem Theater liefen, »ihr« zu denen sagen können, die bei ihrer Flucht die Straßen von New York verstopften; aber nein, der große Gorilla wußte zwischen ihr und du zu unterscheiden, zwischen der Menge und dem Mädchen, das er zärtlich mit der Hand umschloß, um ihm nicht weh zu tun, während Professor Bartos wieder einmal ausgewichen war und sie auch bei dieser Gelegenheit nicht als Individuum wahrnahm. Vielleicht hatte er Angst davor, daß etwas zwischen ihnen geschehen könnte, weil er glaubte, sie sei noch Jungfrau. Falls das der Grund war, dann irrte er sich, denn Margarita war keine Jungfrau mehr. Und zwar seit jener Nacht in San Sebastián vor zwei Jahren. Es war gegen Ende August, auf einem Platz in der Altstadt gab es ein Konzert einer Folkloregruppe namens Los Pomposos. Nach Ende des Konzerts hatte das Publikum die Polizei mit Rufen und ein paar Steinen provoziert, und dann fing das Gerenne an, die Nebelgasschwaden, die Gummigeschosse, und sie rannte los, und später, fern des Tumults, war sie mit Javier, einem Freund aus vergangenen Sommern, Hand in Hand herumgeschlendert, so wie sie heute mit Lucas gerannt und geschlendert war. Dann war sie mit Javier in eine Bahnunterführung gelaufen, weil es zu regnen angefangen hatte. Und dort, im Halbdunkel, betrachteten sie händchenhaltend den Regen und schauten auch erschrocken auf ein paar bläuliche Blitze, denen sogleich der Donner folgte. Das Gewitter war sehr nah. Gegenseitig Schutz suchend, küßten sie sich, erst viele kurze Küsse, die schließlich in einen einzigen leidenschaftlichen Kuß übergingen. Javier löste seine Lippen von den ihren und begann mit dem Mund ihren Körper zu erforschen. Als er beim Schoß angelangt war, sagte er: »Ich will ihn nur küssen, knabbern, mehr nicht«, und sie hatte die Beine geöffnet und sah ihn zu ihren Füßen knien. Sie hatte in seinen Haaren gewühlt und die feuchte Wärme seines Mundes dort unten gespürt und dann seine Zunge, die sich bewegte und sie verrückt machte, sie rutschte langsam mit dem Rücken an der Wand herunter, und als sie auf den Steinplatten lag, hatte sie die Beine um die Taille des Jungen geschlungen, und er war mit plötzlicher Hast dort eingedrungen, was sie befremdete, weil bis zu dem Zeitpunkt alles sehr sanft gewesen war, als sei jede Bewegung von einem Stoßdämpfer aufgefangen worden. Zum Glück war in der ganzen Zeit niemand durch den Fußgängertunnel gekommen, und als sie heraustraten, war ein trüber Sonntag angebrochen. Es nieselte noch. Vom Meer kam der Geruch von fauligen Algen herüber. So war dieses erste Mal gewesen. Javier wollte an den nächsten Tagen daran anknüpfen, aber sie weigerte sich und verlangte außerdem, daß er den Jungs von der Clique nichts erzählte, und er hatte es sicherlich keinem erzählt, setzte aber, jedes Mal wenn sie sich trafen, ein trauriges Gesicht auf, bis seine Gegenwart ihr schließlich lästig wurde. Wenn Professor Bartos das wüßte, würde er sie vielleicht anders behandeln, das vermutete sie wenigstens. Professor Bartos gefiel ihr sehr, die Stimme, die Gesten, die rosigen breiten Hände, die kurzsichtigen Augen hinter der Brille. Auf einer absinkenden Skala (also mehrere Stufen darunter) lagen Margaritas Gefühle für Quini und für Pedro Macías miteinander im Widerstreit. Sie bewunderte Quinis Geschmeidigkeit, seine intellektuelle Taille, die seinem Katzenrücken zu entsprechen schien; er war schlank, beweglich, alles an ihm schien eine gute, nervöse Potenz auszudrücken. Leib und Intelligenz fügten sich zu einem

Ganzen. Ihr gefiel es, wie energisch er seinen Standpunkt verteidigte. Pedro dagegen war reicher an Geist als an Körper, aber letzterer wurde von ersterem getragen. Bei Pedro hatte Margarita den Eindruck, daß sie sich von seinen Worten einlullen, sich von ihnen streicheln lassen konnte, und die Hände waren nicht so wichtig, weil sie eher die Rolle eines Accessoires spielten, wie der Gürtel oder die Krawatte bei einem Anzug. Pedros Hände waren nicht häßlich, vielleicht ein wenig klein, aber fest und gut geformt. Margarita wußte, daß sein Vater Schreiner war, und sie glaubte in der Form von Pedros Händen bestimmte abstammungsbedingte Züge zu entdecken, die Finger waren etwas kurz, die Handfläche breit, der Daumen abgerundet, die Hände des Henkers auf einem Bild von Caravaggio, und dennoch verfeinert durch den fehlenden mechanischen Gebrauch, denn das Ensemble war mit einer glatten, hellen Haut überzogen, die sich, sobald der Sommer kam, gleichmäßig bräunte und eine appetitliche Karamelfärbung annahm. Worte und Fleisch. Quini verband beides mit Leichtigkeit, doch mit einem gewissen Mangel an Solidität. Er war zu intelligent, eine Katze, das war kein schlechter Vergleich, er sprang und entwischte wie eine Katze, daher vermittelte er nicht die Ruhe und Sicherheit, die Margarita von dem Mann erwartete, mit dem sie ihr Leben teilen wollte. Ein Leben mit Quini stellte sie sich wie einen ständigen Hindernislauf vor, interessante Orte, aufregende Reisen, das ja, aber allzu rastlos und voller Zwischenfälle; endlose geistreiche Diskussionen über das zuletzt gelesene Buch, den zuletzt gesehenen Film. Wunderbar, aber ermüdend. Sie hatte den Eindruck, es würde ihr zu anstrengend, Quini auf seiner Reise zu begleiten. Wie eine dieser organisierten Reisen, bei denen man in der Frühe in Madrid aufbricht, am nächsten Tag durch Genua läuft und am Mittwoch Siena, San Gimigniano und Florenz gezeigt bekommt; am Donnerstag Venedig, am Freitag Rom, und am Samstag ist man auf der Rückfahrt nach Madrid. Uff. Es stimmte, daß sie Quini sehr mochte. Daß sie wegen dieser zahmen Raubkatze nachts nicht einschlafen konnte, obwohl es sie ein wenig störte, daß ihre Mutter und ihr Vater diese Beziehung förderten, weil sie der Familie gelegen kam, waren sie doch seit Urzeiten mit den Ricarts befreundet. Im Fall von Quini, obwohl er ihr wirklich gefiel (seine grauen, lebhaften Augen, sein kantiges Gesicht mit hervorspringenden Backenknochen, rosiger Haut und vollen Lippen, als hätten sie sich gerade von der mütterlichen Brust gelöst, als könne noch ein kremiger Tropfen an ihnen hängen, und dennoch ironisch geschürzt), war es schwierig, sich von diesen althergebrachten Banden, über die sie beide lachten, zu lösen. »Meine Mutter spricht ständig von dir«, erzählte Quini. Aber sie sagte ihm nicht, daß ihre Mutter genau das gleiche tat. Quini hier, Quini da, ständig Quini, Quini, Quini, der Kleine von den Ricarts. Sie erzählte es nicht, weil es ihr peinlich war, die Karten sollten nicht allzu offen daliegen und die Partie damit entweder unvermeidlich oder unmöglich machen. Außerdem schien diese familiäre Wohlgefälligkeit die Sexualität zu verscheuchen, brachte alles aufs bekannte Gleis, gab ihrer Beziehung etwas Geschwisterliches, es war wie bei Cousins oder Spielkameraden, etwas in der Art, und sicherlich war es wegen dieses Drängens von seiten der Familie, sie solle doch Quini ins Auge fassen (als brauche sie dafür irgendeinen Anstoß), daß sie noch intensiver nach Professor Bartos Ausschau hielt, der eine Beziehung versprach, die alle Gebote verletzte, eins ums andere, alle auf einmal, die gesamten zwei Gesetzestafeln von Moses: der Altersunterschied, Lehrer und Schülerin, verheiratet und ledig, Vater und Jungfrau (offiziell Jungfrau); sie betrachtete den Glanz seiner grauen Haare, und sie wirkten auf sie wie eine silbrige Ampel, die behutsam der Übertretung den Weg bahnte, denn als würde das noch nicht genügen, war Professor Bartos den menschlichen Parametern scheinbar enthoben und lebte im Olymp der Götter. Also noch eine Übertretung, die Begegnung einer Sterblichen mit einem Gott; wie in den Geschichten der klassischen Mythologie, in denen Apoll oder Zeus sich in das Zimmer einer friedlich schlafenden Frau einschleichen und sich auf sie fallen lassen, sie mit ihrem Schweiß und dem kurzen göttlichen Guß bedecken oder benetzen, bedecken und benetzen. Danae. Sie dachte an solch abwegige Dinge, und danach war sie deprimiert, als sei die Welt schwierig zu zentrieren. Als löse sie sich in Theorien auf, die durch Fehler, durch Übertreibung, durch Abseitigkeit oder Nichtvorhandensein glänzten – und als ob das, was das Leichteste hätte sein müssen, und was ihre Mutter befürchtete, daß sie sich gewänne oder verlöre, unerreichbar sei, mochte es auch nicht so aussehen. Aus diesem oder einem ähnlichen Grund hatte sie sich mittags von Lucas an die Hand nehmen lassen, hatte zugelassen, daß er sagte: »Entschuldige, darf ich?«, und ihr das Haar, das ihr unordentlich ins Gesicht fiel, hinter die Ohren strich, hatte zugelassen, daß diese dunklen, breiten Hände eines Prähominiden einen Augenblick ihre Wangen streiften, nur einen Augenblick lang, der aber ob seiner Intensität anhaltend nachwirkte. Als sei es das Schwierigste, mit der eigenen Spezies, den Menschenwesen, umzugehen, und als irrten ihre Gefühle auf gut Glück zwischen Prähominiden, Heroen und Göttern umher, in einer von Menschen verlassenen Welt. Die dunkle und breite Hand des Affen, die silbernen Schläfen des Gottes. Der Mittelwert zwischen beiden, die Menschheit, wäre vermutlich durch Quini verkörpert gewesen. Noch an diesem Abend, ganz bald, würde sie wieder den Menschen Quini beim Fest sehen, zu dem sie mit ihren Eltern eingeladen war und für das sie sich langsam zurechtmachen mußte. Wenn sie an Quini dachte, erschien er ihr fast wie eine Ausnahme, als sei er einer der wenigen Vertreter einer aussterbenden Gattung; im übrigen wäre außer Quini auch noch sein Bruder Josemari da, der auch nicht unbedingt menschliche Züge zeigte, sondern eher die eines Heroen, des gepanzerten Heroen, dessen Haupt sich stolz über den Schultern erhebt, weil es nicht vom Gewicht des Hirns niedergedrückt wird. Als sie klein waren, am Strand, in den endlosen Stunden der Siestas in Jávea, hatten sie gespielt, daß sie die perverse Gebieterin eines Roboters sei, der den

Befehlen seiner Herrin folgte: »Steig auf diese Mauer, bring mir eine Birne, nimm deiner Mutter das Parfum weg, versteck ihren Lippenstift.« Und da Josemari ein Roboter war, führte er die Befehle seiner Herrin aus, und das gefiel ihr damals, vielleicht, weil es nur kurz dauerte, einen langweiligen Nachmittag lang, wahrscheinlich deshalb, hätte es länger gedauert, hätte sie es vielleicht nicht ertragen, aber es gefiel ihr, ihn ein Weilchen herumrobben zu sehen, und vielleicht, warum nicht, wäre das Spielchen auch ein Leben lang nett, warum nicht? »Zieh das Hemd aus, rutsch auf den Knien, friß Graß!« Es wäre nicht gerade unangenehm, solch einen Mann zu haben, den du bei Morgengrauen losschicken könntest, dir eine Erfrischung zu kaufen, weil du schwanger bist und ein Gelüst hast, einen Ehemann, dem du sagen kannst: »Jetzt schau her, schau, was ich mache, aber du mußt ganz ruhig bleiben, nicht berühren, und jetzt ein bißchen berühren, da, nur da, und jetzt die Hände weg, und geh einen Schritt zurück, und schau, schau her, leg dich auf den Boden und schau zu, aber nicht berühren, und jetzt berühr mich, aber nur da.« Das dachte Margarita, während sie sich im Badezimmerspiegel des Elternhauses betrachtete, in das sie gekommen war, um ihre Mutter abzuholen. Sie streckte sich selbst die Zunge heraus und verhöhnte sich vor dem Spiegel. »Der Körper, der Körper, hat er etwas mit Ideologie zu tun?« fragte sie sich und gab sich etwas lombrosianisch: »Und der Sexus: Haben Sexus und Ideologie etwas miteinander zu tun?« Jetzt war sie auf dem Reich-Trip: War man rechts, weil man nicht gut vögelte, wie Reich sagte, oder gab es noch andere Dinge dazwischen? Und warum waren dann sie, alle, ihre Freunde, wenn sie nicht einmal vögelten, links? Vögelten sie denn? Vögelte Bartos mit dieser Hyäne, mit seiner Frau? Sie war bei verschiedenen Gelegenheiten mit der Frau von Bartos zusammengetroffen, hatte sie in ihrem Atelier (sie nannte es Werkstatt, nicht Atelier) besucht, hatte sie gesehen, stolz wie ein Pfau, aber den Stolz mit einer ordentlichen Portion falscher Bescheidenheit überspielend. »Nichts, ich weiß schon, das ist nichts wert. Ich mach das, um nicht aus der Übung zu kommen, das mach ich für mich, Übungen eben, das macht mir Spaß«, sagte sie und zeigte widerstrebend ihr Werk, dabei wußte Margarita, daß sie ständig Kritiker und Galeriebesitzer anrief, oder Maler und Bildhauer, deren Erfolg unumstritten war, um ihnen zu sagen: »Ich habe eine Überraschung für dich, ein Geschenk. Als ich dieses Bild malte, habe ich an dich gedacht, an deinen Hochzeitstag«, an den Tag, an dem die Schlampe von deiner Mutter geschwängert wurde, so ein Scheiß. Ada Dutruel. Besser Hexe Dutruel. Die Lippenränder von kleinen Falten umrahmt, zum Teil eine Folge des Alters, sicher, aber auch Ausdruck ihrer ständigen Angespanntheit: »Preßlippen« sagte ihre Mutter, wenn sie eine dieser verkrampften und eifersüchtigen Frauen beschreiben wollte. Vögelte Bartos mit ihr? Wie oft im Jahr, im Monat, in der Woche? Und mit einer anderen? Vögelte Bartos mit anderen? Vögelten Pedro, Lucas, Quini? Vögelten sie wirklich? Vögelte Quini? Mit wem? Und Josemari, vögelte er? Mit wem vögelte Josemari, der ein Verfechter der treuen, häusliche Frau war? Ging Josemari zu Nutten? Und Lucas? Vögelte Lucas? Mit wem? Mit Nutten? Und was hatten sie bei den Nutten gelernt? Sie schloß die Augen, sah Zimmer in grellen Farben vor sich, Waschbecken, Bidets, schmierige und geheimnisvolle hygienische Instrumente, die vielleicht als Stimulanzien für unerhörte Lüste dienten, Betten mit überladenen Betthimmeln, bedeckt mit bunten Manilatüchern, Frauen, die ihren Leib durchbogen oder ihn wie Akrobatinnen kreisen ließen, die mit dem Zeigefinger oder mit fünf überlangen, heftig rot lackierten Fingernägeln auf sensible Punkte drückten und damit unbekannte Mechanismen in Gang setzten, die bestimmte Körperstellen der Männer betrafen, ohne daß diese selbst davon wußten, und die von diesen Frauen aktiviert wurden und damit für immer empfänglich waren, womit sie ihre Liebhaber zu lüsternen Sklaven machten und zu Herren über andere arme Frauen, die sie in diese Laster einführten und damit ihrer Tyrannei unterwarfen. Wie war diese Art der Liebe? Von fast allem wußte sie nichts. Sie nannte sich selbst eine Ignorantin. »Ignorant, ich bin ignorant«, und war beunruhigt, weil sie immer beunruhigt war, sobald sie nur daran dachte, an die Unermeßlichkeit all dessen, was sie nicht wußte, und dann wäre sie am liebsten aus sich selbst herausgeschlüpft, aus allem, was sie umgab, sie dachte an all das, was sie sich wünschte und was außerhalb ihrer unmittelbaren Umgebung lag, außerhalb der Familie, der Fakultät, außerhalb von Madrid, von Spanien; ein Ort, wo Körper und Geist, Sex und Ideologie unmißverständlich zusammengehörten, ein und dasselbe waren. Solche Gedanken waren eine Zündschnur, die, einmal entflammt, sich mit großer Geschwindigkeit an die Sprengladung heranfraß und das gefährdete, was sie als ihren Umraum definiert hatte. Was war das für ein Ort, dieser Umraum? Die Augen von Josemari, die sie anschauten, während sie sich nackt auf dem Teppich wälzte und zu ihm sagte: »Ich laß dich zuschauen, aber nicht mehr als zuschauen.« Diese Augen voller Bewunderung, Staunen, Angst und Verlangen würden wie alles übrige in einem Feuerball aufgehen, weil sie, nur indem sie ihren Gedanken freien Lauf ließ, die Schnur gezündet hatte, und alles würde brennen, Josemaris Augen von Flammen umzingelt, für immer dahin diese Mischung aus ursprünglichen Gefühlen, die sich in ihnen ausdrückte; aber nein, das würde nicht geschehen, weil Marga schon die Treppe hinauflief, die Tür zu dem Zimmer öffnete, in dem er schlief; und sie setzte sich an sein Bett, nahm seinen Kopf, legte ihn in ihren Schoß und betrachtete, auf die Explosion wartend, den Kopf dieses Unschuldigen, der Erinnerungen an sie bewahrte, in denen sie als launische und grausame Prinzessin auftrat. Hol den Lippenstift, bring die Tasche, friß Gras. Josemaris schlafender Kopf war von einer ruhigen und hirnlosen Schönheit, die sie vor jeder Explosion schützen würde.

15

Es regnete. Von seiner Kammer oder Zelle aus – das Fenster ganz dort oben war vergittert – hörte er den Regen fallen und sogar von fern die Stimmen der Leute auf der Straße (Was war das für eine Straße? Er hatte nur den Hof gesehen, sie waren mit dem Wagen in den Hof gefahren.) Die laufen da ruhig herum, haben zwar ihre Probleme, geschenkt, laufen aber auf der Straße, dachte Enrique Roda neidvoll. Es regnete wieder, man hörte dort oben das Wasser fallen, und einige Tropfen fanden sogar den Weg zu ihm herein. Ist es denn Zufall, daß es nach so vielen Monaten gerade heute regnet? War er etwa wirklich vom Himmel gesandt? »Gott ist Franquist, kein Zweifel«, pflegte Lucio zu witzeln. »Ob er wirklich gestorben ist und der Himmel ihn beweint? Schön wär's. In diesem Fall ist das Wasser willkommen, auch wenn ich glaube, daß das hier eine sehr feuchte Angelegenheit wird, nicht nur, daß ich keine Feuchtigkeit vertrage, das auch, ich hasse sie. Sie werden mich hier kaum länger behalten, sie werden mich dem Richter vorführen, aber, wo bin ich nur? Wachen habe ich nicht gesehen, nichts, nur den Hof und den Gang. Das dachte er, während er auf dem harten Lager zusammengekauert lag, das nur ein schmaler, kleingefliester Zementsockel war. Er hörte den Regen fallen und dachte an den Hof, aber nicht an den, den er heute morgen hatte überqueren müssen, sondern an den Hof seiner Kindheit, an die regnerischen Abende, an denen er zur Strafe stundenlang Hofrunden drehen mußte. An die kalten Tage, wenn sie dort im Schneegestöber in langen Reihen ausharren mußten und ihre Schuhe verharschten. »Das sollen die Männer von morgen werden, echte Spanier«, rechtfertigten die Aufseher Unbequemlichkeit und Schmerzen. »Ihr seid kleine Mädchen, Schwuchteln, keine Männer.« Erinnerungen, die ihm am Morgen gekommen waren, als er den Hof des heruntergekommenen Gebäudes überquerte und ihm die Tropfen auf Kopf und Schulter fielen, dicke Gewittertropfen, die laut auf den Fliesen und Regenrinnen klangen. Während er den Hof überquerte, vorangeschubst von diesen Kerlen, Zivilbullen, nirgendwo eine Uniform, warum, was war das für ein Ort? hatte er gedacht, daß er nicht wieder naßwerden wollte, nicht wieder vor Kälte zittern, keine durchweichten Schuhe, keine vor Kälte schmerzenden Füße. »Gebe Gott, daß es hier nicht feucht ist«, sagte er sich, »oder daß sie mich bald woanders hinschicken. Die Zivilbullen. Gott. Sehr merkwürdig.« Gott. Der Gedanke an Gott war ihm schon drei- oder viermal an diesem Vormittag durch den Kopf gegangen. Er dachte: Meine Mutter pflegte zu beten, und du siehst, was es genutzt hat. Mein Vater betete nicht und hat auch keinen Vorteil davon gehabt. Und da, wo man mich hinschickte, weil sie gestorben waren, mußte ich jeden Tag beten und wurde immer bestraft; die Strafen und die Gebete, auch eine Art von der Strafe. Die beiden waren früh gestorben und deshalb brachte man ihn dorthin. Diese Reihen von schorfigen Köpfen, über die Teller gebeugt, der Regen, der auf den Hof fiel, der Geruch. Vielleicht hatte er nicht wegen des Regens an jenen Ort denken müssen, sondern wegen des Gangs, durch den er gebracht wurde, der war an jenem anderen Ort ganz ähnlich und roch auch so. »Kackgrün«, sagten damals die Jungens. Sie sagten, der Gang sei kackgrün gestrichen, man wußte zwar nicht, was für eine Farbe das war, aber jeder, der dort gewesen war, erkannte sie mit geschlossenen Augen. Also, gibt das doch einen Sinn, dachte er. Denn der Gang, durch den man ihn zu dieser Kammer oder Zelle gebracht hatte, war nicht ganz grün, nein, er hatte unten einen braunen Sockel. Kackgrün, wie der andere. Rechts die Duschen. Links der Lagerraum, in dem die Matratzen aufgehäuft wurden und der immer nach Wanzengift roch. Alles kam aus dem Lager. Wenn einer ging, bewahrten sie die Wäsche, die er getragen hatte, im Lager auf, und dann kamst du und bekamst sie, mit allen möglichen Flecken und diesem besonderen Geruch. Er hatte zu große Schnürstiefel bekommen und wollte es dem Aufseher erklären, aber niemand kümmerte sich um ihn. Drei Tage lang hatte er sich die Stiefel so eng wie möglich geschnürt, aber er verlor sie immer wieder, bis ein gewisser Juan Ariño mit ihm tauschte. Seine seien ihm zu eng, weil er riesige Füße habe, aber die von Enrique würden wie angegossen sitzen. Er kannte ihn bei seinem Namen. »Enrique«, sagte er, »ich kann mit dir die Stiefel tauschen, denn meine sind mir zu klein.« Später merkte er, daß das gelogen war. Daß auch dieser gewisse Ariño aus den Stiefeln rutschte. Und er verstand nicht, warum er mit ihm getauscht hatte. Ariño setzte sich im Hof neben ihn, sagte, »Nimm doch was von meinem Brötchen, ich hab keinen Hunger«, und rannte mit diesen Stiefeln, die er immer wieder verlor, hinter dem Fußball her. Enrique ertrug das nicht länger, sagte: »Du willst was von mir. Sag mir, was, und wenn ich kann, geb ich's dir, und wenn nicht, mußt du dich nicht länger bemühen.« Und Ariño erhob sich von der Stufe, auf der sie saßen, ging in eine andere Ecke des Hofs und kam nie wieder. Manchmal sah er ihn aus der Ferne rübergucken. Und dann spuckte er unwillkürlich aus. Und der andere wandte den Blick ab. Er verschwand vor ihm aus dem Heim. Er kannte nichts als seinen Namen: Ariño. Juan Ariño. Er wußte nicht, woher er kam, noch weshalb er dort war. Sicherlich weil auch er keine Eltern hatte. Damals hatte er es nicht wissen wollen. Und wenn er es später hätte wissen wollen, wäre es nicht mehr möglich gewesen. Er war bereits verschwunden. Sie waren kleine Jungs. Elf oder zwölf Jahre alt. Ariño entließen sie im darauffolgenden Jahr. Heute morgen konnte er sich auch nicht mehr daran erinnern, warum sie Ariño früher entlassen hatten. Vermutlich hatten sie eine Stelle für ihn aufgetan. Ihn selbst behielten sie noch ein paar Jahre, bis für ihn eine Arbeit in den Werkstätten der Metro gefunden wurde. Er hatte ihn nie mehr gesehen. Jetzt, nach so vielen Jahren, erinnerte er sich an ihn und dachte, daß sie sich heute vertragen könnten. Er dachte: »Wenn es heute wäre, könnten wir uns vertragen.« Und es tat ihm leid. Da gab es Leute, die da oben vorbeigingen, vielleicht voller Sorgen, mit ihren jeweiligen Belastungen, ja, aber sie waren auf der Straße. Er meinte ihre Stimmen zu hören und das Geräusch des Wassers und konnte sich nicht erklären, warum sonst niemand dort drinnen war, keine Wachen, keine Häftlinge, nichts, nur er und diese beiden Typen, die ihn hergebracht hatten und von denen er nichts mehr gehört hatte. So viele Stunden allein. Nicht einmal das Radio war mehr zu hören. Alles war still.

16

Lurditas sagte zu ihr: »Er hat gesagt, er müsse es Ihnen persönlich übergeben«, und Olga stand auf, stützte sich dabei einen Augenblick auf den Tisch, von dem das Kaffeeservice noch nicht abgeräumt war, und ging mit der Zigarette zwischen den Lippen in das Empfangszimmer. Der Bote entschuldigte sich: »Verzeihen Sie, aber man hat mir gesagt, daß ich es Doña Olga de Ricart persönlich übergeben soll, sonst niemandem«, und sie lächelte, ohne die Zigarette aus dem Mund zu nehmen. Erst als der Junge gegangen war, nahm sie die Zigarette zwischen die Finger und sagte zu Lurditas: »Bring es hierher, ins Arbeitszimmer. Wir wollen es auspacken.« Lurditas blieb einen Augenblick im Arbeitszimmer, bis Olga sie bat hinauszugehen, weil sie das Auftauchen des Bildes allein erleben wollte. Sie schlitzte das Packpapier mit dem Finger auf, entfernte dann die Wellpappe darunter, und vor ihren Augen erschien das Bild, das sie erneut überwältigte. Es besaß eine Reinheit, die sie an den Augenblick gemahnte, in dem etwas geboren wird. So erlebte sie dieses Erscheinen, wie eine Geburt. Die Dichte der Weißtöne des Hintergrunds, die breiten Striche in funkelndem Marineblau, der eigelbe Fleck, der im unteren rechten Winkel auftauchte. Sie bemerkte, wie erregt sie war, zog noch ein paar Mal an der Zigarette, bevor sie diese ausdrückte, und fuhr mit der Fingerkuppe über die Unebenheiten der Oberfläche, nahm das Bild mit der rechten Hand und ging zum Fenster, durch das graues Licht einfiel, stellte das Bild dort auf den Boden, wo es das natürliche Licht eines Wolkentags empfing, und betrachtete es ein Weilchen; dann knipste sie das elektrische Licht an und betrachtete es erneut, diesmal aus etwas größerer Distanz. Sie fand es sehr schön. Ganz anders als das, was Ada in letzter Zeit gemacht hatte. Als ob bei dem Bild plötzlich etwas Höheres über sie gekommen sei und durch ihren Pinsel spräche. Nein, es war keine Frage der Inspiration. Es war eine Weise, die Welt zu sehen, die neu wirkte, etwas von einer Taufe hatte. So hatte sie es ihr gegenüber formuliert, als sie das Bild in ihrem Atelier zum ersten Mal gesehen hatte. »Wo kommt das her, Ada?« hatte sie gefragt, und Ada sagte etwas von Hoffnung. Bereits über vierzig, erwartete sie ein spätes Kind, außerdem nahten neue Zeiten. »Man hat den Eindruck, daß die Leute das Leben anders sehen. Nach fast vierzig Jahren scheint sich etwas verändern zu wollen. Glaub mir, es macht mir auch Angst«, hatte sie gesagt. Ada meinte damit sowohl diese Geburt in reifem Alter, die sie durchstehen mußte, um noch einmal Mutter zu werden, als auch die Folgen, die Francos Tod auf das Leben im Lande haben konnte. Auch Olga hatte von ihrer Unruhe wegen der nahen Zukunft gesprochen: »Mein Mann glaubt, alles wird genauso weitergehen, aber ich weiß, daß es nicht so ist. Mehr noch, ich glaube, auch er weiß, daß es nicht so ist, klammert sich aber an das, was ihm das Beste erscheint, als könne er mit seinem Willen die Welt im Lot halten. Er ist ein Dickkopf«, hatte Olga gesagt, »ich habe Angst, aber ich weiß nicht, vor was. Und glaub nicht etwa, daß ich mir nicht wünsche, daß sich die Dinge verändern, modernisieren, aber wird es so sein? Oder wird es nur ein Chaos geben, dem etwas noch Härteres folgt? Es ist kurios, manchmal kommt mir mein Schwiegervater jünger als mein Mann vor; als sei er besser gewappnet, dem, was kommt, zu begegnen. Klar, seine Generation hat so viel mitgemacht. Für mich waren die Kriegsjahre nur Ferien.« An dieses Gespräch mußte sie denken, als sie die Leinwand vor sich hatte, und sie stellte sich auch vor, was Maximino, der Freund ihres Schwiegervaters, denken würde, wenn er wüßte, wer die Bilder der Stiftung signierte, die bald öffentlich zugänglich gemacht werden sollte; wenn er wüßte, wer die engagierte Frau war, die dieses Bild gemalt hatte, von dem er in seiner Ignoranz meinen würde, auch ein Kind könne so etwas malen. Besser so, es sollte ihm ruhig kindlich erscheinen. Etwa in der Art äußerte er sich, wenn er zu Besuch kam: »Das Bild könnte aus einem Kindergarten stammen«, sagte er. Bis er das Bild von Equipo Crónica sah, das sie im Gang zu Quinis Zimmer aufgehängt hatten (Quini hatte es ausgesucht) und das eine freie und beklemmende Variation zu Gisberts »Die Erschießung Torrijos« darstellte. Der Titel war »Torrijos und weitere 52« und die Szene der Vorbereitung zur Exekution war umrahmt von lauter kleinen Bildern, die den Himmel bedeckten und sich von nahem als Karteikarten der Polizei erwiesen, auf denen die Daten und die Fotos von politischen Gefangenen zu erkennen waren. Eine unheilvolle Landschaft: Spanien, ein riesiges Gefängnis oder auch ein riesiger Friedhof, denn die schwarzweißen Erkennungskarten wirkten auf dem farbigen Bild fast wie Grabnischen. An dem Abend, als er das Bild zum ersten Mal sah, war Maxi zur Toilette gegangen und mit verzerrten Gesichtszügen zurückgekommen, als habe er ein Gespenst gesehen. Er wandte sich nicht an sie, er wandte sich an ihren Schwiegervater: »Ricart«, sagte er, »das ist keine Kunst, das ist subversiver Dreck.« Und ihr Schwiegervater hatte gelacht und geantwortet: »Es scheint sehr wertvoll zu sein. Olga ist eine erfahrene Einkäuferin.« Aber Maxis Gesicht hatte sich nicht aus seiner Erstarrung gelöst, hatte erst nach einer Weile wieder Farbe bekommen, und er war an dem Abend noch mehrmals auf das Thema Malerei zurückgekommen. Bei seiner Ermittlungsarbeit mußte er in seiner Hartnäckigkeit zum Fürchten sein: »Ich verstehe eine Landschaft, ein Porträt, aber diese abstrakten Bilder, was sagen die schon aus?« Und er kam auf das eigentliche Thema zurück: »Und das da im Gang sieht aus wie ein Comic, und dann auch noch geschmacklos und subversiv, wo soll da das künstlerische Verdienst liegen?« Olga war eingesprungen: »Ich hab es vor kurzem gekauft. Es hing in einer genehmigten Ausstellung, und es drückt zweifellos einen Standpunkt aus, der nicht der meine ist, aber seine Berechtigung hat.« »Berechtigung? Welche denn?« Und das Gespräch bewegte sich auf vermintem Gelände. Ein Glück, daß Maximinos Frau dabei war, ein Schatz, sie hatte zu ihm gesagt: »Kannst du nicht wenigstens bei deinen besten Freunden aufhören, Polizist zu sein?« Woraufhin er geantwortet hatte, daß er vierundzwanzig Stunden am Tag Polizist sei, so wie man dreihundertfünfundsechzig Tage im Jahr Spanier sei, mit Ausnahme der Schaltjahre, da sei man es dreihundertsechsundsechzig Tage lang. Ihr Schwiegervater war nie auf diesen Zwischenfall zurückgekommen. Aber er hatte ihn sich zweifellos gemerkt. Bis dahin hatte er nicht damit gerechnet, daß das Sammeln von zeitgenössischer Kunst eine gefährliche Tätigkeit sein konnte. Olga wußte, daß er das Bild am Abend mit gespielter Aufmerksamkeit betrachten würde, aus der Nähe, aus der Distanz, um schließlich zu sagen: »Sehr schön«, und dann würde er es vergessen. Daran dachte Olga, während sie auf die kraftvollen blauen Pinselstriche schaute. Sie rief nach Lurdes: »Lurditas, bring mir doch den Kaffee hierher.« Und als das Mädchen ihn gebracht hatte, spürte sie, daß der Kaffee, der rauhe Geschmack der Zigarette und die Schönheit dieser Farben, mit denen sie in Zukunft zusammenleben würde, dem Leben einen Sinn gaben. Sie wäre dort geblieben, hätte bis zum Abend nur geschaut, hätte sie bis dahin nicht noch anderes zu erledigen gehabt. Sie mußte das Bild wieder verpacken, eine Karte mit dem Namen des Großvaters draufkleben und darunter die Widmung setzen: »Von Deiner Frau, Deinen Kindern und Enkeln, weil Deine Platinhochzeit mit dem Leben diesen Funken Schönheit verdient.« Sie hatte lange hin und her überlegt, bevor sie sich für genau diesen Satz entschied. Olga wußte um die Bedeutung der Worte und wog vorsichtig diejenigen ab, die sie aussprach, wollte wissen, warum sie sie aussprach oder, wie in diesem Fall, warum sie das eine und nicht das andere schrieb. Tatsächlich hatte sie bei der jetzigen Wahl das Problem gehabt, ob ihre Schwiegermutter in der Widmung erwähnt werden sollte oder nicht (»Deine Frau«). Es schien skandalös, sie nicht zu erwähnen, andererseits nahm es dem Text die Ehrlichkeit, da Amelia ja keinerlei Entscheidungsfähigkeit besaß, schlimmer noch, daß sie sich seit drei Jahren auch nicht einmal mehr ausdrücken konnte. Am Ende hatte sie sich für die Konvention und gegen die Ehrlichkeit entschieden. Und für diese Entscheidung hatte sie eine ganze Weile gebraucht, auch wenn sowohl ihrem Schwiegervater als auch dem Rest der Familie klar war, daß das Geschenk für den Großvater ihre Angelegenheit war und daß sie sich nicht einmal darum gekümmert hatte, ob es ihm gefallen würde oder nicht, sondern ausschließlich um die Qualität, die dem feierlichen Anlaß entsprechen sollte. Immerhin, die Stiftung Ricart schmeichelte der Eitelkeit des Großvaters. »Ich stelle nur eine Bedingung«, hatte er gesagt, als sie ihm das Projekt vorschlug, »ich will das Beste.« Und sie hatte den Eindruck, daß er sich mit dem Besten vor dem Unliebsamen schützte. Olga begann langsam die Widmung zu schreiben, achtete dabei darauf, die Karte mit ihrer schönsten Schrift zu versehen. Sie fand Gefallen daran. Eine weitere Tätigkeit unter den vielen, denen sie an diesem Tag nachging. Olga fühlte sich wohl, wenn sie beschäftigt war. Manchmal dachte sie, daß ihr Leben ganz anders verlaufen wäre, weniger Migränen, weniger schwermütige Momente, wenn sie, statt im Haus zu bleiben, etwas gearbeitet hätte, irgendwas, ihren Abschluß in Kunstgeschichte machen, Kurse geben oder besuchen oder sogar in einer der Familienfirmen als Beraterin arbeiten, also jeden Tag herausgefordert werden, auch wenn es nur eine so bescheidene Herausforderung wie die heutige war. Morgens aufzustehen und zu wissen, daß um acht Uhr abends alles fix und fertig sein mußte, eine Maschinerie in Gang setzen, die das bis acht Uhr bewältigte. Die Maschinerie lief jetzt wie geschmiert. Letztlich hatte das Projekt der Stiftung Ricart einen guten Teil dieses Beschäftigungsdrangs befriedigt, der über Jahre unbefriedigt geblieben und mit dem stetigen Heranwachsen von Quini und Josemari noch heftiger geworden war. Die Sammlung zusammenzustellen, sich von einigen Werken zu lösen, deren Kauf sich über die

Zeit als nicht so geglückt herausgestellt hatte, andere Stücke zu einem guten Preis erwerben und dabei auf die Jungen setzen: wie ein Luchs wittern, was ansteht, welche Maler exklusiv verpflichtet werden würden, den Galeristen René Matras, Mordó, Vijande oder Adelantado Entdeckungen wegschnappen, bevor sie erfuhren, daß in Zaragoza, Murcia oder Vigo ein Wunderknabe vor der Staffelei sitzt, und selbst zu einem Spottpreis das erwerben, was drei Jahre später unbezahlbar ist, wenn der Junge den Status des anerkannten Malers erreicht hat. Jetzt verbrachte Olga Albizu einen Großteil ihrer Zeit mit dem Umbau der Räume, die sie im Untergeschoß der Büros an der Plaza Rubén Darío als Ausstellungsraum für die Stiftung angemietet hatten; sie beschäftigte sich damit, die Philosophie der Stiftung (so sagte man heute, wenn es darum ging, den Stil von etwas zu bestimmen: Man sprach von Philosophie, nicht von Stil) zu entwickeln, und die mußte ihrer Meinung nach vom guten Geschmack der Avantgarde geprägt sein, klar, aber letzlich von ihrem guten Geschmack, dem von Olga Albizu de Ricart, denn Geschmack war etwas Persönliches und unübertragbar, und die Stiftung, auch wenn sie Stiftung Ricart hieß, würde natürlich eine Stiftung Olga Albizu sein. Wie konnte es auch anders sein, ihr Schwiegervater hatte sich doch noch nie für Kunst interessiert, und Tomás hielt Genaro Lahuerta immer noch für modern und ließ sich vom »Mangel an Realität« in seinen Seestücken beunruhigen. Obwohl sie das Geschichtsstudium abgebrochen und nicht an die Akademie der Künste gegangen war, hatte der Virus Kunst sie dauerhaft infiziert und die Leidenschaft für die Malerei sie nie verlassen. Nur die ersten beiden Ehejahre hatten sie etwas von dieser Welt entfernt, wahrscheinlich weil die neue Situation sie überrumpelt hatte, als plötzlich aus dem jungen Mädchen, das niemand recht ernst nahm, der Mittelpunkt des Hauses Ricart geworden war. Am Anfang gefiel ihr dieses Gefühl, alle hingen von ihr ab, die nun das Zuchttier war, das die Kontinuität der Familie garantierte. Die anderen produzierten Möbel, Kunsthandwerk, Spielzeug, Kleidung, und sie produzierte zwei wunderbare Menschenwesen, ihre Söhne, zwei gesunde und aufgeweckte kleine Männer. Ihre Reaktion auf die ihr anvertraute Mission blieb jedoch nicht aus. Bald war es ihr langweilig geworden, Umstandskleider auszusuchen und inmitten von Windeln, Kinderwäsche und Babyölen zu leben. Als sie nach kaum vier Jahren Ehe zum dritten Mal schwanger wurde und das Mädchen (es wäre ein Mädchen gewesen, unglücklicherweise) nach ein paar Monaten verlor, beschloß sie, die Produktionsstätte Ricart zu schließen. Sie hatte ihnen schon genug geliefert. Tomás drängte, man solle es weiter versuchen, um dieses Mädchen zu bekommen, das eine Lücke in der Familie ausfüllen würde; und anfangs hatte sie sich auch selbst noch ein Mädchen gewünscht, aber dann plötzlich, nach dem Abgang, war sie es müde, bloß Gattin und Mutter zu sein, und obwohl man ihr versicherte, daß die Schwierigkeiten bei der Schwangerschaft nur punktueller Natur gewesen waren und sie ohne weiteres noch ein Kind bekommen könnte, weigerte sie sich von jenem Tag an, ein erneutes Risiko einzugehen. Hätte ihre Schwiegermutter von ihrem Entschluß, Verhütungsmittel zu benutzen, erfahren, sie hätte das nicht geduldet oder zumindest nie verziehen. Olga aber hatte sich, statt weiter Kinder auszutragen und aufzuziehen, darauf verlegt, in einer exklusiven Akademie Musikkurse zu besuchen. Dort lernte sie nicht nur Partituren lesen, sondern konnte sich auch für weitere Seminare einschreiben, die sich mit Aspekten des sogenanten Gesellschaftslebens beschäftigten: Protokoll, Küche, die gedeckte Tafel, Mode. »Mama«, sie nannte ihre Schwiegermutter, die sie im übrigen verabscheute, Mama, »heutzutage braucht eine Frau diese Dinge, sie muß auf der Höhe sein, die das Leben ihr abverlangt«, hatte sie zu ihr gesagt, als sie beschloß, die Kinder, das eine dreijährig, das andere knapp ein Jahr alt, nachmittags dem Kindermädchen zu überlassen. Eine Zeitlang war sie zu diesen Kursen gegangen, in die sich auch Sole eingeschrieben hatte, aber das Ambiente dort hatte sie nicht wirklich angezogen, alles so konservativ, so puritanisch und affektiert, eine Parade alter Damen, die sich über alles und jeden aufregten; die jedesmal übertrieben die Brauen hochzogen, wenn sie eine Meinung äußerte, und bei jedem Kleid das sie anzog, schief guckten und schnatterten. »Sehr modern«, bemerkten sie, um nicht zu sagen, daß das Kleid gewagt oder unschicklich sei. Die Mehrheit der Kursteilnehmerinnen waren reife Frauen. Die Jungen in ihrem Alter hatten keine Zeit, das Haus zu verlassen, sie saßen in ihrem Nest, Hennen, die über ihren kontinuierlich wachsenden Küken gluckten. Die Familien brauchten Kinder, und die Frauen waren entzückt, sie zu bekommen. »Ja, ich bin wieder im fünften Monat, das ist das vierte«, bekam sie zu hören, wenn sie eine von ihnen auf einem Fest oder nach einer Veranstaltung traf und auf die Schwangerschaft ansprach. »Und du? Hast du schon Schluß gemacht? Willst du kein Mädchen? Wir rechnen nicht. Wir haben beschlossen, die zu bekommen, die Gott uns schenkt«, sagten sie und setzten eine einfältige Miene auf, während die Ehemänner und die übrigen Freunde zweifelhafte Witze über Tomás' Männlichkeit machten: »Er braucht sie bloß anzuschauen, und sie ist schwanger« und ähnlich Vulgäres. Und sie begann inmitten von so viel Stumpfsinn zu ersticken. Sole hatte ihr vorgeschlagen, diese Kurse zu besuchen, die, wie sich herausstellte, für sie maßgeschneidert waren: *demodé, ancien régime*, alles so schwerfällig; kurz gesagt, es waren reiche und behäbige Damen, die in diese Kurse gingen, weil sie sich davon versprachen, von allem den *dernier cri* mitzubekommen, ein zweifellos abwegiger, um nicht zu sagen absurder Anspruch, da sowohl die Lehrenden als auch die Lernenden Frauen waren, die von Paris nur Sacré-Coeur kannten, die Geschäfte an der Madeleine und am Boulevard des Capucines, und deren große Kühnheit darin bestanden hatte, einen Abend im Folies-Bergère zu verbringen, das diese Frauen als eine der dunkelsten Kammern der Hölle beschrieben, Schwefeldampf, Schamlosigkeit, und all das erzählten sie kichernd und scherzten über das Benehmen ihrer Männer in dieser heißen Nacht. Selbstverständlich hatten alle auf der Rückfahrt von Paris in

Lourdes Station gemacht und von dort ein paar Fläschchen Weihwasser mitgebracht. An Rom hatte sie nur der päpstliche Segen am Sonntagmorgen auf dem Petersplatz interessiert und die Privataudienz, die ihnen der Heilige Vater gewährt hatte und von der sie das entsprechende Foto sowie ein Zertifikat mit Sankt Peters Schlüssel auf dem Siegel aufbewahrten. Kunst. Wie konnte sie an den Kursen Gefallen finden, wenn da doch nur von Kroketten, Dienstmädchen und Blumenarrangements gesprochen wurde. Für diese Frauen, die alle aus den guten Familien des Regimes kamen, waren die Impressionisten mit ihren Blumenfeldern und ihren dunkelhäutigen Frauen gefährdete Exzentriker, die sich auf Zehenspitzen am Rand des Abgrunds bewegt hatten, und Van Gogh war für sie ein Kadaver, war zu nah an den Abgrund getreten und abgestürzt, »Wie können dir diese Spiegeleier gefallen, die Sonnenblumen sein sollen«, und das, das von den Sonnenblumen, wußten sie auch nur durch Zufall, aus irgendeiner Bemerkung, die sie von Dritten aufgeschnappt hatten; schon gar nicht wußten sie, wer Turner war, oder Gainsborough; und das Musée Marmotan hätte sie vor Langeweile in den Selbstmord getrieben; noch fünfzehn Jahre später weigerten sie sich, das Museum von Cuenca zu besuchen, weil es, wie sie behaupteten, vollgestopft sei mit Eisenbahnweichen und Lumpen, die man aus irgendwelchen Mülleimern geholt habe. Olgas Stil war ganz anders. Sie hatte andere Interessen, eine andere Ausbildung, andere ästhetische Maßstäbe. Als also die Erfahrung mit den Seminaren, die nichts als Kränzchen für ignorante und eingebildete Damen waren, enttäuschend ausfiel, verlegte sie sich darauf, sich in ihrer freien Zeit der Leidenschaft ihrer Jugend, der Malerei, zu widmen, was ihr erlaubte, ein Zimmer für sich allein zu haben, dessen Boden sie mit Zeitungspapier auslegte und wo sie einen weißen, fleckigen Kittel tragen und auf dem Plattenspieler die Musik hören konnte, die sie mochte. Das war ihr Studio. Den Entschluß traf sie, nachdem sie Quini bekommen hatte und merkte, daß um sie herum ein Netz von Verpflichtungen geknüpft worden war, aus dem sie sich nicht einfach lösen konnte. Bis zu diesem Augenblick hatte sie nicht bemerkt, daß die Ehe, die Mutterschaft, der Haushalt, die gesellschaftlichen Verpflichtungen nicht nur eine Parenthese in ihrem Leben waren, sondern nun die Essenz dieses Lebens ausmachten, das sich ihr plötzlich als eine Art Rutschbahn offenbarte, auf der sie vier Jahre lang unmerklich entlanggeglitten war, umgeben von Aufmerksamkeiten, Schmeicheleien und Pflichten, die keine zu sein schienen, eine Rutschbahn mit nur einer möglichen Richtung, abwärts; genauer noch eine gut eingeseifte Kletterstange, denn es ging senkrecht nach unten. Sie fühlte sich wie ein Kind, dem man Spielzeug und Bonbons in leuchtendbunten Papieren anbietet, um es davon abzulenken, daß es operiert werden soll, und das, wenn es Verdacht schöpft, bereits mit Riemen an den Operationstisch geschnallt ist, während eine Hand ihm die Betäubungsmaske aufs Gesicht legt. Sie hatte die Lederriemen um ihre Handgelenke gespürt – bunte Badewannen, Rasseln, Windeln –, hatte die Hand mit der Maske gesehen – Babyöl, Pulvermilchdosen, Saugflaschen – und hatte sich wehren wollen. Es war das, was sie später ihre phobische Ehephase nannte. »Mir schien es, als habe man mich auf einer kostbaren Platte angerichtet, mich serviert, und als ob nun alle, die um den Tisch herumsaßen, mich mit Genuß und unverhohlener Gier verspeisten. Ich sah mich als Ente à la rouenaise im eigenen Saft geschmort. Ich sah ihre glücklichen Gesichter und daß sie mit ihren Gabeln auf mich zielten.« Sie hatte einen Ehemann erlebt, der sich plötzlich nicht mehr anziehen konnte, ohne daß sie ihm sagte, wo die Unterwäsche lag, wo die Taschentücher und sogar die Schuhe waren; der mit nassem Kopf aus dem Bad schaute, um zu fragen, wo die Handtücher lagen, die natürlich am selben Platz wie immer waren, nämlich im Badezimmerschrank; sie hatte Schwiegereltern erlebt, die gemeinsam ihr wirklicher Ehemann zu sein schienen, ein Gatte, der, mittelalterlichen Drachen gleich, zwei Köpfe hatte, einer schrecklicher als der andere, mit noch funkelnderen Augen und spitzeren Zähnen: der

Kopf des Schwiegervaters, der den Mund aufmachte, um zu entscheiden, ob die Wohnung renoviert werden sollte oder nicht, oder ob man schon nach El Escorial fahren oder noch eine Woche in Madrid bleiben sollte; und der Kopf der Schwiegermutter, die kaum sprach, aber die Lippen vorschob, als müsse sie ein wenig Luft ablassen, um nicht bei jedem Kleid, das Olga kaufte, oder bei jedem Bild, das sie aussuchte, vor Wut zu platzen; und die an einen Auktionator von Durán erinnerte, weil sie hundertmal den Preis, den Olga für etwas bezahlt hatte, wiederholte, jedesmal in einer anderen Tonlage. Den Alptraum vollkommen machten zwei Kinder, die sie als kleine Kannibalen zu betrachten begann, weil sie, auch als sie bereits zahnten, darauf bestanden, weiterhin die Brust zu bekommen, und weil sie den ganzen Tag an ihr hingen, quengelten, sie betatschten; es war, als würde sie durchgeknetet, bevor sie in den Backofen kam. Zur Empörung ihrer Schwiegermutter beschloß sie, zu einem Psychiater zu gehen, der ihr sagte, sie durchlebe eine phobische Phase, was in den ersten Zeiten der Mutterschaft häufig vorkomme. »Ein Kind ist schließlich eine lebenslange Fessel, und diese Dauerhaftigkeit anzunehmen ist keine leichte Aufgabe«, sagte der Psychiater. Er meinte sogar: »Eine Frau befreit sich auch dann nicht von ihrem Kind, wenn dieses das Haus verläßt, nicht einmal, wenn es stirbt. Das ist noch schlimmer, von den toten Kindern befreit sich eine Frau am wenigsten, die verfolgen und fordern sie am meisten.« Tatsächlich war auch Sole entsetzt, als sie erfuhr, daß sie in psychiatrischer Behandlung war: »Sag es ja keinem, Olga, keine unserer Freundinnen würde das verstehen. Sie würden dich als verrückt abstempeln«. Elvira, die so einfältig und zimperlich war, hätte sie es nie erzählt, obwohl sie überzeugt davon war, daß Elvira es auf eigenem Weg erfahren hatte (Sole? Eine der Schülerinnen im Kurs? Ihre eigene Schwiegermutter?), denn eine ganze Saison lang hatte sie, wenn sie sich trafen, jedesmal wenn Olga lachte oder einen Scherz machte, gesagt: »Es scheint dir gutzugehen, du wirkst sehr aufgekratzt«, und wenn Olga nicht in so alberner Laune war und sich normal unterhielt, sagte sie, bevor sie heimging: »Diese Woche wirkst du ein bißchen flügellahm, etwas niedergeschlagen. Paß auf dich auf, Schatz«, und ihre Worte hatten den eindeutigen Ton eines ärztlichen Befunds. Olga hatte das Gefühl, daß Elviras Besuche mehr als alles andere ärztliche Hausbesuche waren. Und dieses Gefühl verschwand nicht mehr. Elvira wirkte wie ein Arzt. Bewaffnet mit einem Stetoskop untersuchte sie alles, erfragte alles, diagnostizierte alles, sah alles voraus: »Du hast diese Kommode umgestellt. Warum hast du sie umgestellt? Sie paßte besser an den anderen Platz.« Im Laufe der Zeit begann Olga immer mehr ihre Mutter zu vermissen: diese intelligente Frau, die sie ermutigt hatte zu studieren und ihr eine fast theologische Weisheit vermittelt hatte, die sie jeden Tag mehr schätzen lernte, und die so lautete: »Selbst um ein Spiegelei zu braten, ist eine kluge Frau besser als eine dumme«, und die ihr geraten hatte, zum Arzt zu gehen, als sie deprimiert gewesen war, und die sich nicht daran gestört hatte, daß auf der Visitenkarte, die man ihr gab, und auf dem Schild an der Praxis das Wort Psychiater stand. Ihre Mutter war eine große Hilfe und ein Ansporn gewesen, sie hatte sie dazu ermutigt, nicht ihre Beschäftigungen aufzugeben, ihre Leidenschaften wie einen Schatz zu hüten: »Ich weiß, was ich dir sage, ich habe es erlitten. Es ist sehr schwierig nicht zu platzen, wenn du merkst, daß du nur dazu da bist, den anderen dabei behilflich zu sein, dorthin zu kommen, wo sie hin wollen. Und am Ende wissen alle das, was du nicht weißt. Eine Familie ist wunderschön, wenn du es schaffst, daß sie dich nicht auffrißt, wenn du wie die anderen ein Ziel verfolgen kannst.« Also hatte sie sich ihr Studio erkämpft und eine Zeitlang diese Parzelle der Unabhängigkeit verteidigt, zu der ihre Mutter sie ermutigt hatte. Sie zog sich jeden Morgen für ein paar Stunden in das Studio zurück (es machte ihr nichts aus, früh mit ihrem Mann aufzustehen, vor sieben, wenn sie sich damit diese Zeit freischaffte) und blieb oft auch nachmittags dort. Den Älteren ließ sie beim Kindermädchen, und den Kleinen, Quini, nahm sie mit ins Studio, malte, hörte Musik, schaukelte die

Wiege des Kleinen und gab ihm zu seinen Zeiten die Brust, und sie hatte das Gefühl, dies sei ihre Welt, nur ihre. Oft hatte sie gedacht, ob Quini nicht in diesen Monaten begonnen hatte, ihr ähnlich zu werden. Ihr Studio auf der Terrasse des Hauses, die Glasfront, durch die man das Salamanca-Viertel und als belaubten Fleck den Retiro-Park sah. Sie hatte es schon seit langem nicht betreten, dort standen immer noch die Staffelei, die Farbtuben, die Rahmen. Dort war noch die Glaskaraffe, in der immer die Blumen standen, die sie mochte: die Schwertlilien mit ihrem intensiven Blau, Schwarz und Gelb, Kalendulas, der knospende Orangenzweig, den der Florist Octavio Partierra wie einen Schatz für sie aufbewahrte. Es fiel ihr plötzlich auf, daß die vergangenen Zeiten, die alle für die schwersten hielten, in ihrer Erinnerung zu einem Augenblick der Vollkommenheit zusammenschmolzen. Es waren nicht die Zeiten der Kindheit ihrer Söhne, sondern ihrer eigenen Kindheit und Jungmädchenzeit. Die Spiele, die Ausflüge in die Wälder um San Sebastián, die Scheinheiligkeit von Pruden, der um das Haus in Jávea strich, Pruden, der so artig in Gesellschaft war, ihr aber heimlich Blumen schenkte und, wenn sie den Strauß nahm, ihre Hand ergriff und drückte und zu küssen versuchte und leidenschaftliche Worte sagte, armer Pruden, der sehr früh kahl zu werden begann und schon damals die wenigen Haare, die ihm blieben, kompliziert arrangierte, einen Vorhang fast bis auf Augenbrauenhöhe fallen ließ; und dennoch, sie mußte zugeben, Pruden gab den Frauen etwas, was sie begehrten, vielleicht Leidenschaft oder Heimlichkeit, oder beides zugleich, eine Leidenschaft, die er sorgfältig vor den anderen verbarg und die sich in der Zweisamkeit entfesselte und eine Frau in ihrem Glauben an die Fähigkeit bestärkte, einen Mann verführen zu können, ihn um den Verstand zu bringen; diese Mischung aus Sakristan und Satyr war bei Pruden nicht unattraktiv, sie aber hatte sich von Tomás' Ernsthaftigkeit fesseln lassen, von seiner Art, alles, was nicht Arbeit war, als Sache von Frauen oder Jugendlichen anzusehen, die man nicht so wichtig zu nehmen brauchte. Er war immer schon so gewesen, kümmerte sich um alles und jedes, was mit der Organisation und der Ökonomie der Familie oder des Unternehmens zu tun hatte, entwickelte aber keinen Hauch von Inspiration. Schon in seiner frühen Jugend schien ihm, wenn sie einen Ausflug planten, das Ziel egal zu sein, aber wenn es einmal beschlossen war, setzte er sich freudig vor ein Blatt Papier, nahm einen Bleistift und berechnete minutiös, wie viele Kilometer sie vor sich hatten, in wie vielen Etappen sie zurückzulegen waren, was man mitnehmen müßte und wieviel Geld sie brauchen würden. Er war für das, was er Logistik nannte, zuständig. Sobald er alt genug für den Führerschein war, wurde er unvermeidlich zum Chauffeur der Gruppe, und immer war er es, der entschied, in welchem Hotel sie schliefen, der sich um die Reservierung kümmerte und in den Führern das Restaurant aussuchte, in dem sie essen mußten. Dieses Gefühl der Sicherheit, das seine Nähe vermittelte, war sicherlich das, was bei Olga den Ausschlag gegeben hatte, obwohl sie ihn am Anfang fast floh, ihm in Jávea aus dem Weg zu gehen versuchte, wenn sie abends mit einer Gruppe französischer Urlauber an die Cala de la Granadella ging und sie dort bis in die Dunkelheit Gitarre spielten und sangen. Sie erinnerte sich mit Wehmut an diese Abende der Jugendzeit, wie an eine Farbexplosion in einer grauen Welt: Die Sonnenstrahlen fielen auf das Wasser, das bei Sonnenuntergang phosphoreszierte und dann mit dem vorrückenden Schatten der Felsen dunkel und bedrohlich wurde; der Pick-up, in dem sie Boleros hörten. Einmal hatten sie beschlossen, nackt zu baden, und dann hatte einer der ausländischen Jungen sie geküßt, die beiden nackten Körper zwischen den Felsen. Es gab einen kleinen Skandal im Dorf, als die Guardia Civil einmal an der Cala auftauchte. Wo war Tomás an diesen Abenden? Sie konnte sich nicht daran erinnern. Wahrscheinlich zu Hause, um für irgendein Fach zu lernen, das er nachholen mußte. Ihm erschien das alles albern. Und seine Fähigkeit, den Dingen die Wichtigkeit zu nehmen, entspannte sie. Hätte er von diesem Bad, von diesen Küssen erfahren, hätte er sie zweifellos etwas von oben herab angeschaut und gesagt: »Was für eine Lust, sich zu blamieren«, und es hätte keine weiteren Szenen gegeben. San Sebastián, die Erinnerungen an San Sebastián, Biarritz, die Reise nach Paris. Sie war davon überzeugt – obwohl sie es nie jemandem gestanden hatte –, daß es die Reise nach Paris gewesen war, die sie für immer an Tomás gebunden hatte, der über tausend Kilometer entfernt war. Jávea mit seinem harmlosen Familientourismus erschien ihr rührend dörflich, ein Taschentuch, das man nach Laune einsteckt und herauszieht, aber Paris hatte sich ihr entzogen. Sie war mit Elvira zusammen gefahren, und sie logierten in einem Jugendgästehaus in der Nähe der Avenue Rapp, ein überaus teures und theoretisch sehr strenges Jugendgästehaus, aus dem sie sich aber oft abends davonmachen konnten, dank der Willfährigkeit eines Portiers, den sie mit ihrem Jungmädchenlächeln und Trinkgeldern zufriedenstellten. Es waren immer noch sehr viele Amerikaner in der erst seit ein paar Jahren befreiten Stadt, und das Nachtleben brodelte. Sie waren gerade zwanzig, und eines Abends lernten Elvira und sie in der Nähe von Saint Michel zwei erwachsene Männer kennen – sehr höflich, sehr gebildet –, die von ihrer Liebe zu Spanien erzählten: Toledo, der Prado, El Greco, die blauen Himmel, die kargen Felder, die verlassenen Dörfer. Sie verabredeten sich noch mehrmals und klapperten alle Orte ab, die damals jeder in Paris besuchte. Fast immer kamen sie vor zwölf Uhr nachts zurück ins Gästehaus, aber einmal war es schon nach eins, als sie an den Heimweg dachten, und sie entschieden, die Schwierigkeiten wären die gleichen, ob sie jetzt oder erst ein paar Stunden später zurückkämen, also ließen sie sich darauf ein, mit ihren Begleitern in ein Lokal in der Rue Notre-Dame des Blancs zu gehen, wo eine Frau in Schwarz auftrat, sehr à la Juliette Greco, die Chansons von Prévert sang, »Les feuilles mortes« und ähnliches. Olga, die schon einen Pastis mit Wasser getrunken hatte, ließ sich noch einen Drink bestellen, einen kleinen Whisky, und war fasziniert von den Chansons, die aus dem Mund des Mädchens perlten, während die Hand des Begleiters die ihre nahm und ihr dann den Rücken streichelte. Elvira wollte nichts trinken und sagte nach einer Weile, sie nähme jetzt ein Taxi. Olga blieb dort. Es war ein Spiel, sie schaute und schaute nicht in die Augen dieses Mannes, der so gebildet und so feinfühlig war, ihr zärtliche Worte sagte, *»ma petite«*, *»ma princesse«* und ähnliches. Sie küßten sich in einem Winkel des Lokals. Olga hatte das Gefühl, daß sie sich das erste Mal im Leben treiben ließ, niemand sah zu (Elvira war gegangen, sie waren allein unter Fremden), niemand merkte sich etwas und konnte es dann weitererzählen. Es war die glücklichste Nacht ihres Lebens, und der Morgen dämmerte schon fast, als sie an den Haufen von Kisten bei Les Halles entlanggingen, mitten im Tumult der Kleinlaster, dem Geschrei der Ladearbeiter. Olga sah die Lieferzettel auf den Kisten, die Namen von Orten, die sie gut kannte, nicht weit von Jávea, von dort kamen die Früchte und das Gemüse; Orte, von denen sie diesem Mann erzählte, der ihr aufmerksam zuhörte und sich für alles interessierte, was zu ihr gehörte. Olga glaubte über der Welt zu schweben; daß sie gleichzeitig Paris und die Orte unter Kontrolle habe, die auf den Lieferscheinen der Kisten standen, als sei die erste Begegnung mit dieser Stadt zugleich die Rückkehr an einen Ort, den sie schon seit sehr langem kannte und der ihr auf irgendeine Weise gehörte. Mit diesem Gefühl, daß die Welt ein Taschentuch sei, das sie einstecken konnte, überquerte sie den Pont des Arts und ließ sich von ihrem Begleiter umarmen und küssen. Sie hatte später oft darüber nachgedacht. Wenn jemand sie nach dem glücklichsten Augenblick in ihrem Leben fragen würde, müßte sie sagen: dieser Gang über den Pont des Arts, dieser nächtliche, wechselhafte Himmel, der hin und wieder Lichtreflexe auf das Wasser des Flusses fallen ließ und es dann wieder in Schatten tauchte. Den Horizont schloß die dunkle Silhouette der Gebäude ab, die ihr schon seit langem vertraut waren, denn sie hatte sie in Büchern und auf Postkarten gesehen. Dieser Augenblick wurde zum glücklichsten in Olgas Leben, intensiver als alle, die sie zuvor erlebt hatte, obwohl das Glück, *hélas*, nur einen Augenblick währte, weil er sie später durch die Gassen hinter der Akademie führte und sie dann, in jener Nacht Anfang September, nicht nur die Glut seines Mundes spürte, sondern auch die Kraft seiner Hände, den Druck seiner Schenkel, die sie an einen Türpfosten in einem einsamen Gäßchen, wo es nach Katzenpisse roch, rammten. Sie sagte: »Laß uns gehen, ich muß zurück«, und dachte, es müßte wunderbar sein, sich küssend zu verabschieden und sich für den nächsten Abend zu verabreden, aber seine Hände waren stark und drückten sie an den Türpfosten. »*Ma petite*«, sagte er, »*quand on allume un feu il faut l'éteindre*«, noch war seine Stimme zärtlich, eine Zärtlichkeit, die im Widerspruch zu dem Wirken der Hände stand, die ihr ohne jede Höflichkeit in den Ausschnitt der Bluse fuhren und dabei ein paar Knöpfe springen ließen, und zum Crescendo seines Atems. Als seine Stimme wieder erklang, hatten sich Ton und Timbre verändert; die Stimme war nicht mehr seidig und zärtlich, sondern heiser und drangvoll, und er sagte nicht mehr »*ma petite*«, sondern: »Du bist schon zu erwachsen, um dich dumm zu stellen«, beziehungsweise: »*Tu est déjà assez grand pour faire des conneries. Tu ne peux pas chauffer un homme et dire après au revoir.*« Sie durfte keinen Mann heiß machen und ihm adieu sagen, ohne den Preis dafür zu zahlen. »Spielst du gern mit Männern?« fragte er, »*Tu aimes jouer avec les hommes?*«, und stieß sie hinter ein paar Ligusterbüsche, die neben dem Haus standen, und ließ sie auf das Gras des jämmerlichen Gärtchens fallen, ohne auch nur zu schauen, ob es vermüllt und voll mit Exkrementen von Katzen und Hunden war, wie bei diesen Pariser Vorgärten üblich; und als er sie erstmal flachgelegt hatte, preßte er sich zwischen ihre Beine, tat ihr Gewalt an, tat ihr weh. Und nach einer Weile, als sie dann in einem Taxi auf dem Weg zum Jugendgästehaus in der Avenue Rapp saß, hatte Olga begriffen, daß die Männer erst sanft und zärtlich waren, dich wie ein Püppchen behandelten, dich behutsam drückten, als seist du weich wie Sahne, und dann packten sie dich plötzlich mit Gewalt, krallten die Hände in deine Schultern, öffneten deine Beine mit ihren Beinen. Es war das erste Mal. Sie begriff, daß Sex und Kultur nichts miteinander zu tun hatten, was sie den Männern gegenüber mißtrauisch machte, ein Mißtrauen, das sich vage auch auf die Kultur erstreckte: Dieser Typ, der im Louvre vor dem *Castiglione* von Raffael in Ekstase geraten war, der sie ins Musée Marmotan zu Monets Seerosen geführt hatte und ihr von Abtönungen und Pinselstrichen und Schattierungen und Lasuren gesprochen hatte, war derselbe, der sie packte und sagte: »Schluß mit den Spielchen«, und sie weinend in einem Winkel bei einem dunklen Portal zurückließ, wo sie die noch vorhandenen Blusenknöpfe schloß. Sie spürte eine klebrige Wärme, die ihr an der Innenseite der Schenkel herablief. Die Schönheit der Nacht hatte plötzlich ein anderes Vorzeichen bekommen, eine Nacht mit einem fast vollen Mond. Hastig trieben Wolken über den Himmel von Paris und verdunkelten zeitweise die Seine, die sich, wenn der Mond wieder auftauchte, opalisierend färbte, wie Perlen oder wie der Pastis mit Wasser, den sie zuerst mit dem Typen getrunken hatte, und den der Typ die ganze Nacht weitergetrunken hatte, und nach dem jetzt auch Olgas Atem roch, die Reste von Küssen. Sie weinte, und er hatte sie dort zurückgelassen. Er hieß Jacques und war, das hatte er jedenfalls gesagt, Kunstprofessor. Sie wußte nicht viel mehr über den Mann, obwohl sie ihn in den folgenden Tagen suchte, selbst nicht recht wissend, wozu; wahrscheinlich nur, um ihn für etwas verantwortlich zu machen: für ihre Enttäuschung, ihre Traurigkeit oder vielleicht für etwas Schlimmeres, denn nach einer Weile, als sie im Zimmer des Gästehauses war, nachdem sie den grinsenden Blick des Portiers passiert hatte, dachte sie daran, daß er sie möglicherweise geschwängert hatte. Sie wusch sich zwanghaft, wieder und wieder; nicht daß irgend etwas zurückblieb, keine Spur von dem mit Schweiß untermischten Parfum jenes Mannes und erst recht nicht eine dauerhafte Erinnerung. Zuerst weinte sie und wusch sich, und dann wusch sie sich weiter, weinte aber nicht mehr, nur ihr Hirn arbeitete mit der Kälte eines Rasiermessers. Jetzt fiel ihr ein, daß sie nicht einmal das Geschlecht dieses Typen gesehen hatte; daß sie zum ersten Mal von einem Mann besessen worden war und noch nicht einmal seinen Körper gesehen hatte, und sie wollte wissen, wie dieses Geschlecht aussah, das sie zerfetzt hatte, diese Schenkel, die solche Kraft bargen. Und sie beschloß, daß sie diesen Mann wiedersehen mußte, und wußte schon nicht mehr genau, ob sie ihn zur Rechenschaft ziehen oder kennenlernen wollte. Am Abend darauf begann sie die Bars abzuklappern, die sie gemeinsam besucht hatten, doch in keiner konnte man ihr weiterhelfen, niemand kannte ihn, niemand konnte sich an ihn erinnern; sie konnten sich nicht einmal daran erinnern, Olga in den letzten Tagen gesehen zu haben, »nein, ich weiß nicht, wen sie meinen«, »Nein, nein, ich kann mich nicht erinnern, auch nicht an Sie«, »es kommen so viele Leute ins Café«. Elvira fragte am nächsten Morgen nach, und sie wich aus: »Nichts, was soll schon passiert sein, ich hab dann ein Taxi genommen und bin hergefahren.« Und Elvira: »Aber um wieviel Uhr denn?« Und sie: »Eine Weile nach dir.« Gegen Abend machte sie sich davon, und Elvira fragte, ob sie mit ihrem Freund verabredet sei, und sie sagte weder ja noch nein und hüllte ihre Eskapaden in einen Schleier des Geheimnisses. Als ob es da etwas gäbe, und in Wahrheit war da nur Leid. Aber sie wollte niemandem ihr Leid zeigen, schon gar nicht Elvira. Paris, so viele Menschen, »Es kommen hier so viele Menschen vorbei«. Sie betrachtete die Stadt, die sich von den Stufen vom Sacré-Coeur aus in der Ferne verlor, und dachte, daß er irgendwo dort unten sein mußte, und sie setzte sich auf eine der Stufen, in die Nähe eines Flötenspielers, der »Pequeña flor« spielte, und fühlte sich plötzlich müde und begann zu weinen. Da kam ihr Tomás in den Sinn, und entwaffnet überließ sie sich der Erinnerung an ihn. Sie machte sich keine genaueren Gedanken darüber, warum sie diesen Typen finden wollte. Sie war davon überzeugt, daß sie ihn nur zur Rechenschaft ziehen wollte, damit irgend jemand auf der Welt wußte, was das für ein Individuum und zu was er trotz seiner Feinfühligkeit und Bildung fähig war, oder, besser gesagt, was er mit zärtlichen und kultivierten Worten verhüllte. Sie dachte, es sei um der Gerechtigkeit willen, nur deshalb wollte sie ihn finden, und Paris erschien ihr als Stadt so groß, so kalt und so mit sich selbst beschäftigt, daß sie nichts für Gerechtigkeit übrig hatte, und dieser Gedanke zerstörte Olga, machte sie leer, weil er ihr bewies, daß Handlungen kein Lob und keine Strafe nach sich ziehen, daß nichts so war, wie man ihr in der Schule oder auf der Universität gesagt hatte, sondern daß man gemein, ungerecht oder grausam sein konnte, ohne bestraft zu werden, und an einem anderen Ort und zu anderen Menschen wieder gemein, ungerecht oder grausam sein konnte, straflos, denn man war in Paris, und in Paris war sowohl das Gute als auch das Böse anonym, und das, was man tat, entsprach nicht dem, was man dafür bekam. Paris machte ihr Angst, und sie überantwortete es Tomás, während sie – das ja – vorgab, sich nach dieser Stadt zu sehnen, die sie im Vorbeigehen kennengelernt und die ihr nur eine schmerzhafte Lektion erteilt hatte. Ihre Liebe zu Paris zu bekennen wurde für sie zu einer Frage des Stolzes. Elvira gegenüber, Sole gegenüber, aber auch allen Bekannten gegenüber, die in Watte verpackt lebten, die Welt von sehr weit oben und aus der Ferne betrachteten und nie das Risiko eingegangen waren, an ein Portal gepreßt und dann hinter einen Ligusterbusch geworfen zu werden. Sie reiste noch oft nach Paris, aber immer mit Tomás zusammen. Mit ihm besuchte sie Museen, Galerien und Geschäfte, fuhr auf den Eiffelturm und betrachtete die Stadt von oben und dachte an Jacques, der irgendeinem Mädchen von Raffaels Bildern vorschwärmte. Sie kaufte gern in Paris ein. Das vermittelte ihr den Eindruck, daß sie sich beim ersten Mal doch nicht so sehr geirrt hatte, die Stadt war ein Taschentuch, das man einstecken konnte. Vor einem Schaufenster stehenbleiben, Hand in Hand mit Tomás, ihn zu fragen, ob ihm diese Tasche, dieses Bild oder jene Krawatte gefiel, das Geschäft betreten, wo Tomás die Brieftasche zückte und ein paar Scheine herausnahm. Das versöhnte sie mit Paris oder, besser gesagt, damit erzog sie Paris, disziplinierte die Stadt, brachte ihr bei, das zu sein, was sie von ihr erwartete, gab der Stadt Regeln, die sie zu respektieren hatte. Die wechselnden Wolken, die Regenschauer, die einen dazu zwangen, in ein Café zu gehen und das bewegte Leben auf der Straße durch die Fensterscheiben zu beobachten; die matten Farben, der Regen, das Flußbett der Seine, die steigt, bis sie um die Knie des Zuaven am Pont de l'Alma schwappt. Paris. Ein mächtiger Körper scheint unbesiegbar, aber es genügen ein paar Tropfen Gift in einem Glas, damit er zusammenbricht; ein paar Tropfen lassen den Koloß auf den Gehsteig fallen. Es ist immer leichter, etwas zu zerstören. Das Telefonieren mit Malern, das Auspacken der Bilder für die Stiftung, das Ausstellen eines Schecks, um ein wertvolles Werk zu bezahlen, das die Galeristen Juana Mordó oder Luis Adelantado nicht rechtzeitig entdeckt hatten, das war Olgas Art und Weise, die Welt in ein Taschentuch zu verwandeln und in die Tasche zu stecken. Sie dachte noch manchmal an Jacques, aber jetzt dachte sie, armer Jacques, und sie sah ihn ganz klein und in der Ferne, ein armer Kerl, grauhaarig, der seine Zeit damit verbrachte, Touristinnen in der Stadt des Tourismus zu verführen, *le pauvre*, ein Typ, von dessen Opfern wahrscheinlich keins erfahren hatte, wie sein Glied aussah, dieses Glied, das er überstürzt und schmerzhaft in sie eingeführt hatte. Olga hatte begriffen, daß Sex der ursprüngliche Trieb war, und daß Geld (und die damit verbundene gesellschaftliche Stellung) ihn an seinen Platz verwies und Ordnung schaffte.

17

Er schaute auf die Terrasse und sah, daß die Katze mit etwas spielte. Erst glaubte er, daß sie mit einem Stein oder einer der Früchte der nahen Bäume spielte, diesen stoppeligen Bällen von den Platanen, die auf dem Bürgersteig standen, mit etwas in der Art, als er aber genauer hinguckte, sah er, das war es nicht, sie spielte mit dem Kopf eines Vogels, und er bemerkte, daß gleich daneben die Flügelspitzen des Tieres lagen, bräunlich, ein Spatz, und ein paar Federchen auf den Fliesen verstreut lagen. Er glaubte sogar, einen Blutfleck am Ende des Stücks Flügel zu sehen. Er suchte nach etwas, womit man nach der Katze werfen konnte, er wollte sie strafen, denn die Szene hatte ihn bis zur Übelkeit verstört. Er sah sich um, fand aber nichts Geeignetes, ging daher zurück in die Wohnung. Die versehrten Flügel, die Federn, hatten ihm den Namen des Gefangenen, Enrique Roda, vergegenwärtigt, und er verspürte einen Brechreiz. Die entgleisten Augen, die Gesten der Aufgabe, als er durch den Gang lief. In diesem Augenblick haßte er die Katze, und er ekelte sich vor diesem Tier, das sich zusammenrollte und sich, wenn er beim Fernsehen auf dem Sofa lag, an seinem Bein rieb. »Carmen, komm mal her«, rief er seine Freundin, die in der Küche bügelte, und sie kam und sagte mit aller Ruhe dieser Welt: »Sie hat einen Vogel gefressen.« Er betonte: »Das Scheißvieh.« Und seine Freundin: »Es ist ein Tier. Es hat kein Gewissen. Sie will mit dem Vogel spielen, fährt die Krallen aus, und wenn sie Blut sieht, frißt sie ihn.« Ihm gefiel Carmens Reaktion nicht. Er hätte es lieber gesehen, wenn sie nervös geworden wäre, gesagt hätte, »wie grausig«, sich an ihn geschmiegt hätte, damit er sie vor dem Grauen schützte, aber sie blieb ruhig, drehte sich um und ging zurück in die Küche, wo sie den Zeigefinger mit Speichel anfeuchtete und damit kurz auf das Bügeleisen tupfte, um die Temperatur zu überprüfen. Er war frustriert, als ob ihm etwas fehlte, also suchte er zwanghaft nach einem Gegenstand, mit dem er nach der Katze werfen konnte, um ihr weh zu tun oder sie wenigstens zu erschrecken. Das einzige, was ihm für diesen Zweck geeignet schien, war das Fleischbrett. Er öffnete vorsichtig das Fenster, um das Tier, Mini, so hieß die Katze, nicht vorzuwarnen, und warf es auf sie, aber sie entkam mit einem Sprung und schaute ihn nun mit erstaunten Augen vom Zementgeländer aus an. »Das ist dumm, Guillermo, das Tierchen wird nie kapieren, daß du das Brett geworfen hast, um es dafür zu bestrafen, daß es den Vogel gefressen hat. Es bezieht deine Reaktion nicht auf seine Handlung«, sagte Carmen, und er fühlte sich erneut frustriert. Ihre Gelassenheit, die ihm bei anderer Gelegenheit so gut gefiel, störte ihn an diesem Nachmittag. »Sie ist ein Luder und soll dafür bezahlen«, sagte er; und darauf Carmen: »Aber sie hat doch gar nicht bezahlt. Außerdem hast du danebengezielt, sie nicht getroffen.« Enrique Roda, dachte Guillermo. Der gesenkte Kopf auf dem Weg durch den Gang. Es schien ihm, als seien Carmen und die Katze sich einig und verspotteten ihn. Er fühlte sich wie ein Eindringling im eigenen Haus. Er ging ins Schlafzimmer und schloß die Tür etwas kraftvoller als nötig, warf sich aufs Bett, ohne die Schuhe auszuziehen, allerdings legte er die Beine diagonal über das Bett, damit die Schuhe nicht die Decke berührten; dann korrigierte er die Stellung der Beine, hob sie leicht an und beschrieb einen Kreis, bis die Füße über der Decke waren, und dann ließ er sie fallen, und diese Entscheidung, die er gerade getroffen hatte, bereitete ihm kurzfristig ein gutes Gefühl, als hätte er damit diesen zwei Eindringlingen in seiner Wohnung eins ausgewischt, die sich gegen ihn verschworen hatten. Er schloß die Augen und wünschte sich, wieder allein zu leben. Daß sie nach Hause ginge und die Katze in dem Karton mitnähme, in dem sie sie hergebracht hatte. Er ekelte sich auch vor dem Schuhkarton im Flur, dessen Sägespäne immer feucht gefleckt war, dazu die dunklen Kringel der Exkremente. Ekel vor dem Geruch, den er stets wahrnahm, wenn er die Wohnungstür öffnete, und vor den weißen Haaren auf dem Sofabezug. Tatsächlich war die Wohnung, seit Carmen bei ihm lebte, sauberer und ordentlicher, aber in diesem Augenblick erschien sie ihm schmutziger. Als sei der Schmutz von früher, als Leonardo noch dort wohnte, ein oberflächlicher Schmutz gewesen und als handele es sich jetzt um einen Dreck, der alles von innen her durchdrang. Der Unterschied zwischen einer spektakulär blutenden Wunde und einem stillen Krebsgeschwür, das den Körper von innen her zerfrißt. Diese Vorstellung vom Krebsgeschwür bezog er ebenso auf Carmen wie auf die Katze. Die beiden waren zusammen gekommen, die beiden sollten eines Tages zusammen wieder gehen. Seit sechs Monaten lebte er mit Carmen zusammen. Am Anfang, das mußte man sagen, war es gut gewesen. Carmen hatte Ordnung geschaffen. Es war gut, mittags zum Essen heimzukommen, daß sie ihm abends, sobald sie den Schlüssel in der Tür knirschen hörte, einen Ballantines mit viel Eis zubereitete, die gemeinsamen Nächte und Morgenstunden waren mehr als gut gewesen, doch jetzt merkte er, daß das, was er für Unordnung gehalten hatte, in Wirklichkeit seine Ordnung gewesen war, die Ordnung eines Mannes, mit Hosen über dem Stuhl, Unterhosen auf dem Boden, Pistole auf dem Eßtisch, die Aschenbecher voll, die Laken zerwühlt auf der Matratze, die Pokerkarten auf dem Wachstuch in der Küche und die Badetücher sonstwo. Als sie das erste Mal dort geschlafen hatte, weil sie am nächsten Tag frei hatte, bekamen Leonardo und er, als sie abends heimkamen, tellergroße Augen. Sie hatte alles geputzt und aufgeräumt, hatte eingekauft und den Kühlschrank mit Sardellen, Mohrrüben, Artischocken, Koteletts gefüllt, sie hatte Dinge eingekauft, die er seit Jahren nicht für unentbehrlich gehalten hatte – Geschirrspülmittel, Glanzreiniger –, und im Topf köchelte etwas, der Boden glänzte, und alles roch und sah so aus wie ein Familienhaushalt bei Sonnenuntergang. Beide waren gerührt. Ja, er war gerührt, und auch Leonardo hatte gesagt, daß er gerührt gewesen war, und am nächsten Tag hatten sie darüber gesprochen und waren sich darüber einig gewesen, daß er ein Juwel gefunden hatte. Er verfolgte Carmen schon seit einer ganzen Weile. Tatsächlich war er monatelang immer zum Frühstück in die Cafeteria Cartagena gegangen, nicht nur weil die in der Nähe seiner Wohnung lag, denn in der Nähe gab es mehrere, die genauso gut oder besser waren, sondern weil sie ihm vom ersten Tag an, als sie hinter dem Tresen Frühstück zu servieren begann, gefallen hatte. Sie gefiel ihm einfach so, vom Äußeren war sie mehr als gut ausgestattet: die Figur, der Hintern, wenn sie sich bückte, um etwas aufzuheben, die Brust, die jedesmal auftauchte, wenn sie den Arm zur Kaffeemaschine ausstreckte, oder wenn sie ihn hob, um eine der Flaschen von den oberen Regalbrettern zu holen; die Augen grün und etwas geschlitzt, wie die einer Ausländerin; das Haar sehr dunkel und dicht, das ihr manchmal auf die Schultern fiel und an anderen Tagen in einem Ring aufgesteckt war, aus dem sich ein paar kleine Strähnen lösten. Ihm gefiel ihr Körper, aber auch die Art, wie sie sich bewegte, sich nur auf ihre Arbeit konzentrierte und jedermann, die Kollegen hinter dem Tresen ebenso wie die Gäste, auf seinen Platz verwies, genau die Worte sagte, die angebracht waren, die passenden, keins mehr und keins weniger; sie sagte »Guten Tag«, und »Danke« mit einer Art von Autorität, die ihm auch sehr gut gefiel, abgesehen von ihrem Körper. Denn sie war weder besonders freundlich noch zickig, sondern so, wie sie sein sollte, aufmerksam, korrekt. In der Tat hatte es ihn viel Mühe gekostet, bis sie ihn anders als alle anderen behandelte, und diese Schwierigkeit hatte ihn auch angezogen. Als sie ihm nach einigen Monaten ihren Namen sagte, »Ich heiße Carmen«, »Ich heiße Guillermo«, hatte er die Gewißheit, daß sie sich verlieben würden, so lang und mühselig war der zurückgelegte Weg gewesen, das Spiel mit den Blicken, den Fragen: »Was schulde ich Ihnen?«, dann erst: »Was schulde ich dir?«, und sehr viel später: »Gibst du mir die Ölflasche rüber?«, »Machst du mir einen Toast, Carmen?« Auch an dem Tag, an dem sie sich auf die erste Verabredung einließ, legte sie diese Autorität an den Tag. Sie sagte: »Ich habe am Dienstag frei. Um vier Uhr bin ich am Eingang des Manila auf der Gran Vía, ich mag mich mit niemandem hier bei der Arbeit treffen und will auch nicht, daß jemand davon erfährt.« Sie sagte es schnell, mit kaum vernehmbarer Stimme und in einem Moment, als niemand da war, der sie hören konnte. An dem Nachmittag nahm sie ihm das Versprechen ab, daß sie sich, wenn sie sich in der Bar wiedersähen, so verhalten müßten, als ob nichts geschehen wäre, als ob sie sich nicht kennten. Er spürte einen Stich von Eifersucht. Vielleicht hatten sich einige der Stammgäste, die so distanziert mit ihr umgingen, auch schon mit ihr am Eingang des Manila verabredet. Ehrlich gesagt war an diesem Nachmittag nichts geschehen, also konnten sie ohne weiteres so miteinander umgehen, als ob nichts geschehen sei, wie sie es wollte. Aber es war doch etwas geschehen, denn einen Nachmittag zusammen zu verbringen, sie beide allein, das war schon etwas. Beim ersten Mal wollte sie nicht einmal tanzen gehen, nur ein Drink in einer Cafeteria, ein Spaziergang durch den Retiro, bis zur Puerta del Sol laufen, plaudern, »sich kennenlernen«, wie sie sagte. An der Puerta del Sol hatte er von seiner Arbeit gesprochen. »Hier arbeite ich, ich bin Polizist«, sagte er, und seine Worte schienen sie weder zu etwas zu bewegen noch von etwas abzuhalten. Ein Monat war vergangen, als sie sich darauf einließ, zu ihm in seine Wohnung in Moratalaz zu kommen, »Aber ich kaufe ein und koche für deinen Freund und für dich. Wir werden doch nicht allein sein, oder?« sagte sie (er hatte ihr schon erzählt, daß er mit Leonardo zusammen wohnte), und sie hatte tatsächlich für beide gekocht. Leonardo war entzückt: »Sie kann auch noch kochen und ist sauber«, sagte er. Und eine Zeitlang gingen sie sogar zu dritt spazieren, danach verschwand er mit ihr im Schlafzimmer, und Leonardo blieb im Eßzimmer und legte Platten auf, laut genug, damit sie diskret das tun konnten, was sie gerade wollten. So ging es die ersten drei Monate lang, dann wurde überdeutlich, daß das nicht Hand und Fuß hatte, zu dritt beim Spaziergang, beim Abendessen, und dann drehte Leonardo die Musik laut oder ging hinunter in die Bar, bis sie im Schlafzimmer fertig waren und ihn holten, um ein letztes Glas zusammen zu trinken. Deshalb, und weil Leonardo nicht zu merken schien, wie seltsam die Situation war, mußte er ihm eines Tages sagen, daß sie dort einziehen würde und daß das Intimleben Alleinsein erfordere, es daher das beste wäre, wenn er sich eine neue Wohnung suchen würde, »möglichst hier in der Nähe«, sagte er, »damit wir weiter zusammen zur Arbeit gehen können und praktisch alles so wie jetzt bleibt«. Leonardo nickte und verließ nach ein paar Tagen die Wohnung, allerdings nicht, um in der Nähe zu bleiben, er zog nach Pilar, ans andere Ende von Madrid. Leonardo hatte die neue Situation nicht akzeptiert, ging ihm aus dem Weg und behandelte ihn seitdem kühl. Damit der Freund ihn nicht bei einer Lüge ertappte, bat er Carmen, in der Wohnung zu bleiben, dabei hatte er bis zu dem Augenblick eigentlich nicht vorgehabt, ihr das zu sagen, denn ihr Einzug war nur ein Vorwand Leonardo gegenüber gewesen, damit er auszog. Tatsächlich hatte er in dem Moment, als er es ihr vorschlug, an das gedacht, was Comisario Arroyo zu sagen pflegte: »Sobald eine Frau in deiner Wohnung die Zahnbürste vergißt, bist du geliefert.« Das dachte er am ersten Morgen, als er in dem Glas über dem Waschbecken Carmens Zahnbürste neben der seinen sah. Drei oder vier Monate lang hatte er nicht mehr daran gedacht, obwohl, nach und nach waren ihm diese Worte wieder in den Ohren geklungen, und an diesem Nachmittag, als er auf dem Bett lag und es genoß, daß die Absätze seiner Schuhe auf der Decke lagen und voraussichtlich einen schwarzen Fleck auf dem Gewebe hinterlassen würden, dachte er intensiver denn je daran. Er dachte an den Tag, an dem Carmen aus ihrer Wohnung, die sie mit einer Freundin teilte, ausgezogen war, und nicht nur mit der Zahnbürste, sondern mit zwei Koffern voller Kleidung und einem Karton aufgetaucht war, in dem ihre Katze saß. Guillermo sagte sich jetzt, daß die Ordnung ihn nach und nach erstickt hatte. Die Hose wohlgefaltet auf dem Bügel, die Schuhe im Schrank, denn fürs Haus sind Hausschuhe da, das gemeinsame Abendessen, denn »wenn du einen Dienst außer der Reihe hast, ruf mich an, damit ich beruhigt bin«, so eine Ordnung. Was Guillermo vor allem heute abend nervös machte, war, allein und still zu Hause zu sitzen. Enrique Roda, dachte er, und er konnte es ihr nicht erzählen, mußte still dasitzen und konnte weder das von Enrique Roda erzählen, noch das von dem Typen mit der Schußwunde hinterm Ohr, konnte nicht über die Totenwache sprechen, von der er gerade gekommen war und wo er bald wieder hinmußte – er war nur gekommen, um sich zu duschen und ein frisches Hemd anzuziehen –, vor allem aber das Stillschweigen über das, was heute nacht mit Enrique Roda passieren würde. Die Katze frißt den Vogel. Auf den feuchten Fliesen der Terrasse liegen Federn, Flügelspitzen und ein Vogelkopf, den die Katze herumrollen läßt, als handele es sich um eine dieser stoppligen Kugeln von den Platanen auf dem Gehsteig. Nicht reden zu können. Nur mit sich selbst zu reden.

Er richtete sich im Bett auf, drehte den Körper um fünfunfvierzig Grad in Richtung Sessel, auf den er kurz zuvor die Jacke gelegt hatte, und nahm die Pistole, die dort auf dem Sessel unter der Jacke lag. Er schaute sie sich an. Wog sie in der Hand. Er ergriff den Kolben und preßte die Hand darum, so fest, als wolle er ihn zusammendrücken, dann lockerte er den Griff, wog die Pistole auf der Handfläche. An diesem Abend brauchte er Leonardo. Er wollte noch mit ihm reden. Ununterbrochen mit Leonardo reden, um sich beweglich, mutig zu fühlen, denn hier zu bleiben und zu schweigen, während er sie in der Küche beim Bügeln wußte und das Radioprogramm bis zu ihm ins Zimmer drang, machte ihn zu einem nicht existierenden Wesen, zu einem, den keiner brauchte, und, was noch deprimierender war, zu einem, der zu nichts fähig war. Die Frau und die Katze brauchten einander. Die Katze. »Diese

Scheißkatze«, dachte er, und fühlte sich selbst wie ein Scheißkerl, die Frau stellte sich zwischen ihn und die Katze, verteidigte sie, wenn er mit der Pistole auf das Tier zielte, sagte: »Ich hatte die Katze schon lieb, als ich noch gar nicht wußte, daß es dich gab.« Auch er hatte mit Leonardo geredet, bevor er mit ihr redete, bevor er wußte, daß es sie gab, und hatte über alles geredet, über alles, worüber er mit ihr nicht sprechen konnte, und jetzt konnte er darüber weder mit ihr noch mit Leonardo sprechen. Er wollte einen Stich machen und hatte zwei verloren. Mit Leonardo konnte er über die Schenkel einer Frau sprechen, darüber, wie sie sich im Bett bewegte, und er konnte über den Typen mit dem Einschußloch hinter dem Ohr sprechen oder über das, was heute Nacht passieren würde. Ununterbrochen mit ihm reden, das hätte ihm Kraft gegeben. Er hatte ihm diese Kraft am Nachmittag gegeben, als Kommissar Arroyo leicht angetrunken vom Essen kam, Leonardo und ihn in sein Büro rief und zu ihnen sagte: »Den Gefangenen gibt es nicht.« Und er hatte sofort kapiert, aber Leonardo verstand nicht. »Wieso gibt es den Gefangenen nicht?« fragte er wie ein Trottel. Und ihm hatte die Tatsache, daß er Arroyo verstand, Leonardo dagegen nicht, Kraft gegeben. Und die spürte er jetzt wieder. »Sag's ihm, Guillermo, und ich sag euch beiden, ich will eine saubere Sache, aber ich will, daß er es begreift, er soll vom ersten bis zum letzten Augenblick begreifen, wohin die Reise geht, ihr sollt ihn nicht auf Rosen betten.« Dann hatte er es Leonardo gesagt. »Es gibt ihn nicht, er ist nicht erfaßt«, hatte er gesagt und ein kleines Spielchen mit ihm gemacht. »Ich versteh nicht, Guillermo, was heißt hier nicht erfaßt?« Arroyo hatte ihnen vor ein paar Tagen in seinem Büro diese Filme gezeigt, in denen portugiesische Matrosen zu sehen waren, die den Leuten Nelken zeigten, und Kinder, die mit einer Blume in der Hand auf Panzer kletterten, und danach andere düstere Bilder, auf denen unheimliche Typen verschreckte Männer verfolgten und sie mitten auf der Straße niederknüppelten. »Sie verfolgen uns, die Polizisten, die von den Spezialeinheiten, die von der politischen Polizei. Die da wie die Hasen flüchten, das sind wir, ist euch das klar?« Und dann hatte er ihnen übergangslos Filme aus den Archiven gezeigt, auf denen spanische Studenten zu sehen waren, die Steine auf Polizisten warfen, eine Gruppe von Arbeitern, die einen Guardia verfolgten, der aus der Nase blutete, und hatte zu ihnen gesagt: »Und das ist nicht Portugal. Das ist hier, bei Getafe, auf dem Universitätsgelände, in Atocha. Wir werden es nicht zulassen, nicht wahr? Wir werden nicht zulassen, daß sie uns mitten auf der Straße die Hose runterziehen. Wetten?« Heute morgen, als Leonardo noch nicht da war, hatte Arroyo wieder das Thema angesprochen: »Wir sind eine ganze Menge, eine ganze Menge, die sich einig sind«, hatte er gesagt, »aber man darf nicht vertrauensselig sein«, und dann hatte er davon gesprochen, daß selbst Christus, als er starb, sich von zwei Dieben hatte begleiten lassen, »und dabei war er Gott und hätte Barmherzigkeit üben können«. Er hatte zu ihm gesagt, daß Franco im Sterben nun schon von einem Dieb begleitet würde, von dem mit dem Schuß hinter dem Ohr, aber es fehlte noch einer. »Verstehst du?« hatte er gesagt, »der zweite Dieb, und wir haben ihn in der Hand, aber er soll es wissen, er soll wissen, daß er ihn begleitet, und alle, die so sind wie er, sollen wissen, daß wir nicht bereit sind, Franco alleine gehen zu lassen. Die Arbeit muß signiert werden. Die drei Buchstaben, ATE.« Dann hatte er nach Guillermos Pistole gefragt. »Zeig sie mir.« Er hatte sie in die Hand genommen, sie gestreichelt und zu ihm gesagt: »Wäre es nicht schade um all die technischen Anstrengungen, wenn sie nicht die Mission erfüllte, für die sie hergestellt worden ist? Das ist wie bei den Filmschauspielern. Die werden ausgebildet, damit sie spielen. Ich will sie makellos. Heute nacht hat sie Premiere.« Guillermo hatte diese Überlegung von Kommissar Arroyo gefallen, und er hatte sie vor Leonardo ausgeführt, als ob es seine eigene wäre. »Schau, schau nur, wie sie glänzt. Das ist so, als hätte ein Künstler sich zehn, zwanzig Jahre lang vorbereitet, bei sich im Wohnzimmer gesungen, die Rollen rezitiert, verstehst du? Sie wurde mit aller

Sorgfalt hergestellt, Teilchen für Teilchen, sie haben die Einzelteile erfunden, sie aufgezeichnet, das Metall geschmolzen, sie justiert, Hunderte von Menschen haben über sie nachgedacht, haben gearbeitet, damit sie existiert, und bis jetzt hat sie noch nicht ihre Chance gehabt, denn sie ist nicht gemacht worden, damit wir sie in einem Klub auf die Theke legen und damit den Mädchen imponieren, auch nicht um sie gleichgültig auf dem Tisch abzulegen, wenn wir mit den Freunden eine Partie Poker spielen, nein, sie ist nicht einmal gemacht, damit wir mit ihr auf bewegliche Zielscheiben schießen, nein, Leonardo, nein, sie hat bis jetzt noch nicht ihre Chance bekommen, sie hat im Theaterflur gestanden und darauf gewartet, daß sie gerufen wird.« »Was willst du damit sagen, Guillermo?« hatte Leonardo gefragt. »Was ich gesagt habe, nicht mehr und nicht weniger, und daß du deine Pistole nicht zu putzen brauchst, weil diese genügt, faß sie an, sie ist jungfräulich, genieß es doch. Nach einer Weile kannst du sie dann anfassen und zu Recht Hure schimpfen, eine Hure, die fähig war, einen Mann zu erledigen.« Leonardo war bei anderen Dingen dabei gewesen und wußte, daß das Gesetz, wie hart auch immer, manchmal nicht genügt. Sie hatten oft darüber gesprochen: »Sie provozieren uns, sie nehmen uns auf den Arm«, hatten sie festgestellt, »sie kommen durch eine Tür herein und verschwinden durch die andere.« Guillermo fragte ihn: »Wolltest du schon immer Polizist werden?« Leonardo zögerte einen Augenblick, bevor er antwortete: »Ich weiß nicht, ich weiß nicht mehr, es gefiel mir eben.« »Was gefiel dir? Die anderen zu erschrecken? Daß sie Respekt vor dir haben? War es das, was dir gefiel? Dann ist man eine Vogelscheuche, aber kein Polizist«, meinte Guillermo. »Ich wollte nicht Polizist werden, ich hätte gern Mathematik studiert, aber ich habe dann gemerkt, daß du in der Mathematik nichts zu sagen hast, du bist nichts, Nummern und Regeln bestimmen über dich, und das hat mir die Lust genommen. Der Polizist befiehlt, weißt du? Der Politiker glaubt zu bestimmen, der Bankier hat etwas zu bestimmen, klar, aber du stehst hinter ihnen, und sie trauen sich nicht auf die Straße ohne dich, und sie sind wie die Kinder, wie Küken, sie hören irgendein Geräusch und zucken zusammen und suchen dich, kriechen unter deine Flügel, wie Küken, und du, wie eine Mutter, eine Henne, öffnest die Flügel, beschützt sie. Ihnen zittert die Stimme, sie sehen die Pistole, und ihre Stimme zittert: ›Seien Sie vorsichtig‹, sagen sie, und sicherlich ist es das einzige Mal, daß sie dich siezen, ›seien Sie vorsichtig damit, Waffen werden vom Teufel geladen‹, sagen sie. Weißt du, was Mao sagt? Daß die Macht in den Gewehrläufen steckt, und das weiß die ganze Welt, tut aber so, als ob sie es nicht wüßte. Faß sie an, faß diese Jungfrau an. Merkst du nicht, daß sie kurz davor ist, zum ersten Mal zu explodieren?« »Du bist verrückt«, sagte Leonardo. Er erwiderte: »Und du stinkst nach Scheiße. Du machst dir in die Hose«, und, mit einer schnellen Gebärde, »laß mich dich anfassen, du bist nämlich auch jungfräulich«, strich er ihm mit der Hand über das Gesicht und täuschte dann einen Faustschlag auf seinen Hosenschlitz an. Leonardo sprang weg. Jetzt lachte er. »In die Hosen geschissen, nein, aber Arroyo, was denkt Arroyo?« »Laß Arroyo aus dem Spiel. Arroyo sagt, daß es nicht in Ordnung ist, daß Franco allein auf die Reise geht, daß selbst Christus Angst davor hatte und zwei Diebe mitnahm. Um acht Uhr hier. Du und ich, nur wir beide«, befahl Guillermo, während er die Hand nach dem Türgriff ausstreckte und damit das Gespräch abschloß. Leonardo sagte zu ihm, »Warte«, zog seine Pistole aus dem Halfter und legte sie auf den Tisch. Guillermo fragte leicht spöttisch: »Und jetzt, was machst du jetzt?« »Ich werde sie putzen«, sagte Leonardo. »Was machst du? Nein,« sagte Guillermo, »heute nimmst du sie nicht, heute ist diese hier dran. Laß deine für ein anderes Mal.« »Aber…«, wollte Leonardo einwenden. »Bist du heiß geworden?« Guillermo streckte wieder die Hand nach seinem Hosenschlitz aus, und jetzt wich Leonardo nicht aus. »Du bist heiß, du Wichser. Aber heute bist du nicht dran. Heute bist du die Begleitperson. Wir bringen ihn zum Manzanares hinter Legazpi, bei San Fermín. Und wenn es regnet, um so besser, dann haben wir es ruhiger.« Darüber hatten Leonardo und er vor ein paar Stunden gesprochen, und jetzt hätte er es gern gehabt, daß das Gespräch nicht unterbrochen worden wäre, denn so allein auf dem Bett, Radio hörend, das aus der Küche herüberschallte, wo die Frau bügelte, und an den Vogelkopf zwischen den Pfoten der Katze denkend, fühlte er sich schwach, er hatte Lust, am Abzug zu ziehen, um sich zu beweisen, daß er es konnte, und dann hatte er das Bedürfnis zu schlafen, und es war, als ob man auch ihn zum Abfall werfen könnte, der sich an den Ufern des Manzanares häufte, hinter den Hütten von San Fermín. Er würde dort liegen, mit einem Schuß im Genick und drei aufgesprayten Buchstaben auf dem Rücken. Vielleicht würde dort statt ATE ETA stehen, aber dennoch würde er da liegen, tot, während die Frau die Wäsche fertig zusammenlegte und, wenn er nicht zurückkam, daran denken würde, allein mit der Katze in eine andere Wohnung zu ziehen.

18

Nichts sein, nichts sein wollen. Quini war in der Nähe der Fakultät geblieben, sein roter Schal bedeckte Kopf und Gesicht und ließ nur die Augen frei. Er trug einen blauen Duffelcoat, wie Hunderte von anderen Studenten auch, und fühlte sich durch seine Vermummung geschützt und unerkennbar. Mit anderen Jugendlichen zusammen – etwa zwanzig – war er eine Weile vor den Guardias hergelaufen, um sie aus der Ferne aufzustacheln, er hatte ein paar Steine geworfen, die im Niemandsland aufschlugen. Danach hatten sich die Gruppen allmählich aufgelöst, und auf einmal hatte er gemerkt, daß er mit seinem Wickelschal und den Jackentaschen voller Steine allein geblieben war. Er zog sich zurück, um sich von der Vermummung zu befreien. Ein Schauer war durch seinen Körper gefahren, als er sich von den anderen getrennt sah. Er verbarg sich vorsorglich hinter ein paar Bäumen, damit niemand seine Verwandlung vom Revolutionär zum Studenten beobachten konnte. Er leerte die Steine aus den Taschen, zog den Schal vom Kopf, hängte ihn sich um den Hals und steckte ihn über der Brust gekreuzt unter die Jacke, rieb sich die Lehmspuren der Steine mit einem Papiertaschentuch von den Händen und näherte sich wieder dem Eingang der Fakultät, hielt sich aber in einer gewissen Distanz und beobachtete die Bewegungen der Polizisten und der Studenten, die jetzt ruhig waren. Vorbei war der Tumult von vor wenigen Augenblicken, als eine konfuse, bewegliche Masse aus Uniformen den Eingang blockiert hatte und sich die Studenten durch die wenigen Lücken zwängten, als kämen sie durch ein Sieb. Sie machten sich klein, wenn sie sich zwischen den grauen Uniformen durchdrängten und blähten sich auf, sobald sie auf der anderen Seite der Barriere angelangt waren, am Rande der Rasenfläche, die einen Bogen beschrieb und im Nebel ein ungewisses Profil hatte, wie bei Wasser, das zwischen grün, gelblich und grau changiert, ein nördlicher Strand, feucht und schmierig von Algen, auch die Luft war feucht, kaum zu glauben, daß es Spätherbst war, keine Spur von Kälte. Nichts sein, nichts sein wollen. Er blieb stehen, als warte er auf etwas, das ihm fehlte, auf jemanden; ein bekanntes Gesicht, das herankäme und anfinge, mit ihm zu sprechen. Der Alkoholiker, der müde ist und schlafen will und am liebsten ruhig daheim wäre, sich ins Bett legen und die Augen schließen und ausruhen würde, sich aber dennoch weiter auf die Bartheke stützt, weil die Strecke, die zwischen der Bar und seinem Haus liegt, ihm unüberwindlich erscheint, dabei wohnt er gegenüber, wenige Meter entfernt, aber er ist so müde, daß er, um sich jetzt noch nicht bewegen zu müssen, um Kräfte zu sammeln, ein weiteres Glas bestellt. Etwas in der Art, Müdigkeit und Mangel an irgend etwas, an einer Droge, deren Dosis aufgestockt werden muß, damit man sich wohl fühlen kann, verspürte Quini, der unter dem Nieselregen naß wurde. Er war es müde zu stehen und setzte sich auf eine Bank. Durch die Hose spürte er die Nässe des Steins, aber er bewegte sich nicht. Die Feuchtigkeit als Disziplin, als Strafe. Von dort aus konnte er sehen, wie mehrere Jeeps herummanövrierten, wie ein Kastenwagen mit vergitterten Scheiben parkte und die Polizisten ein paar Studenten hineinstießen; er sah auch eine Reihe von berittenen Polizisten vor der Fakultät vorbeireiten, sie postierten sich dann am anderen Ende des Gartens, während die Polizisten zu Fuß sich wieder in Bewegung setzten, erst unruhig auf dem Gelände herumliefen, wie zum Warmwerden, dann setzten sie mehrmals zu einem kurzen Lauf an, der kein anderes Ziel hatte, als die Studentengrüppchen aufzulösen, die sich fast automatisch, mit herdenhafter Hartnäckigkeit, immer neu bildeten, als ginge es den anderen Studenten ähnlich wie Quini, als verspürten auch sie einen Mangel, das dringende Bedürfnis nach etwas, das sie begonnen hatten einzunehmen und das ihnen plötzlich entzogen worden war. Sicherlich hatten sie vorhin soviel Angst gehabt, daß es ihnen jetzt schwerfiel, das normale Leben wieder aufzunehmen, und daher eine Technik wie die Taucher anwandten, die, zurück an der Oberfläche, ihren Körper einem Prozeß unterziehen müssen, den man Dekompression nennt. Es nieselte, und Quini saß noch immer dort, reglos, anscheinend gleichgültig der Tatsache gegenüber, daß seine Kleidung durchweichte. Der blaue Duffelcoat sah an den Schulterpartien tatsächlich schon sehr dunkel aus, und sein Haar, das schwarz und gelockt war und in der Mitte der Stirn keilförmig ansetzte, glänzte und klebte schlaff auf der Kopfhaut. Als er versuchte, einen Streichholz für eine Zigarette anzuzünden, merkte er, daß die Reibfläche der Schachtel naß geworden war und die Streichhölzer den Zündkopf verloren. Er warf die Streichholzschachtel in Richtung eines nahen Papierkorbs, aber sie fiel daneben, und er machte keine Anstalten, sie aufzuheben. Er warf auch die feuchte Zigarette weg, die sich zwischen seinen Fingern halb aufgelöst hatte. Nichts sein wollen. Nichts tun wollen. Er dachte, daß er jetzt gehen sollte. Am Abend mußte er zum Geburtstagsfest seines Großvaters zu Hause sein, und davor mußte er noch bei einem Geschäft in der Altamirano vorbei, wo er das Fernglas bestellt hatte, das er ihm schenken wollte. Zum Fest gehen. Allein sein. Nichts sein wollen. Allein, auf dem Anstand wie ein Jagdhund. Das Geschenk für den Großvater abholen. Aber das später, etwas später; erst wie ein Jagdhund darauf lauern, daß sich endlich etwas bewegt, springt. Die Fakultät, die Jeeps mit den Guardias, der Kastenwagen, in den sie ein paar Studenten hineingeknüppelt haben. Sehen, ob irgend etwas, was auch immer, endlich platzt, in die Luft geht. Etwas soll zum Teufel gehen. Aber nein, ein bißchen Getröpfel, grauer Himmel, Pferde, die aus der Ferne wie Spielzeug aussahen, Zinnsoldaten. Franco starb, war vielleicht schon tot, und nichts brach los, nichts würde ausbrechen. Die Steine in seinen Taschen, die er hinter den Stamm einer Platane hatte fallen lassen, sollten die Erdkugel treffen und sie zum Platzen bringen, sie sollten sie zerfetztten, sie sollte auseinanderbersten, ein Sack voll Meteoriten, der zerfetzt durch das Universum treibt, Steine im Weltenraum, Staub. So etwas dachte Quini und auch, daß es das Größte wäre, nichts zu sein, nichts sein zu wollen, aber warum, warum nichts sein wollen, womöglich weil er Angst hatte, nichts sein zu können, selbst wenn er es wollte. Drei Jahre zuvor hatte er sich an der Philosophischen Fakultät immatrikuliert mit der Vorstellung, zeitgenössische Geschichte zu studieren, obwohl er sich in Wahrheit für Literatur interessierte. Romane lesen, schreiben. Weder sein Vater noch sein Großvater hatten seine Entscheidung verstanden, sie wollten, daß er Betriebswirt oder Rechtsanwalt würde; noch weniger hätten sie allerdings verstanden, wenn er gesagt hätte, daß er sich für Literatur einschrieb, wenn er ihnen gesagt hätte, daß er Schriftsteller werden wollte, oder vielleicht nur Romanleser, aber er hatte sich nicht in Literaturwissenschaft eingeschrieben, nicht weil er damit vermeiden wollte, bei seinem Vater oder Großvater anzuecken, sondern weil er davon überzeugt war, daß Geschichte den Gedanken, den Worten ein Fundament bereitete, sie im Boden verankerte, was die Literatur nicht konnte; sie war die Leichtigkeit selbst, Flügel, immer in der Luft, instabil, von einem Windstoß gefährdet, Flügel, aber zugleich auch Raubvogelschnabel, Raubvogelkralle, weil sie ein Vogel war, ein Fleischfresser, der auf dein Herz herunterstieß, und da vergnügte er sich eine Weile, der Adler in der Leber, im Herzen des Prometheus, er frißt deine Innereien. Quini fürchtete sich vor der Literatur, davor, dem Nichts entgegenzutreten, den gewichtlosen Wörtern, die dich allein lassen und sich dann mit Schnabel und Krallen in dein Nichts senken. Professor Bartos pflegte seinen alten Lehrer Chacón zu zitieren, einen Literaturprofessor, der kürzlich aus dem Exil heimgekehrt war; Chacón sagte, auch wenn seine Erfahrung eher das Gegenteil zu beweisen schien: »Die Geschichte bringt dich am Ende ins Gefängnis, die Literatur ins Irrenhaus.« Die

Gesellschaft bekämpfen, gegen sich selbst kämpfen. Jedenfalls hatte es dem alten Literaturprofessor weder das Internierungslager in Südfrankreich noch das Exil erspart. Die Literatur war für Quini ein Labyrinth ohne Ausgang, ein dunkles Labyrinth, gehüllt in das dämmrige Abendlicht, das den Träumen eigen ist, den Alpträumen, ein Licht, das weder dem Tag noch der Nacht angehört, von der Farbe eines verbrannten alten Fotos, und er hatte sich dem zugewandt, was er für das erleuchtete Terrain der Geschichte hielt: der Klarheit unwiderlegbarer Fakten, der Unentrinnbarkeit von ökonomischen Daten und Zeittafeln. Er hatte das klare Licht der Geschichte statt des Halbdunkels der Literatur gewählt, trotz seiner Liebe zum Schreiben, hatte jedoch bald entdeckt, daß auch die Geschichte nicht dieses blendende Licht ausstrahlte, auch kein Zufluchtsort war, auch nicht Ormuz und Ariman, Tag und Nacht, Licht und Schatten, nein, auch dort Wege, von denen man nicht wußte, wohin sie führen, und Worte, von denen man nicht wußte, warum man sie verwendet. Er sprach mit seinen Genossen, sagte: »Arbeit ist nicht dasselbe wie Arbeitskraft. Der Unternehmer kauft die Arbeitskraft des Arbeiters«, weil er das bei Marx im *Kapital*, erster Band, Kapitel über den Mehrwert, gelesen hatte, und er fühlte dabei die Gegenwart des Lichts, seine Farbe, seine angenehme Eigenschaft eines Blindenführers, das Licht, das dir mit seinen Fingern zeigt, das ist Tisch, das ist Stuhl. Quini sagte: »Die objektiven Bedingungen sind reif, aber nicht die subjektiven«, und er zitierte Lenin, Stalin, Mao, und das war das Licht, Lichtfinger die zeigten, das ist Fluß, das ist Wald, das ist Meer, das ist Gebirge, und er verteidigte die einen gegen die anderen, Stalin gegen Trotzki, Marx gegen Bakunin, Lenin gegen den Renegaten Kautsky, und auch in solchen Momenten blitzte Licht auf; aber dann kam er abends in sein Zimmer, und in der Stille seines Zimmers durchdrang ihn die Dunkelheit, sie kam von außen und von innen, denn im Augenblick der Dämmerung breitete, den Beobachtungen Hegels gehorchend, der Vogel der Weisheit seine Schwingen aus und ließ ihn auf seinem kurzen Flug in der Dunkelheit wissen, daß er in Wirklichkeit nichts wußte, nichts, nichts, er wußte nichts als drei zusammengeflickte Sätze, drei aufgespießte Ideen, Strohschirme, die ein Windstoß davontrug, und dann verkroch er sich in seinem Bett, rollte sich unter der Decke zusammen und dachte, daß er nichts sei, daß er nichts sein wollte, nichts tun und nichts denken wollte. Er, wie er da um das Fakultätsgebäude strich, keine Steine mehr in den Taschen, den Schal nicht mehr um den Kopf gewickelt, im Nieselregen, der ihn weiter durchnäßte, voller Furcht, daß sein Großvater ihn eines Tages in sein Büro zitieren und ihm einen Film, den ihm sein Freund Arroyo überlassen hatte, vorführen würde, und auf dem war ein Sohn des Hauses zu sehen, wie er Steine auf die grau uniformierten Bauernbuben warf, die dort standen, um genau das zu verteidigen, was er besaß, die vielen, vielen Dinge, über die er verfügte: die Bahn- und Flugtickets, die Hotelreservierungen, die Studienmatrikel, die Eintrittskarten fürs Kino, das Benzin für den Simca; diese Bauernbuben, die in denselben Stallungen das Laufen gelernt zu haben schienen wie die Pferde, die sie ritten, ihre Hände und Gesichter rot von der Kälte, die großen Füße in groben Stiefeln, und er holte in dem Film Steine aus den Taschen, warf diese Steine auf eben die Leute, ja, es waren dieselben – die gleichen roten Ohren, die gleichen rotgefrorenen Finger –, die an Streiktagen vor den Fabriktoren standen, Gewehr und Knüppel in der Hand, um die Besitzrechte von Joaquín Ricart Albizu zu verteidigen, sein Recht, nach Istanbul zu reisen, wie sein Vater sagte, sein Recht, einen kanariengelben Simca zu fahren, sich englische Bücher in der internationalen Buchhandlung zu kaufen und seine Mutter zu den Konzerten im Real und in Ausstellungen zu begleiten. Aber diese Kerle stellten sich dazwischen, auf halbem Wege zwischen dem, was er nicht war, und dem, was er nicht sein wollte; Steine auf die Fenster seines Hauses in der Juan Bravo, Steine auf das Landhaus in El Escorial; Steine auf das eigene Ziegeldach, bis alles kaputt ist, Gift in den Swimmingpool. Man müßte die Bilder der Stiftung, die seine Mutter leitete und überwachte, stehlen und sie dann verkaufen, damit die Maurer, die Klempner, die Busfahrer Benzin kauften, um die Welt in Brand zu setzen, und wenn das alles gebrannt hätte, wenn Ricartmoble gebrannt hätte und das Kunsthandwerklager (Zwangsarbeit von Gefangenen! Das nannten sie »Strafbefreiung«), und wenn das Feuer durch die Flure seines Elternhauses gewandert wäre, an den Gardinen geleckt und sich an die Lampen herangefressen hätte, was wäre er dann, oder was wäre er nicht, er, Quini, was wäre er, oder was wäre er immer noch nicht, was würde er machen, was wären seine Eigenschaften, seine Qualitäten, welche Busse würde er fahren, welche Ziegel aufeinandersetzen, welche Kohle würde er aus den Bergwerken fördern, was gäbe er für einen Unterricht, was für wichtige Bücher würde er schreiben? Nichts, nicht wissen, was man sein oder machen, wie man leben will. Er wollte nicht, daß die Mutter zu ihren Bekannten sagte: »Mein Quini ist von einem anderen Schlag, er hat eine ganz andere Sensibilität«, auch nicht, daß Marga ihn mit Augen wie überreife Trauben ansah und ihn ihr Herzklopfen in Stereo hören ließ, wenn er vom Meer sprach oder von Pasolini oder von John Ford oder Borges, der Garten der Pfade, die sich teilen, wohin geht sie, wohin geht er, wohin geht Lucas, der einzige Arbeiter-Student in ihrem Jahrgang, sie teilen sich, Gruppen, die sich teilen. Lucas mit dem Spürsinn eines Hundes, der vorgibt zu wissen, wo die saubere Wahrheit des Brotes liegt, und nun die Speisekammer sucht, in der die Butter aufbewahrt wird, und er, Joaquín Ricart, der vorgibt, den Kommissar Arroyo nicht zu kennen, den meistgefürchteten Beamten der politischen Polizei, den er sicherlich heute abend zu Hause sehen wird. Freund des Großvaters, Freund des Hauses. Der Fuchs im Hühnerstall. Wer ist der Fuchs? Ist er der kommunistische Wolf im Familienstall? O nein, er ist das Lämmchen, das Lämmchen Quini zwischen all den Wölfen, Mama Olga, die gute Wölfin. Benimmregeln im elterlichen Eßzimmer – Messer, Fischmesser, alles nur mit zwei Fingern greifen – und andere Regeln in der Universitätsmensa: Zehn Fingerkuppen teilen die Sardelle und legen die Gräten frei, harte Bewegungen beim Schneiden des Fleisches, der Messergriff in der Faust, dazu Lieder von Paco Ibañez, kein Mozart, kein Mahler, auch kein Albinioni, Berio oder Puccini, kein *vol au vent*, kein *canard roti*, nicht einmal Coltrane. Yupanqui ja, Violeta ja, Quilapayún ja, und die Internationale. Und indes schnuppert Lucas, Wolf oder Lamm?, die Speisekammer mit der Butter, Arbeitersohn, »Wir sind wenige Arbeiterkinder an der Universität«, Lucas, er schnuppert die Butter an Margas Innenschenkeln, der Tresor zwischen den Beinen, und Marga, sie läßt ihn, Quini, die Zahlenkombination wissen, damit er ihn öffnet, sagt mit ihren Augen: Mach du ihn auf, ich hab auf dich gewartet, damit du ihn öffnest. Mit der Bewegung seines Schlüssels in ihrem Schloß sollen sich die Fischmesser der beiden Häuser vereinen, endlose Reihen von Besteck, Alpaca, Silber, Kilometer von Gabeln, Löffeln, Löffelchen, Messern, Dessertmessern, Bordeauxgläsern, Burgundergläsern, Champagnerkelchen, Kristall aus Böhmen, von Baccarat und Lalique. Vier oder fünf Steine, er hatte vier oder fünf Steine geworfen, und er war, unter andere Studenten gemischt, weggelaufen und hatte wieder ein anderer sein wollen, wieder einen Tag lang einen anderen spielen, aber wen, wer wollte er sein, erklären Sie uns das doch bitte mal, wer zum Teufel wollen Sie sein? Nicht Geschäftsführer von Ricartmoble, also das schon mal nicht, nicht Partner seines Schwachkopfs von Bruder, der abends in Unterhose in sein Zimmer kommt und ihn um eine Zigarette bittet; massige Beine, die Beine eines Tiers, eines Säugetiers, trächtig mit Zukunft, das Brusthaar, die Nase, stumpf und breit, der Hals ebenfalls stumpf und breit und das Hirn stumpf und eng, falls es denn existierte; die beiden Partner, die glücklichen Brüder Ricart, sprechen übers Geschäft, zünden einander die Cohibas an, schlagen die Beine übereinander, die Hühnerbeine von Quini, gegenüber die Nilpferdbeine seines Bruders Josemari, und sie stoßen Rauch durch die Nase aus, durch den Mund, oder, wie ihr Vater es ihnen, als sie kleiner waren, vormachte, durch Augen und Ohren: »Willst du sehen, wie ich Rauch aus den Ohren ausstoße? Willst du sehen, wie ich den Rauch durch die Augen ausstoße?« Und er, verzaubert, unruhig, wollte die Zigarre haben. »Ich auch, ich will auch, Papa.« Josemari und er: »Ich will auch«, und die Welt auf der Landkarte, Meerestiefen in intensivem Kobaltblau und Sandbänke in zartem Himmelblau, grüne Ebenen, Berge in dunklem Braun, in der Mitte ein weißer Fleck, Spanien gelb, Frankreich grün, Italien rosa, die UdSSR ebenfalls rosa, aber heller und größer und weiter weg, sein Bruder und er vor dem Tisch, und der Großvater zündet seine Cohiba an, streckt die Hand aus dem Sarg, um eine Cohiba anzuzünden, und die Großmutter hat ihre Windeln ausgezogen und schmiert damit wieder den Spiegel im Bad voll, wie vergangene Woche. »Lurditas, Lurditas, um Gottes willen, kommen Sie, schauen Sie nur, was die Großmutter macht! Sie sollen sie doch keinen Augenblick allein lassen.« Scheiße im Badezimmer und Musik von Coltrane im Zimmer des Jüngsten und Kettengerassel in dem des Älteren und Mozart – die Harmonie selbst – in dem der Mutter und das Quietschen des Tresors, der sich automatisch öffnet, drei Drehungen nach rechts, zwei nach links, vier nach rechts, rrak, rrik, rrik, rrak, das ist die Musik aus dem Salon, jenseits von Leben und Tod, und sonst, was gibt's sonst? Margas Mutter schlägt sich mit dem Fächer auf die Brust, Margas Vater tastet seine gedrehten paar Haare ab, endlos lang sind die, man könnte ihn, wenn man wollte, damit strangulieren, und draußen die Stadt, die Züge nach Atocha und Delicias und Príncipe Pío, die Pritschenwagen in Getafe, Ciudad de los Ángeles (was für ein Name für eine Arbeitersiedlung), die Viertel Pilar und Fuencarral und Carabancheles und die Maurer, die wie die Affen an den Gerüsten hochsteigen und, einmal oben, wie die Finken singen, die Nutten von der Ballesta, die Fernsehstars, die Spieler von Real Madrid, die Kellner, Elektriker, Klempner, Tischler, und er, Joaquín Ricart Albizu, kämpft um sein Leben (Meister Unamuno, auch die Philosophie ist Flügel und

Schnabel, San Joaquín, der brave Märtyrer), weil er weder ist noch weiß, was er sein soll, er kämpft dafür, daß das ganze Universum in Flammen aufgeht, weil der Kleine von den Ricarts nicht weiß, wohin er schauen soll, noch was er anschauen soll. Berechnung statt Passion. Strategien. Bevor er nach Hause ging, mußte er in die Altamirano, um das Geschenk, das er für den Großvater gekauft hatte, abzuholen, ein Fernglas, »Der Großvater wünscht sich ein Fernglas«, und seine Mutter hatte ihm das Geld für das Fernglas gegeben, damit der Großvater in El Escorial den Flug der Raubvögel beobachten konnte, die Pinienwälder am Monte Abato, das gigantische Kreuz im Tal der Gefallenen, und sich daraus ein bukolisches Bild zusammenfügen konnte; der Großvater wünschte sich auch die »Geschichte des Spanischen Bürgerkriegs« von Ricardo de la Cierva, und die sollte ihm Josemari kaufen. Mama hatte Josemari dafür Geld gegeben. Die Häftlinge, die ihre Strafen abbüßten, indem sie Stoffpuppen herstellten, Weidenkörbe, Ledertaschen, Intarsienkistchen, Wollpullover; die Lieferwagen hielten in Lugo, in Barcelona, in Córdoba und luden Ricart-Möbel aus, und seine Mutter wartete auf das Geld, das aus jenen fernen Städten kam, nur damit sie Kriegsgeschichten und Ferngläser kauften; Mama kaufte ein Bild der rebellischen Ada Bartos, und er hatte gerade ein halbes Dutzend Steine auf jene geworfen, die von ihren Unterständen aus an einem Tag die Gefangenen von Carabanchel bewachten, am nächsten ihn und am dritten die Tore von Ricartmoble schützten, damit die Streikenden nicht jene, die ihre Pflicht erfüllen wollen, am Arbeiten hindern. Und er, was überwachte er? Er überwachte den Lauf der Geschichte, und diese Überwachung verdammte zu diesem Adler, der seine Eingeweide fraß, nicht nur die Literatur, der Schnabel des Adlers der zielsicher suchte, in die Leber stieß, am Gedärm zerrte und sich beim massiven Stück Herz aufhielt. Zwischen Gefängnis und Psychiatrie. Küsse für Marga und heimliches Wälzen mit Pilar, der Freundin von Marga, die mit ihr die Wohnung teilte, seitdem Marga bei ihren Eltern ausgezogen war, um unabhängiger zu sein. Marga, das Gefängnis, deutlich sichtbar das Gitter, und er hielt sich an den Stäben fest. Pilar, die Psychiatrie, das, was sich versteckt, Pilar hatte dicke Lippen, und er sah gern zu, wenn sie mit diesen Lippen sein Glied umschloß. Marga hatte eine zarte Haut, allerdings unregelmäßige Gesichtszüge, picassohaft, aber sie kuschelte sich wie ein Osterlamm an ihn, wenn er ihr französische Gedichte vorlas, und das war alles: Gefängnis oder Psychiatrie oder Gefängnis und Psychiatrie. Vor einigen Jahren, als sie in Jávea noch ein Zimmer teilten, masturbierte sein Bruder Josemari fast jede Nacht, und Quini hörte die Geräusche, die Sprungfedern, den Stoff, Reibegeräusche, sein Ächzen. Das ganze Gewühl endete mit einer Art von Schnarcher. Und einige Minuten später hörte Quini dann Josemaris gleichmäßigen Atem und war sich sicher, daß der Bruder von keinem menschenfressenden Nachtvogel heimgesucht wurde. Er hörte ihn atmen, hörte die Pausen zwischen den kräftigen Atemzügen, die Atmung eines zufriedenen Tiers, stundenlang, ab und zu schnarchte er, und diese Schnarcher waren wie eine Fortsetzung der Lust, die er sich mit den Fingern verschaffte, mit der Handfläche, mit den Schenkeln. Er hatte es ihm anvertraut, als sie noch pubertierende Jungs waren: »Ich wichse am liebsten mit den Schenkeln.« Er lag bäuchlings da und zog das Glied bis zwischen die Schenkel, und dann bewegte er diese breiten Nilpferdschenkel, bis er mit einem Schnarcher kam. Quini hatte das nie geschafft, das Ding war nicht lang genug. »Es ist, als ob du mit einem Weib fickst«, hatte ihm Josemari mit heißen Schenkeln erzählt. Eine Zigarre rauchen, das Geld zählen, das Flugzug nehmen; im Büro stehen sie auf, wenn du an ihrem Tisch vorbeikommst, und du sagst: »Bleiben Sie doch sitzen, machen Sie nur weiter.« In der Firma mochten sie Josemari; Josemari trank Bier mit Angestellten und Arbeitern, klopfte ihnen auf die Schulter, sprach mit ihnen über Nutten, erzählte Witze, schenkte ihnen Kappen und Wimpel von Real Madrid; er nicht, weder mochte er die Fabrikarbeiter, noch mochten diese ihn, der die Ansicht vertrat, daß das Unternehmen in ihre Hände übergehen sollte. Er wollte sie zu Herren ihres Schicksals machen, aber er mochte sie nicht. Was tun, sich was widmen, was sein oder nicht sein, wenn die allgemeine Sintflut kam oder wenn sie ausblieb? Er mochte diese dicklichen oder nervigen Kerle mit den unsteten Augen nicht, die ihn siezten und lauthals über Josemaris Witze lachten, obwohl sie die Klasse vertraten, die ihn vor seiner Klasse retten sollte. Marga war wie ein Thriller, der Margas Mutter vorwegnahm; die faßte alles mit zwei Fingerspitzen an und drehte und wendete es dreimal, bevor sie es, wenn es etwas zum Anschauen war, zurück auf den Tisch legte, und wenn es sich um etwas Eßbares handelte, nahm sie es, bevor sie es in den Mund steckte, erst besorgt zwischen die Schneidezähne. Einen Stein auf die Achse der Welt werfen, sie zweiteilen, ein Blitz, der durch den Magen der Welt fuhr. Nicht wissen, was du im Leben sein wirst, nicht wissen, was du sein willst. Nichts sein. Man hatte ihn Joaquín getauft nach einem gewissen Joaquín Ort, einem Unternehmer, der offenbar Partner seines Großvaters bei den Nachkriegsgeschäften gewesen war, und der, als Quini soweit war, daß er sich fragte, woher er diesen Namen hatte, bereits aus dem Bekanntenkreis der Familie verschwunden war. Der Großvater hatte nie über ihn sprechen wollen, und das wenige, was Quini wußte, hatte er von seinem Vater erfahren. »Es war ein Freund deines Großvaters, aber sie haben sich geschäftlich entzweit«, hatte sein Vater gesagt, und Quini hatte den Eindruck gehabt, daß er, noch bevor er in der Wiege lag, als Wechsel für etwas gedient hatte, das er nicht kannte, daß er zu spät gekommen war, um es kennenzulernen. Nachkriegsgeschäfte in Legazpi, Straferlaß, Verträge mit den Ministerien. In ihm steckte ein wenig von all diesen Familienschanden; seine Nägel zum Beispiel, die waren vom Straferlaß; das Haar vom Schwarzhandel, die Nase von einem Typen, der so hieß wie er und aus irgendeinem Grund in einem Straßengraben lag. »Mein Patenonkel, dieser Joaquín Ort, lebt der eigentlich noch?« Und sein Vater: »Ich weiß es nicht, Kind, vermutlich ja, aber wir wissen nichts von ihm.« Der Straßengraben, nichts von ihm wissen, einer, dessen Namen in keinem Katalog auftaucht, in keiner Gesellschaftsnachricht. Was ist aus ihm geworden? Wer war sein Großvater gewesen? Und wer war sein Vater, der zugelassen hatte, daß ein Schwarzmarkthändler der Pate seines Sohns wurde und dieser seinen Namen bekam, obwohl er doch kein eigener Freund gewesen war, sondern nur ein Partner des Großvaters? Was für eine Rechnung bezahlte der Neugeborene jenem Mann, der ihn sicherlich in die Arme nahm und wiegte und schnuckelte, weil er sein Patenkind und Namensvetter war? War der Mann zufrieden mit der Bezahlung? Oder forderte er mehr? Entzweiten sie sich, weil Quini mit seiner Geburt und mit seinem Namen nicht genug bezahlt hatte? Ein Stückchen Fleisch, das greint und Rechnungen bezahlt. Und sein Vater ließ es zu und seine Mutter hatte diese unendliche und wunderbare Fähigkeit der Vielfältigkeit, dank der sie alles zugleich war, und wahrscheinlich bezahlte auch sie mit jeder ihrer Facetten eine andere Rechnung. Quini hatte oft darüber nachgedacht. Er hatte sich oft gefragt, was seine Mutter in seinem Vater gesehen hatte, warum sie sich in ihn verliebt hatte. Schön wär's, eines Tages die Frage zu wagen: »Was hast du in ihm gesehen, Mama, sag mal?«, nach einem Konzert, zusammen Béla Bartók hören, während sein Vater umgeben von Rechnungsbüchern in irgendeinem Büro saß, diese Halbbrille auf der Nase, die er zum Lesen aufsetzte und die ihn wie eine dieser selbstgefälligen Figuren aussehen ließ, die Geschichten von Dickens illustrierten, nach dem Konzert in einer Cafeteria eine Kleinigkeit essen und sie fragen: »Was hast du in ihm gesehen, du, die du die Musik liebst? Welche Musik hast du in ihm gehört, du, die du die Malerei liebst; welche Farben und Tiefen hast du in ihm entdeckt, du, die du das Kino liebst? Was für einen Film hast du in ihm gesehen?« Aber es war kurios, es gab Dinge, die man nie fragen konnte, dabei war das, was man nie fragen konnte, das einzige, was man wirklich hätte wissen müssen, weil es das Fundament war, das alles stützte. Man konnte von den

Mauern, den Fenstern, den Gardinen und den Möbeln sprechen; dein Großvater liebte Anekdoten, dein Vater pflegte zu sagen, deine Großmutter kochte, deine Mutter glaubte es nicht, aber du konntest, aber du konntest einfach nichts über das Fundament erfahren, auch nicht, warum er Joaquín hieß und warum Joaquín verschwunden war, was seine Mutter in seinem Vater gesehen hatte, das konnte man nicht fragen, das war, als würde man die Sängerin der Carmen in einer Opernvorstellung nach ihrem Alter und ihrem Körpergewicht fragen; alles wäre zerstört, die Falle läge offen da, der Zauber, der alles umgibt, wäre dahin, die Bühnenmaschinerie zu sehen, die Garderobe. Man kannte die Anekdoten, die Hochzeitsreise, der Strand in Jávea, als sie beide, Quini und Josemari, noch nicht geboren waren, was die Großmutter dem Großvater zum Fünfzigsten geschenkt hatte, was der Großvater eines Tages, als er aus El Escorial zurückkam, gesagt hatte, das ja, aber nicht das andere, das andere war nur Schatten. Vor einer Weile waren Lucas und Margarita Hand in Hand aus der Fakultät gerannt. Er hatte gesehen, wie sie einen Augenblick, ohne sich loszulassen, stehenblieben und zurückschauten, und wie sie dann zur Bushaltestelle gingen. Und er dachte, daß er sie morgen nicht fragen könnte, was jeder im anderen gesehen hatte. Welche Musik hatte der eine im anderen gehört, welche Töne, welche Lasuren im anderen gesehen. Die Garderobe. Der Hund Lucas, der Spürsinn des Arbeitersohns, der mit sicherem Instinkt der Beute auflauerte, der, die kommunistischen Flugblätter in der Tasche versteckt, sehr ernsthaft sagte: »Nimm und sag mir deine Meinung dazu«, der half, ein Transparent aufzuhängen, ein Plakat zu kleben, über die Arbeit auf dem Fischmarkt in seinen ersten Monaten in Madrid erzählte, oder von dem Frachtlohn bei der Glaserei, bei der er jetzt fast jeden Nachmittag arbeitete, der Tag für Tag eine Energie entfaltete, die Quini beneidenswert erschien und nach deren Quellen er sich fragte. Studium, politische Versammlungen, körperliche Arbeit. Womöglich war es, um Energie zu haben, nötig, den Kopf ein wenig beiseite zu lassen, die Seele im Schrank; womöglich mußte man, um eine solche Energie zu entfalten, sie einfach nötig haben, sie zum Überleben brauchen: hinter dem Zug herlaufen, der einem davonfährt, auf der Plattform stehenbleiben, weil man keine Fahrkarte hat, und in voller Fahrt abspringen, wenn der Kontrolleur dich entdeckt; vielleicht kommt die Energie daher, und zu denken und zu handeln war verderblich, auch war das, was er tat, nicht Handeln, das war Flucht, eine Droge; sich mit diesem Schal den Mund zu bedecken und Steine oder Molotowcocktails zu schmeißen, um sich abzureagieren; er brauchte das, das war's, und danach als Verpackung die Diskussionen, die Theorie, nein, das war nicht Handeln: Handeln bedeutete, eine Vorstellung zu haben, eine Strategie, nicht eine Vorstellung von der politischen Linie der Gruppe, den Statuten und den Analysen, sondern eine Vorstellung davon, wie man das Private angehen sollte, damit es öffentlich wurde, und umgekehrt was willst du sein, was willst du in der Welt bewirken und wozu; und Lucas wußte das sicherlich, er hatte jahrelang mit Hilfe von Stipendien gelernt, weil er Geschichtslehrer werden wollte, und er würde Geschichtslehrer sein vor der Sintflut und würde es bleiben – mit noch mehr Grund, einer der wenigen Geschichtsprofessoren, einer der besten –, wenn die Sintflut kam. Quini glaubte, daß sogar Marga wußte, was sie wollte, und daß ihre Sensibilität – ihre echte falsche oder zweideutige Sensibilität – dafür ein notwendiges Gut war. Auch Marga kannte Strategien und war davon überzeugt, daß eine gewisse Dosis Sensibilität absolut notwendig war, um ihr Projekt zu Ende zu führen, auch wenn sie sicherlich nicht wußte oder sich dessen nicht bewußt war oder nicht wissen wollte, was genau ihr Projekt war.

19

Er kam zu ihr und fragte: »Bist du fertig?« Sie hatte auf ihn gewartet, saß an dem mit einer Häkeldecke bedeckten Tischchen, auf dem der Korb mit den Utensilien für die Handarbeiten stand, mit denen sie sich am Nachmittag die Zeit vertrieb. Sie saß gern dort neben dem Wohnzimmerfenster, das auf die Straße ging, vor allem im Winter, wenn sie sich, nachdem sie die Nachrichten gesehen und den Tisch abgeräumt hatte, zu dieser Stunde in Sonnenlicht hüllen konnte; sie ließ sich von der Abendsonne streicheln, bis sie beim natürlichen Licht nicht mehr nähen konnte und aufstehen mußte, um die Lampe anzuknipsen. Dann schloß sie die Läden und zog die Gardinen vor, da es ihr sonst an der nötigen Intimität fehlte, sie fühlte sich bei ihrer Beschäftigung vom Nachbarhaus aus beobachtet, und das störte sie. An diesem Nachmittag hatte sie eine Weile genäht und von Zeit zu Zeit hinuntergeschaut, um zu sehen, was auf der Straße geschah; es war jedoch bewölkt, und dieses schwache, gräuliche Licht hatte sie traurig gestimmt. Matt geworden, hatte sie den Kopf gegen die Lehne des kleinen Sessels sinken lassen und war bei der Radiomusik eingenickt. Sie mochte den Winter nicht. Die Tage waren kurz und erinnerten sie an die Zeit ihrer Kindheit und Jugend, die sie in Kasernen in abgelegenen Bergdörfern, wo die Nächte endlos schienen, verbracht hatte. Sie schaute auf die Uhr. Fast sieben, und er war noch nicht da. Vor sich hindösend, hatte sie auf ihn gewartet, das Ohr aufmerksam auf das Knacken des Schlüssels gerichtet, und war aus dem Schlaf aufgefahren, als sie glaubte, Schritte zu hören, was sich aber nur als Einbildung herausstellte. Es störte sie, wenn er sie beim Schlafen überraschte. Dann bedrängte sie ein Schuldgefühl, als hätte sie etwas unterbrochen, was sie hätte erledigen sollen, eine Arbeit, eine Pflicht, obwohl das nicht stimmte, denn sie führte den Haushalt auf das sorgfältigste, ganz besonders in letzter Zeit. Maximino tauchte jetzt kaum noch daheim auf, er war in Alarmbereitschaft wegen Francos Gesundheitszustand und der Maßnahmen, die ergriffen werden mußten, sobald er starb, weshalb ihr, die weder das Schlafzimmer noch das Bad aufräumen mußte, nur irgendeine Kleinigkeit für sich selbst zu kochen brauchte und keine Rücksicht auf den Zeitplan und die Ansprüche Maximinos nehmen mußte, der Tag wie eine einzige Leere erschien, die man langsam zu füllen hatte, bedächtig, nicht alles in einem Schwung, weil ihr, wenn sie nichts zu tun hatte, die Leere unerträglich wurde. An diesem Nachmittag aber erwartete sie ihn. Sie hatte gedacht, daß, wenn nicht irgend etwas Unvorhergesehenes geschah, er von einem Augenblick auf den anderen erscheinen müßte, dann ins Bad gehen würde, um sich zu duschen, und sie um frische Wäsche bäte, nach einer Weile sich die Krawatte knotend aus dem Zimmer kommen und sie fragen würde, ob sie schon fertig sei. Während sie ihn erwartete, hatte sie immer wieder aus dem Fenster geschaut. Es war normal, daß sie um diese Zeit aus dem Fenster schaute, aber nicht, weil sie ihn erwartete, sondern um das Kommen und Gehen der Menschen zu beobachten und sich damit die Zeit zu vertreiben. Ihn erwartete sie nicht zu dieser Zeit; nein, wenn er zum Schlafen heimkam, tat er das nie so früh; im übrigen kam er in letzter Zeit kaum zum Schlafen nach Hause, weil sich mit Francos Krankheit die Wachen und Dienste vervielfacht hatten. Sie schaute aus dem Fenster und sah die Leute vorübergehen. Viele dieser Passanten kannte sie schon vom Ansehen, und sie wußte sogar über deren Gewohnheiten Bescheid, über ihre Gebärden und Manien. Sie sah den Inhaber der Eisenwarenhandlung gegegenüber um die Ecke kommen, wie er die Fahrbahn von rechts nach links schauend überquerte, weil er nie die Zebrastreifen benutzte, und sie wußte, daß er, wenn er auf der anderen Straßenseite war, erst einmal einen Augenblick auf dem Gehsteig vor dem Laden stehenbleiben und in den Taschen nach dem Schlüssel wühlen würde, um dann das Eisengitter heraufzuziehen: Solche Dinge wußte sie. Jedesmal, wenn sie den Blick von außen ins Innere des Wohnzimmers wandte, dachte sie, wie gern sie jemanden bei sich hätte, um einige der alltäglichen Vorfälle zu kommentieren, oder nicht einmal zum Reden, nur zur Gesellschaft, um dort jemanden zu sehen, vor sich oder neben sich; eine Freundin, einen Enkel, einen Neffen, der sein Vesperbrot aß. Der Neffe sollte essen und ihr erzählen, was er nachmittags in der Schule gemacht hatte. Daß ein Sohn ihr das erzählen könnte, daran wagte sie längst nicht mehr zu denken. Seit langem hatte sie resigniert. Sie hätte gern ein Kind gehabt, und sei es ein adoptiertes, denn in ihrem Alter, sie war einundsechzig, konnte sie kein eigenes Kind mehr bekommen. Früher, zur richtigen Zeit, konnten sie auch keins bekommen, ein Jammer, es wäre so schön gewesen, in Madrid jemanden bei sich zu haben, aber als sie ihm vor zwanzig Jahren vorgeschlagen hatte, doch ein Kind zu adoptieren, da sie kein eigenes bekam, hatte er schroff reagiert: »Das fehlte mir noch, einen Hurensohn zu ernähren, den die Mutter im Findelhaus abgegeben hat.« Das hatte er gesagt, und ihr war, als es schon zu spät war, klar geworden, daß sie es ihm nie hätte vorschlagen dürfen, so wie sie ihm auch nicht hätte vorschlagen dürfen, zum Arzt zu gehen, als man ihr gesagt hatte, daß bei ihr alles in Ordnung sei, kein physischer Defekt, man ihr nach unzähligen Untersuchungen versicherte, daß ihre Gebärmutter und ihre Eierstöcke in bestem Zustand seien und sie so viele Kinder bekommen könnte, wie sie nur wollte. Sie war perplex gewesen. Eine schwer zu bestimmende Mischung aus Freude und Angst. Sie hatte es eilig, ihm davon zu erzählen und ermutigte ihn, sich untersuchen zu lassen, »Vielleicht können wir ja doch noch ein Kind bekommen«, ermunterte sie ihn, und er ließ sich zähneknirschend darauf ein, wenngleich er von der Zwecklosigkeit dieser Analysen überzeugt war, denn Schuld – so sagte er, »Schuld« – daran, daß sie keine Kinder bekamen, war zweifellos sie; deshalb war es schrecklich, als der Arzt nach Abschluß der Untersuchungen etwas über seine Spermatozoen sagte, ihm sagte, die seien zu schwach oder so etwas ähnliches. Er hatte es nicht akzeptiert. Sie erinnerte sich noch daran, wie er in das Wartezimmer gekommen war, wo sie saß – er hatte nicht zugelassen, daß sie mit ins Arztzimmer kam, sie hatte einen weiteren Fehler begangen, als sie darauf bestand –, wie er sich mit brüsken Bewegungen das Jackett anzog und dem Arzt irgendein dummes Zeug über die Männer im allgemeinen sagte. Das Schlimmste aber kam danach, in den folgenden Monaten. Er schlief im anderen Zimmer und wies sie jedes Mal ab, wenn sie zu ihm kam, um mit ihm zu sprechen, ihm den Pullover glatt zu streichen oder das Jackett zu richten, wenn sie fragte, ob er einen Kaffee wolle oder versuchte, ihn bei den seltenen Gelegenheiten, wenn sie aus irgendeinem Grund zusammen auf die Straße gingen, unterzuhaken. Endlich war er eines Tages explodiert und hatte ihr auf üble Art und Weise gesagt, ob es ihr nicht genüge, ihn nicht zum Vater gemacht und ihn dann noch als Mann erniedrigt zu haben. Sie erinnerte sich daran, wie er Monate später im Dunkeln in ihr Zimmer kam und gewaltsam in sie eindrang; er bestieg sie im Dunkeln, ohne ihr auch nur ins Gesicht zu schauen oder zu fragen, ob sie wolle oder nicht, und sie ließ es schweigend über sich ergehen, während er, unzufrieden über ihr Schweigen, fragte oder feststellte: »Das gefällt dir.« Diese Szene wiederholte sich in vielen Nächten, und die wenigen Male, bei denen sie ihm sagte, daß er ihr weh tue, »Warum machen wir es nicht in aller Ruhe, so tut es weh«, hatte sie gesagt, drückte er ihren Kopf ins Kopfkissen, als wolle er sie ersticken. »Kann ich oder kann ich nicht?« fragte er, während er sie stieß und biß. Das Gewicht dieses keuchenden Schattens. Am nächsten Morgen hatte sie Spuren am ganzen Körper. Er biß sie, bis Blut kam; und was sollte sie ihm schon sagen, was konnte sie ihm schon sagen, als daß sie ihn geliebt hatte, daß sie niemals einen anderen geliebt hatte und ihn allmählich nicht mehr lieben konnte, daß sie niemals mehr jemanden lieben könnte, daß sie nur weinen wollte, niemanden lieben, nur noch die Tränen lieben, weil sie gern liebte. Dazu war sie erzogen worden. Ihr Vater war Guardia Civil gewesen und die Familie war über Jahre von Kaserne zu Kaserne gezogen. Maximino hatte sie in Riano kennengelernt, wo er ein paar Monate lang die Unterstützungsnetze mit denen der Untergrund in diesem Gebiet rechnen konnte, ausgekundschaftet hatte. Über Jahre hatte sie als junges Mädchen davon geträumt, jemanden zu lieben. Unter den Schulfreundinnen hatten sie sich die Filme erzählt, die in der Hauptstadt oder in den Kleinstädten liefen, wo sie aus irgendeinem Grund – Arztbesuch, Behördengänge – hingefahren waren und, während sie auf die Abfahrt des Busses nach Riano warteten, Zeit hatten, irgendeinen Film zu sehen. Gary Cooper, Douglas Fairbanks, Clark Gable: Die nahmen sie in die Arme, küßten sie, liebten sie; die Frauen trugen wunderschöne Kleider, und ihre Gesichter waren wie aus Porzellan, sie hatten lange, geschwungene Wimpern. Diese jungen Mädchen hatten über Jahre davon geträumt, daß am engen Horizont der Kaserne, in der sie wohnten, ein Mann erschiene, der jenen ähnelte, die sie im Kino gesehen hatten; und eines Tages stieg Maximino aus einem Auto, er trug einen langen Mantel und darunter ein weißes Hemd, Jackett und Krawatte, etwas, was bei den Menschen dieser Gegend absolut unüblich war. Den ganzen Tag lang hatten die fünf oder sechs Mädchen, die in der Kaserne wohnten, aufgeregt über die Ankunft des Unbekannten gesprochen, er schien ihnen – seine Blässe, seine Art, sich zu kleiden und zu sprechen, die Art und Weise, wie er die Zigarette zwischen zwei langen und schmalen Fingern hielt – wie einem der Filme entstiegen, die sie gesehen hatten. Ein paar Stunden später erfuhr sie, daß er ein paar Monate bei ihnen wohnen würde, bis er die Arbeit abgeschlossen hätte, die ihn in diese Gegend geführt hatte. Beim Abendessen sah sie ihn Messer und Gabel führen, wie sie es noch nie bei jemandem gesehen hatte. Sie konnte kaum schlafen, wußte sie doch, daß hinter der Backsteinwand, die ein blendender Wintermond beleuchtete, dieser Mann lag. Sie schaute auf die Wand und versuchte sie mit den Augen zu durchdringen, wollte sehen, ob der Mann auf der rechten oder auf der linken Seite lag, oder ob er auf dem Rücken schlief; vielleicht lag ja auch er wach und wünschte zu wissen, was das Mädchen, das auf der anderen Seite der Wand lag, in diesem Augenblick machte und dachte. Dieser Gedanke erregte sie in der ersten Nacht genauso wie in den darauffolgenden Nächten. Sie blieb lange wach, achtete auf jedes Geräusch, das von der anderen Seite hätte kommen können, obwohl die Wände zu dick waren und keinerlei Geräusch durchließen. Wie vorgesehen verbrachte Maximino einige Monate in ihrem Kasernenhaus. Die Töchter der anderen Guardias beneideten sie und zogen sie beiseite, um sie über die Gewohnheiten des Fremdlings auszufragen. Sie interessierten sich für das, was er gern aß, ob er viel rauchte und ob er, wie ihre Väter, von dem Trester trank, den die Bauern brannten. Sie wollten auch erzählt bekommen, worüber er sprach; was dieser Mann gesehen hatte, was sie nicht kannten, in welchen Städten er gelebt hatte. Die ganze Zeit über hatten ihre Mutter und sie ihn bekocht, ihm die Wäsche gewaschen und ihn versorgt. Sie hatte ihn gepflegt, als er sich erkältet hatte und fast eine Woche lang erst im Bett und dann im Haus bleiben mußte. Sie brachte ihm die großen Tassen Milchkaffee zum Frühstück und zur Vesper ans Bett und schleppte die Eimer mit heißem Wasser an, damit er sich waschen konnte. Sie gewöhnte sich allmählich an ihn. Und sie erlebte mit Trauer den Tag, an dem er, genesen, sein normales Leben wieder aufnahm und vor Tagesanbruch aufstand, wenn sie noch schlief. Nicht einmal abends sah sie ihn regelmäßig, weil er manchmal erst zurückkam, wenn sie schon im Bett lag. Zuweilen tauchte er zwei oder drei Nächte nicht auf, und dann litt sie, dachte, daß ihm etwas zugestoßen sein könnte in diesen Bergen, die von Untergrundkämpfern durchseucht waren und deren Wege bei Regen, Schnee oder Eis ganze Wochen lang unpassierbar blieben. Er kam schlammbedeckt zurück, blaß, unrasiert, müde, durchfroren, und sie und ihre Mutter bereiteten Kaffee, machten Wasser für das Bad heiß und gaben ihm saubere Wäsche zum Wechseln. Ihr Vater holte die Flasche Fundador heraus, die er im Wandschrank für besondere Augenblicke aufbewahrte, da er unter der Woche nur den Trester trank, den ihm die Bauern als Gegengabe für kleine Gefälligkeiten schenkten. Eines Tages kündigte Maximino an, daß er sie verlassen würde, weil er seinen Auftrag erfüllt habe. Drei oder vier Tage zuvor hatte in der kleinen, sonst sehr ruhigen Kaserne große Aufregung geherrscht. Der Hof hatte sich mit Fahrzeugen gefüllt, und auch mehrere berittene Guardias waren erschienen. Inmitten der Guardias war ein Dutzend schmutziger Individuen zu sehen, einige hatten lange Bärte, die ihre Gesichter verdeckten, ihre Kleidung war zerlumpt, und sie wirkten erschöpft. Zwei oder drei dieser Individuen wurden auf einer Bahre über den Hof getragen, weil sie verletzt waren, andere hinkten, hatten den Arm in einer Schlinge oder trugen einen Kopfverband. Maximino verabschiedete sich, nicht ohne vorher zu beteuern, daß er zurückkommen werde. Sie beide waren allein im Eßzimmer, und er nahm ihre Hand und sagte zu ihr: »Mach dir keine Sorgen, ich komm zurück«, und gab ihr einen Kuß auf die Wange, es war ein sehr kurzer Kuß, wie im Vorbeigehen. Nach einer Woche erhielt sie einen Brief mit einem Madrider Absender. Es war der erste Brief ihres Lebens, und schon bevor sie ihn aufmachte, hatte sie sich verliebt. Ein Brief. Als sie ihn zu Ende gelesen hatte, dachte sie, daß sei die Liebe fürs Leben. Sie las den Brief während des Bergwinters viele Male. Die Winterabende in Riano, allein mit ihren Eltern, wurden ihr sehr lang. Oft konnten sie nicht einmal tagsüber aus dem Haus, weil der Schnee vor den Türen so hoch lag. Das Weiß belagerte sie am Tag, und nachts waren da die Dunkelheit, das Heulen des Windes oder das Mondlicht, das über den versteinerten Schnee glitt und bestätigte, daß die weiße Belagerung der Kaserne andauerte. Häufig fiel das Licht aus, wegen technischer Probleme bei der Stromversorgung, weil der Sturm oder das Gewicht des Schnees einen Mast umgelegt hatten oder aufgrund eines der vielen Sabotageakte, die der Maquis, geschützt von dem umbarmherzigen Klima und dem verteufelten Gelände, ausführte. In der absoluten Dunkelheit ihres Zimmers war sie allein mit ihren Erinnerungen an ihn. Plötzlich überschwemmte weißes Mondlicht das Bett, in dem sie schlaflos lag, strömte über die Wände und zeichnete ein phosphoreszierendes Quadrat auf die Bodenfliesen, und es war, als käme er sie besuchen. In all dieser Zeit dachte sie, sobald sie von den alltäglichen Arbeiten abließ, an Maximino, dessen Briefe weiterhin eintrafen. Sie sah ihn, gekleidet, wie niemand sich in dieser Gegend kleidete, wo die Leute Vieh mästeten, ein paar Kartoffeln anbauten und im Sommer Obst und Gemüse ernteten. Maximino war schlank und hatte eine sehr blasse Haut, was ihn von den Bewohnern dieses Landstrichs unterschied, die gut durchblutete Gesichter und massige Körper hatten. Sie wartete den ganzen Winter lang auf ihn, und es fehlte ihr dabei nie die Gesellschaft seiner Briefe. In Briefen schmiedeten sie Pläne, setzten Termine fest, und als er zurückkam, um sie zu holen, war es, als schreite man durch die Filmleinwand hindurch, um sich ins Innere eines Films zu begeben. So geschah es: Er kam, sie abzuholen, und sie hatte schon den Koffer mit der Wäsche gepackt, die sie in den letzten Monaten genäht hatte. Sie fuhren nach Madrid, wenige Tage nach der Hochzeit, zu der niemand aus dem Dorf kam, nur die Kameraden seines Vaters und deren Familien, die wie sie selbst in der Kaserne wohnten. In Madrid erwies sich Maximino als schweigsam und wenig greifbar, aber zugleich war er ritterlich und aufmerksam. Deshalb war das, was später nach und nach kam, um so trauriger; traurig, daß die Zeit alles grau und kalt machte, daß er, kaum waren sie ein Jahr verheiratet, nachts so oft nach Tabak und Alkohol riechend nach Hause kam. Er hatte eine schwere Zunge, redete mit ihr in einem bitteren, machmal sogar heftigen Ton. Wie sollte sie ihm jetzt, so viele Jahre später, sagen, daß sie sich auch damit zufrieden gegeben hätte, Tintín, den kleinen Hund, statt eines Kinds auf dem Schoß zu haben, daß ein Kind nicht so wichtig war, daß sie ihn geliebt hatte, ihn allein, in Armut und Reichtum, in fröhlichen und traurigen Zeiten, in Gesundheit und Krankheit, so wie der Pfarrer am Tag ihrer Hochzeit gesagt hatte, daß sie sich lieben sollten. Auf ihn warten, wissend, daß er mit einer Pralinenschachtel oder einer Blume kommt, das Abendessen fertig zubereitet haben und ihm ein Glas bringen, damit er es in Ruhe trinken kann, während er Radiomusik hört oder Fernsehen schaut, und später sollte er sagen, laß uns ins Bett gehen, und es wäre schön zu sehen, wie er sich neben dir entkleidet und sich mit demselben Bettuch zudeckt wie du, so daß du seine Wärme spüren kannst und den rauchigen Geruch seines Atems wahrnimmst; daß er vor Morgengrauen mit der Hand über deine Hüfte streicht, im Traum seufzt oder ein paar zusammenhanglose Worte murmelt; das wäre genug gewesen; nicht nur genug, mehr als genug, alles; Sonntag nachmittags ins Kino oder spazierengehen oder zu Hause bleiben, am Fenster sitzen, er sieht die Wiederholung des Fußballspiels im Fernsehen, sie näht; ihn drei oder vier Mal im Jahr zu offiziellen Anlässen begleiten; vielleicht ein paar Tage Ferien in Galicien oder Benidorm, ein paar Urlaubstage in Riano verbringen, sehen, ob sich dort etwas verändert hatte, ob es noch irgendein Gesicht gab, das sie nach so vielen Jahren wiedererkannte; aber nein, er kam spät nach Hause, roch nach Cognac, atmete schwer, ließ die Schuhe auf den Boden fallen, warf sich auf sie und sagte – das war damals, nach der Geschichte mit dem Arzt –: »Na, kann ich oder kann ich nicht?« Später, als es mit dieser Manie vorbei war, sagte er gar nichts mehr. Er warf sich ab und zu auf sie, und das war's. Als ob es ihm Spaß machte, ihr weh zu tun. Als ob die Fähigkeit, einer Frau Schmerz zuzufügen, das wäre, was einen Mann ausmachte; eine Frau nicht glücklich, sondern unglücklich zu machen; und dafür wartete sie am Fenster auf ihn, nähte, häkelte und ließ den kleinen Hund auf ihren Schoß springen, damit er ihr Gesellschaft leistete. Die Sonne streichelte sie, weil sie ihr nichts beweisen mußte, sie folgte ihrem Lauf; und wenn die Sonne unterging, schloß sie das Fenster. Sie antwortete: »Ja, ich bin fertig. Wir können gehen, sobald du willst«, aber er war schon wieder in sein Arbeitszimmer gegangen und telefonierte. Sie hörte ihn sagen, daß Franco bereits klinisch tot sei und daß im Laufe des Abends die Todesnachricht durchgegeben würde. »Wir müssen bereit sein«, hörte sie ihn sagen und dachte, daß sie den Besuch bei den Ricarts sicherlich absagen müßten, weil er zu irgendeinem Sonderdienst eingeteilt war. Maximino sprach jetzt sehr leise, und sie konnte nicht verstehen, was er sagte. Sie ging im Wohnzimmer auf und ab und wartete auf das, was er beschließen würde, bis sie es müde war, stehend zu warten, und sich wieder in den kleinen Sessel neben dem Tischchen setzte. Hätte sie nicht die Fenster geschlossen, dachte sie, könnte sie jetzt schauen, was auf der Straße passierte und sich damit die Zeit vertreiben.

20

ALS ER ZIELLOS DIE CALLE SERRANO entlanglief, ging wieder ein Schauer nieder, und er mußte sich in der Nische eines Schaufensters unterstellen. Der Himmel war dunkel geworden, und die Geschäfte hatten, weil die Dunkelheit vorzeitig einbrach – ein trüber Tag Ende November –, bereits Licht in den Auslagen und in den Verkaufsräumen. Derart angeleuchtet, fiel seine Gestalt in der eleganten Straße auf, die dunkle Hose, das kurze blaue Jäckchen, die Plastiktasche an einem langen Riemen von der Schulter hängend, das Haar zerwühlt; eine Frau beobachtete ihn vom Inneren des Geschäfts aus, ein Schuhgeschäft, also verließ er die Nische bei dem Schaufenster und rannte weiter bis zur Ecke, eine Buchhandlung, »Aguilar« kündigte die Leuchtschrift über dem Laden an. Er fühlte sich dort sicherer, immerhin kauften auch arme Leute Bücher. Die Hosen, die kurze Jacke, das zerwühlte Haar, die Tasche, in die er Rasierapparat, Pinsel und Klingen, ein Stück Seife, Unterwäsche, Hemden und die frischgebügelten Jeans gepackt hatte: Lucio wußte, wie wichtig es war, sauber zu wirken, nicht aufzufallen, weil man schmutzig oder unrasiert herumlief. Bevor er aus dem Haus ging, hatte er gedacht: Nicht daß sie zu dir kommen, weil sie dich für einen Bettler halten, und nach deinen Papieren fragen und dann, in Anwendung des Gesetzes für Landstreicher und Obdachlose, dich in so einen weißen Kastenwagen stecken, Milchwagen wurden die genannt, mit Gittern an den Fenstern und Metallsitzen, auf denen man abrutschte, sobald der Fahrer eine Kurve nahm. Das hatte er gedacht, bevor er das Haus verließ, und deshalb hatte er die Tasche mit der frischen Wäsche mitgenommen; aber in diesem eleganten Viertel reichte es nicht aus, sauber aufzutreten, es war einfach nicht normal, daß ein Arbeiter stundenlang vor den Schaufenstern herumlungerte, daß er zwei oder drei Mal vor derselben Auslage stand. Das war verdächtig. Also mußte er schleunigst eine Entscheidung treffen. Erstmal aus diesem Viertel verschwinden, in die Metro oder einen Bus steigen und in eine Gegend fahren, in der alle so angezogen waren wie er, Taschen wie die seine über der Schulter trugen, wo die Leute, die dort wohnten und auf der Straße herumliefen, Maurer, Klempner, Mechaniker waren und er einer unter vielen, nicht wie hier in dieser Straße, wo jetzt ein großes und regenglänzendes Auto stehengeblieben war, ein Mercedes, aus dem nun ein Chauffeur in Livrée ausstieg, blauer Anzug mit goldenen Knöpfen, Dienstmütze, und einen Regenschirm aufspannte, hinten um den Wagen herumging, die Hintertür auf der anderen Seite öffnete, mit dem Schirm eine elegante Frau vor dem Regen schützte, Pelzmantel, auffallende Ohrringe, die gerade die Beine aus der Tür streckte, die hochhackigen Schuhe auf den Gehsteig stellte, sich aufrichtete und entschlossen auf den geschützten Winkel vor dem Schaufenster zustrebte, wo Lucio sich untergestellt hatte; er rückte beiseite und machte der Frau Platz, und sein Blick begegnete dem des Chauffeurs, als die Frau schon in der Buchhandlung verschwunden war. Der Chauffeur blieb dort stehen, aber außerhalb der Markise des Schaufensters, näher zur Straße hin. Er schützte sich mit dem Regenschirm und machte kleine Schritte im Regen. Lucio dachte, er müsse eine Entscheidung treffen, er wußte, wie er sich entscheiden wollte und daß er sich deshalb nicht aus dieser Gegend entfernt hatte, wo ein paar hundert Meter von seinem Standort entfernt, Serrano aufwärts, die Kanzlei war, in der Taboada arbeitete. Das war seine Entscheidung, eine Entscheidung, die er, während er dort herumlungerte, aufgeschoben hatte, als wolle er sich nicht damit konfrontieren. Er kannte die Adresse dieser Kanzlei, wußte, in welchem Gebäude der Colonia del Viso sie untergebracht war, eine kleine Villa, die man durch eine schattige und ungepflegte Gartenparzelle erreichte, dann mußte man drei oder vier Stufen hochsteigen und die Klingel neben der weißen Tür drücken. Er hatte das Haus gesehen, einer seiner Genossen hatte es ihm einmal gezeigt, als sie unterwegs waren, um die Wand der nahe gelegenen amerikanischen Botschaft mit antiimperialistischen Parolen zu beschmieren. Nach der Aktion hatten sie sich auf der Flucht vor der Polizei, die das Botschaftsviertel umzingelt hatte, in das Labyrinth der kleinen Villen der Colonia del Viso verdrückt. Fast hätten sie die Gartentür geöffnet und sich hinter dem Haus versteckt, in dem die Kanzlei untergebracht war. Zum Glück war das dann nicht nötig gewesen. Das kleine Haus mit dem Spielzeugtürmchen und dem übertrieben geneigten Dach, alles ein bißchen wie aus einem Märchen, und an der Tür ein Plastikschild, auf dem ein Name zu lesen war und darunter das Wort Rechtsanwälte. Taboada. Der Genosse Tabo arbeitete dort, während er, Lucio, sich vor dem Regen an den Schaufenstern der Geschäfte unterstellte und den Blicken der Angestellten zu entgehen suchte, die diesem Typen mißtrauten; ein Arbeiter, ein Bettler oder ein Krimineller, die Unterschiede zwischen diesen drei Kategorien waren ihnen nicht ganz klar, ein Individuum an einem unpassenden Ort, das nicht die ausgestellten teuren Damenschuhe kaufen wollte, die eleganten Röcke und dekolletierten Kleider und dennoch vor jedem Schaufenster eine Weile stehenblieb, vor den Damenschuhen, vor den Kleidern, und das Angebot betrachtete, ein Individuum mit einer Plastiktasche über der Schulter und einem durchnäßten, abgetragenen dunkelblauen Jäckchen. Genosse Taboada. Er sah ihn wieder durch den Gang des Gefängnisses gehen, den Schal um den Hals geknotet, vor Kälte zitternd und mit glänzenden Augen. Mit drei Ziegelsteinen und einem Stück Kupferdraht bauten sie einen Widerstand auf, um sich zu wärmen, den mußten sie verstecken, wenn das Wachpersonal zur Kontrolle kam. Die Metalltüren gaben ein schmerzhaftes Geräusch von sich, das die Nerven nicht zur Ruhe kommen ließ. Zu jeder Tages- und Nachtzeit das Echo des

Metalls und das Schreien von Menschen. In den Gewölben der Galerien hallten die Stimmen der Gefangenen, die jene ausriefen, die für die Krankenstation gemeldet waren, oder die Namensliste derjenigen durchgaben, die an jenem Morgen verurteilt wurden oder freikamen, menschliche Stimmen, die immer, selbst die harmlosesten, etwas Zerrissenes zu haben schienen und deshalb in den Ohren schmerzten; und dann war da das Geräusch der Eisentüren, die sich öffneten oder schlossen, die gegen den Türrahmen aus Metall knallten, oder das Geräusch, wenn der Riegel zurückgeschoben wurde, Metall, das über Metall schabt und gegen einen Metallstopper schlägt, oder wenn die Fäuste der Gefangenen gegen das Metall trommelten, Hilfe verlangten, einer war plötzlich krank geworden, Gefangene, die um sich schlugen und schrien, weil sie ohne Erklärung frühmorgens an einen unbekannten Ort abtransportiert wurden. Oder weil sie plötzlich von den Mithäftlingen in der Zelle umringt wurden und sich bedroht sahen von einem Regenbogen aus Löffelstielen, die in langen Stunden zu scharfen Messerschneiden zurechtgefeilt worden waren. Heulen von Menschen und Donnern von Metall. Carabanchel. Genosse. In Carabanchel hatte Taboada immer gefroren. Er hatte einen dieser scheinbar schwachen Körper, denen nur der Glanz der Augen Kraft zu verleihen schien, die Kraft, mit der er die Zähne zusammenbiß, und dann der herrische, überzeugende Klang der Stimme, der immer noch den Bruchteil einer Sekunde lang in der eisigen Luft der Zelle nachvibrierte. Groß und dünn, mit hängenden Schultern, bemühte sich Taboada, gegen die Kälte, die ihn durchdrang, anzukämpfen, und so ging er jeden Morgen in den Hof, auch wenn dieser bereift war, und zwang seine Glieder zu strengen Gymnastikübungen, als hätte er nur die Wahl, sich entweder auf der Grenze zu behaupten oder zusammenzubrechen, und als ob er keine andere Art des Lebens akzeptierte, keinen Pakt schloß, nicht einmal mit der eigenen Natur, die ihm bei der allgemeinen Zuweisung der Körper zugefallen war. Lucio hatte den Kupferdraht vom Schwarzmarkt beschafft und die vier Ziegelsteine geklaut, und er stellte diese Widerstände für ihren Hausgebrauch her, die sie bei jeder Zelleninspektion hastig verstecken mußten, und dann wieder in eine Ecke stellten, damit die Luft ein klein wenig erwärmt wurde. Nur die Gitterstäbe trennten sie von der Außenwelt, wo es geschneit hatte; es gab keine Glasscheiben, und so versuchten sie, die Fenster mit Pappestücken und Zeitungspapier abzudecken. Manchmal fielen frühmorgens Schneeflocken auf die Feldbetten. Der Schnee auf dem Hof faszinierte sie, weil er eine trügerische Illusion von Reinheit inmitten von so viel Schmutz vermittelte. Die elektrischen Widerstände nutzten sie, um den Kaffeesud zu erwärmen, und Lucio rückte auch Taboada einen unter den Tisch – schlecht zusammengenagelte Obstkisten –, damit er, ohne zu frieren, stundenlang Bücher lesen konnte, die er später – sozusagen als Dank für Lucios Dienste – für diesen zusammenfaßte. Nach dem Gefängnis dann die Zellentreffen mit Taboada, Diskussionen in einer Bar oder Spaziergänge durch das Zentrum von Madrid. Zum Abschied, in dieser betrunkenen Nacht viele Monate später, hatte Taboada ihm gesagt, er sei sein bester Freund. »Lucio, ich habe keinen anderen«, hatte er gesagt. Hatte betrunken an seiner Schulter geweint und danach die Staßenkehrer beschimpft, die den Strahl aus dem Wasserschlauch auf ein Madrid richteten, das der Regen schon zuvor begossen hatte, und Lucio hatte ihn gegen diese Männer verteidigen müssen, die Taboada damit beleidigt hatte, daß er ihnen vorwarf, ihre Köpfe demütig über den Besen, über den Schlauch zu beugen, statt die Faust gegen die Unterdrückung zu erheben. Als er ihn vor dem Zorn dieser Proletarier, die nicht verstehen wollten, was Tabo von ihnen forderte, gerettet hatte, brachte er ihn zum Schweigen, drückte ihm die Hand auf den Mund, weil er unbedingt laut und mitten auf der Straße die Internationale singen wollte, und auf dem Weg zum Taxi mußte er ihn stützen, damit er nicht hinfiel. Der Taxifahrer wollte den Betrunkenen nicht in seinem Wagen haben, »Sehen Sie nicht, in was für einem Zustand der ist, der weiß ja nicht einmal, wo er wohnt, er wird mir das Auto ruinieren«, klagte er, und Lucio redete auf den empfindlichen Fahrer ein und bot am Ende an, mitzufahren und die Verantwortung für die Verheerungen zu übernehmen, die der Betrunkene verursachen könnte, der seinerseits von einem epileptischen Anfall heimgesucht zu werden schien, da er sich krampfhaft Lucios Griff zu entwinden suchte, sich dagegen sträubte einzusteigen und sich, als der Wagen schließlich losfuhr, hin und her warf, die Wagentür zu öffnen versuchte und damit drohte, sich hinausfallen zu lassen. Lucio schaffte es, ihn in die Eingangstür seines Hauses zu bugsieren, nachdem er ihm geholfen hatte, den Hausschlüssel in der Hosentasche zu finden, und die Tür aufgeschlossen hatte. Wie lang war das her? Eine Ewigkeit, könnte man sagen, dabei war kaum mehr als ein Jahr seitdem vergangen. Es schien ein Jahrhundert. Als Lucio wenige Monate nach dieser irren Nacht Taboada auf der Straße traf, hatte dieser das Gesicht abgewendet und so getan, als hätte er ihn nicht gesehen. Er war ihm noch drei oder vier Mal auf der Straße begegnet; Taboada trug nun einen offenen dunkelblauen Mantel, darunter einen dunkelgrauen Anzug, Weste und Krawatte. Er war immer in Begleitung von Leuten gewesen, die ebenso gekleidet waren, Ledertaschen und Brillen trugen, und sich schnellen Schrittes fortbewegten. Lucio hatte nicht gewußt, wie er sich ihm gegenüber verhalten sollte. Taboada siezen. Ihn Herr Taboada nennen, wollte ihm nicht in den Kopf, ihn aber Tabo nennen oder Jesús oder Genosse ging auch nicht; er dachte darüber nach: Er wußte nicht, wie er ihn ansprechen sollte, auf welcher Ebene, und er dachte auch, daß, wenn man nicht wußte, wie man einer Person zu begegnen hatte, man dann erst gar nicht mit ihr umgehen sollte, weil ein Fehler aufgetreten war, ein Fehler im Verbindungssystem, im Kodex, der die Regeln festschrieb, die Normen, und dieser Fehler mußte korrigiert werden, aber man wußte nicht, wie, denn es war nicht nur eine Frage des Willens, des guten Willens. Den Kodex ganz löschen oder ihn von der ersten Seite an neu schreiben, das kaputte Kabel wieder zusammenfügen und löten. Nichts. Zwischen Menschen gab es so etwas nicht, es war vielmehr so, daß jemand deshalb nicht mehr wußte, wie er mit einer Person umgehen sollte, weil zwischen den beiden nichts mehr geschah, noch geschehen konnte. Nicht Taboada, nicht Tabo, Señor Taboada und auch nicht Don Jesús, das hieß, der ganze Kodex war gelöscht, das ganze Buch war gelöscht, die elektrische Installation war durchgeschmort, und jetzt war kein Umgang mehr möglich, denn man konnte mit einem von oben umgehen, da wußte man, welche Normen galten; oder mit jemandem wie man selbst, da gab es keine Normen, nicht einmal das: Sie waren nicht nötig, es gab nur die Fatalität, das etwas war, wie es war, weil es nicht anders sein konnte. Das dachte er vor der kleinen Gartentür diesseits der Mauer, in dieser einsamen Straße, die, obwohl im Zentrum von Madrid, fern der Stadt gelegen schien, kahle Bäume, trockenes Astwerk von Kletterpflanzen, ein halbes Dutzend Laternen, die kaum ein paar Meter im Radius beleuchteten. Wenn er die Eisentür öffnete, den Garten durchquerte, die Stufen hinaufstieg, sich vor dem Haus aufstellte und die Klingel an dieser Tür drückte, an der ein Plastikschild angebracht war, auf dem in kleinen bunten Buchstaben »Rechtsanwälte« geschrieben stand, und vor ihm ein großer dünner Mann in grauem oder dunkelblauem Anzug erschiene, mit Krawatte und einer Ledermappe in der Hand, was sollte er dann zu ihm sagen? Nein, er hätte ihm nichts zu sagen. Er dachte, da ist nichts zu machen, wenn man nichts zu sagen hat. Er schaute auf den ungepflegten Garten, einer dieser monochromen Madrider Gärten, die weniger die Härte des Winters lindern, als vielmehr an diese Härte erinnern. Gärten, die dafür geschaffen scheinen, daß sich Rauhreif auf die Blätter der Pflanzen in den Beeten legt und sich über die Kieswege ausdehnt. Es brannte Licht hinter den meisten Fenstern des Hauses, die mit geriffelten Scheiben vor äußerer Neugier geschützt waren. Sie verhinderten, daß man die Aktivitäten, die sich drinnen abspielten, verfolgen konnte, erlaubten aber, die Bewegungen von Schatten zu erahnen, die anzeigten, daß dort Menschen ihrer Arbeit nachgingen. Lucio schloß daraus, daß er außer mit Taboada auch noch mit anderen Leuten konfrontiert wäre. Er dachte an einen Pagen, der die Tür öffnen kommt; an eine Sekretärin, die von ihrem Tisch aus auf einen Knopf drückt, der die Tür automatisch öffnet, und erwartungsvoll schaut, wer da wohl hinter der Tür, die sie geöffnet hat, erscheint, eine höfliche Sekretärin, die den Typen mit der abgetragenen und regendurchnäßten Windjacke, der eine schwarze Plastiktasche über der linken Schulter trägt und dessen Haar ebenfalls naß und unordentlich ist, fragt, was er wünscht, die seine Hände sieht, die rauh und unebenmäßig sind und die unverwechselbare Färbung von Händen aufweisen, die mit Machinen arbeiten: schwärzliche Poren, dunkle Flecken, die keine Seife abwäscht, kurze Nägel, unter denen sich ein schwarzer Halbmond abzeichnet. Er stellt sich diese Sekretärin vor und fühlt sich nicht in der Lage, ihr gegenüberzustehen, während er warten muß, auf wen warten, auf den Genossen Taboada, auf den Herrn Taboada, auf Jesús Taboada, und er steht da, weil sie sich nicht dazu entschlossen hat, ihm einen Platz anzubieten, nachdem sie gesehen hat, daß er durchnäßt ist und Spuren auf der Sofagarnitur hinterlassen könnte, und er weiß nicht, was er tun soll, er würde gern rauchen und schaut, ob auf dem Glastisch vor dem Sofa ein Aschenbecher steht, und ja, wahrscheinlich steht dort einer, tatsächlich, es gibt einen, er holt die Streichhölzer raus, aber weil seine Hände naß sind, gelingt es ihm nicht, einen Streichholz anzuzünden, und die Sekretärin schaut zwei, drei Mal rüber und bietet sich schließlich an, ihm die Zigarette anzuzünden, und dann, während sie sich mit dem brennenden Streichholz nähert, oder nein, wahrscheinlich ist es die Flamme eines Feuerzeugs, schaut sie ihm wieder auf die Hände, die er um ihre Hand, die das Feuerzeug hält, gelegt hat, und dann, während sie sich entfernt und sich wieder hinter den Tisch setzt und ihn ständig aus den Augenwinkeln heraus beobachtet, wartet Lucio, zieht an der Zigarette, vielleicht fällt sogar etwas Asche auf den

Boden oder neben den Aschenbecher auf den Glastisch vor dem Sofa, und Lucio wartet darauf, daß er kommt, welcher von ihnen, der Genosse Tabo, Jesús, Don Jesús, der Herr Taboada, wer von den vieren, wer von den vierhundert, denn sicherlich gibt es andere Taboadas, die er nicht kennt, und es ist ihm klar, daß, wer immer auch kommt, es jemand sein wird, den er nicht kennt, und was tut er dann dort, wozu soll er jemanden rufen lassen, den er nicht kennt, ihn um wer weiß was bitten, denn bei jeder Sache weiß man, wen man darum bitten kann und wen nicht, und bei jeder Person weiß man, um was man sie bitten kann und um was nicht, und was man von ihr bekommen kann oder nicht, aber jemanden Unbekannten, nein, da weiß man nicht, um was man ihn bitten kann, weil man nicht weiß, was man von ihm braucht, man könnte alles von ihm erbitten, weil man alles braucht, aber nein, so läuft das nicht, weil Leute, wenn man sie um etwas Bestimmtes bittet, sich geschmeichelt fühlen können, aber wenn man um etwas anderes bittet, womöglich um etwas durchaus ähnliches, was aber nicht das ist, worum man sie bitten darf, dann können sie sich beleidigt fühlen, weshalb man, der man alles braucht, vor jemandem, den man nicht kennt, lieber schweigt und ihn um nichts bittet. An die Gartenmauer gelehnt, in Schatten gehüllt, der hier, wo er sich untergestellt hatte, besonders dicht war, da fern von den Laternen, die diese ruhige, grüne Straße im Zentrum von Madrid beleuchteten, kam ihm die Erinnerung. Er erinnerte sich an das Gesicht des Kommissars, der ihn verhört hatte, das Gesicht eines robusten Mannes, die Wangen allerdings etwas aufgedunsen, wohl wegen des Alkohols, und von senkrechten Falten durchzogen, erinnerte sich an seine weichen und schmalen Hände, lange, dünne Finger, und an die Hartnäckigkeit, mit der er alles wissen wollte. Er zog ein silbernes Etui heraus, nahm sich eine Zigarette, klopfte damit drei oder vier Mal auf den Silberdeckel, bevor er sie anzündete, und wollte alles wissen. Lucio erinnerte sich daran, als ob alles gerade in diesem Augenblick geschähe, als höre er gerade all das, was in jenem Büro und ein paar Stunden zuvor geschehen war, als man ihnen bei den Wagenhallen der Metro aufgelauert hatte und sie über die Mauern hatten springen müssen, erst in der Gruppe, sich gegenseitig Mut machend, dann er allein, niemand in der Nähe, er allein zwischen den Bahndämmen, die Schienen entlang, versteckte sich hinter Waggons, zwischen verschrotteten Maschinenteilen. Er spürte die feuchte Kälte vor Tagesanbruch, die ihm durch Pullover und Hosen drang, seine Füße wurden feucht, das mit den Füßen war beschissen, denn er trug ein paar Ausgehschuhe aus feinem Leder, die er vor einem Monat gekauft und erst drei- oder viermal getragen hatte, und die nicht vor der Kälte schützten und ihn darüber hinaus auch noch drückten, jedesmal, wenn er sie anzog, hatte er danach einen blauen Fleck auf dem Spann, aufgescheuerte Haut, etwas eingetrocknetes Blut. Er hatte sie eben noch nicht eingelaufen. Wie auch immer, es war jedenfalls kaum anzunehmen, das irgendein anderer normaler Schuh der Kälte jener Nacht besser standgehalten und weniger Wasser gezogen hätte, es war ja nicht nur das taunasse Gras, es waren die Pfützen zwischen den Gleisen, in die man im Dunkeln ständig tappte, und selbst wenn man sie gesehen hätte, hätte man ihnen kaum ausweichen können, denn er rannte ja, flüchtete vor jenen Typen, die ihrer Arbeit nachgingen, auf der Jagd waren, Hunde, Überhunde, die wie die Hunde keuchten, aus den Mäulern dampften wie die Hunde, auf zwei Beinen heranhetzten, Scheißhunde, schlimmer, bösartiger als Hunde, denn Hunde jagten etwas nach, ohne genau zu wissen, warum, sie aber wußten es genau. In ihr Hirn war der Befehl eingehämmert, den der Kerl im Amt ausgegeben hatte, und sie gehorchten blind, ohne Rücksicht auf Verluste. Der Typ öffnete sein silbernes Etui, nahm eine Zigarette heraus, klopfte damit zwei- oder drei- oder viermal, tak, tak, tak, auf den Deckel, steckte sie in den Mund, spielte ein wenig mit dem Feuerzeug, bevor er die Flamme an die Zigarette hielt und sie ansteckte, ein paar nervöse Züge, die Zigarette zwischen den senkrechten Falten auf seinen Wangen, bis sie zu Ende geraucht war und er den Stummel im Aschenbecher ausdrückte, dann mit dem Zeigefinger, der dabei schwarz wurde, über das zerdrückte Ende fuhr, bevor er die Kippe in den Papierkorb warf; dann rieb er den Finger mit einem Papiertaschentuch ab, bis die Aschespuren verschwunden waren. Seine Hände mußten vom Fummeln an den Kippen nach Hund stinken. Lucio war dieses Detail schon aufgefallen, als er das Zimmer betrat: Es roch nach Rauch und nach Füßen, wie im Schlafsaal einer Kaserne, im Aschenbecher aber waren zwar Spuren von Asche, doch kein einziger Zigarettenstummel zu sehen, und als er die Zeremonie dann beobachtet hatte, dachte er, das bedeutete, daß der Typ die Stummel nicht sehen wollte; er rauchte die Zigaretten und ließ dann die Stummel verschwinden, als handele es sich um Fingerabdrücke nach einem Überfall oder einem Verbrechen; der Typ versteckte seine Verantwortung, war aber unerbittlich mit der Scheiße der anderen: »Ihr seid das gewesen, das Silikon habt ihr gespritzt, den Sprengkörper habt ihr gezündet, eher die anderen als du, ich weiß, aber damit ich das wirklich glaube, mußt du mir sagen, daß andere dabeiwaren und wer sie sind, kapierst du das nicht, du Trottel?«; und derweil ließ er seine eigenen Zigarettenstummel verschwinden, als handele es sich um verräterische Spuren, der Kerl verbarg seine eigenen Schweinereien, war aber unerbittlich mit denen der anderen, auch mit den Guardias, die für ihn arbeiteten, »Bis ihr nicht den Zigarettenstummel dieses Idioten gefunden habt, braucht ihr euch hier nicht wieder sehen zu lassen«, und die anderen rannten los, schnüffelten wie die Hunde, suchten den Zigarettenstummel, und das war er, Lucio, und auch die Zigarette, die er, Lucio, geraucht hatte, Silikon, Sprengkörper, Flugblätter am Bahnsteig der Metro, Sabotage, so nannte es der Kommissar, Sabotage an der Oberleitung, Stromausfall, Zigarettenstummel der anderen, nach denen er suchte. Zigarettenstummel, die andere ausgedrückt und weggeworfen hatten. Lucio dachte, das wäre so, als ob er unter diesen Tisch kriechen, den Papierkorb hervorziehen und ihn vor der Nase des Typen ausleeren würde, die

Überreste der ganzen Zigarettenschachtel, die er geraucht hatte, und Kippe um Kippe herausklauben würde und alle, eine neben die andere, auf den Tisch legen würde, vor seine Nase. Er sollte in den Stummel der Zigarette beißen, die er geraucht hatte. Er sagte zu dem Typen: »In meinem Leben gibt es nur Mangel. Ich habe keine Ideen. Ich habe meine Arbeit.« Das hatte er gesagt, und das war, als ob er ihm gesagt hätte, daß jeder das Recht hatte, das zu verbergen, was er selbst nicht sehen wollte oder die anderen nicht sehen sollten. Und er sagte auch: »Ich gehe zur Arbeit und danach heim, und ich weiß nicht, was die anderen sonst so machen, und ihre Namen weiß ich auch nicht.« Da hatten ihn die zwei Typen, die ab und zu hereinkamen, bereits mehrmals niedergeschlagen und getreten, sie kamen herein, schlugen ihn und gingen wieder, und der Kommissar sagte: »Sie sind nervös«, als sei er Arzt und wolle ihm die seltsamen Auswirkungen einer Krankheit vorführen. Als sagte er: »Schau, was das für eine Sorte von Irren ist, Türen öffnen, auf jemanden einschlagen und wieder gehen, so sind sie, Irre eben.« Der Komissar war bereits zum Kern vorgedrungen: »Wenn du sie deckst, dann bist du der Anführer.« Da dachte Lucio, daß es eh egal war, sein Körper schon so stark schmerzte, daß er nicht noch mehr schmerzen konnte. Er sagte: »Sie wissen nicht, was es bedeutet, nichts zu haben, nur die Arbeit, und das ist es, Sie können es nicht wissen, noch werden Sie Zeit haben, es zu lernen, denn das dauert, Sie sehen etwas, wissen aber nicht, wie es zustande kommt.« Der Kommissar zog an seiner Zigarette und blickte ihn jetzt regungslos an. Es war, als ob die Vorführung eines Films plötzlich abgebrochen worden wäre. Als gäbe es zwei Zeitrechnungen, eine diesseits des Tisches, bei der die Uhr tickte, wie Lucios Worte zeigten, und eine jenseits des Tisches, wo die Uhr stehengeblieben war. »Ich sehe auch ein Haus und weiß nicht, wie es gebaut wird, und ich sehe Antoñete einen Paß schießen und weiß nicht, wie man das macht, das weiß nur er.« Der Kommissar war langsam in Bewegung geraten, sein Körper schob sich über den Tisch, und plötzlich, die Kamera lief schnell, hatte er ihm die Faust ins Gesicht geschlagen, und Lucio wußte später nicht, ob der Typ über den Tisch gesprungen oder um ihn herumgegangen war, was er getan hatte, aber der Kerl trat auf ihn ein und brüllte, und es waren noch mehr Menschen im Raum. Er hatte nicht mehr sprechen können, ächzen ja, aber nicht sprechen. Dennoch hatte er dann, als man ihn in die Zelle hinunterbrachte, gedacht, was er ihm hätte sagen müssen und was er nicht gesagt hatte, weil sie ihn nicht gelassen hatten. Auch Taboada hatte er es nicht gesagt. Jetzt, an die Gartenmauer gelehnt, dachte er, was er am ersten Tag zu Taboada hätte sagen müssen, als der ihn überredet hatte, zu Vanguardia Revolucionaria zu kommen, nein, an dem Tag noch nicht, da waren sie beide gleich, Genossen, aber dann am letzten Tag, als er ihn betrunken umarmt hatte, als er zu ihm sagte: »Mein bester Freund, Lucio, ich hab sonst keinen.« Er hätte ihm sagen müssen: »Du hast etwas und weißt nicht, was es heißt, nichts zu haben, nicht daß irgendjemand nichts hat, sondern daß du selbst nichts hast, daß du weißt, es ist Winter und acht Uhr abends und die ganze Nacht liegt vor dir und du hast nichts; das ist etwas anderes, das ist eine Katze, die wittert, die sucht, die den Kopf nach links und rechts wendet und die Schnurrbarthaare sträubt, das fabriziert man nicht, eine Katze stellt man nicht her: Du siehst sie, gibst ihr zu fressen, nimmst sie ins Haus, was auch immer, aber sie bleibt eine Katze und du bist keine, du bist etwas anderes, ein Mensch, was auch immer, aber keine Katze. Die Katze ist eine Katze, und du hast nicht ihre Beine, springst nicht wie sie, was nicht heißt, daß du schlechter oder besser bist, aber du bist keine Katze, du bist Jesús, keine Katze.« Er dachte an diesen Kommissar, der aufgestanden war und ihm mit der Faust ins Gesicht geschlagen hatte, damit er nicht weiterredete, der ihn zu Boden geschlagen, ihn getreten hatte, aber kein Wort von dem kapiert hatte, wer er war. Er dachte, er hätte ihm sagen müssen: »Siehst du, da hast du mich, aber du weißt keinen Deut mehr über mich.« Er konnte es nicht sagen, wie denn, sie traten ihm ja sogar in den Mund. Auch Taboada hatte womöglich gegen seinen Kopf getreten, seinen Willen, hatte aber kein Wort davon verstanden, was es bedeutete, etwas zu haben oder nichts zu haben, denn das lernte man nur von innen heraus. Er dachte: Du lernst Katze zu sein, wenn du eine Katze bist, du bist erst eine kleine Katze und dann eine große Katze. Er dachte auch, daß es absurd war, von Taboada etwas zu erwarten, das man, wie dieser ihm beigebracht hatte, nur mit dem Gewehr erzwingen konnte. Er dachte, nicht er, Lucio, brauchte in dieser Nacht Hilfe, es war nicht Lucio, der sie benötigte, es war die Revolution, die, wie eine Fußballmannschaft, keine Pause zwischen der ersten und der zweiten Spielzeit bekam. Taboada hatte eine Pause genutzt, um in den Umkleideräumen zurückzubleiben, aber die Revolution blieb auf Kurs und hatte nicht zu betteln, sie mußte das einfordern, was man ihr schuldete, sie bettelte nicht darum, sie flehte nicht, sie warf sich nicht in den Staub, nein, sie richtete sich drohend auf. Taboada hatte ihm das in Carabanchel gelehrt, in kalten Tagen und Nächten, in denen die Schneeflocken durch die Gitterstäbe drangen und auf die Feldbetten fielen, in denen sie schliefen. »Die Revisionisten glauben an die Barmherzigkeit, an das Mitleid, daß das Gerechte von allein kommt, einer notwendigen Vernunft folgend. Wir Revolutionäre wissen, so ist es nicht. Die Macht liegt in den Gewehrläufen.« Lucio hatte sich ein paar Schritte von der Gartentür entfernt und suchte wenige Meter weiter Schutz unter einem Busch, der über die Gartenmauer gewachsen war und ihm als Schirm diente. Es regnete nicht mehr so stark, jetzt fiel ein Nieselregen, der aber immer noch bis auf die Haut durchdrang. Die Gewehrläufe. Er hätte lachen mögen. Präsentieren Sie das Gewehr, Genosse Lucio. Waffen. Seine Waffen. Die Sporttasche über der Schulter mit der Wäsche zum Wechseln und in der Jackentasche das abgenutzte Portemonnaie mit seinem Personalausweis und ein paar hundert Pesetas, die er aus dem Versteck unter dem Ziegelstein geholt hatte, die Metrokarte und ein Foto von Lurditas und ihm, das sie letztes Frühjahr auf dem Jahrmarkt in San Isidro hatten machen lassen.

Die Waffen. An jenem Abend in San Isidro hatte er tatsächlich ein Gewehr gehabt. Als er mit seinem Vater Kaninchen jagte, hatte er es nicht gehabt, da legten sie Schlingen. Im Pardo. Aber an jenem Abend mit Lurditas, da schon. Er hatte ein paar Duros springen lassen müssen, bis er an einer Schießbude das Band durchschossen hatte, an dem die Puppe hing, die Lurditas gern haben wollte, und die sie jetzt jedesmal, wenn sie das Bett machte, gegen das Kopfkissen lehnte. Sie erinnerte Lurditas an eine andere Puppe, die sie als kleines Mädchen in Socuéllamos gehabt hatte. Lurditas, die an diesem Abend allein war, den Herrschaften servierte, die schmutzigen Teller und Gläser abräumte, den Küchenboden wischte. Lurditas war allein, er war allein. Warum tat alles, was er unternahm, am Ende Lurditas weh? Wo er sie doch liebte? Liebe, die weh tat. Klar, jedes Streicheln tut einem gehäuteten Tier weh. Und Lurditas war wie ein Tier ohne Haut; Muskeln, Sehnen und Nerven lagen blank. Auch er war ein gehäutetes Tier. Einsame Leute wurden, wenn sie Gesellschaft fanden, zu Tieren ohne Haut, da schmerzte jede Zärtlichkeit. Er schaute auf die Uhr. Nach acht. Er dachte, daß Lurditas heute erst spät nach Hause käme, und die Señora ihr sicherlich ein Taxi zahlen würde, weil die letzte Metro schon gefahren wäre, wenn sie nach dem Fest alles aufgeräumt hatte. Ein abgehäutetes Tier zärtlich streicheln. Es fehlten noch drei Stunden, bis er bei der Arbeit antreten mußte. Er entschied, daß, wenn sie ihn denn aufgreifen sollten, es besser dort wäre, wenn er zur Schicht kam oder sie verließ, während er sich im Umkleideraum umzog, oder daß sie ihn aus dem Tunnel holten, bei der Arbeit am Preßlufthammer unterbrachen. Er dachte, sie würden vielleicht bis zum nächsten Tag warten. Er stellte sich vor, daß sie in das Zimmer kamen, wenn er im ersten Schlaf dalag, in einem Bett, das noch die Wärme von Lurditas bewahrte. Und daß er, bevor er mit ihnen ging, über die Kuhle streichelte, die ihr Körper auf der Matratze hinterlassen hatte.

Titel der Originalausgabe: La Caída de Madrid
Umschlaggestaltung: Michel Keller, München
Satz: Reinhard Amann, Aichstetten
Druck & Bindung: Pustet, Regensburg
ISBN 3-88897-243-4
3 4 5 • 04 03 02 01 00